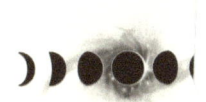

„Bemitleide mich nicht", keifte ich ihn mit heiserer Stimme an.

„Tue ich auch nicht."

Jetzt war ich es, die ihn mit gehobener Augenbraue ansah, weil ich die Lüge in seinen Gedanken gehört hatte. „Tu das nie wieder."

„Ich mache keine Versprechen, die ich nicht halten kann", erwiderte er. „Aber ich werde dir nicht grundlos Schmerzen zufügen."

Ich schnaubte lachend. „Nicht *grundlos*." Typisch Alpha. „Und lass mich raten … Deinen Knoten abzulehnen, wäre ein gerechtfertigter Grund, was?"

„Was lässt dich glauben, dass ich dir meinen Knoten jemals anbieten würde?", konterte er.

„Wir sind Gefährten. Ist das jetzt nicht dein gutes Recht, *Alpha*?"

Er legte seinen Kopf schief. „Es handelt sich hierbei um eine Zweckverpaarung, Kyra. Wir beide haben getan, was wir tun mussten, um unsere besten Freunde zu beschützen."

Eine Zweckverpaarung, wiederholte ich und lachte in meinen Gedanken verächtlich. *Gibt es das überhaupt?*

Obwohl es die meisten Alphas wohl für *zweckdienlich* erachteten, jederzeit Zugriff auf eine Omega zu haben, um sich mit ihr zu verknoten.

Er machte ein Geräusch, das darauf hindeutete, dass er meine Analyse mitgehört hatte. Aber das machte sie nicht weniger wahr.

Ich wusste, wie Alphas tickten. Ich wusste, was sie wollten. Es spielte keine Rolle, was für einer Spezies sie angehörten, sie hatten alle nur eines im Sinn: sich fortzupflanzen.

Darum nahmen sie sich Omegas als Gefährtinnen.

Und obwohl unsere Umstände heute anders gewesen sein mochten, würde Lorcan sich irgendwann seinen wölfischen Instinkten ergeben. Die Frage war nicht *ob*, sondern viel eher *wann*.

Nachtsektor

Die Wölfe des V-Clans

USA Today Bestsellerautorin

Lexi C. Foss

Dies ist ein Werk der Fiktion. Namen, Charaktere, Orte und Begebenheiten sind entweder der Fantasie der Autorin entsprungen oder werden fiktiv verwendet. Jede Ähnlichkeit mit tatsächlichen lebenden oder toten Personen, Unternehmen, Ereignissen oder Örtlichkeiten ist rein zufällig.

Nachtsektor

Deutsche Übersetzung: Vanessa Gautschi
Deutsche Fassung editiert: Y. Heuer

Umschlaggestaltung: Jay R. Villalobos mit Covers by Juan
Cover-Modelle: Marcel Pospiech & Jenna Pospiech
Umschlagfotografie: CJC Photography
Veröffentlicht von: Ninja Newt Publishing, LLC

Digitale Ausgabe
ISBN: 978-1-68530-228-3
Gedruckte Ausgabe
ISBN: 978-1-68530-326-6

NACHTSEKTOR

Ein V-Clan-Roman

NACHTSEKTOR

Ich wollte nie eine Gefährtin.
Schon gar nicht *sie* – die berüchtigte Mörderin, die dafür
bekannt war, Alphas zu töten.
Aber wie es das Schicksal wollte, wurde sie mein.

Zum Glück konnten wir eine Vereinbarung treffen. Daher
musste ich sie nur selten sehen und sie konnte so tun, als
würde ich nicht existieren.

Alles war in Ordnung.
Bis sie von einem sadistischen Vampir-Alpha entführt
wurde, der sie in seinen persönlichen Omega-Blutbeutel
verwandeln möchte.

Jetzt bin ich der Einzige, der ihre Schreie hören kann.
Und es macht mich verdammt sauer.

Ich will sie vielleicht nicht als Gefährtin haben. Aber sie
gehört mir.

Ich habe sie zu beschützen.
Ich habe sie zu rächen.
Nur ich darf sie *jagen*.

Keine Sorge, kleine Killerin.
Ich bin schon unterwegs.

Und wenn ich dich finde,
reiche ich dir die silberne Klinge,
um zuzusehen, wie du ihn zur Strecke bringst.

Anmerkung der Autorin: Dies ist ein eigenständiger dunkler Gestaltwandler-Roman, der im Omegaverse spielt – Alpha-, Beta-, Omega-Dynamik inklusive, samt Verknoten, Nestbau und Beißen. Lest bitte die Trigger-Warnungen zu Beginn des Buches, um weitere Details zu erfahren.

EINE ANMERKUNG

VON LEXI

Eine Kleinigkeit in eigener Sache: Zwischen Blutsektor und dieser Geschichte wurde die Übersetzerin gewechselt. Das bedeutet, dass einige Begrifflichkeiten, die ihr aus der X-Clan-Serie oder auch Blutsektor kennt, möglicherweise angepasst wurden. Ich hoffe, dass ihr trotzdem oder auch gerade deshalb Spaß an der Geschichte findet!

Nachtsektor ist ein eigenständiger Roman aus der V-Clan-Welt. Es müssen keine anderen Bücher vor diesem gelesen werden, um der Handlung folgen zu können.

Dieser Gestaltwandler-Roman spielt im Omegaverse. Es geht um die Alpha/Omega-Dynamik, den Nestbau, das Schnurren, die Östrogen-Zyklen und natürlich um das Verknoten.

Wenn ihr mit diesen Begriffen nicht vertraut seid, macht euch keine Sorgen – sie werden im Buch erklärt. ;)

Diejenigen von euch, die mit meiner X-Clan-Reihe vertraut sind, werden die Ähnlichkeiten bemerken.

Ihr werdet wahrscheinlich auch feststellen, dass Lorcan sich etwas von den Alphas der X-Clan-Welt unterscheidet. Er ist ein Alpha, der versteht, wie wichtig Respekt und Zustimmung sind.

Leider ist der Antiheld in dieser Geschichte nicht so gutherzig. Er ist ein Alpha, der glaubt, sich nehmen zu können, was immer er will, weil er es kann. **Genau deswegen gibt es in diesem Buch auch Stellen, in denen die Zustimmung der Agierenden nicht eingeholt wird, was in einigen Lesern starke Emotionen hervorrufen oder unangenehm für sie sein könnte.**

Aber Kyra ist eine Kämpferin. Und Lorcan unterstützt seine Omega bei ihrer Heilung und ihren Racheplänen.

Diese Geschichte ist prall gefüllt mit Leidenschaft, Heilung und Vergeltung. Lorcan und Kyra mögen als Zweckverpaarung beginnen, aber sie werden zu so viel mehr …

Viel Spaß! <3

EINFÜHRUNG

Vor fast einem Jahrhundert hat sich ein zombieähnlicher Virus auf der Welt verbreitet und über neunzig Prozent der menschlichen Bevölkerung ausgelöscht. Viele der übernatürlichen Spezies, die die Welt bevölkerten, waren immun gegen die Seuche, andere nicht.

Jetzt regieren die Überlebenden – menschlicher wie auch übernatürlicher Natur – über ihre eigenen Territorien, auch genannt ‚Sektoren‘.

Du stehst kurz davor, die Welt des V-Clans zu betreten – einer Rasse von Gestaltwandler-Wölfen, die über vampirische Eigenschaften verfügen. Diese Wesen ziehen die Nacht dem Tag vor. Sie leben von Magie. Und, was vielleicht am wichtigsten ist, die Alphas dieser Art wissen ihre Omega-Gefährtinnen zu schätzen und halten sie in Ehren.

KYRA

Verdammte Alphas und ihre verdammten Knoten.

Der mürrische Gedanke ging mir durch den Kopf, während ich mir ein Messer in den Stiefel steckte. Ich hatte große Lust, zu töten, was auch immer für ein übergeordnetes Wesen beschlossen hatte, dass es eine gute Idee wäre, Omegas während unserer Läufigkeit von unseren Alphas abhängig zu machen.

Leider konnte ich den unbekannten Schöpfer nicht direkt auslöschen, also würde ich mich mit ein paar Alphas des V-Clans zufriedengeben müssen.

Spezifisch gesagt, mit dem Alpha-Prinzen des Blutsektors, auch bekannt als der intendierte Gefährte meiner besten Freundin. Und auch der Typ, nach dem sie schon den ganzen Morgen lang geschrien hatte.

„Was auch immer du gedenkst zu tun, tu es nicht", flötete Fritz, der in der Tür zu meinem Zimmer stand.

Ich zog eine Braue hoch und blickte über meine Schulter zum männlichen Omega. Er lehnte sich mit hochgezogener Braue gegen den Türrahmen und verschränkte seine breiten Arme vor seiner muskulösen

Brust. Sein dunkler Pullover verzog sich daraufhin und legte noch mehr seines athletischen Körpers frei.

Wenn ich ein Alpha-Weibchen gewesen wäre, wäre ich vielleicht versucht gewesen, mich auf ihn zu stürzen. Aber das Einzige, was an mir an einen *Alpha* erinnerte, war meine Seele.

In physischer Hinsicht war ich durch und durch eine Omega.

Eins fünfundfünfzig groß.

Zierlich.

Nach außen hin zerbrechlich.

Doch der Schein konnte trügen. Und ich genoss es, wenn andere mich wegen meines zierlichen Körpers unterschätzten.

Fritz, aber, unterschätzte mich nie. Er wusste es besser.

Was er bewies, indem er mit warnendem Tonfall sagte: „Kyra. Du stehst kurz davor, mittels der Schatten in den Blutsektor zu reisen. Das kannst du nicht, wenn du vollbeladen mit Waffen bist."

„Ich bin mir ziemlich sicher, dass ich das kann, Fritz", konterte ich und konzentrierte mich wieder auf meinen Schrank, der randvoll mit gewalttätigen Spielzeugen war. „Immerhin habe ich es schon viele Male zuvor geschafft."

„Ja, als du Blut aus ihrem Vorrat gestohlen hast", bemerkte er. „Das war, um dich verteidigen zu können, falls du jemals ertappt würdest. Dieses Mal beabsichtigst du, von einem Alpha-Prinzen ertappt zu werden. Und er wird nicht zum einem freundlichen Gespräch aufgelegt sein, wenn du mit Messern beladen dort auftauchst."

„Oder ..." Ich presste meine Lippen aufeinander und sah einen meiner Lieblingsdolche mit zusammengekniffenen Augen an. „Hm."

„Du kannst ihn nicht töten."

„Ich meine …, das *könnte* ich", sinnierte ich mit beiläufigem Tonfall. „Es würde bestimmt Spaß machen."

Natürlich wäre Quinn nicht besonders erfreut darüber. Und ich wollte meine beste Freundin nicht verärgern. Auch wenn ich fand, dass es vollkommen verrückt gewesen war, *Kieran O'Callaghan* als ihren Gefährten zu erwählen.

„Das kannst du nicht tun", korrigierte Fritz mich mit demselben Tonfall. Dann fügte er mit ernster Stimme hinzu: „Quinn hat versucht, ihn hierherzubringen. Du hast es genauso spüren können wie ich. Das bedeutet, dass sie ihn offiziell auserwählt hat."

„Es sei denn, er hat einen Weg gefunden, um sie irgendwie dazu zu überreden." Das war seit Quinns unerwarteter Ankunft neulich meine Hauptsorge. Hatte sie bewusst versucht, mit ihm durch die Schatten zum Refugium zu reisen? Oder hatte er sie irgendwie dazu gebracht, es zu tun?

„Ich bin mir sicher, dass eine ganze Menge Schmeicheleien im Spiel gewesen sind", säuselte Fritz hinter mir. „Alphas sind gut darin. Aber Prinz Kieran hätte überhaupt nur von diesem Ort wissen können, wenn Quinn ihm endlich die Wahrheit gesagt hat."

Ja, ich war zum selben Schluss gelangt. Außerdem hatte Quinn mir gesagt, dass sie ihn hierhaben wollte. Aber sie hatte nicht herausfinden können, wie sie ihn durch den magischen Schild bringen konnte, der die Insel umgab, und jetzt war sie zu schwach, um durch die Schatten zu ihm zurückzureisen, weil sie kurz davor stand, läufig zu werden.

Außerdem war etwas am Barrierezauber, der den Ort vor dem Rest der Welt versteckte, faul. Ich war mir nicht ganz sicher, aber worum auch immer es sich dabei handelte, schien auch Quinn zu schwächen. Was seltsam

3

war, wo doch ihre Blutlinie den Schutzzauber antrieb und aufrechterhielt.

Was es auch war, es schien, als hätte ich keine andere Wahl, als durch die Schatten in den Blutsektor zu reisen und ein Wörtchen mit dem Alpha-Prinzen zu reden.

Es fühlte sich bloß total falsch an, es mit nichts weiter als einer Klinge bewaffnet zu tun, die in meinem Stiefel steckte.

Ich zog meinen Mund abermals zur Seite, musterte meinen Pullover und meine Jeans und fragte mich, ob ich vielleicht ein paar scharfe Gegenstände darin verstecken könnte.

Vielleicht ein paar Wurfsterne oder …

„Vielleicht solltest du es zuerst mit einem Anruf versuchen", schlug Fritz vor und unterbrach damit meinen Gedankengang. „Bitte ihn um ein Treffen, um über Quinn zu sprechen, und zeig ihm dann die Ampulle."

Ich sah die erwähnte *Ampulle* an und rümpfte meine Nase, weil meine vampirische Hälfte das mir bekannte Blut darin vage vernahm. *Quinns Blut.* Sie hatte es mir in der Hoffnung gegeben, dass es Kieran den Schutz bieten würde, den er brauchte, um die magische Barriere zu überqueren.

Der Zauber gewährte nur Omegas Zutritt zur Insel. Es war ganz egal, welcher Spezies sie angehörten – ob sie von den Wölfen des X-Clans, des V-Clans, Vampiren, Schattenwölfen, W-Clan-Wölfen, Z-Clan-Wölfen oder einer der vielen anderen Spezies abstammten, sämtliche Omegas konnten den Bann durchbrechen.

Aber Alphas und Betas nicht.

Es sei denn …

Es sei denn, der Alpha war der Gefährte einer Omega-Bewohnerin.

Quinn hatte Kieran bereits gebissen und ihn damit als

ihren intendierten Gefährten markiert. Alles, was er tun musste, war, sie zurückzubeißen. Aber das hatte er noch nicht. Was bedeutete, dass das Verlobungsband noch nicht vervollständigt worden war.

Das Trinken von Blut war eine Schlüsselkomponente des magischen Rituals. Hoffentlich würde Kieran die Ampulle mit Quinns Essenz zu überreichen also genügen, um den Schutzzauber hinreichend auszutricksen und ihm Zugang zu gewähren.

Wenn nicht, war ich nicht sicher, was wir tun sollten.

Weil der ganze Plan davon abhing, dass ich dem Alpha-Prinzen Quinns Geschenk überbrachte und ihn davon überzeugen könnte, zu tun, was nötig war, um ihr zu helfen.

Die meisten Omegas konnten eine Läufigkeit ohne ihren Alpha überleben. Aber etwas an Quinns Läufigkeit fühlte sich … anders an. *Lebensbedrohlich* anders.

Ich kaute auf meiner Unterlippe herum. Was auch immer mit meiner besten Freundin los war, es war nicht normal. So viel hatte ich geschlossen, als ich sie heute Morgen ganz blass und am ganzen Leib zitternd gesehen hatte.

Darum hatte ich mich auch freiwillig gemeldet, in den Blutsektor zu reisen und mich einem der tödlichsten V-Clan-Alphas zu stellen, der existierte.

Es half nicht, dass er immerzu zwei gut bekannte Alpha-Prinzen an seiner Seite hatte: Lorcan und Cillian. Auch bekannt als Kierans berüchtigte *Elitemänner*.

„In Ordnung." Ich drehte mich zu Fritz um, um ihn anzusehen. Er hatte etwas von wegen *anrufen und um ein Treffen bitten* gesagt. Aber das würde ich nicht tun. Uns blieb nicht viel Zeit. Ich sah auch nicht ein, was das nützen sollte. Wenn Kieran Quinn aufrichtig liebte, wie er es sollte, würde ihm mein unerwarteter Besuch nichts ausmachen. „Ich werde ganz einfach mit der einen Klinge losziehen."

Dank meiner heimlichen Besuche in der Vergangenheit kannte ich mich im Blutsektor glücklicherweise bereits aus. Kierans Hauptquartier war voll mit Waffenkammern. Ich konnte ganz einfach durch die Schatten reisen und in einen der Räume eindringen, wenn es die Situation erforderte.

Oder ich konnte einfach direkt hierhin zurückreisen.

Es war nicht so, als ob die Alphas mir folgen konnten. Nicht nur wegen der Magie, die die Insel umgab, sondern auch, weil die Koordinaten des Refugiums denjenigen außerhalb der Barriere nicht bekannt waren.

Ich band mein schwarzblaues Haar zu einem Pferdeschwanz zusammen und sah zu meiner Lederjacke, die an der Wand hing.

So viele Orte, an denen ich Messer verstecken könnte, dachte ich und seufzte in Gedanken. *Leider hat Fritz recht.* Ich musste Kieran zumindest mit dem Hauch von Diplomatie begegnen.

Vielleicht würde alles umsonst sein.

Aber für Quinn würde ich es zumindest versuchen.

Ich steckte die Ampulle in meine Hosentasche und nickte Fritz zu. „Das Refugium liegt in deinen fähigen Händen und all der Kram. Ich bin bald wieder zurück." Ich bediente mich meiner Schattenwandelfähigkeiten, bevor er etwas erwidern konnte. Wir beide kannten den Drill.

Im Grunde genommen war Quinn unsere Königin und hatte deshalb auch das Zepter in der Hand. Aber sie war über ein Jahrhundert weg gewesen, weshalb ich die hauptsächliche Anführerin des Refugiums war. Ich konnte nicht sagen, wann mir dieser Titel zugefallen war. Es war im Laufe der Zeit geschehen. Also hatte ich Fritz zu meinem Stellvertreter ernannt, sodass er ein Auge auf alles hatte, wann immer ich nicht hier war.

Und obwohl sich Quinn technisch gesehen innerhalb unserer Grenzen aufhielt, hatte ihre Läufigkeit sie fest im Griff.

Deshalb musste Fritz die Kontrolle bewahren.

Die bekannten Weiten Islands breiteten sich um mich herum aus, als ich den Blutsektor illegal betrat. Ich reiste mittels meiner Schatten immer in dasselbe waldige Gebiet, das sich ganz in der Nähe eines Wasserfalls befand, der für seine schwarzen Felsgebilde bekannt war.

Meine Fingerspitzen berührten die eiskalte Erde unter meinen Füßen, während ich mir mein gesteigertes Hörvermögen zunutze machte.

Als Hybrid hatte ich die besten Fähigkeiten meiner Eltern geerbt. Mich mittels Schatten fortzubewegen, Magie und meine Wolfsform hatte ich von meiner V-Clan-Mutter. Übernatürliche Schnelligkeit, gute Sehkraft und die Fähigkeit, mich ungesehen fortzubewegen sowie meine Jagdinstinkte stammten von meinem vampirischen Vater.

Der einzige Nachteil meines einzigartigen Erbguts war, dass ich mich nach Blut verzehrte. Und zwar nach ganz schön viel Blut.

Was auch der Grund war, weshalb ich mich oft illegal in den Blutsektor schlich und ihren Vorrat plünderte.

V-Clan-Wölfe brauchten nur alle paar Wochen Blut. Die Essenz trieb unsere magischen Fähigkeiten an. Oder zumindest glaubte ich das.

Aber als Vampir-Omega brauchte ich weitaus regelmäßiger Blut. Vorwiegend, weil ich keinen Alpha hatte, der meinen Bedarf decken konnte.

Na ja, technisch gesehen, war das gelogen. Ich hatte einmal einen Alpha gehabt, aber ich hatte ihn getötet.

Und jetzt verfolgt er mich in meinen Albträumen. Der Gedanke ließ mich erschaudern. *Definitiv weder der richtige Ort noch der richtige Zeitpunkt, um an ihn zu denken.*

Ich schluckte schwer, kam langsam auf die Beine und horchte, ob ich einen nahenden Wolf oder Sterblichen vernehmen konnte.

In diesem Sektor waren beide Arten möglich, da Island die meisten seiner Sterblichen davor bewahrt hatte, infiziert zu werden. Das war eine von Kieran O'Callaghans rettenden Eigenschaften. Seine Fähigkeit, *alle* auf seinem Gebiet zu beschützen, nicht nur seine Wölfe.

Was er im Gegenzug für seinen Schutz wollte? Eine Blutsteuer.

Brillant, dachte ich beneidend.

Nicht, dass ich das vor ihm jemals zugeben würde. Viel eher würde ich sein gutaussehendes Gesicht mit einem Messer verunstalten, ehe ich ihn lobte.

Seufzend trat ich meine übliche Wanderung über die Insel an und begab mich mittels meiner Schatten an diverse Verstecke, die ich über die Jahre hinweg entdeckt hatte, und horchte, ob ich entdeckt worden war oder verfolgt wurde.

Wie immer war ich unbemerkt geblieben.

Leider würde das nicht lange so bleiben.

Ich presste meine Lippen aufeinander und teleportierte mich an eine mir bekannte Straßenecke in Reykjavík, nur zwei Blocks von Kierans Anwesen entfernt.

Technisch gesehen, gehörte das Anwesen Quinn. Zur Hölle, der gesamte Sektor gehörte ihr, weil sie die einzige MacNamara war, die noch lebte. Sie war eine Adelige. Eine echte Prinzessin. *Die zukünftige Königin.*

Kieran hatte in ihrer Abwesenheit den Status als Alpha-Prinz behalten, nachdem sie ihn mit einer List dazu gebracht hatte, sich mit ihr zu vermählen, und dann weggerannt war.

Ich schätzte, dass zu bleiben und das Volk anzuführen ihm ebenfalls zugutegehalten werden musste.

Aber welcher Alpha würde sich schon die Möglichkeit entgehen lassen, den Blutsektor zu regieren – die unangefochtene Hauptstadt aller V-Clan-Bewohner?

Es herrschte so viel Kraft und Wohlstand hier. Er wäre ein Dummkopf gewesen, wenn er die Gelegenheit ausgeschlagen hätte.

Richtig. Hör auf Zeit zu schinden, sagte ich zu mir selbst und begann, den Bordstein hinabzugehen. *Ich werde da reingehen und ein Treffen verlangen.*

Ich hielt inne.

Nein. Ich werde mich ganz einfach mittels meiner Schatten reinschleichen und ihn überraschen.

Je weniger Leute wussten, dass ich hier war, desto besser.

Schnell rein und wieder raus. Fast so schnell wie meine bisherigen Blutbesorgungen.

Mal abgesehen davon, dass diese Angelegenheit sich etwas komplizierter gestalten würde, als ein paar Liter menschliches Blut zu stehlen.

Hör auf, Zeit zu schinden, Kyra, befahl ich mir. *Tu es einfach.*

Ich stellte mir Kierans Suite vor. Ein Zimmer, in dem ich nur ein einziges Mal zuvor gewesen war – als ich in seinem Palast herumgeschnüffelt hatte –, und materialisierte mich in seinem Wohnzimmer.

Ein flüchtiger Blick verriet mir, dass er seit meinem letzten Besuch nicht viel am Zimmer verändert hatte. Noch immer nur maskuline Farbtöne und waldige Akzente.

Aber keine Spur eines Alpha.

„War ja klar, dass du nicht hier bist", murmelte ich,

bevor ich in seinem Schlafzimmer und im Badezimmer nachsah. „Warum wärst du auch leicht zu finden? Es ist ja nicht so, als würde deine intendierte Gefährtin dich brauchen oder so."

Es sei denn, er hatte sie verjagt.

Ich war noch immer nicht ganz überzeugt davon, dass Quinn ihn auserwählt hatte – trotz all der offensichtlichen Beweise.

Denn was für eine Omega, die bei vollem Verstand war, würde sich einen Alpha nehmen? Alles, was sie jemals wollten, war ein Wesen, mit dem sie sich verknoten konnten.

„Und es begatten", knurrte ich laut.

Obwohl … Alpha Fare hatte das nie von mir gewollt. Er hatte nur ein Spielzeug gewollt, das er mit all seinen Freunden teilen konnte.

Ich schluckte schwer. Mein Geist schob die Erinnerungen an ihn instinktiv in einen Gedankentresor. Einen, der sich zu den ungelegensten Momenten zu öffnen schien.

Wie zum Beispiel jetzt, während ich durch die Gemächer eines Alpha-Prinzen schlich.

Es war mehr als ein Jahrhundert her, seit ich Alpha Fare getötet hatte, und doch gelang es ihm noch immer, mich zu foltern. „Arschloch", zischte ich.

„Einen wunderschönen guten Tag wünsche ich dir auch", säuselte eine tiefe Stimme daraufhin, was mich zum Eingang zu Kierans Suite herumwirbeln ließ.

Ein muskulöser Mann lehnte sich gegen den Türrahmen, sein Kopf nur wenige Zentimeter von der oberen Leiste entfernt. Definitiv ein Alpha. Und ein verstohlener dazu. Mit dem Hauch einer tödlichen Aura.

Aber das hier ist nicht Kieran.

Nein. Ich bin Cillian, erwiderte der Mann. Seine

männliche Stimme kroch mühelos in meine Gedanken und er zog seine perfekte Augenbraue hoch. *Und du bist?*

Ich kniff meine Augen zusammen. „Raus aus meinem Kopf." Die Worte kamen mir mit einem leisen Knurren über die Lippen und ich spannte meine Finger mit dem intrinsischen Verlangen an, nach meiner Klinge zu greifen.

Ich war noch nie einem V-Clan-Wolf mit telepathischen Fähigkeiten begegnet, aber ich kannte mehrere Vampire, die die Gedanken anderer betreten konnten. *Alphas wie Fare.*

„Das ist ein ziemlich langer Name", murmelte Cillian, während er sich von der Tür abstieß und ins Zimmer trat. „Hast du einen Spitznamen?"

Ich spannte meinen Kiefer an. Ich hatte im vergangenen Jahrhundert viel Energie darauf verwendet, Kieran und seinen beiden *Elitemännern* aus dem Weg zu gehen. Alle drei Alpha-Prinzen waren berüchtigt für ihre Tödlichkeit. Sie waren auch dafür bekannt, keine Gnade walten zu lassen. Etwas, was Cillians ungeduldiger Ausdruck derzeit nur noch zu unterstreichen schien.

„Ich werde nur Prinz Kieran meinen Namen nennen", informierte ich ihn mit ungerührtem Gesichtsausdruck. „Wo ist er?"

Cillian hielt mitten im Schritt inne und seine dunklen Augen musterten mich, bevor sein Blick lange genug auf meinen Stiefeln verweilte, um anzudeuten, dass er wusste, dass ich eine Waffe darin versteckte. Dann sah er mir abermals in die Augen. „Prinz Kieran ist derzeit unpässlich. Aber ich werde dich gerne zu einer Zelle begleiten, wo du auf seine Rückkehr warten kannst, wenn du willst."

Ich kräuselte meine Lippen. „Ich glaube, ich werde hier warten."

„Wenn ich mich recht erinnere, habe ich dir diese Option nicht angeboten."

„Ich glaube nicht, dass ich nach Optionen gefragt habe", konterte ich. „Nur um eine Audienz mit eurem Rudelanführer."

Seine Mundwinkel zuckten. „Ich bin mir nicht sicher, ob der zukünftige König des Blutsektors es zu schätzen wüsste, wenn er als *Rudelanführer* bezeichnet würde."

„Wie nennt ihr ihn dann? Eure Majestät? Mein Herr? Euer Durchlaucht?"

„Cousin", fügte eine neue Stimme ein, die zu jemandem gehörte, der direkt hinter mir stand.

Ich wirbelte herum, nur um festzustellen, dass ein Alpha mit tiefschwarzen Augen nach meiner Hüfte gegriffen hatte und mich jetzt von weit oben herab ansah. Sein dunkles Haar fiel in seine gebräunte Stirn und das ungezähmte lange Haar umspielte seine Ohren, als er seinen Kopf leicht schieflegte.

„Hm", gab er mit einem Summen und beurteilendem Blick von sich.

Ich wartete darauf, dass er noch etwas sagen würde, aber das tat er nicht. Stattdessen musterte er mich in Stille. Seine Aura ließ mir auf eine Art unwohl werden, die ich nicht ganz bestimmen konnte.

Sie war nicht beklemmend oder erdrückend, und doch fühlte ich mich gefangen. Gefesselt. Nicht in der Lage, mich zu bewegen.

Ich versuchte einen Schritt zurückzunehmen, musste aber feststellen, dass meine Füße wie angewachsen waren. Fast so, als hätte man sie in Zement gegossen.

Alpha-Kraft, dämmerte mir und ich kniff meine Augen zusammen. „Was tust du mit mir?"

„Warum bist du hier?", wollte der Mann wissen und überging meine Frage.

„Um Prinz Kieran zu sehen."

Er drückte fester zu. Gerade genug, um auf seine vermeintliche Dominanz anzuspielen. „Hinsichtlich?"

„Das geht euch nichts an."

„Ganz im Gegenteil. Es geht *uns* sehr wohl etwas an", erwiderte er, jetzt plötzlich mit Reibeisenstimme. Beinahe, als würde er sich nicht oft zu Wort melden. „Wenn du zu Kieran willst, wirst du dich erst mit uns befassen müssen. Und jetzt sag uns, wer du bist und warum du wirklich hier bist."

LORCAN

Omega.

Hybrid.

Tödlich.

Meine Gedanken blieben an diesem letzten Wort hängen, während ich meine Kraft langsam um die Frau vor mir wickelte.

Cillians Warnung, dass jemand in den Palast eingedrungen war, hatte mich auf direktem Wege hierhergeführt, weil mein Instinkt, Kieran und den Blutsektor beschützen zu wollen, mich umgehend in Aktion hatten treten lassen. Aber ich hatte nicht erwartet, dass es sich beim Eindringling um einen zierlichen Vampir-Wolf mit blauschwarzem Haar und grünen katzenähnlichen Augen handeln würde.

Traumhaft schön beschrieb ihr unglaubliches Aussehen nicht einmal ansatzweise. Und sie roch auch himmlisch. Wie Blutorangen, die mit Zimt bestreut worden waren.

Eine verlockende kleine Stolperfalle, die von einer uralten Aura umgeben war.

Was auch dazu geführt hatte, dass ich binnen einer Hundertstelsekunde beschlossen hatte, dass diese Frau eine

Bedrohung war. Sie mochte zierlich sein – die meisten Omegas waren das –, aber diese hier besaß ein einzigartiges Erbgut, die den Wolf in mir ein Knurren ausstoßen ließ.

Gefahr. Gefahr. Gefahr.

Und irgendwie war es ihr gelungen, mittels der Schatten direkt in die Suite meines Cousins zu wandeln.

Sie spannte ihren Kiefer an und gab mir damit eine weitere Beschreibung, die ich der Liste hinzufügen konnte: *stur.*

Na gut. Wenn sie es auf die Tour haben wollte, konnte sie das haben. „Glaub ja nicht, dass dich dein Omega-Status beschützen wird. Eindringlinge können wir hier nicht besonders gut leiden."

Ich bin mir nicht sicher, was mich mehr fasziniert: Wie gut du lügen kannst, oder die Tatsache, dass du in den vergangenen paar Minuten mehr Sätze von dir gegeben hast als in den vergangenen sechs Monaten zusammen.

Cillians sardonischen Worte waren eine unwillkommene Stimme in meinen Gedanken, aber ich hatte mich längst an seine telepathischen Fähigkeiten gewöhnt.

Ich werde sie in meinen Bau bringen, sagte ich zu ihm, während meine Schatten sich bereits um mich und die Omega schlangen.

Ihre Pupillen weiteren sich kurz, bevor das Zimmer um uns herum verschwand. Dann, als meine Gemächer sich materialisierten, blähte sie ihre Nasenflügel.

„Lass mich los", verlangte sie und versuchte sich aus meinem unsichtbaren Griff zu winden.

„Nein." Ich näherte mich ihr, was ihr Kinn an meine Brust stoßen ließ, bevor ich meine telekinetischen Fähigkeiten durch ihr Haar sandte, um ihren Kopf sanft zurückzuziehen.

Ihre plumpen Lippen öffneten sich überrascht und ihr Gesichtsausdruck bestätigte, dass sie langsam zu verstehen begann, wie allumfassend meine Kräfte waren. Ich benutzte sie nicht oft auf diese Weise, aber etwas sagte mir, dass diese kleine Omega ein Fluchtrisiko darstellte. Und ich würde nicht zulassen, dass sie sich in Luft auflöste, bevor ich ihr ein paar Fragen gestellt hatte.

„Sag mir, wie du heißt", knurrte ich zu ihr hinab, während Cillian hinter ihr erschien.

Jetzt bin ich mir plötzlich nicht mehr sicher, was ich tun soll. Normalerweise spielst du doch den stummen Gefährlichen und ich vernehme die Eindringlinge.

Ich ignorierte seine wenig hilfreiche Bemerkung und konzentrierte mich stattdessen darauf, den Augenkontakt mit der Omega aufrechtzuerhalten, die mich anfunkelte.

„Ich bin nicht hier, um Unruhe zu stiften. Ich will bloß mit Kieran sprechen."

Ich zog meine Augenbraue hoch. „Dass du den Blutsektor illegal betreten und dich in Kierans Gemächer geschlichen hast, lässt auf etwas anderes schließen. Vielleicht solltest du das nächste Mal versuchen, auf normalem Wege um ein Treffen zu ersuchen."

Sie sah mich mit verärgertem Blick in ihren grünen Augen an. „Verdammter Fritz."

Ich zog meine Braue noch etwas höher. Die Aussage ergab keinen Sinn.

Als sie sich weigerte, zu antworten, begann ich sie mit meiner mentalen Kraft nach Waffen und anderen gefährlichen Gegenständen abzusuchen. Meine telekinetischen Fähigkeiten waren in Situationen wie dieser unheimlich hilfreich.

Sie hat ein Messer in ihrem Stiefel, sagte ich zu Cillian.

Dessen bin ich mir bewusst.

Natürlich war er das. Wir beide konnten das Metall an

ihr riechen. Genauso, wie wir das *Blut* in ihrer Tasche riechen konnten. *Quinnlynns Blut?*, fragte ich, erkannte den Geruch wieder.

Offenbar. Cillian umrundete die Frau, um sich neben mich zu stellen. *Vielleicht ist es ihr deswegen gelungen, sich unbemerkt auf unser Gebiet zu schleichen?*

Ich erwiderte seine Aussage mit einem mentalen Knurren. Nach außen hin schien ich gelangweilt, wandte meinen Blick aber keine Sekunde von der gefährlichen Omega ab.

„Warum trägst du Prinzessin Quinnlynns Blut auf dir?", fragte Cillian sie.

Sie sah zu Cillian mit nichtssagendem Gesichtsausdruck an. „Ich werde mich nur vor Kieran rechtfertigen."

„Dann schlage ich vor, dass du uns einen Namen nennst, den wir ihm nennen können", murmelte Cillian mit täuschend charmantem Tonfall.

Ich sagte nichts, beobachtete die Frau, während sie über seine Worte nachzudenken schien. In ihrem Kiefer zuckte ein Muskel, was der einzige Hinweis darauf war, dass sie langsam ihre Geduld verlor. Ich stärkte meinen telekinetischen Griff um sie, war mir bewusst, dass sie vielleicht gleich versuchen würde, zu verschwinden.

Aber das würde nicht funktionieren, wo meine Kraft sie doch fesselte.

„Kyra." Der Name wurde von einem leisen Knurren begleitet, das ihre Verärgerung zum Ausdruck brachte. „Sag ihm, dass Kyra hier ist, um mit ihm über Quinn zu sprechen. Das Blut ist für ihn. Und sagt ihm, dass mein Angebot zu reden zeitlich begrenzt ist."

Kyra, wiederholte ich in Cillians Gedanken. Der Name war mir bestens bekannt.

Die Alpha-Mörderin, sinnierte er mit gelassener mentaler

Stimme. *Halb-Vampir, Halb-V-Clan-Wolf. Sie macht sich nichts daraus, dass sie unsere Grenzen überquert. Scheint keine Angst vor uns zu haben. Wie es scheint, macht sie ihrem Ruf alle Ehre.*

Mh-hm, meinte ich summend. Ich hatte bereits beschlossen, dass diese Frau gefährlich war. Jetzt sah ich sie erst recht als Bedrohung an. Sie konnte durchaus hier sein, um Kieran zu töten. Ich hätte vorgeschlagen, sie mit Ketten zu fesseln, bezweifelte aber, dass sie davon zurückgehalten würde.

Obwohl … Jetzt war ich nicht ganz sicher, ob meine Telekinese imstande wäre, sie auf längere Zeit zu fesseln.

Diese Omega hatte einen jahrtausendealten Wolf-Alpha niedergestreckt. Ihren *Gefährten*. Sowie ein paar weitere nicht identifizierte Alphas. Sie war die schwarze Witwe ihrer Art. Diejenige, die Alphas fürchteten, weil man sie viel zu leicht unterschätzte.

Ein hübsches, kleines *tödliches* Paket.

Ich werde Kieran kontaktieren, sagte Cillian. *Mal sehen, wie er weiterverfahren will.*

Ich gab um ein Haar ein Knurren von mir. Angesichts Kierans derzeitiger Stimmung würde er die Omega vermutlich töten wollen. Er war gerade auf die schlimmste aller Arten von seiner intendierten Gefährtin hintergangen worden, was ihn ziemlich unberechenbar machte.

Wenn Kyra seinen Zorn überleben wollte, würde sie so schutzlos wie möglich erscheinen müssen. Ihre Körpergröße half ihr damit allemal, aber ihre Augen verrieten die Kraft, die in ihr schlummerte.

Uralt. Wütend. Feindselig.

Ich ließ von ihrer Hüfte ab. „Folge mir." Ich zog meine Magie hinreichend zurück, um ihr das Gehen zu ermöglichen, während ich den Korridor hinab und in die Richtung meines Büros lief.

„Ich würde auf ihn hören, wenn ich du wäre", riet

Cillian ihr mit beiläufigem Tonfall. „Er ist Kierans Cousin. Wenn jemand den zukünftigen König des Blutsektors davon überzeugen kann, mit dir zu sprechen, dann er."

Ich hätte um ein Haar ein Schnauben von mir gegeben, weil Cillians Worte geradezu lächerlich waren. *Er hört viel eher auf dich als auf mich.*

Nur weil ich mit ihm spreche.

Dieses Mal gab ich ein belustigtes Schnauben von mir. Denn er hatte nicht unrecht.

„Wenn euer *zukünftiger* König zu lange braucht, um zuzustimmen, werde ich dafür sorgen, dass er Quinn nie wiedersehen wird", entgegnete Kyra, was mich mitten im Schritt innehalten ließ.

„Bedrohst du das Leben von Quinnlynn MacNamara?", fragte Cillian mit einer tödlichen Note in seiner Stimme, die der verärgerten Reaktion gleichkam, die sich in mir bemerkbar machte.

Kyra lachte abschätzig. „Als ob ich meiner besten Freundin jemals Schaden zufügen würde. Aber ich werde sie vor einem Alpha beschützen, der ihrer nicht würdig ist. Und so würde ich Kierans Desinteresse auch interpretieren, wenn er weiterhin seine Elitemänner für ihn sprechen lässt."

„Du weißt also, wo sie ist?", hakte Cillian nach.

„Offensichtlich", erwiderte sie ausdruckslos.

Cillian zog eine Augenbraue hoch. „Und du bist willens, Kieran ihren Standort zu verraten?"

Sie verschränkte ihre schlanken Arme vor der Brust und richtete sich trotzig auf. „Das kommt darauf an, ob er mir rechtzeitig eine Antwort auf meine *Terminanfrage* gibt." Diese letzten beiden Worte waren mit einem verärgerten Tonfall unterlegt. Eine Verärgerung, die ich nicht ganz verstand. „Aber wenn er mich noch länger warten lässt, werde ich gehen und verdammt noch mal sicherstellen, dass er sie niemals wiederfindet."

Na ja, das stimmte so nicht ganz. Da meine Kraft um ihr Wesen geschlungen war, würde sie nirgendwohin gehen können, aber ich machte mir nicht die Mühe, sie zu korrigieren.

Stattdessen musterte ich sie. Dass sie angeblich mit Quinnlynn befreundet war, weckte meine Neugierde. Es war nicht zu überhören, dass sie sie beschützen wollte. Aber das garantierte nicht, dass all ihre Behauptungen auch der Wahrheit entsprachen.

Frag Kieran, ob er von Kyra weiß, sagte ich zu Cillian. *Und erzähl ihm von dem Blut.*

„Du kannst in meinem Büro auf Kieran warten", ergänzte ich, meine Worte an Kyra gerichtet.

Ich wartete nicht darauf, dass sie mir gehorchen würde, und erwartete auch keine Antwort von Cillian.

Stattdessen trat ich in mein Arbeitszimmer und steuerte auf meinen leeren Schreibtisch zu. In meinem Büro waren überall Waffen versteckt, was es zu einem idealen Ort machte, um Kyra festzuhalten. Vorwiegend, weil ich so in der Lage sein würde, mich zu verteidigen.

Natürlich konnte sich das schlagartig ändern, wenn sie eines meiner versteckten Spielzeuge fand. Aber das war ein Risiko, das ich einzugehen bereit war.

Ein paar Sekunden verstrichen, in denen mein Wolf erwartungsvoll ausharrte. Diese Frau schien ihn zu interessieren, und das nicht nur, weil sie eine Omega war.

Sein Interesse nahm zu, als ihr zitroniger Duft meinen Bau flutete und ihr katzenähnlicher Blick jeden Zentimeter meines Gemachs musterte, als sie mein Büro betrat.

Ich zog meinen Stuhl zurück – der einzige Stuhl im Zimmer – und bot ihr damit wortlos einen vorübergehenden Waffenstillstand an.

Kyra sah den Stuhl einen Augenblick lang an, dann zuckte sie mit den Schultern und machte es sich darauf gemütlich, als handelte es sich dabei um ihren ganz persönlichen Thron.

Mir sträubten sich die Nackenhaare, als sie ihre Hand an ihre Hosentasche gleiten ließ, und meine Kraft entzündete sich erneut, gefasst darauf, sich wieder um ihr Handgelenk zu schlingen. Doch das Einzige, was sie tat, war, eine Ampulle mit Blut – *Quinns Blut* – hervorzuziehen und sie wie eine Opfergabe auf meinen Schreibtisch zu stellen.

Ich sah die Ampulle an, bevor ich ihr wieder in die Augen sah.

Sie sagte nichts.

Und auch ich gab kein Wort von mir.

Mehrere Minuten verstrichen, bevor sie ihren Kopf schieflegte und mich fragend ansah.

Ich machte mir nicht die Mühe, zu fragen, was sie wissen wollte. Vermutlich würde ich ihr die Frage nicht beantworten. Ich bezweifelte zudem, dass es sich dabei um etwas handelte, das ich wissen wollte.

In ihren Iriden flackerte verborgene Magie und ihre Aura schien voller uralter Energie zu pulsieren.

Verlockend, sinnierte ich und musterte sie ein weiteres Mal.

Wenn eine andere Omega derart tödliche Gebaren an den Tag gelegt hätte, wäre ich vielleicht versucht gewesen, zu spielen. Ich war immer für einen kleinen Kampf zu haben. Aber diese Omega mochte etwas mehr sein als ich stemmen konnte.

Ich konnte sie fast schon meinen Tod planen hören, was auch das leichte Zucken ihrer Lippen erklärt hätte.

Diese Frau genoss es, Schmerzen zuzufügen.

Obschon das vielleicht in gewisser Hinsicht interessant

21

sein konnte, so war ich nicht so lange am Leben geblieben, um mich von der Aussicht auf einen sinnlichen Tod verführen zu lassen.

Er kommt, informierte Cillian mich und schloss sich mir im Büro an.

Im nächsten Augenblick kitzelte Kierans Geruch meine Nase. Er kam aus dem Schlafzimmer. Angesichts dessen, dass wir dieselbe Größe und Statur hatten, ging ich davon aus, dass das bedeutete, dass mein Cousin mittels seiner Schatten dorthin gereist war, um sich eine Hose anzuziehen. Er war vermutlich in seiner Wolfsform laufen gegangen, höchstwahrscheinlich, um einen Teil seiner Aggression loszuwerden.

Ich begann auf die Bürotür zuzugehen, verspürte plötzlich das Bedürfnis, den emotionalen Zustand meines Cousins zu ermitteln. Es würde uns beiden nichts nützen, wenn er aggressiv auf die Omega zugehen würde, die sich in meinem Arbeitszimmer aufhielt. Sie war eine Bedrohung unbekannten Ausmaßes. Eine uralte Omega, die über unsägliche Kräfte verfügte.

Eine Alpha-Mörderin.

Und ich wollte nicht, dass sie in meinem Bau wütend wurde. Nicht, wo ich doch nicht sicher war, wie gut ich sie in ihre Schranken weisen konnte.

Kieran erwartete mich in der Tür zu meinem Arbeitszimmer. Er sah mit seinen dunklen Augen in meine und hielt den Blickkontakt.

Die meisten Wölfe hätten den Kopf eingezogen, das Bedürfnis, sich in seiner Anwesenheit zu unterwerfen, zu groß. Doch ich und Cillian waren fast genauso alt und mächtig wie Kieran, sodass Blickkontakt kein Problem für uns war.

Cillian und ich folgten Kieran, weil wir es tun wollten, nicht weil wir das mussten.

Mein Cousin sah mich suchend an, während ich rasch seine Stimmung einschätzte. Er stellte keine Fragen und verlangte auch nicht, dass ich beiseitetreten sollte. Er starrte mich bloß mit neugierigem Blick an.

Das reicht mir, beschloss ich. Ich trat beiseite und gab Sicht auf die Omega frei, die hinter meinem Schreibtisch saß.

Er schlenderte mit einer eleganten, flüssigen Bewegung ins Zimmer, die darauf hindeutete, dass sein Wolf noch immer ganz nah unter der Oberfläche lauerte. Seine Aufmerksamkeit wanderte zuerst zur Ampulle und er blähte seine Nasenflügel, bevor er Kyra von Kopf bis Fuß musterte.

„Wo ist sie?", verlangte er zu wissen, machte sich keine Mühe, Höflichkeiten auszutauschen.

Zum Glück schien Kyra seine Ungeduld zu teilen. „Im Refugium", erwiderte sie, ohne zu zögern.

Ich näherte mich Kieran, mein Blick auf der tödlichen Omega verweilend, die vor uns saß. Ihre Erwähnung *des Refugiums* deutete an, dass sie hinsichtlich ihrer Freundschaft zu Quinnlynn nicht gelogen hatte, da Quinnlynn den Begriff gegenüber Kieran zuvor schon benutzt hatte.

Und er hatte die Details mit mir und Cillian geteilt.

Es handelte sich dabei um den Ort, an den Quinnlynn versprochen hatte, Kieran diese Woche zu bringen. Leider hatte sie ihn hintergangen und war stattdessen geflohen.

„Sag mir, wo das ist. Sofort." Kierans Tonfall machte klar, dass er keinen Widerspruch dulden würde, und unterstrich seinen Alpha-Status.

„Ich kann nicht. Du musst erst das Blut trinken." Sie zeigte mit ihrem spitzen Fingernagel auf die Ampulle, die auf dem Schreibtisch stand. „Aber ich bin mir nicht sicher, ob es funktionieren wird."

Kieran runzelte die Stirn. „Funktionieren?"

„Ob es funktionieren wird, den Barrierezauber auf der Insel zu durchbrechen. Dazu muss man vollständig verpaart sein, aber ich hoffe, wir können den Zauber austricksen, indem du ihr Blut aufnimmst." Sie stieß sich vom Schreibtisch ab und stand auf. „Also trink aus. Dann werde ich dich zu ihr bringen."

Auf keinen Fall. Ich nahm einen Schritt nach vorn und legte meine Hand auf Kierans Schulter. Denn … Nein. Das kam nicht infrage.

„Warum sollte ich mit dir irgendwo hingehen?", wollte er wissen. „Ich weiß alles von deiner Vorliebe, Alphas zu töten, Kyra. Und ich habe nicht vor, dein nächstes Opfer zu werden."

Ich nehme an, das bedeutet, dass er bestätigt hat, dass Quinnlynn sie kennt?, riet ich, meine Worte an Cillian gerichtet.

Er war nicht überrascht über ihr Erscheinen, was mich zum Schluss hat kommen lassen, dass er sie kennt.

Hm.

Auf Kyras Lippen machte sich ein katzenähnliches Grinsen breit, das zu ihren Augen passte. „Ich töte nur Alphas, die es verdient haben, Kieran. Hast du etwas getan, um meinen Zorn zu verdienen?"

„Ich weiß es nicht", erwiderte Kieran. „Habe ich das?"

„Du fängst gerade damit an." Sie streifte mit geschmeidigen und verlockenden Bewegungen auf ihn zu, was ihren Ruf einer sinnlichen kleinen Mörderin bestätigte. „Deine zukünftige Gefährtin ist verletzt und beginnt gerade ihre Läufigkeit. Wenn du dich weiterhin weigerst, ihr zu helfen, dann wirst du meinen Zorn zu spüren bekommen."

Kieran starrte bloß auf sie herab, aber ich wusste, dass er sie nicht unterschätzen würde. Wir drei hatten zu lange in dieser Welt überlebt, um unseren Egos zu erlauben, klare und offensichtliche Logik zu überschatten.

„Sie ist meine beste Freundin, Kieran", fuhr Kyra fort. „Und ich habe sie schreiend in ihrem Nest zurückgelassen. Wenn du also nicht mit mir kommen willst, dann sag es jetzt. Irgendjemand muss ihr Trost spenden, und auch wenn sie sich dich wünscht, kann ich sie nicht einfach alleine leiden lassen."

Kieran kniff seine dunklen Augen zusammen. „Sie hat mich ziemlich spektakulär abgewiesen, also vergib mir, dass ich dir nicht glaube, dass sie mich *will*."

„Ist er schwerhörig geworden, als ihn der Zauber hierher zurückgeschickt hat?", fragte sie beiläufig. Ihr Blick fiel auf mich, dann wanderte er zu Cillian. „Ich könnte schwören, ich habe ihm gerade die Sachlage erklärt."

„Wie wäre es, wenn du es noch einmal versuchst?", schlug Cillian mit emotionslosem Tonfall vor.

Sie rollte ihre Augen und sah dann zurück zu Kieran. „Der *Barrierezauber* hat dich abgewiesen. Nicht Quinnlynn. Er hätte sie fast umgebracht."

„Du meinst den Zauber, den sie benutzt hat, um ohne mich durch die Schatten zu wandeln?"

Sie funkelte mich an. „Nein, Trottel. Ich spreche vom Barrierezauber, der die Insel schützt."

Ich knurrte angesichts ihres Tonfalls und des beleidigenden Spitznamens, den sie meinem Cousin gegeben hatte. Er war der zukünftige König des Blutsektors. Das verlangte etwas Respekt.

Aber Kyra ignorierte mich komplett und fuhr fort: „Er hat sie beim Aufprall bewusstlos geschlagen und das hat dazu geführt, dass sie gegen einen Eisblock geprallt und in das nahe gelegene Wasser gefallen ist. Dann ist sie aufgewacht und kurz darauf läufig geworden. Und jetzt bin ich hier, weil sie dich braucht."

„Was schützt dieser Barrierezauber?"

„Das Refugium."

Offensichtlich, dachte ich mir.

„Was ist das Refugium?", wollte Kieran mit ungeduldigem Tonfall wissen. Sein irischer Akzent war jetzt stärker zu vernehmen. „Sag mir, was es ist, und ich überlege, ob ich mit dir gehe."

„Kieran." Sein Name kam mir mit einem Knurren über die Lippen. Ich durfte nicht zulassen, dass er womöglich einwilligen würde.

Er hielt seine Hand hoch und bedeutete mir mit der Geste, still zu sein, was mich erschaudern ließ. *Er zieht doch nicht wirklich ernsthaft in Erwägung, mitzugehen?*, dachte ich in Cillians Richtung. *Er weiß, wozu Kyra fähig ist.*

Er ist geblendet von seinem Bedürfnis danach, seine Gefährtin zu finden.

Dann müssen wir ihn wachrütteln.

Da stimme ich dir zu, erwiderte Cillian.

„Quinnlynn sagte, sie müsse es mir zeigen, damit ich es verstehe", fuhr Kieran fort, sein Tonfall jetzt etwas weniger heftig als noch eben, aber nach wie vor streng. „Doch nach allem, was passiert ist, traue ich weder ihr noch dir. Also sag mir stattdessen, was es ist."

„Sie hat es dir nicht gesagt?" Ein Hauch Nervosität hatte sich in Kyras Gesicht und Tonfall geschlichen. Sie musterte Kieran misstrauisch.

„Offensichtlich nicht."

„Aber sie … sie hat gesagt, sie wolle sich mit dir verpaaren", sagte Kyra bedächtig. Ein verwirrter Ausdruck zog auf ihrem Gesicht auf. „Ich … ich bin hier, um ihr zu helfen, dachte ich. Es sei denn … vielleicht liegt es an ihrem Zyklus?"

Kyra nahm einen unsteten Schritt zurück und ihre Schatten erwachten unter meinen telekinetischen Fesseln zum Leben. Ich reiste instinktiv durch die Schatten hinter sie und legte meine Hand an ihre Hüfte, um meinen magischen Griff um ihr Wesen zu verstärken.

Sie erschauderte und ihr Herz setzte einen Schlag aus.

Ihre Kraft erwachte erneut zum Leben, was meine aufbrausen ließ.

Nicht so schnell, kleine Mörderin, dachte ich in ihre Richtung, war mir bewusst, dass sie mich nicht wirklich hören konnte. Aber ich übermittelte die Worte, indem ich etwas fester zudrückte. *Du hast dich in unseren Sektor geschlichen und nach einem Treffen mit unserem zukünftigen König verlangt. Du wirst hierbleiben, bis er sagt, dass du gehen kannst.*

Kierans dunkle Augen sahen mit wissendem Blick in meine. *Du hast sie gefesselt*, schien er zu sagen.

Ja, habe ich, bestätigte ich, während Kyra ein drittes Mal versuchte, zu fliehen.

Ihr Puls beschleunigte sich, als ihre Bemühungen keine Früchte trugen. Die Omega zeigte erste Anzeichen von Unsicherheit.

Also kann man dich unterwerfen, sinnierte ich. *Kannst du auch kooperieren? Oder werde ich gezwungen sein, dich mit einigen meiner tödlicheren Fähigkeiten bekanntzumachen?*

Kieran konnte geduldig sein. Aber er würde tun, was immer nötig war, um seine intendierte Gefährtin zu finden. Genauso, wie ich alles tun würde, worum er mich bat, um ihn in seiner Mission zu unterstützen.

Darin inbegriffen, die kleine Mörderin vor mir zu vernehmen.

Fang an, auszupacken, versuchte ich ihr mit meiner Berührung zu sagen. *Andernfalls werde ich gezwungen sein, dich zum Reden zu bringen.*

KYRA

Kieran weiß nicht, was das Refugium ist …

Habe ich …?

Ich hätte mehr Messer mitbringen sollen …

Was, wenn …?

Meine Gedanken kreisten und machten mich ganz benommen. Die Worte, die durch meine Kopf sausten, waren das reinste Wirrwarr.

Reiß dich zusammen, Kyra, sagte ich zu mir selbst. *Du kannst es dir jetzt nicht leisten, unachtsam zu werden.*

Vor allem, weil Lorcan meine Fähigkeit, durch die Schatten zu reisen, blockierte. Er mochte mir seinen Namen nicht genannt haben, aber ich hatte ihn mittels unserer Interaktion erfahren. Es gab nur einen weiteren Alpha in Island, der über so viel Kraft verfügte, und da ich Cillian bereits begegnet war, ließ das nur noch Lorcan übrig.

Ich gab um ein Haar ein frustriertes Knurren von mir, während mein Wolf in mir mit wachsender Unruhe auf- und abging. Trotz all meiner Vorkehrungen hatte ich nicht miteinberechnet, dass ein Alpha vielleicht die Fähigkeit besitzen würde, mich zu erden. Das hier war zweifellos eine neue Erfahrung und sie gefiel mir überhaupt nicht.

„Erzähl uns von diesem Refugium", verlangte Kieran.

Ich schluckte schwer. „Ich … Ich dachte, du wüsstest … Sie … Sie hat versucht, dich dorthin zu bringen. Warum sollte sie …?"

Hatte ich das wirklich alles falsch verstanden? Hat Quinn wieder versucht, ihm zu entkommen?

„Es ist schon so viele Jahre her, seit ich sie das letzte Mal gesehen habe. Vielleicht habe ich sie falsch verstanden?"

Was bedeutete, dass ich mich in beträchtliche Gefahr begeben hatte, indem ich hierhergekommen war und mich bemerkbar gemacht hatte.

Denn jetzt war ich von drei tödlichen Alphas umstellt. Einer davon hatte es irgendwie geschafft, meine Schattenwandelfähigkeiten zu behindern.

Das wird nicht …

„Sie sagte mir, es sei ein Ort, den ich sehen müsse." Kierans irischer Tonfall unterbrach meine Gedanken mit flachem Tonfall. „Dann sagte sie, nur sie könne mich dorthin teleportieren, woraufhin ich beschloss, ihr zu vertrauen. Danach hat sie mich mit ihrem Zauber abgelehnt."

„Warum sollte sie versuchen, ihn dorthin zu bringen, wenn sie nicht vorhatte, ihm die Wahrheit zu sagen?", unterbrach Cillian, als er sich neben Kieran stellte.

„Oder es war alles nur ein Trick", murmelte der Alpha hinter mir und sein Griff um meine Hüfte verstärkte sich abermals. Er schien mir mit seiner Berührung etwas sagen zu wollen, aber ich hatte nicht die leiseste Ahnung, was.

Vielleicht ist es eine Warnung? Vielleicht will er mich auf diese Weise daran erinnern, dass er meine Kräfte blockiert?

Oder fordert er mich damit subtil dazu auf, etwas zu sagen? Dass ich meine Freundin verteidigen sollte?

„Es war keine List", erwiderte ich, meine Worte eher für Lorcan und weniger für die anderen bestimmt. „Ich habe gespürt, wie sie versucht hat, Kieran hereinzubringen. Dann hat Fritz sie am eisigen Ufer treibend gefunden. Er hat mir geholfen, sie hereinzubringen."

„Fritz?", wiederholte Kieran. „Wer zum Teufel ist Fritz?"

Scheiße. Das hätte ich nicht sagen sollen.

Aber allem Anschein nach konnte ich es mir nicht verkneifen, zu antworten. Es war, als würde Lorcans Berührung mir alle Geheimnisse entlocken. Selbst jene, die ich bewahren wollte.

„Ein Beschützer." Das Geständnis kam mir im Flüsterton über die Lippen. „Das Refugium …" Ich verstummte und meine Aufmerksamkeit wanderte zurück zu Kieran. „Es handelt sich dabei um einen Zufluchtsort für Omegas. Die MacNamara-Magie schützt die Insel. Und sie dient als Barriere. Nur Omegas können hindurchgehen. Oder ihre Gefährten."

Er zog seine Augenbrauen hoch. „Eine Insel für V-Clan-Omegas?"

Ich schüttelte meinen Kopf. „Omegas aller Art." Und ich hatte sie alle soeben auf die schlimmstmögliche Weise hintergangen.

Es sei denn, Quinn wollte wirklich, dass Kieran davon weiß. Warum sonst hätte sie versucht, ihn durch die Barriere zu schleusen?

Nichts deutete darauf hin, dass er versucht hatte, sie dazu zu überreden. Tatsächlich hörte sich seine Geschichte an, als hätte sie ihm die Wahrheit zeigen wollen, um ihre Freiheit zu erlangen.

Aber wenn dem so gewesen wäre, hätte Quinn das

Refugium niemals erwähnt. Sie hätte einen anderen Weg gefunden, um ihm zu entkommen.

Also hat sie gewollt, dass er davon weiß.

Das war die einzige Erklärung dafür, warum sie versucht hatte, ihn durch die Barriere zu schleusen. Und ich war jetzt hier, um ihr zu helfen. Um ihren Gefährten zu ihr zu bringen. Um das Überleben meiner besten Freundin zu gewährleisten.

Und doch steht er jetzt hier und lässt seinen Elitemann mich unsanft behandeln.

Ein Hauch Verärgerung half mir, mich im Moment zu erden, und erinnerte mich an meine Kraft. Meine Aufgabe. Meinen *Daseinszweck.*

Ich war nicht die Art von Omega, die sich von Alphas herumschubsen ließ. Ich brachte sie dafür um, es überhaupt zu versuchen.

Etwas an diesem Trio hatte mich vergessen lassen, wer ich war. Vielleicht waren es ihre vereinten Kräfte. Immerhin waren sie die stärksten V-Clan-Alphas, die existierten.

Und anders als die meisten Alphas scheinen sie mich nicht zu unterschätzen, dämmerte mir und meine Augenbraue drohte, nach oben zu wandern. *Sie behandeln mich wie eine Ebenbürtige, indem sie meine Kräfte behindern und mich dazu zwingen, zu reden.*

Nicht gewalttätig, nur … bestimmt.

„Deshalb hat ein Alpha ihre Eltern ermordet", murmelte Kieran. Seine Worte rissen mich aus meinen Gedanken. „Aber was hat der Mord an ihnen bewirkt? Hat es die Magie der Barriere geschwächt?"

Ich runzelte die Stirn. „Nein. Die Magie hielt wegen Quinnlynn."

„Was hat der Mord dann bewirkt?"

„Der Alpha hat sie nicht direkt ermordet.", sagte ich

mit bedächtigem Tonfall und überdachte meine Antwort, bevor ich näher darauf einging.

Aber Quinn hatte Kieran ganz offenbar unseren Verdacht offenbart, dass ein Alpha-Prinz ihre Eltern umgebracht hatte, weil alle anderen glaubten, dass das Flugzeug ganz einfach eine Störung gehabt hatte und explodiert war. Nur ein paar Wenige kannten die Wahrheit.

Und diese Wenigen beinhalteten jetzt auch Kieran und seine Elitemänner.

Also konnte es nicht schaden, ihnen eine detailliertere Erklärung zu liefern.

„Er hat ihr Flugzeug mit einem Ortungszauber belegt, und die einzige Möglichkeit, ihn zu umgehen, war, woanders zu landen", sagte ich ihnen. „Doch es gab keinen sicheren Ort zum Landen … nicht da, wo sie waren. Nicht ohne zu viel zu verraten. Also … entschieden sie sich, auf dem offenen Meer zu sterben."

„Das ist es also, was Quinnlynn meinte", erwiderte Kieran. „Sie hat gesagt, dass der Täter das Flugzeug verzaubert hat und sie es zum Absturz bringen mussten. Aber sie hat nicht näher erklärt, warum." Er hielt einen Moment inne, bevor er ergänzte: „Deshalb ist sie im Bariloche-Sektor geblieben. Deshalb brauchte sie meine Heilkräfte. Das war der Grund, warum sie weggelaufen ist."

„Sie konnte niemandem trauen", gab ich laut zu. „Schon gar nicht einem Alpha-Prinzen."

Er nickte mit verständnisvollem Ausdruck, der mit einem Hauch Reue unterlegt war.

Gut. Du solltest dich auch schlecht dafür fühlen, dass du sie angezweifelt hast, dachte ich mir, bevor ich hinzufügte: „Aber sie hat versucht, dich ins Refugium zu bringen. Und jetzt braucht sie dich mehr denn je. Sie ist nicht nur läufig geworden, sondern heilt auch langsamer, als sie sollte, wahrscheinlich weil sie ihre gesamte Energie in die Barriere fließen lässt."

Er musterte mich ein Weilchen länger und die Gewissensbisse schienen immer tiefer zu reichen.

Was bedeutete, dass ich den Sprung wagen und ihm alles erzählen musste. Dass ich ihm alles verständlich machen musste. Ihn dazu bringen musste, einzuwilligen.

Denn Quinn blieb nicht mehr viel Zeit, bevor sie sich vollends in den Wogen der Läufigkeit verlor, und ich war mir nicht sicher, was dann mit ihr und dem Refugium geschehen würde.

„Ich weiß nicht, ob du durch das Trinken ihres Blutes durch die Barriere kommst, aber wir müssen es versuchen", informierte ich ihn mit leicht drängendem Tonfall. „Das Refugium braucht sie. Verdammt, das Refugium braucht ihren Alpha. Ich habe sie noch nie so schwach gesehen. Es ist, als verbrauche sie ihre ganze Lebensenergie, um die Magie aufrechtzuerhalten."

Kieran musterte mich einen langen Augenblick mit ausdruckslosem Gesicht.

Das war der Moment, in dem er entweder meinen Erwartungen gerecht werden oder er meine Vorurteile widerlegen würde.

Was wird es sein, Alpha? Machst du dir wirklich etwas aus meiner Freundin? Oder bist du wie alle anderen?

„Wir lassen Kieran nirgendwo allein hingehen", sagte Cillian, was mich blinzeln ließ. Ich hatte beinahe vergessen, dass er hier war, obwohl er direkt neben dem anderen Mann stand.

Lorcan beschloss in diesem Moment, mich ebenfalls an seine Anwesenheit zu erinnern, indem seine Finger an meiner Hüfte zuckten.

Wie konnte ich vergessen, dass er hier ist? Und warum habe ich noch nicht versucht, ihn zu bekämpfen?

Ich hasste es, von Alphas berührt zu werden. Vorwiegend, weil meine innere Wölfin sich danach zu verzehren schien. Selbst jetzt. Sie hatte sich zufrieden zu einer Kugel eingerollt und schnurrte aufgrund seiner Nähe – was die völlig verkehrte Reaktion auf einen derart tödlichen Mann war.

Zum Glück war mein innerer Vampir eher logisch gestrickt.

Wenn diese beiden Elitemänner Kieran nicht mit mir zum Refugium reisen lassen würden … „Dann kannst du mir nicht helfen."

Was bedeutete, dass ich kostbare Minuten hier verschwendet hatte und es an der Zeit war, zu gehen.

Ich versuchte Lorcans Griff zu entwischen, indem ich einen Schritt zur Seite machte, woraufhin er nur noch fester zudrückte und seinen Mund an mein Ohr presste. „Er sagt nicht, dass Kieran nicht gehen darf", sagte er mit tiefer Stimme, die mit einem warnenden Tonfall unterlegt war, der seiner Berührung ähnelte. „Er sagt, dass wir ihn nicht *allein* mit dir gehen lassen werden."

Kieran sah seinen Cousin mit offen stehendem Mund an. Er hätte wohl denselben Ausdruck in meinem Gesicht gesehen, wenn Lorcan mir erlaubt hätte, mich zu ihm umzudrehen.

„Einer von uns begleitet euch", ergänzte er an mein Ohr gepresst.

Cillian nickte zustimmend. „Einer von uns wird euch begleiten, um Kieran zu schützen."

Das können die beiden doch nicht ernst meinen. „Hat mir denn keiner von euch zugehört?", rief ich aus. „Die Barriere lässt nur Omegas und ihre Gefährten durch."

„Und du bist unverpaart", erwiderte Cillian, ohne zu zögern. „Da du deinen Vampir-Gefährten getötet hast."

Ganz recht, sagte ich um ein Haar laut.

Aber dann … Dann drang die Bedeutung seiner Worte zu mir durch. Oder viel eher, was er damit implizieren wollte.

Er kann doch nicht etwa andeuten wollen …

„Verbinde dich mit einem von uns, damit wir mit dir die Barriere durchqueren können", sagte er ausdruckslos und bestätigte damit meine Befürchtung.

„So kann einer von uns Quinnlynn zurück zu ihm bringen, wenn Kieran sie nicht durchqueren kann."

„Glaubst du, ich habe nicht versucht, sie hierher zu bringen? Denn glaub mir, das habe ich." Ich hatte es gestern Nacht versucht, da Quinn mit Kieran wiederzuvereinen mein erster Gedanke gewesen war. „Aber die Barriere hat reagiert, und Quinnlynn hat so laut geschrien, dass sie das ganze Refugium aufgeweckt hat."

„Wir sollen dir vertrauen?", fragte Cillian. „Ich glaube …"

„Du hast uns keinen einzigen Grund gegeben, dir zu vertrauen", unterbrach Lorcan ihn. „Wir haben dich mit einem Dolch bewaffnet in Kierans Gemächern gefunden."

Ich rollte mit den Augen. Ich hatte das Messer nicht einmal hervorgeholt. Es steckte noch immer in meinem verdammten Stiefel. *Außerdem war es …* „Zu meinem Schutz", gab ich zähneknirschend von mir. „Ich bin nicht hier, um jemanden zu verletzen. Ich versuche, Quinn zu helfen."

„Und abgesehen von ein paar ausgefallenen Erklärungen, die wahr sein könnten oder auch nicht, hast du uns keinen wirklichen Grund gegeben, dir zu vertrauen", konterte Lorcan, sein irischer Akzent weitaus weniger stark als Kierans und Cillians.

Nicht, dass ich mich derzeit darum scherte. Nicht, wenn diese Arschlöcher doch jedes einzelne meiner Worte anzweifelten.

„Also stellt ihr mir ein Ultimatum", überlieferte ich, meine Worte von meiner steigenden Verärgerung durchtränkt.

„Nein, wir geben dir die Gelegenheit, deine Loyalität zu beweisen", konterte Cillian.

„Indem ihr mich zwingt, mich mit einem von euch zu verpaaren." Ich stieß ein humorloses Lachen aus. „Wie ritterlich."

„Glaubst du, wir wollen eine Gefährtin? Noch dazu eine, die dafür bekannt ist, dass sie ihren letzten Alpha getötet hat?", wollte Cillian wissen.

Ich kniff meine Augen zusammen. Er wusste nichts über Alpha Fare oder warum ich ihn getötet hatte, und doch ließ er es so klingen, als wäre *ich* die Böse. *Mistkerl*.

Leider war er noch nicht fertig.

„Wir sind beide weit über tausend Jahre alt, Omega. Wenn wir eine Gefährtin wollten, hätten wir uns schon längst eine genommen. Wir sind Kieran verpflichtet und nur Kieran. Wenn das bedeutet, dass wir uns eine unausstehliche Göre als Gefährtin nehmen müssen, um seine Sicherheit zu gewährleisten, dann ist das eben so."

„Das ist wahre Loyalität", ergänzte Lorcan. „Wir würden für ihn sterben. Würdest du das auch für deine vermeintlich beste Freundin tun?"

Ich konnte das Knurren, das in meinen Rachen stieg, nicht zurückhalten. Denn scheiß auf *das hier* und scheiß auf *sie*. „Ihr beide wisst nichts über mich." Oder was ich durchgemacht hatte. Oder was ich zu tun bereit war, um Quinn zu helfen.

„Wir wissen genug, um dir nicht zu trauen, kleine

Mörderin", entgegnete Lorcan. Seine Stimme und Nähe brachten mein Blut zum Brodeln.

Ich habe es satt, mitzuspielen.

Ich packte Lorcans Handgelenk und versenkte meine Fingernägel in seiner Haut. Er stieß ein Zischen aus und ließ kurz von mir ab, sodass ich zu ihm herumwirbeln konnte. „Du vertraust mir nicht, willst mich aber zu deiner Gefährtin machen?"

„Ich will dich überhaupt nicht zu meiner Gefährtin machen", konterte er. „Aber das ist der beste Weg, um Kieran zu beschützen. Und es zwingt dich, deine Absichten zu offenbaren."

„Ich sollte gar nichts beweisen müssen. Quinn braucht ihren intendierten Gefährten. Entweder will er zu ihr gehen oder nicht. Ende der Diskussion."

„Die Frage lautet nicht, ob Kieran zu ihr will oder nicht. Die Frage lautet, ob du tun wirst, was immer nötig ist, um deiner Freundin zu helfen." Er zog arrogant eine Augenbraue hoch. „Wir würden alles für Kieran tun, darin inbegriffen, eine bekannte Alpha-Mörderin zu töten. Wie weit wirst du gehen, um Quinnlynn zu beschützen, Kyra? Oder spuckst du nur große Worte?"

Cillian murmelte etwas hinter mir, aber ich konnte ihn nicht hören, weil das Blut so laut durch meine Ohren rauschte.

Diese Alphas hatten echt Nerven, meine Treue zu Quinn infrage zu stellen, nachdem ich mein Leben riskiert hatte, indem ich hierhergekommen war, um Kieran um Hilfe zu bitten.

„Ich habe verdammt noch mal keine Zeit für so was", keifte ich. „Aber du kannst mir glauben, dass ich dir den Arsch aufreißen werde, wenn ich zurückkomme, *Alpha.*" Dass mein englischer Akzent – den ich mir vor Hunderten von Jahren abgewöhnt hatte – sich zeigte, bestätigte bloß, wie genervt ich von dieser Situation und diesen arroganten Alphas war.

Scheiß darauf und scheiß auf euch, dachte ich, während ich meine Schattenwandelfähigkeiten aktivierte.

Doch sie fransten aus. *Schon wieder.*

Lorcans Ausdruck war eiskalt und kalkulierend, als er fragte: „Probleme, *Omega*?"

Ich knurrte ihn an. „Na schön. Du willst eine Demonstration meiner Loyalität? Ich werde dir Loyalität zeigen." Ich griff nach seinem Haar und zog ihn zu mir.

Dann versenkte ich meine Fangzähne in seinem Hals.

„Scheiße!", schrie Kieran hinter mir.

Ganz recht, dachte ich, ganz begierig darauf, Lorcan den Hals aufzuschlitzen.

Aber dann *knurrte* dieses Arschloch.

Ein warnender Laut.

Ein tiefes Vibrieren der Kraft.

Ein Flüstern, das mit Absicht behaftet war. Von seinem Wolf zu meinem.

Meine Knie wurden umgehend weich und mein Inneres schmolz allein bei diesem Geräusch dahin. Er fing mich auf, als meine Knie einknickten, und seine starken Arme hoben mich hoch, bevor er seinen Mund an meinen Hals drückte.

Scheiße. Scheiße. Scheiße.

Seine Zähne punktierten meine Haut und entlockten mir ein Wimmern von tief drinnen.

Meine wölfische Seite schnurrte.

Meine vampirische Seite schreckte zusammen.

Und ich … Ich wurde ganz einfach … schlapp.

„Hast du deinen verdammten Verstand verloren?", keifte Kieran.

„Wir sind deine Elite", erwiderte Cillian. „Es ist unsere Aufgabe, dein Leben zu schützen."

„Nicht auf Kosten des eigenen Lebens", entgegnete der zukünftige König des Blutsektors.

„Es ist vollbracht", erwiderte Lorcan, seine Stimme tief und hypnotisierend. Mir schwirrte der Kopf. Eben noch hatte ich ihn töten wollen, und jetzt …

Jetzt will ich … etwas völlig anderes.

Das wird nie passieren, kleine Mörderin, sagte er in meinen Gedanken und ließ dann von mir ab.

Ich blinzelte. *Was?* Ich blinzelte erneut. Sein strenger Gesichtsausdruck rückte immer wieder in Fokus und verschwamm dann wieder. Dann spürte ich seine Präsenz in meinem Kopf. In meinem Herzen. *In meiner Seele.*

Genauso wie er.

Wie Alpha Fare.

Mein Herz stand still und mir stockte der Atem.

Wir sind Gefährten.

Lorcan und ich sind Gefährten.

Das passiert, wenn eine Omega einen Alpha beißt und er sie zurückbeißt. Lorcans ungerührte Aussage hallte durch meine Gedanken, während er in meinem Kopf herumwühlte.

Aufhören, verlangte ich.

Doch das tat er nicht.

Er suchte nach etwas, erforschte die Untiefen meines Bewusstseins und ermöglichte mir Zugang zu seinem, um es ihm gleichzutun.

Also tat ich das.

Wenn er in meinen Gedanken herumwühlen wollte, würde ich dasselbe in seinen tun.

Aber schon der erste, den ich fand, ließ mich innehalten. Denn er bestätigte, dass er nicht gelogen hatte, als er gesagt hatte, dass er keine Gefährtin wollte. Allein der Gedanke daran, seine Seele an eine andere zu binden, widerstrebte ihm zutiefst. Aber er hatte es dennoch getan.

Für Kieran.

Für seinen Cousin.

Sie standen sich so nahe wie Brüder, da sie über tausend Jahre zusammen überlebt hatten. Lorcan hatte Kieran vor Ewigkeiten Treue geschworen und er hätte alles getan, um die Sicherheit des anderen Mannes zu gewährleisten.

Darin inbegriffen, mich zu seiner Gefährtin zu machen.

Etwas, das zu tun er zutiefst bedauerte. Doch er würde mit den Konsequenzen leben, die diese Verbindung mit sich brachte.

Ich sah ihn staunend an, schockiert über die Einsicht, die sich mir offenbart hatte. Nicht weil sie mich traurig stimmte oder meine Gefühle verletzte, sondern weil es so abnormal schien.

Die meisten Alphas nahmen sich Gefährtinnen, um ihre Brunft und ihr Bedürfnis nach Fortpflanzung zu befriedigen.

Aber nicht Lorcan. Er verspürte kein Verlangen, diese Dinge zu tun.

Oh, er war alles andere als unschuldig. Ich erhaschte flüchtige Einblicke in seine Vergangenheit in seinem Bewusstsein, von vormaligen Omegas, die er ins Bett genommen hatte. Aber keine von ihnen hatte ihm etwas bedeutet. Oder zumindest hatte er sie nicht als seine Gefährtinnen gesehen. Er schlief aus Pflichtbewusstsein mit Omegas, um ihnen durch ihre Läufigkeit zu helfen.

Während er immer eine Pille schluckte, die dafür sorgte, dass er keine Nachkommen zeugen würde.

Wie … anders, sinnierte ich. *Ein Alpha, der keinen Nachwuchs will.*

Lorcan lachte schnaubend in meinem Kopf. Dann blickte er über seine Schulter zu Kieran und sagte. „Sie sagt die Wahrheit."

„Echt jetzt?", fauchte ich, während ich meine Hand

auf die Bisswunde an meinem Hals legte und zurück zu Cillian blickte. „Wenigstens weiß ich, dass es dein Kumpel ernst meinte, als er sagte, ihr wolltet keine Gefährtinnen."

„Wir müssen gehen", sagte Lorcan und blendete mich aus. „Trink das Blut. Wenn es nicht klappt, werde ich Quinnlynn hierher zurückbringen."

In Kierans beinahe schwarzen Augen blitzte ein obsidianschwarzes Feuer auf, als er meinen neuen Gefährten anfunkelte. „Wir sind mit dieser Diskussion noch nicht fertig, verdammt." Er machte sich seine Schatten zunutze, um zum Schreibtisch zu gelangen und nach der Ampulle zu greifen. Seinen Bewegungen wohnte eine tödliche Aura inne.

„Du kannst dich später bei mir bedanken", meinte Lorcan ausdruckslos.

Kieran kniff seine Augen noch fester zusammen, doch dieses Mal wanderte sein Blick von Lorcan zu mir und sein Kiefer spannte sich an. „Wehe, du versuchst uns auszutricksen, Omega", sagte er warnend, während er den Deckel von der Ampulle schraubte.

Nach allem, was passiert ist, glaubt er mir noch immer nicht?

Scheiß auf ihn. Scheiß auf das hier. Scheiß auf alles.

Außerdem fürchtete ich mich nicht vor ihm. Selbst wenn ich sie austrickste, was konnte er mir schon sonst noch antun?

„Ich bin mir ziemlich sicher, dass es keine schlimmere Strafe gibt als die, die ich bereits auf mich genommen habe", sagte ich zähneknirschend.

Ich war zuvor schon einmal gegen meinen Willen mit jemandem verpaart worden. Obwohl ich das Band mit Lorcan heute angezettelt hatte, so war das ganz bestimmt nicht aus freiem Willen geschehen.

Lorcan sah auf mich hinab und seine Augen blitzten.

Dich mit mir zu verbinden, war nicht als Strafe gedacht, Omega.

41

Und ich habe dich auch ganz bestimmt nicht gezwungen, dich mit mir zu verbinden. Du hast mich zuerst gebissen.

Du magst mich nicht dazu gezwungen haben, dich zu meinem Gefährten zu machen, aber du hast mich gezwungen, mir heute einen Gefährten zu nehmen, erwiderte ich. *Entweder das oder ich hätte meine Freundin leiden lassen müssen. Darum hatte ich auch keine Wahl. Und das deutet auf Zwang hin.*

Wenn er sich schlecht fühlte, so zeigte er es nicht. Und er bemühte sich auch nicht, etwas darauf zu erwidern. Stattdessen beobachtete er Kieran dabei, wie er Quinns Blut trank, das sich in der Ampulle befand. Sein Gesichtsausdruck und auch sein Bewusstsein verrieten nichts.

Denn … Warum würde er sich schlecht fühlen? Er war ein Alpha und Alphas nahmen sich immer, was sie wollten.

„Bring mich zu Quinnlynn", befahl Kieran mir, nachdem er den Inhalt getrunken hatte.

„*Uns*", fiel Lorcan ihm ins Wort und streckte seine Hand in meine Richtung. „Bring *uns* zu Quinnlynn."

„Klar", murmelte ich leise. „Wenigstens habe ich dort mehr Messer." Ich griff nach seiner Hand und packte dann Kieran, bevor ich laut hinzufügte: „Ich hoffe, das tut verdammt weh. *Sehr* weh."

LORCAN

MEIN WOLF GING UNGEDULDIG auf und ab, begierig darauf, seine neue Gefährtin zu kosten.

Es war ihm völlig egal, dass sie nicht wirklich uns gehörte. Dass nichts hiervon aus freiem Willen geschehen war, sondern viel eher aus Notwendigkeit. Er wollte sie schlicht und einfach. Seine Omega. Diese feurige kleine Alpha-Mörderin mit wütendem Blick und verlockenden Kurven.

Ich schob sein Verlangen beiseite und konzentrierte mich stattdessen auf die eisige Landschaft, die um mich herum in Erscheinung zu treten begann. Ich konnte Kyras Gedanken laut in meinem Kopf hören und ihre Wut über die Situation spüren.

Verdammte Alphas, dachte sie immer wieder. *Arrogante Arschlöcher.*

Sie hatte nicht unrecht. Wir *waren* arrogant. Normalerweise.

Aber als ich in ihren Gedanken vernommen hatte, dass sie keine Wahl gehabt hatte – dass sie zu dieser Verbindung *gezwungen* worden war –, das hatte mich innehalten lassen.

Ich hatte es als pflichtbewussten Entscheid angesehen.

Einer, den meinen Cousin und besten Freund beschützen sollte. Ich hatte erwartet, dass sie es genauso sehen würde. Aber nur wenige Sekunden in ihrem komplexen Bewusstsein hatten mir verraten, dass die Entscheidungen in ihrem Leben weitaus komplizierter waren als meine eigenen.

Sie war Quinnlynn treu ergeben, so viel war mir klar.

Aber Kyra hatte eine dunkle Vergangenheit. Eine, die ich mit aller Kraft nicht zu erforschen versuchte. Denn sie ging mich nichts an und war auch nicht mein Problem. Dieses Arrangement zwischen uns war rein geschäftlicher Natur. Eine arrangierte Verbindung, von der beide Betroffenen etwas haben würden. Ich hatte meinem besten Freund geholfen und sie ihrer besten Freundin. Nicht mehr und nicht weniger.

„Kyra?", hörte ich eine tiefe Stimme aus dem eisigen Nebel sagen.

„Es ist in Ordnung", erwiderte sie neben mir. „Er ist wegen Quinn hier."

„Und der andere?", hakte der Mann nach, seine Präsenz von einer Art magischem Schleier verhüllt. Denn alles, was ich um uns herum sehen konnte, waren eisige Wasser und Polkappen.

„Um den kümmere ich mich selbst", sagte sie trocken.

Ich sah sie mit hochgezogener Augenbraue an. *Und wie hast du vor, dich um mich zu kümmern, kleine Mörderin?*, sinnierte ich. *Mit dem Messer, das in deinem Stiefel steckt?*

Sie knurrte und fügte nichts hinzu. Aber ihre Gedanken zeigten mir eine Unmenge an Arten, wie sie sich gerne um mich *kümmern* würde. Und keine davon war angenehm.

Was meinen Wolf nur dazu veranlasste, erwartungsvoll zu schnurren, weil das Tier in mir einen guten Kampf zu schätzen wusste. Vor allem, wenn der Gegner eine wunderschöne Omega mit einem Hang zur Brutalität war.

Sie gehört uns nicht, informierte ich mein inneres Biest. *Hör auf, nach ihr zu lechzen.*

„Wird sie oft ohnmächtig, wenn sie zu Besuch kommt?", fragte Kieran, während er sich umsah und den verzauberten Schleier vor uns musterte.

„Nein, aber es ist sehr lange her, seit sie das letzte Mal hier war", antwortete Kyra mit skeptischem Tonfall. „Sie ist nach eurer Verlobung hierhergekommen. Dann ist sie gegangen, um eine Spur zu verfolgen, und ist nie wirklich zurückgekehrt."

Kieran nickte. „Die Insel verlangt von ihr, dass sie die verlorene Zeit wieder aufholt. Bring mich zu ihr."

Kyra schluckte schwer und nahm einen Schritt nach vorn, ihr Blick auf dem schimmernden Schleier verweilend.

Ist das die Barriere?, wollte ich von ihr wissen.

Die gesamte Insel ist die Barriere, erwiderte sie. Ihre Gedanken gaben Erklärungen ab, wann immer sie diese nicht in Worten ausdrückte.

Wie es schien, hatten wir die erste Kuppel bereits durchquert, die über dem verzauberten Gebiet schwebte, sodass nur die eisige Wolke vor uns übrigblieb. Aber diese Wolke schien kein Schild zu sein. Es handelte sich dabei vielmehr um einen Zauber, der vom Mann geschaffen worden war, der sich nach dem Grund meiner Anwesenheit erkundigt hatte.

Fritz, dämmerte mir, als ich den Namen laut in Kyras Gedanken hörte. *Der Beschützer, den sie Kieran gegenüber erwähnt hat.*

Aber er war ein Omega, kein Alpha.

Ein *V-Clan-Omega.*

Und er stand mitten im Nebel, als wir ihn passierten.

Seine muskulöse Statur war überraschend robust für einen Omega. Er konnte nicht mit mir oder Kieran mithalten, aber mir dämmerte, dass seine Größe ihm den Titel des Beschützers der Insel eingebracht hatte.

„Wir müssen zu Fuß gehen", sagte Kyra, ihr Blick auf Kieran gerichtet, während wir uns auf den Nebel zubewegten. „Ich befürchte, dass der Zauber auf dich reagiert."

Kieran nickte und folgte ihr mühelos, während ich hinter ihnen lief und die Umgebung nach potenziellen Bedrohungen absuchte.

Wird die Barriere ihn auf der Insel verweilen lassen, solange er sich nicht mittels der Schatten fortbewegt?, fragte ich Kyra. *Oder könnte es sein, dass sie ihn nach wie vor ablehnen wird?*

Kyra blendete meine Frage aus, doch ihre Gedanken lieferten mir die Antwort, nach der ich suchte. Sie wusste es nicht so recht. Und sie wusste nicht, wie sie sich deswegen fühlen sollte. Ein Teil von ihr wollte, dass unser Plan hinhaute, während ein dunklerer Teil von ihr es genießen würde, dem Bann dabei zuzusehen, wie er Kieran in Stücke riss.

Wehe, Letzteres trifft ein, sagte ich zu ihr.

Magst du kein blutiges Eis?, entgegnete sie und ihre katzenähnlichen Augen glitzerten im Mondlicht, als sie über ihre schlanke Schulter zu mir zurückblickte.

„Dieser Zauber ist anders als alles, was ich je gespürt habe. Wie alt ist er?", wollte Kieran wissen.

Als Kyra nicht umgehend antwortete, zog ich ihr die Antwort aus ihrem Kopf. „Älter als wir."

Sie warf mir einen wutentbrannten Blick zu. „Hör auf, in meinem Kopf herumzustochern."

„Nein. Erst wenn ich sicher bin, dass wir hier in Sicherheit sind."

„Ihr seid hier nicht sicher", konterte sie.

„Das befürchte ich auch", erwiderte ich.

Sie spannte ihren Kiefer an und machte auf ihrem Absatz kehrt, ihre Schritte geschickt, trotz des Eises unter ihren Stiefeln.

„Ich habe dir gesagt, dass alles in Ordnung ist, Fritz", sagte sie und begann auf die schimmernde Wand zuzugehen. „Öffne das Tor."

Magie glitzerte vor uns und ließ das Tor erahnen, das sie eben erwähnt hatte. Aber es war weniger ein *Tor* und vielmehr ein großer Eingang aus Feuer.

Beeindruckend, sinnierte ich und bewunderte, wie das Feuer im Schein des Schnees glitzerte, der es umgab. Er schmolz nicht, schimmerte bloß im feurigen Licht.

Kyra hüpfte durch die Flammen und ihr blauschwarzes Haar schien uns zu sich zu winken.

Mittels meiner Schatten stellte ich mich vor Kieran, womit ich ihm wortlos zu verstehen gab, dass ich zuerst durch diese Flammen schreiten würde. Kyras Gedanken ließen auf keine potenziellen Bedrohungen schließen, aber das bedeutete nicht, dass ich ihr vertraute.

Denn wenn jemand einem Gefährten gefährliche Gedanken vorenthalten konnte, dann Kyra.

Ein Innenhof, der wie Millionen von Kristalle glitzerte, kam in Sicht, als ich durch den in Flammen stehenden Eingang schritt. Was ich erblickte, erinnerte mich irgendwie an gewisse Teile Islands mitten im Winter.

Angesichts dessen, wie hoch im Norden wir waren, ahnte ich, dass es hier das ganze Jahr über so aussah. Dieser Ort wäre für Sterbliche unbewohnbar gewesen. Zur Hölle, selbst Übernatürliche konnten nur wegen der magischen Elemente in der Luft überleben.

„Es ist sicher!", rief ich Kieran zu, während ich die verschiedenen Wachen musterte, die auf dem Gebiet verstreut waren. *Sicher* war vielleicht nicht das richtige

Wort, aber jetzt hatte ich eine ungefähre Ahnung davon, mit was wir es zu tun hatten. Teilweise, weil ich Zugriff auf Kyras Gedanken hatte, aber auch wegen dem, was mein Wolf sehen und riechen konnte.

Die größten Bedrohungen waren die Bogenschützen, die auf den Eistürmen verteilt standen und den Innenhof umgaben. All ihre Waffen waren derzeit auf mich gerichtet.

Überhaupt kein Problem.

Ich griff ganz einfach mithilfe meiner Telekinese nach den Pfeilen und stellte sicher, dass sie sie nicht abfeuern konnten.

Die Bogenschützen würden nichts davon wissen, bis sie versuchten, mich anzugreifen, und dann wäre es zu spät, um zu reagieren. Denn ich würde durch die Schatten in ihre Türme reisen und ihre Bögen in Kleinholz verwandeln.

Hinter mir standen noch mehr Schützen, auf der Mauer, die ich eben durchquert hatte. Aber keine Flammen. Diese kunstvolle Verzierung war offenbar nur für den Haupteingang reserviert.

Kieran schloss sich mir gerade an, als ein Omega-Trio den Hof vor uns mit misstrauischen Blicken betrat.

„Es ist in Ordnung", wiederholte Kyra. „Ich werde nicht genötigt. Und das ist der zukünftige König des Blutsektors, den du im Visier hast, Jas!" Sie schrie die Worte einer der Wachen zu, die auf der Eismauer standen. Ich schätzte, dass die Worte an jene gerichtet war, die mit einem ihrer Pfeile direkt auf Kierans Kopf zielte.

Ich gab mir keine Mühe, Kyra zu sagen, dass ich mich bereits darum gekümmert hatte. Wenn sie meine Gedanken genauso gut lesen konnte wie ich ihre, dann wusste sie das bereits.

„Wie weit ist Quinnlynn entfernt?", wollte Kieran wissen.

Kyra zeigte auf einen glitzernden Eispalast auf der anderen Seite des Hofes. „Sie ist dort in ihren Zimmern untergebracht. Vielleicht eine Viertelstunde Fußweg von hier."

„Und wenn wir rennen?", fragte er sie.

Ich presste meine Lippen aufeinander. Angesichts dessen, was ich in Kyras Gedanken gelesen hatte … „Ich würde es nicht empfehlen", sagte ich zu ihm. „Die Omegas haben eine Armee, und es scheint, dass wir ihre normalen Besuchsprotokolle verletzen. Deshalb sind im Moment so viele Waffen auf uns gerichtet."

Natürlich hatte ich um alle davon unsichtbare Stränge geschlungen, die ich kontrollierte, aber es war besser, die Stärke meiner telekinetischen Kräfte im Moment nicht auf die Probe zu stellen. Nicht, wenn die Grenzen der Zauberbarriere so unklar waren.

„Danke, dass du die Informationen aus meinem Bewusstsein stiehlst, Gefährte", sagte Kyra mit sarkastischem Tonfall und zuckersüßer Stimme.

Gern geschehen, kleine Mörderin, dachte ich in ihre Richtung.

Sie warf mir einen weiteren finsteren Blick zu. Anscheinend schien das ihr liebster Gesichtsausdruck zu sein.

„Lasst uns etwas schneller gehen", schlug Kieran vor und blendete unsere Bemerkungen aus. Vermutlich, weil er darauf fokussiert war, seine Gefährtin zu finden. Kyra begab sich wieder neben Kieran, während ich das Schlusslicht bildete – mein Fokus unentwegt auf Kyras Gedanken und auf unsere Umgebung gerichtet.

Armee mochte ein zu großzügiger Begriff gewesen sein. *Miliz* war zutreffender. Sie waren darauf trainiert, ihre angeborenen Gaben gegen Eindringlinge zu verwenden. Eine gute Taktik, vor allem, wenn sie von einer Gruppe mit vielen Mitgliedern angewandt wurde.

Aber am Ende des Tages waren sie alle Omegas.

Ein Alpha meines Kalibers konnte ein Viertel ihrer Population auslöschen – vielleicht sogar mehr, wenn ich wollte. Zum Glück für das Refugium verfügten nicht viele Alphas über meine Fähigkeiten. Aber das bedeutete nicht, dass die Omegas hier vollends sicher waren.

Ich ließ meine Kräfte über die Bögen und Pfeile streifen, bevor ich sie zu den anderen Waffen wandern ließ, die um den Hof verteilt waren. Der Großteil war veraltet, nicht neu. Vielleicht war das, weil die Mehrheit der Omegas hier Wölfe zu sein schienen und wir oftmals mit unseren Zähnen und Klauen anstatt Waffen und anderen Technologien kämpften.

Aber wenn sie sich einem stärkeren Feind entgegenstellen mussten – Alphas, die darauf aus waren, zu plündern und Omegas gegen ihren Willen mitzunehmen –, wären neue Waffen vonnöten.

Ich musterte den Hof um uns herum, der mit Eisskulpturen und anderen glitzernden Dekorationen geschmückt war, ähnlich wie bei einem Springbrunnen. Es war wirklich wunderschön hier. Die erlesene Umgebung passte zu den Einwohnern des Gebiets.

Zwei zierliche Wachen empfingen uns an den Toren, als wir näher kamen. Ihr Geruch verriet, dass sie Gestaltwandler, aber keine V-Clan-Wölfe waren.

W-Clan, schnappte ich in Kyras Gedanken auf.

Sie neigten ihre Köpfe kaum merklich in ihre Richtung, was andeutete, dass sie sie als eine Anführerin ansahen. Ich bestätigte dies in ihren Gedanken. Offenbar war sie während Quinns Abwesenheit ihre Königin gewesen. Aber jetzt, wo Quinn und Kieran hier waren, war Kyra die stellvertretende Anführerin, ganz so wie die Position, die Cillian und ich im Blutsektor hatten.

Obwohl ich davon ausging, dass Kyra nach wie vor das Sagen hatte, da Quinn läufig war.

Sie sah mich an, als wir uns durch das Tor bewegten, ihre Augen verächtlich zusammengekniffen. Vermutlich, weil sie hören konnte, wie ich alles im Refugium unter die Lupe nahm – darin inbegriffen ihre Position hier.

Ich würde mich nicht entschuldigen. Sie hatte zugegeben, dass Kieran und ich hier nicht in Sicherheit waren. Etwas, das ihre Gedanken mir nach wie vor bestätigten, während sie die verschiedenen Arten durchging, auf die sie mich nur zu gerne umgebracht hätte.

Ich habe nur zugestimmt, mir einen Gefährten zu nehmen, und nicht, einen zu behalten, sagte sie sich selbst. *Bis dass der Tod uns scheidet und so.*

Meine Mundwinkel zuckten, als sie sich von mir abwandte, um zu Kieran zu blicken. Ihre tödlichen Versprechen faszinierten meinen Wolf mehr, als sie ihn einschüchterten. Ich zweifelte ihre Fähigkeit, ihr Vorhaben in die Tat umzusetzen, nicht an. Immerhin hatte sie schon zuvor Alphas getötet. Aber ich hatte fest vor, zurückzuschlagen.

Die meisten Alphas waren vernarrt in Omegas und behandelten sie wie kleine zerbrechliche Puppen.

Zu Kyras Pech war ich nicht wie die meisten Alphas.

Ich respektierte Omegas, beschützte sie – hatte in der Vergangenheit sogar einige von ihnen zu schätzen gewusst. Aber ich wusste es besser, als ihre Absichten zu unterschätzen.

Kieran übernahm die Führung und ging mit großen Schritten und mit Absicht behaftet voran in den Palast und eine Treppe hoch, ohne Kyras Führung zu bedürfen.

Meine Nase verriet mir, warum: *Quinnlynns Geruch*. Der süße Duft einer Omega erfüllte die Luft und flehte ihren Alpha an, sie zu finden, sich mit ihr zu verknoten, ihr durch ihren Östrogen-Zyklus zu helfen.

Ich verlangsamte, um etwas Distanz zu Kieran zu schaffen, war mir im Klaren darüber, dass ich riskierte, angegriffen zu werden, wenn ich ihm zu dicht folgte. Alphas waren berüchtigt dafür, aggressiv zu werden, wenn sie in der Nähe von läufigen Omegas waren. Vor allem, wenn die Omega eine Gefährtin war, die sie begehrten. Das Letzte, was ich tun wollte, war ihn zu verärgern.

Mit jedem Schritt ließ ich mich etwas weiter zurückfallen. Ich blieb nahe genug bei ihm, um ihn zu beschützen, wenn es die Situation erfordern würde, gleichzeitig hielt ich jedoch genug Abstand, um seinen jagenden Wolf nicht aufzuregen.

Ich hegte kein Interesse daran, mich mit Quinnlynn zu verknoten. Sie gehörte ganz ihm. Aber in den Wogen einer sich anbahnenden Brunft könnte sein Wolf vielleicht unsere jahrtausendelange Freundschaft vergessen und zu einem anderen Schluss kommen.

Oben an der Prunktreppe angelangt, begannen wir einen Korridor hinabzulaufen, dessen Wände und Decke aus Kristallglas bestanden. Es war meisterhaft anzusehen. Die Gravierungen im Glas sahen künstlerisch aus und passten zum eleganten Hof.

Die Muster veränderten ihre Form, als wir an ihnen vorbeigingen. Es dauerte mehrere Minuten, bis wir am Ende des Korridors angelangt waren.

Dieser Teil des Palastes war weitaus weniger belaufen als das Außengelände und die Eingangshalle, was meinen Wolf sich noch weiter zurückziehen ließ. Das hier waren ganz offensichtlich Quinnlynns Privatgemächer, was bedeutete, dass ich nicht lange hier verweilen konnte.

Kieran preschte voran, durch eine dicke Flügeltür. Die darauffolgende Bewegung ließ mir Quinnlynns Duft in die Nase steigen. *Sie ist ganz in der Nähe. Sehr nahe sogar.*

Kyra sah mich mit einem Blick an, der zu sagen schien: *Was du nicht sagst.*

Ich blendete sie aus, meine Aufmerksamkeit auf Kierans schneller werdenden Schritte gerichtet. Er schien sich seiner gewahr genug, um nicht zu hastig voranzuschreiten, aber er bewegte sich jetzt zweifelsfrei zügiger.

Vor uns kam eine weitere Treppe in Sicht. Kieran nahm zwei Stufen auf einmal.

Ich wartete, bis er oben angekommen war. Erst dann ging ich langsam nach ihm die Treppe hoch. Das Glas verschwand und gab Sicht frei auf Türen, die – wie ich mir gut vorstellen konnte – zu ein paar Schlafzimmern führten.

Kieran ging direkt auf jenes am Ende des Korridors zu. Kyra folgte dicht hinter ihm, während ich im Korridor am oberen Ende der Treppe verblieb.

Sein Schnurren hallte in meine Richtung, bevor er im Zimmer am Ende des Korridors verschwand. Quinnlynns Wimmern folgte kurz darauf.

Energie sauste durch die Luft und Kyra hielt an der Türschwelle inne. Sie richtete sich kerzengerade auf und beobachtete Kieran und Quinnlynn im Zimmer. Ich wagte es nicht, näher zu treten, weil ich mir bewusst war, dass eine falsche Bewegung meinen Cousin aufbringen könnte.

„Was tust du da?", verlangte Kyra zu wissen.

Er gibt ihr, was sie braucht, sagte ich zu ihr.

Indem er was tut? Über ihr türmen und Kraft auf sie niederprasseln lässt?

Er heilt sie, Kyra.

„Kieran", wimmerte Quinnlynn. „Es tut mir leid."

„Ssch", beruhigte er sie. „Ich bin hier, Kleines."

„Du hasst mich", erwiderte sie mit leiser und trauriger Stimme. „Das hier ist bloß ein Fiebertraum."

„Kein Traum." Sein Schnurren wurde lauter, als er das sagte, und seine heilende Aura verstärkte sich. Ich erkannte sie, weil ich über eine ähnliche Fähigkeit verfügte. Sie war nur nicht so stark wie Kierans. „Und ich könnte dich niemals hassen, Prinzessin."

Wir sollten die beiden allein lassen, informierte ich Kyra. *Sie brauchen Zeit allein.*

Kyra bewegte sich keinen Zentimeter und ihre Muskeln schienen sich zu verkrampfen, als Quinnlynn zu schluchzen begann.

Ich kann dir versichern, dass er ihr nicht wehtut. Ich unterstrich die Worte, indem ich einen Hauch meiner heilenden Essenz an ihrem Rückgrat hinabstreifen ließ, gerade so, dass sie es spüren konnte. *Er schenkt ihr Kraft.*

Kyra zuckte zusammen und sah mich mit diesen zusammengekniffenen katzenähnlichen Augen an. *Rühr mich nicht an.*

Ich hielt den Augenkontakt auf sechs Meter Entfernung aufrecht und zog eine Augenbraue hoch. Weil ich sie ganz offensichtlich nicht berührt hatte. Ich versuchte, ein Argument vorzubringen. *Suche in meinem Bewusstsein nach der Wahrheit.*

Das habe ich bereits.

Warum stehen wir dann noch immer hier?, wollte ich wissen.

Als sie nicht antwortete und sich nicht bewegte, schüttelte ich meinen Kopf und begann die Treppe hinabzulaufen. Ich musste mir ein Zimmer suchen, in dem ich verweilen konnte, während Kieran und Quinnlynn sich verpaarten. Denn ich würde sie ganz bestimmt nicht allein in einem unbekannten Land lassen, während sie sich in einem so verwundbaren Zustand befanden.

Aber ich konnte auch nicht zu nahe bei ihnen bleiben. Ich musste ein Gastgemach finden, das nahe genug war, um sie bewachen zu können, ohne Kierans Wolf in Alarmbereitschaft zu versetzen.

In den Familiengemächern zu verweilen, wäre ideal zu Schutzzwecken gewesen, aber es wäre zu nahe.

Ich suchte Kyras Kopf ab, um zu erfahren, wer wo im Palast lebte, und fand heraus, dass ihre Gemächer sich in diesem Flügel befanden, jedoch mittels einer anderen Treppe zugänglich waren, die sich unten im zweiten Stock befand.

Ich lief in diese Richtung, doch dann stellte sich dieselbe Frau mittels ihrer Schatten vor mich und verschränkte ihre Arme vor der Brust. „Auf keinen Fall. Du hast ihn hierherbegleitet. Du siehst, dass ich mein Wort gehalten habe. Jetzt kannst du in den Blutsektor zurückkehren und auf seinen Anruf warten."

Ich zog meine Augenbraue abermals hoch. Offenbar schien ich ihr diesen Ausdruck immerzu zuwerfen zu wollen, ganz so, wie sie mich immerzu anfunkelte. „Ich werde Kieran und Quinnlynn nicht schutzlos zurücklassen."

„Sie sind hier in Sicherheit. Sie werden beschützt."

„Werden sie das?", konterte ich. „Von der magischen Barriere oder von eurer Omega-Armee?"

Da ist wieder dieser finstere Blick, sinnierte ich, während in ihren grünen Augen unverborgene Wut aufflammte. „Was genau soll ihnen hier passieren, Alpha?"

„Ich weiß es nicht", gab ich zu. „Was auch das Problem ist. Diese Insel steckt voller unbekannter Bedrohungen. Und du hast selbst gesagt, dass es hier nicht sicher für Alphas ist."

„Wenn er sich mit Quinn verpaart, wird ihm nichts zustoßen."

„Und das soll ich dir einfach so glauben?"

„Es ist mir egal, ob du mir vertraust oder nicht. Aber du wirst nicht hierbleiben."

Meine Mundwinkel drohten, nach oben zu wandern. Ihr Selbstbewusstsein war verlockend und ärgerlich zugleich. „Ich ersuche nicht um Erlaubnis, Omega", informierte ich sie mit leiser Stimme. „Du kannst dich entweder gastfreundlich zeigen und meine Anwesenheit hier dulden oder ich kann mir selbst ein gemütliches Plätzchen suchen. Denn es ist mir egal, ob du mich hier haben willst oder nicht. Ich werde bleiben."

Sie starrte Löcher in mich.

Dann aber blinzelte sie und der finstere Ausdruck wich. In ihrem Bewusstsein formte sich ein neuer Gedanke. Einer, der meinen bevorstehenden Tod beinhaltete.

Ich machte mir keine Mühe, den tödlichen Gedankengang zu kommentieren. Wenn sie glaubte, dass mein verlängerter Aufenthalt es ihr erleichtern würde, mich zu töten, dann hatte sie sich geschnitten.

„Na gut", sagte sie mit gespielt süßer Stimme. „Folge mir."

KYRA

Er will ein Zimmer? Na gut. Dem werde ich ein Zimmer geben. Im Kerker, verdammt noch mal.

Ich nahm einen Schritt nach vorn, nur um festzustellen, dass meine Füße plötzlich wie angewurzelt waren, weil Lorcans Kräfte sich wie unsichtbare Seile um mich geschlungen hatten.

Telekinese. Das hatte ich kurz nach unserer Ankunft geschlossen, als er all unsere Verteidigungen unschädlich gemacht hatte.

Seine Fähigkeit war gewaltig. Unberechenbar. *Bedrohlich.*

Und jetzt hatte er mich zum Ziel seiner Kraft gemacht und hielt mich in meinem eigenen Zuhause gefangen.

Er bewegte sich langsam und stellte sich vor mich hin. Sein Gesichtsausdruck verriet nichts. Aber ich konnte die Belustigung in seinen Gedanken hören.

Du kannst gerne versuchen, mich einzuschließen, kleine Mörderin. Aber ich verspreche dir, dass es nicht lange dabei bleiben wird. Sein mentaler Griff, der um meine Körpermitte geschlungen war, verstärkte sich, sodass ich jedes bisschen seiner Kraft spüren konnte, die er über mich hatte. *Ich kann nicht dasselbe von dir behaupten, oder?*

Ich knirschte mit den Zähnen. *Dieses Spiel willst du nicht spielen, Alpha. Ein einziges Wort von mir und schon wird dir eine Armee von Omegas die Hölle heiß machen.*

Das würde bedingen, dass du in der Lage bist, zu sprechen, erwiderte er und zog diese verdammte Augenbraue hoch.

Meine Lippen kitzelten und mein Herz setzte einen Schlag aus. Denn er löste diese Empfindung in mir aus, nicht ich. Ich öffnete meinen Mund, um mich zu Wort zu melden, aber … Aber das konnte ich nicht. Ich konnte meinen Kiefer nicht bewegen. *Lorcan …*

Kyra, erwiderte er und legte seinen Kopf schief. *Willst du mich zu einem angemessenen Gästezimmer führen oder soll ich die Lektion in die Länge ziehen?*

Ein Knurren ging durch meine Brust, doch ich brachte es nicht fertig, es über die Lippen zu bringen. Keine Vibrationen. Keine Geräusche. Nicht einmal ein kleines Zucken konnte ich von mir geben.

Weil er Kontrolle auf mich ausübte.

Wie Alpha Fare.

Mir gefror angesichts dieser Einsicht das Blut in den Adern und dutzende Erinnerungen suchten mich mit einer so gewaltigen Kraft heim, dass mir der Atem stockte.

Alpha Fares Fangzähne in meinem Hals.

Seine Freunde, die sich abwechselnd mit mir verknoteten.

Seine neckischen Bemerkungen.

Seine Kontrolle.

„Es wird dir gefallen, versprochen. Und jetzt spreiz diese hübschen Schenkel und …"

„*Kyra.*" Die tiefe Stimme drang durch meine Gedanken und verwirrte meine Sinne. Denn sie hörte sich falsch an. „Sieh mich an."

Ich blinzelte. *Was? So haben wir nicht …*

„*Sofort*", verlangte der Mann.

Mein Wolf wimmerte. Doch meine vampirische Hälfte … *zischte.*

Das ergibt keinen Sinn.

Ich blinzelte abermals, erschrocken über die gleißenden Lichter, die sich plötzlich um mich herum ausbreiteten. *Fenster. Der Mond über meinem Kopf. Eis.*

Keine schwarze Höhle. Kein Geruch von frischem Blut. *Nicht läufig.*

Mein Kern spannte sich daraufhin an. Nicht aus Lust, sondern aus Angst. Und ich seufzte, als ich spürte, dass alles in Ordnung war. Ich hatte keine Schmerzen. Ich verspürte kein verweilendes Brennen. Ich hatte keine schmerzenden Empfindungen.

Denn das alles lag in der Vergangenheit.

Es war vor über einem Jahrhundert geschehen. In der präinfizierten Ära. Direkt vor dem Ausbruch der Infektion.

Ich erschauderte. *Verdammt. Was hat diese Gedanken an die Oberfläche geholt?* Mein Hals fühlte sich rau an und alles in mir schien erstarrt zu sein, nachdem ich kurzzeitig von meinen Albträumen paralysiert worden war.

Aber … Nein … Nein, das war nicht, was mich paralysiert hat.

Ich riss meine Augen auf, als ich dem Befehl endlich Folge leistete und *hinsah …*

Lorcan.

Sein Name ging mir mit einem Knurren durch den Kopf und ich zwang mich, meinen Blick von seiner Brust abzuwenden und in sein Gesicht zu blicken. Ich hatte kurzzeitig auch meine Sehkraft verloren, weil ich zu eingenommen von der Vergangenheit gewesen war, um die Gegenwart zu sehen.

Er starrte mit diesen tiefschwarzen Augen auf mich herab, seine Miene noch immer undurchdringlich. Doch ich erhaschte einen Hauch Reue in seinen Gedanken.

„Bemitleide mich nicht", keifte ich ihn mit heiserer Stimme an.

„Tue ich auch nicht."

Jetzt war ich es, die ihn mit gehobener Augenbraue ansah, weil ich die Lüge in seinen Gedanken gehört hatte. „Tu das nie wieder."

„Ich mache keine Versprechen, die ich nicht halten kann", erwiderte er. „Aber ich werde dir nicht grundlos Schmerzen zufügen."

Ich schnaubte lachend. „Nicht *grundlos*." Typisch Alpha. „Und lass mich raten … Deinen Knoten abzulehnen, wäre ein gerechtfertigter Grund, was?"

„Was lässt dich glauben, dass ich dir meinen Knoten jemals anbieten würde?", konterte er.

„Wir sind Gefährten. Ist das jetzt nicht dein gutes Recht, *Alpha*?"

Er legte seinen Kopf schief. „Es handelt sich hierbei um eine Zweckverpaarung, Kyra. Wir beide haben getan, was wir tun mussten, um unsere besten Freunde zu beschützen."

Eine Zweckverpaarung, wiederholte ich und lachte in meinen Gedanken verächtlich. *Gibt es das überhaupt?*

Obwohl es die meisten Alphas wohl für *zweckdienlich* erachteten, jederzeit Zugriff auf eine Omega zu haben, um sich mit ihr zu verknoten.

Er machte ein Geräusch, das darauf hindeutete, dass er meine Analyse mitgehört hatte. Aber das machte sie nicht weniger wahr.

Ich wusste, wie Alphas tickten. Ich wusste, was sie wollten. Es spielte keine Rolle, was für einer Spezies sie angehörten, sie hatten alle nur eines im Sinn: sich fortzupflanzen.

Darum nahmen sie sich Omegas als Gefährtinnen.

Und obwohl unsere Umstände heute anders gewesen

sein mochten, würde Lorcan sich irgendwann seinen wölfischen Instinkten ergeben. Die Frage war nicht *ob*, sondern viel eher *wann*.

„Hör zu, Kyra. Alles, was ich will, ist ein Zimmer, in dem ich verweilen kann, während ich Kieran und Quinnlynn in dieser angreifbaren Zeit beschütze", sagte er zu mir und hörte sich müder an als noch gerade eben. „Und wenn du besonders gastfreundlicher Laune bist, wäre eine Führung durch das Refugium nicht schlecht, damit ich besser nachvollziehen kann, wo Sicherheitslücken bestehen."

Ich wartete darauf, dass er dem noch etwas hinzufügen würde, aber das tat er nicht. Er starrte mich bloß an, während seine Gedanken bestätigten, dass er nur vorhatte, hierzubleiben, um seinen Cousin und Quinn zu beschützen.

Aber unter alledem spürte ich seinen hungrigen Wolf. Er mochte im Moment gezähmt sein, aber ich bezweifelte, dass es lange so bleiben würde.

Was bedeutete, dass ich mich auf das Unvermeidbare gefasst machen musste. Aber das konnte ich nicht, wenn Lorcan mir auf Schritt und Tritt folgte.

Ich schätze, mir bleibt nichts anderes übrig, als mich zu benehmen. Fürs Erste.

Lorcan seufzte und strich sich mit den Fingern durchs Haar. „Wir kennen uns nicht, Kyra. Mutmaßungen können auf beiden Seiten angestellt werden. Anstatt diese Mutmaßungen anzustellen, würde ich lieber besprechen, wie wir weiterverfahren sollen. Bevorzugt auf freundlicher Basis."

Ich zuckte mit den Achseln. „Na gut." Es war überhaupt nicht gut, aber ich konnte nicht hierstehen und mich damit aufhalten. „Es gibt in der Nähe meines Nestes keine freien Zimmer. Also wirst du auf Fritz' Stock nächtigen müssen, wenn du in diesem Flügel verweilen möchtest." Fritz war der Einzige, der ein paar freie Betten in seiner Nähe hatte. Vorwiegend, weil er gerne Platz hatte.

Technisch gesehen, hatte Quinn ein paar freie Betten in der Nähe ihrer Gemächer, aber ich wusste angesichts Lorcans Gedanken bereits, dass er in diesen Zimmern nicht nächtigen konnte.

Sosehr ich es genossen hätte, Kieran und Lorcan dabei zuzusehen, wie sie sich die Hälse aufzuschlitzen versuchten, so wollte ich es nicht hier drinnen sehen – an einem Ort, an dem zu viele angreifbare Unschuldige weilten, die von sich prügelnden Alphas verletzt werden konnten.

Ich machte auf meinem Absatz kehrt und begann den Korridor hinabzulaufen. Ich passierte die Treppe, die zu meinem Nest führte, und steuerte auf die nächste zu meiner Linken zu. Lorcan folgte mir lautlos. Seine Schritte waren nicht zu hören, aber ich *spürte* ihn. Wie er hinter mir herumstrich, wie ein Raubtier, das nur darauf wartete, einen Satz zu machen.

Doch seine Gedanken kamen dieser Empfindung in die Quere. Er war zu beschäftigt damit, sich jedes Detail des Palastes einzuprägen, um sich auf mich zu konzentrieren.

Fritz stand mit misstrauischem Blick am oberen Ende der Treppe, als wir dort ankamen.

„Lorcan braucht ein Zimmer, in dem er unterkommen kann", sagte ich zu ihm zur Begrüßung. „Welches empfiehlst du?"

Er spannte seinen Kiefer an und seine blauen Augen schienen zu sagen: *Keines.*

Ich konnte sein Zögern gut nachvollziehen. Alle Sicherheitskonsolen befanden sich auf diesem Stock. Aber Lorcan hätte diesen Bereich mit oder ohne mich gefunden.

Weil er sich so freizügig in meinen Gedanken herumtrieb wie ich mich in seinen, was ihm – zu meinem Verdruss – jedes Geheimnis über diese Insel erschloss.

Leider konnte ich nicht das Geringste dagegen unternehmen.

„Und außerdem will er eine Führung durch das Refugium", fuhr ich fort. „Eine, die ihm unsere Sicherheitsmaßnahmen erschließt."

Ich konnte fast schon hören, wie Fritz mit seinen Zähnen knirschte.

„Wenn ich das recht verstehe, ist es die MacNamara-Magie, die diese Insel beisammenhält", sagte Lorcan und lehnte sich gegen die Wand des Korridors. „Mein Cousin heilt diese Magie derzeit und er steht kurz davor, Quinnlynns offizieller Gefährte zu werden. Als sein Elitemann steht es mir zu, nachvollziehen zu können, wie die Sicherheit des Territoriums gewährleistet wird, das er übernehmen wird."

„Übernehmen", wiederholte Fritz. „Dieses Wort allein sagt mir, dass du das Refugium nicht im Geringsten verstehst. Ein Alpha kann dieses Land hier nicht *übernehmen*. Es gehört den Omegas."

„Und wird vom König und der Königin des Blutsektors beschützt", konterte Lorcan, bevor ich etwas dazu anmerken konnte.

Nicht, dass ich dem viel beizufügen hatte. Fritz hatte alles ziemlich treffend auf den Punkt gebracht.

„Als Kierans Elitemann werde ich Teil des Personenschutzes dieser Insel sein", fuhr Lorcan fort. „Aus diesem Grund will ich über die Sicherheitsmaßnahmen des Refugiums informiert werden, damit ich besser verstehen kann, welche potenziellen Schwachstellen in der Zukunft behoben werden müssen."

Fritz und ich gaben zeitgleich ein schnaubendes Lachen von uns.

„War ja klar, dass du davon ausgehst, dass wir Schwachstellen haben", murmelte ich.

„Typisch Alpha", ergänzte Fritz kaum hörbar.

Lorcan blieb still und seine Präsenz wurde mit jeder Sekunde imposanter. Vorwiegend, weil ich seine Verärgerung in seinen Gedanken hören konnte. Es gefiel ihm nicht, dass wir seine Position und Macht nicht respektierten, und doch gelang es ihm auf wundersame Art und Weise, sein Bedürfnis danach zu zügeln, uns beiden eine Lektion zu erteilen.

Das brachte mich beinahe dazu, ihn für seine Selbstkontrolle zu bewundern. *Beinahe.* Aber ich wusste genug über seine Art, um dieser zurückhaltenden Fassade zu trauen.

Zu unserer Linken öffnete sich eine Tür, was mich meine Stirn runzeln ließ. Nur Fritz hatte Schlüssel zu den Zimmern, die sich auf diesem Stock befanden, und ich wusste aus Erfahrung, dass er sie alle verriegelte.

Lorcan nahm einen Schritt nach vorn, wurde dann aber von Fritz aufgehalten. „Nicht dieses Zimmer", sagte der Omega zähneknirschend. „Das ist *mein* Nest."

Der Alpha zuckte bloß mit den Schultern, dann schwang eine weitere Tür auf.

Ein ungutes Gefühl breitete sich in meiner Brust aus und ließ mein Herz ein paar Schläge aussetzen, als ich zu verstehen begann. Lorcan benutzte seine Telekinese nicht nur dazu, Türen zu öffnen, sondern auch, um sie zu *entriegeln.* Ein Zeichen seiner Macht. Oder vielleicht hätte ich es als Bedrohung interpretieren sollen.

Wir würden ihm nichts vorenthalten können.

Die einzige Verteidigung, die wir gegen ihn hatten, war die Barriere, aber wegen unserer Verbindung hatte er jetzt ungehinderten Zugang zu jedem Zentimeter unserer Insel.

Entweder arbeiteten wir mit ihm zusammen oder er würde gegen uns arbeiten. Und im Moment war ihm eher danach, gegen uns zu arbeiten, weil wir uns geweigert hatten, sein Angebot zur Zusammenarbeit anzunehmen.

Ich fluchte leise, verabscheute ihn dafür, dass er existierte, und noch mehr dafür, dass ich verstand, was er da tat, weil meine Gedanken mit seinen verbunden waren.

Es gab mir das Gefühl, gefangen, gebunden, gefesselt zu sein.

Bäh.

Ich konnte die verweilenden Bänder zum ersten Alpha spüren, mit dem ich mich verbunden hatte, und er war tot. Ich wollte dieselbe Erfahrung auf keinen Fall noch einmal machen.

Hoffentlich würde Lorcan flugs umzubringen den verweilenden Einfluss auf unser Band begrenzen. Fare war jahrhundertelang an mich gebunden gewesen, was auch der Grund dafür zu sein schien, warum seine Präsenz nach wie vor in meinem Bewusstsein zu verweilen schien.

Na ja, das … und die Albträume.

Lorcan verschwand, was Fritz und mich in Aktion treten ließ. Doch dann hörte ich seine Gedanken aus dem anderen Zimmer. *Das hier scheint mir ein passendes Zimmer,* hörte ich ihn sagen.

Ich rollte meine Augen und zeigte auf die offene Tür, um darauf hinzuweisen, wohin er sich mittels seiner Schatten begeben hatte.

Fritz warf mir abermals einen Blick zu, der wohl ähnlich genervt wie meiner war, und ging dann auf den Türrahmen zu. „Erwarte nicht, dass ich dir eine Bettdecke oder Handtücher bringe", knurrte er dem Alpha zu.

„Ich erwarte nichts von keinem von euch beiden",

erwiderte Lorcan ungerührt. Seine Gedanken sagten mir, dass er das in mehrfacher Hinsicht gemeint hatte.

Ich schnaubte beinahe lachend, als ich die Lüge vernahm, doch dann hörte ich, was er als Nächstes zu tun gedachte.

„Moment mal", unterbrach ich eilig, begierig darauf, ihn davon abzuhalten, sich erneut in Luft aufzulösen. „Ich werde dich herumführen, damit du den Omegas keine Angst einjagst." Denn ich konnte mir nur vorstellen, was ihnen durch den Kopf gehen würde, wenn sie den massigen Mann auf dem Gelände herumstreunen sahen.

Obwohl vermutlich bereits allen Omegas auf der Insel zu Ohren gekommen war, dass er – und Kieran – hier waren, wollte ich nicht riskieren, dass sich jemand unwohl fühlte.

Oder dass jemand ihn angriff und seinen telekinetischen Fesseln zum Opfer fiel.

Lorcan trat über die Schwelle in den Korridor und sah mich wieder mit dieser verdammten hochgezogenen Augenbraue an.

Was auch immer, dachte ich und machte wieder auf meinem Absatz kehrt. „Folge mir."

Ich wartete auf keine Antwort von ihm oder darauf, dass er meinem Befehl Folge leistete. Er mochte es gewohnt sein, zu Hause Befehle von sich geben zu können, aber das hier war *mein* Territorium. Wenn er etwas wollte, würde er nach meinen Regeln spielen müssen.

Lorcan stellte sich neben mich, als wir das Untergeschoss erreichten, seine Hände lässig hinter seinem Rücken verschränkt, während er sich mit raubtierähnlicher Eleganz fortbewegte.

Meine innere Wölfin schnurrte beim Anblick eines so starken Mannes. Sein Selbstbewusstsein war eine Droge, die zu kosten ich begehrte.

Zum Glück war ich nur zur Hälfte ein Wolf. Meine vampirische Seite erdete mich und erinnerte mich daran, was geschah, wenn ein Alpha in meinen Kopf drang.

Konzentrier dich einfach auf die Führung, sagte ich zu mir selbst.

„Alle Omegas haben ein Nest im Palast", erklärte ich. Mein Tonfall hörte sich forciert an. In Anwesenheit eines Alphas höflich zu sein, fiel mir nicht leicht. Jedenfalls nicht mehr.

Vor langer Zeit hatte ich mich ihnen zu Füßen geworfen. Hatte den Boden geküsst, auf dem sie gegangen waren. Hatte mich gebückt, wann immer sie danach verlangt hatten. Hatte ihre Knoten auf alle erdenklichen Arten aufgenommen. Hatte von ihren Adern getrunken. Hatte ihnen erlaubt, mich ebenfalls zu beißen. Hatte ihnen meine verdammte Seele auf dem Silbertablett serviert.

Ich erschauderte. Die Erinnerungen waren stark und alles andere als angenehm. Und fanden nur wegen Lorcan zu mir zurück.

Verdammte Zwangsverbindung.

Hatten wir es für unsere Freunde getan? Ja. Würde ich es noch einmal tun, um Quinn zu retten? Auch ja. Aber das bedeutete nicht, dass ich zufrieden mit der Gesamtsituation sein musste.

Vor allem, weil sie von permanenter Natur war.

Ich knirschte mit den Zähnen, während ich Lorcan in meinen Gedanken Details über den Palast eröffnete. Die Worte waren mental einfacher von mir zu geben, als sie laut auszusprechen. Er stöberte sowieso in meinen Gedanken herum, also konnte ich ihm auch etwas liefern, dem er lauschen konnte.

Die hier führen allesamt zu Nestern von Omegas, sagte ich zu ihm und deutete dabei auf die unzähligen Treppen auf der zweiten Etage, während wir liefen. *Bitte belästige sie nicht.*

Ich erschauderte angesichts dessen, wie erbärmlich sich diese Bitte anhörte, aber es hatte gesagt werden müssen. Das hier war buchstäblich unser Refugium. Unser Zufluchtsort. Alphas gehörten nicht in die Nester von Omegas, es sei denn, sie wurden eingeladen.

Ich werde weder ihres noch deines stören, Kyra.

Ich konnte mir mein darauffolgendes Schnauben nicht verkneifen. Ich wusste es besser, als ihm Glauben zu schenken. Erst recht, weil ich das Interesse seines Wolfes riechen konnte.

Alphas wussten sich nicht zu helfen.

Sie waren darauf programmiert, Omegas zu begehren. Ganz so, wie wir darauf programmiert waren, uns nach ihnen zu verzehren. Sowie die erste Läufigkeit einsetzte, würde er bereit und willig sein. Und ich würde ihn annehmen, weil mein Körper nicht in der Lage sein würde, abzulehnen.

Der Speisesaal befindet sich auf dem ersten Stock, gab ich zähneknirschend von mir, weil ich eine Ablenkung brauchte. *Bieg am Fuße der Prunktreppe ganz einfach rechts ab und folge deiner Nase. Es wird die ganze Nacht über gekocht. Tagsüber stehen Mahlzeiten nur begrenzt zur Verfügung.*

Er sagte nichts, hörte mir bloß zu.

Vermutlich, weil das nicht war, was er wissen wollte, aber es schien mir angemessen, ihn durch unser gesamtes Gebiet zu führen.

Es gibt ein Fitnessstudio, einen Innenpool, der magisch beheizt wird, und mehrere andere Vergnügungen auf der ersten Etage des Palastes. Außerdem mehrere Höfe. Einige davon sind temperiert – ebenfalls mithilfe von Magie.

Ich begann die Treibhäuser, die wir hatten, detailliert zu beschreiben – die verschiedenen Nahrungsmittel, die wir hier anbauten, und wie das alles von einer Unmenge an Bannen ermöglicht wurde.

Jede Omega im Refugium hat einen Job oder eine Rolle. Schutz, Agrikultur, Essenszubereitung und Kochen, Putzen, Ammen, die uns während unserer Läufigkeit begleiten, und viele mehr. Viele von uns bewältigen ihre Aufgaben mittels unserer übernatürlichen Fähigkeiten, aber es gibt auch einige, die alles auf die althergebrachte Weise erledigen.

Nicht alle Omegas verfügten über besondere Fähigkeiten. X-Clan-Omegas, zum Beispiel, hatten keinen Zugriff auf Magie. Da Lorcan das vermutlich bereits wusste, erläuterte ich das nicht.

Stattdessen führte ich ihn nach draußen und passierte eine Gruppe glotzender Omegas.

Er ignorierte sie und folgte mir pflichtbewusst, während ich die Wachposten erklärte, die er bei unserer Ankunft gesehen hatte.

Dann brachte ich ihn aufs Gelände, um ihm die Grenzen des Barrierezaubers zu zeigen.

Wir verständigten uns nicht mittels Worten. Die Details sausten von meinem Bewusstsein in seines, während er zuhörte und alles um sich herum eingehend musterte.

Es war beinahe nervenaufreibend, ihn jede einzelne unserer Sicherheitsmaßnahmen in ihre Einzelteile zu zerlegen zu hören, und doch war es irgendwie einleuchtend. Alles, was er sich im Geiste als potenzielle Schwachstelle einprägte, nahm ich mir vor, mit Fritz zu besprechen.

Wir mussten Lorcan immer einen Schritt voraus sein. Denn ich vertraute ihm nicht.

Seine Gedanken mochten andeuten, dass er das Refugium beschützen wollte, aber ich hatte vor langer Zeit gelernt, dass Gedanken trügerisch sein konnten.

Vor allem, wenn diese Gedanken einem mächtigen Alpha gehörten.

Lorcan hielt inne und sah mich mit finsterem

Gesichtsausdruck an. „Ich glaube, ich habe genug gesehen und gehört", sagte er zu mir. „Ich komme wieder."

Mit dieser ominösen Aussage verschwand er erneut, sodass ich die leere Stelle auf dem Eis anstarrte. *Wohin bist du verschwunden, verdammt noch mal?*, wollte ich wissen und sah mich um.

Er erwiderte nichts und zwang mich damit, in seinen Gedanken nach der Antwort zu suchen.

Blutsektor, realisierte ich und zog meine Augenbrauen hoch. *Heißt das, du wirst nicht bleiben?*

Stille.

Doch seine Gedanken schienen bloß seine letzten Worte, die an mich gerichtet waren, wiederzugeben. *Ich komme wieder.*

Vielleicht, um mich zu ärgern.

Ich schüttelte meinen Kopf und murmelte: „Na gut."

„Überhaupt nichts ist *gut*", entgegnete Fritz, wandelte durch die Schatten und baute sich vor mir auf. Er musste uns mittels der Aufnahmen der Sicherheitskameras verfolgt haben und hatte Lorcans Verschwindeakt wohl deshalb bezeugt. „Er wird sich als Problem herausstellen, Kyra."

„Erzähl mir etwas Neues", gab ich knurrend von mir. „Aber es ist mein Problem. Ich werde mich damit befassen."

Oder viel eher mit *ihm*.

Ich hatte zugestimmt, ihn zu meinem Gefährten zu machen und ihn hierherzubringen. Ich hatte nicht zugestimmt, seine Gefährtin zu bleiben.

Bis dass der Tod uns scheidet, sagte ich in Gedanken.

Wenn Lorcan mich gehört hatte, so erwiderte er nichts auf meine Worte.

Vielleicht bedeutete das, dass er sich eine Auszeit von meinen Gedanken genommen hatte.

Gut. Das werde ich mir zunutze machen.

„Zeit, um mit ein paar Messern zu spielen", sagte ich zu Fritz.

Sein misstrauischer Blick wurde von einem Grinsen abgelöst. „Das ist mein Mädchen. Ich werde dir helfen, sie zu schärfen."

„Abgemacht", murmelte ich und reiste durch die Schatten zurück in mein Nest, um meine Lieblingsspielsachen zu holen. „Zeit für eine neue Episode von ‚*Wie man einen Alpha tötet*'."

Fritz stellte sich lachend neben mich. „Dein Lieblingsformat."

„Ganz genau", erwiderte ich. „Und jetzt lass uns gehen und ein anständiges Drehbuch schreiben."

LORCAN

Einige Tage später

Hat die mutwillige kleine Omega schon versucht, dich umzubringen?

Ich sah mit finsterem Blick auf Cillians Nachricht und erwiderte sie mit einem schlichten *Nein*.

Seine telepathischen Fähigkeiten reichten nicht um den Globus herum, weshalb wir uns der Technologie bedienen mussten, um miteinander zu kommunizieren. Ich hatte gehofft, dass dasselbe für meine Verbindung zu Kyra gelten würde, aber ich hatte neulich festgestellt, dass Distanz die Verbindung unserer Gedanken nicht einmal ansatzweise schwächte.

Was bedeutete, dass ich jedes verdammte Wort ihrer tödlichen Pläne gehört hatte.

Zusammen mit all den tief verwurzelten Vorurteilen gegenüber Alphas.

Ich war nicht allzu tief in ihre Erinnerungen vorgedrungen, aber die wenigen, die ich mitgehört hatte, hatten mir eine ziemlich gute Ahnung verschafft, warum sie Alphas gegenüber so misstrauisch war.

Aber ich war kein Vampir-Alpha.

Ich war auch nicht im Geringsten so wie *Fare*.

Es hatte mich genervt, dass sie ein so schlechtes Bild von mir hatte, und so war ich zum Blutsektor gereist, um mir eine dringend benötigte Pause von ihren mentalen Geißelungen zu gönnen. Und doch waren sie mir den langen Weg nach Hause gefolgt und droschen immer wieder auf meinen Geist ein.

Und diese abscheulichen Gedanken waren auch noch da gewesen, als ich durch die Schatten zurück zur Insel gereist war. Wenn überhaupt, hatte meine Rückkehr bloß noch mehr gehässige Bemerkungen heraufbeschworen, weil Kyra festgestellt hatte, dass ich kommen und gehen konnte, wie mir beliebte – jetzt, wo ich wusste, wo sich das Refugium befand.

Darum hatte ich die Mehrheit der vergangenen Tage damit zugebracht, ihr aus dem Weg zu gehen, und hatte mich stattdessen darauf konzentriert, das Refugium zu beschützen.

Die Omegas mochten mich nicht als ihren Beschützer ansehen, aber genau das war ich geworden, sowie Kieran eingewilligt hatte, sich mit Quinn zu verbinden. Ich hatte bis vor Kurzem bloß nicht realisiert, dass diese Aufgabe existiert hatte. Und jetzt, wo ich davon wusste, versuchte ich, verlorene Zeit wiedergutzumachen.

Mein Tagesablauf bestand aus Patrouillengängen, Mahlzeiten, Unterhaltungen mit Cillian und Schlaf. Obwohl ich von Letzterem nicht besonders viel abbekommen hatte. Nicht, weil ich mich davor fürchtete, was Kyra mir antun könnte, während ich schlief, sondern weil ihre Albträume mich immer wieder aus dem Schlaf rissen.

Sie fühlten sich so verdammt echt an, dass sie von ihren Erinnerungen stammen mussten.

Jede davon ließ mich wünschen, dass Fare nicht bereits

tot wäre, damit ich ihn verdammt noch mal eigenhändig töten konnte.

Ich strich mir mit der Hand übers Gesicht und starrte zum Mond, der am Himmelszelt hing. Ich war schon mehrere Stunden hier draußen, beobachtete die Grenzen und stellte sicher, dass keine Gefahren lauerten.

Die Barriere war geschaffen worden, um Eindringlinge draußen zu behalten, und der Zauber war ganz offensichtlich sehr mächtig. Doch mein Wolf war dennoch unruhig. Oder vielleicht war das Wort ,misstrauisch' zutreffender.

Etwas fühlte sich ganz einfach ... falsch an.

Vielleicht war es die unbekannte Energie, die meine Nackenhaare sich sträuben ließ. Aber ich hatte nicht so lange überlebt, indem ich meine Intuition mit simplen Erklärungen abspeisen ließ.

Bis ich vom Zauber überzeugt war, würde ich nicht auf ihn vertrauen können.

Ich musterte die verschneite Landschaft und sah ein paar Seehunden bei ihrem Nickerchen an den eisigen Ufern zu.

Die Tiere führten in dieser neuen Welt ein formidables Leben. Weil kein menschliches Eingreifen bestand, fanden ihre natürlichen Lebensräume zu ihrer vormaligen Blüte zurück. Es würde einige Zeit dauern, weil die weltweite Zerstörung der Umwelt so schwerwiegend war. Dies, weil es allen kollektiv egal gewesen war, was mit dem Planeten geschehen würde.

Mehrere Nach-Infektions-Ära-Sektoren hatten Programme ins Leben gerufen, um der Zurückbildung nachzuhelfen.

Andere waren zu arm, um es überhaupt zu versuchen.

Wir lebten jetzt wahrhaftig in einer dystopischen Welt.

Aber die Seehunde schienen sich ungemein darüber zu freuen.

Ein Schrei sauste durch meine Gedanken, was mich zusammenzucken und laut fluchen ließ. *Kyra*, dachte ich und meine Schattenwandelfähigkeiten aktivierten sich umgehend.

Bis meine rationalen Gedanken mich zurück an den Strand bugsierten.

Nur ein weiterer Albtraum, sagte ich mir und verzog das Gesicht. *Verdammt.*

Das instinktive Bedürfnis, zu ihr rennen zu wollen, ließ meinen Realitätssinn langsam verrücktspielen. Ich war es nicht gewohnt, diesen überwältigenden Drang zu verspüren, eine Gefährtin zu verteidigen.

Kieran zu beschützen, lag mir im Blut, nachdem ich über tausend Jahre an seiner Seite gedient hatte. Dabei zu helfen, sich um einen ganzen Sektor voller Wölfe und Menschen zu kümmern, fiel mir leicht, weil es meine Pflicht als hochrangiger Alpha war.

Aber dieses ... dieses *Bedürfnis*, Kyras Sicherheit zu gewährleisten ...

„Verdammt noch mal", murmelte ich und strich mir abermals mit der Hand übers Gesicht, bevor ich sie an meinen Nacken wandern ließ.

Das Gerät an meinem Handgelenk surrte und zeigte damit den Eingang einer neuen Textnachricht an. Ich fluchte ein weiteres Mal, bevor ich sie las, war mir bewusst, dass es eine Antwort von Cillian sein würde.

Mir scheint, sie mag verzögerte Belohnung. Könnte vielleicht doch deine Seelenverwandte sein.

Ich gab ein Grummeln von mir, als ich seine idiotische Bemerkung las, kam aber zum Schluss, dass ich schon lange konnte, was er konnte. *Wo wir gerade von Seelenverwandten sprechen ... Wie geht es Ivana?*, tippte ich.

Seine Antwort folgte binnen weniger Sekunden. *Fick dich, Lor.*

Ein Schmunzeln breitete sich auf meinen Lippen aus und ich drückte die Textnachricht weg. Ivana war ein Omega, die ganz versessen darauf war, zu Cillians Gefährtin zu werden, aber er wies sie immer wieder ab. Seine Treue, ganz wie die meine, galt Kieran. Keiner von uns hatte die Zeit oder das Bedürfnis, sich eine Gefährtin zu nehmen.

Eine Tatsache, von der ich mir wünschte, sie möge in Kyras Kopf gehen.

Sie schien zu glauben, dass ich vorhatte, ihr meinen Knoten aufzuzwingen.

Als würde ich jemals eine Frau gegen ihren Willen ficken. Zur Hölle, ich war nicht einmal sicher, ob ich Kyra an meinen Knoten heranlassen könnte. Vermutlich würde sie versuchen, ihn mir mit einem ihrer edlen Messer abzuschneiden.

Ein Bild von ihr, wie sie mit Messern in der Hand um mich herum tanzte, tat sich vor meinem inneren Auge auf, was mich kurz innehalten ließ. Vorwiegend, weil ich mir vorgestellt hatte, dass sie dabei nichts weiter als zwei Scheiden um ihre Schenkel trug.

Ja, das hörte sich spaßig an.

Zu schade, dass es niemals Realität werden würde.

Ich stieß einen Atemzug aus und begann zum Palast zurückzulaufen. Cillians Nachricht hatte mich daran erinnert, dass es fast schon Zeit fürs Frühstück war.

Normalerweise gönnte ich mir ein Mitternachtsfrühstück, bevor ich mich auf einen weiteren Patrouillengang begab und dann in den Blutsektor reiste, um meinen täglichen Bericht abzuliefern. Cillian fungierte während Kierans Abwesenheit als Sektoren-Alpha – eine Position, die sehr gut zu ihm passte.

Wenn Cillian mich das nächste Mal wegen Kyra neckte, würde ich seine fundierten Führungsqualitäten ansprechen. Er würde das fast genauso sehr verabscheuen, wie wenn ich erwähnte, wie kompatibel er und Ivana waren.

Sie war wirklich eine passende Gefährtin für ihn. Und das hatte ich ihm schon mehr als nur einmal gesagt.

Ivana war eine wunderschöne Omega mit langem, weißblondem Haar, eisblauen Augen und einem Selbstbewusstsein, dass andere in den Schatten stellte. Dieses Selbstbewusstsein hatte sie sich verdient. Kieran verließ sich oft auf sie, wenn es um die Erledigung von wichtigen Aufgaben für den Sektor ging, was Cillian unglaublich ärgerte.

Oder vielleicht war es Cillians Verärgerung, die Kieran sie mit diesen Angelegenheiten betrauen ließ. Vermutlich eine Mischung aus beidem – ihre Kompetenz und die Tatsache, dass es Cillian ärgerte.

Ich ging den steinigen Pfad, der durch den vereisten Hof führte, hinab durch die Tore und in den Palast. Ein paar Omegas hatten angehalten, um mich anzustarren, aber die meisten Wachen, die auf den Türmen und an den Wänden entlang verteilt standen, bemühten sich nicht einmal, ihre Waffen zu erheben.

Ich wertete das als gutes Zeichen.

Während meiner ersten beiden Tage hier hatten die Beschützer des Refugiums ihre Bögen und anderen Waffen erhoben, wann immer sie mich gesehen hatten.

Am dritten Tag waren einige von ihnen etwas nachgiebiger geworden.

Gestern hatten mehrere von ihnen mir nur dabei zugesehen, wohin ich mich bewegte.

Und heute hatten mich nur zwei von ihnen im Visier.

Eine davon war Jas, eine Omega, die Alphas genauso sehr zu hassen schien wie Kyra.

Der Wolf in mir knurrte, als er das Frühstück witterte. Das Herumstreifen an den Grenzen heute Abend hatte mich hungrig gemacht.

Ich schlüpfte in den Speisesaal und blieb in der Türschwelle stehen, als ich all die Omegas sah, die sich im großen Saal tummelten. Es schien, als wäre jede Omega, die im Refugium lebte, heute Abend hier unten, was mich die Stirn runzeln ließ.

Seit meiner Ankunft hatte ich jeden Tag um dieselbe Uhrzeit mein Mitternachtsfrühstück zu mir genommen und damit eine Art Routine geschaffen. Und wie es schien, wurde die Cafeteria mit jedem meiner Besuche etwas belaufener, als versuchten die Omegas absichtlich, ihren Tagesablauf auf meinen abzustimmen.

Allein der Gedanke daran hörte sich eingebildet an. Aber ich war nicht sicher, wie ich mir die offensichtliche Veränderung in ihrem Tagesablauf anders erklären sollte.

Es sei denn, heute Abend geschieht etwas Einzigartiges, dachte ich mir, während ich auf die Schlange zuging. *Steht heute vielleicht ein Anlass auf dem Programm?*

Ich drehte mich um, um eine der Omegas zu fragen, die mich unverhohlen von einem der Tische in der Nähe anstarrte. Aber sowie ich Augenkontakt mit ihr aufnehmen wollte, neigte die gesamte Gruppe von Frauen ihre Köpfe und errötete.

Seufzend richtete ich meinen Blick zurück auf das Büffet und griff nach einem Teller.

Omegas waren dafür bekannt, unterwürfig zu sein, was Kyra zu einem gewissen Teil so verlockend machte. Sie beugte sich nicht so einfach. Zur Hölle, sie würde meinen Wolf zweifelsfrei dazu zwingen, ihr hinterherzujagen. Und es würde ihm verdammt noch mal gefallen.

Das wird nie geschehen, ermahnte ich mich, während ich mir Essen auf den Teller lud. Es handelte sich dabei mehrheitlich um Gemüse, Getreide und Meeresfrüchte, was angesichts unseres Standorts in der Arktis durchaus Sinn ergab.

Ich vermutete, dass wir irgendwo zwischen Svalbard und Grönland waren, auf einer Insel, die auf keiner Karte dokumentiert war. Nutztiere gab es keine, weil die Tiere hier nie überleben würden, und doch erlaubten die Treibhäuser es den Omegas, Getreide, Früchte und Gemüse anzubauen.

Aber sie hatten neulich abends Schweinefleisch gehabt, was mir sagte, dass sie eine Quelle hatten, die sie mit Fleisch versorgte.

Ich griff nach einer Tasse Kaffee und machte es mir an meinem üblichen Tisch in der Ecke bequem. Aus diesem Winkel hatte ich uneingeschränkte Sicht auf die gesamte Cafeteria.

Echt jetzt, so ziemlich jede Omega, die im Refugium lebt, ist hier. Bis auf meine, dachte ich, während ich die Gesichter im Raum musterte. *Sogar Fritz ist hier.*

Er sah mich mit brennendem Blick in seinen blauen Augen vom anderen Ende des Raumes an, seine Abneigung spürbar. Obwohl wir uns ein Wohngeschoss teilten, hatten wir nicht viele Worte gewechselt. Er versuchte die Sicherheitskonsolen vor mir zu verstecken, aber ich hatte mich bereits hereingeschlichen und sein beeindruckendes Setup untersucht. Er verstand sein Handwerk.

Wenn ich doch nur die Ursache für dieses unablässige Gefühl, dass etwas faul war, hätte finden können, das meine Instinkte immer wieder Alarm schlagen ließ. Alles schien sicher, aber mein Wolf störte sich an etwas. Und ich musste herausfinden, was dieses Etwas war.

Es waren nicht Kyras konstante mentalen Drohungen, dass sie mich töten wollte, oder die Unmenge an Waffen, die seit meiner Ankunft auf meinen Rücken gerichtet waren. Es war auch nicht der unverborgene Hass, den einige der Omegas mir entgegenbrachten.

Es war etwas … Düsteres. Irgendeine Art von nagender Präsenz.

Was auch immer es war, ich würde dahinterkommen. Ich musste nur weiter nach der Quelle suchen.

Das Gerät an meinem Handgelenk surrte und zeigte den Eingang einer Nachricht von Cillian an. In dieser ging es strikt um das Geschäft. *Ich habe Kierans Bettwäsche und getragene Kleidung zusammengetragen. Sie liegen in einem Korb in seiner Suite.*

Danke, schrieb ich zurück. *Ich werde in einer Stunde dort sein, um die Sachen abzuholen.*

Die Mehrheit von Kierans und Quinns Bedürfnissen war bereits gedeckt worden. Die Omega-Ammen hatten ihnen Essen, Wasser und andere wichtige Güter vorbeigebracht. Aber Quinn würde ihr Nest mit Kierans Habseligkeiten fortifizieren wollen. Alle Omegas taten das, wenn sie läufig waren. Vor allem neu gebundene Omegas.

Ich hätte die Gegenstände für sie früher geholt, wenn es mir möglich gewesen wäre, aber ich hatte nicht riskieren wollen, Kierans Paarungsinstinkte in Alarmbereitschaft zu versetzen. Aber jetzt, wo er Quinn offiziell gebissen hatte, würde er hoffentlich gelassen genug sein, um mich die Sachen vor ihrer Tür abladen zu lassen.

Obwohl ich nicht lange verweilen würde. Ob gebunden oder nicht, er würde vermutlich dennoch versuchen, mich umzubringen, wenn ich ihnen zu nahe kam.

„Ähm", murmelte eine leise Stimme neben mir, was

meine Aufmerksamkeit auf eine zierliche, hellhaarige Omega mit großen blauen Augen lenkte.

Anstatt weiterzusprechen, stellte sie ihr Tablett auf den Tisch und setzte sich auf den Stuhl neben mir.

Meine Nase zuckte und mein Wolf nahm ihren einzigartigen Geruch auf.

Ein Z-Clan-Omega, stellte ich überrascht fest. *Eine echte Rarität.*

Die meisten ihrer Art waren wegen der Achtlosigkeit und Brutalität ihrer Rudelanführer ausgestorben. Die Z-Clan-Alphas behandelten ihre Omegas wie Kauspielzeuge.

„Deine Seele ist … kompliziert", murmelte sie nach mehreren Sekunden der Stille. „Es fällt mir schwer, deine Absichten zu erahnen, aber es ist dir bestimmt, zu beschützen, und nicht, Schmerzen zuzufügen."

Aha, das erklärt, warum dieser kleine Polarwolf noch lebt, dachte ich. Z-Clan-Gestaltwandler waren berüchtigt für ihre Intuition und es war bestens bekannt, dass sie die Fähigkeit besaßen, Auren zu lesen. Und wie es schien, hatte dieses Exemplar gelernt, wie sie diese Fähigkeit zu Überlebenszwecken nutzen konnte.

Ich nahm einen Schluck von meinem Kaffee, während ich mir überlegte, wie ich ihr antworten sollte. Irgendwann kam ich zum Schluss, dass die Wahrheit genügen würde. „Ich will niemandem hier etwas Böses", sagte ich zu ihr. „Das hier ist ein sicherer Ort."

Sie nickte leicht mit ihrem elfenhaften Kinn und ein selbstbewusster Ausdruck zog auf ihrem Gesicht auf. „Ja, ich glaube dir."

Hm, wenn doch Kyra nur so leicht zu überzeugen wäre, sinnierte ich.

Ich hätte schwören können, dass daraufhin jemand in meinen Gedanken höhnisch schnaubte, aber als ich Kyras Bewusstsein anzapfte, stellte ich fest, dass sie damit beschäftigt war, zu duschen, und so zog ich mich umgehend zurück. Das war das Letzte, woran ich im Moment in einem Raum voller Omegas denken wollte.

„Viele der anderen glauben, dass sie dich besiegen könnten, wenn du sie angreifen würdest. Ich sage ihnen immer wieder, dass du uns keinen Schaden zufügen willst", informierte mich der Polarwolf. „Aber ich ahne, dass wir nicht viel tun könnten, um dich aufzuhalten, wenn dem so wäre."

„Das stimmt. Ihr könntet mich nicht aufhalten", stimmte ich zu. *Jedenfalls nicht so leicht.* „Aber ich werde dir ein Geheimnis verraten."

Ihre blauen Augen glitzerten und sie lehnte sich leicht nach vorn. Ihr Eifer war ihr in ihr unschuldiges Gesicht geschrieben.

„Wesen, die über mehr Kraft als andere verfügen, sollten diejenigen aufbauen und beschützen, die es brauchen. Schwache Alphas verstehen das nicht. Aber ich bin nicht schwach. Und Alpha Kieran genauso wenig. Wir wissen, was für Pflichten wir gegenüber dem Refugium haben. Wir wissen, was für Pflichten wir euch gegenüber haben." Ich sprach mit sanftem Tonfall mit ihr und hoffte, dass sie verstehen würde, was ich ihr zu vermitteln versuchte: *Eure Alphas haben euch enttäuscht, aber das bedeutet nicht, dass ich wie sie sein werde.*

Sie musterte mich einen langen Augenblick, dann nickte sie ein weiteres Mal. „Du sagst die Wahrheit."

„Ja, tue ich." Die Worte waren überflüssig, da ihre Intuition es ihr ganz offensichtlich erlaubte, Wahrheit von Fiktion zu unterscheiden. Trotzdem verspürte ich das Bedürfnis, ihre Einschätzung zu bestätigen – vorwiegend wegen den Personen, die unser Gespräch belauschten.

Oder vielleicht wegen der Omega, die in diesem Moment meinen Gedanken lauscht, ergänzte ich für Kyra.

Sie erwiderte nichts und räumte auch nicht ein, dass sie mich gehört hatte. Und so blieb der Status Quo der vergangenen Tage zwischen uns bestehen.

Der Polarwolf lächelte. „Ich glaube, ich werde dich gut leiden können", verkündete sie, bevor sie sich ein Fruchtstück in den Mund schob. „Du solltest uns mit unserem Training helfen."

Ich zog meine Augenbrauen hoch. „Mit eurem Training?"

Sie nickte, doch es war eine andere Stimme, die sagte: „Verteidigungstraining." Ein Tablett wurde auf den Tisch gestellt, bevor eine weitere Omega den Platz mir gegenüber einnahm.

Diese hier schien eine X-Clan-Gestaltwandlerin zu sein.

„Kyra hat uns beigebracht, wie wir uns gegen Alphas zur Wehr setzen können", erklärte die zu uns gestoßene Omega. „Sie ist eine gute Lehrerin, aber sie ist zierlich. Wir brauchen einen richtigen Alpha, mit dem wir üben können."

„Ich bezweifle, dass er sich freiwillig dafür melden wird", bemerkte eine dritte Omega, die sich uns am Tisch anschloss. Sie schien ein Vampir zu sein. „Und es könnte sein, dass Kyra nicht will, dass er unsere Geheimnisse erfährt."

„Aber er ist hier, um uns zu beschützen", wandte der Polarwolf ein. „Uns beizubringen, wie man kämpft, ist eine gute Art, uns zu helfen."

Zwischen Alpha und Omega gibt es keinen Kampf, dachte ich und verfolgte ihr Gespräch mit gerunzelter Stirn. „Am besten verteidigt ihr euch mit einer Waffe", sagte ich. Omegas konnten ein Handgemenge mit einem Alpha niemals gewinnen.

„Ja. Wir haben Schwerter und Messer", teilte der Polarwolf mir mit.

„Ich meinte damit Langstreckenwaffen wie zum Beispiel Gewehre."

Alle drei blinzelten mich an.

„Gewehre ... Das sind die Spielzeuge von Menschen", flüsterte die X-Clan-Omega bedächtig. „Warum ...?"

„Wenn ihr euch gegen einen Alpha wehren müsst, braucht ihr alle Hilfe, dir ihr bekommen könnt", sagte ich ihr mit ernstem Tonfall. „Messer und Schwerter werden nicht reichen."

„Kyra haben sie gereicht", legte der Polarwolf nach und runzelte die Stirn.

„Ja, weil die Alphas, die ich getötet habe, mich angesichts meiner Körpergröße für schwach gehalten haben", erwiderte Kyra, als sie durch die Schatten reiste und sich mir mit einem wütenden Gesichtsausdruck gegenüber setzte.

Die X-Clan-Omega und die Vampirin senkten ihre Häupter und entschuldigen sich, bevor sie mit geröteten Wangen hastig den Tisch verließen.

Der Polarwolf hatte es nicht so eilig. Sie sah Kyra an und sagte: „Ich will wissen, warum er vorschlägt, dass wir Gewehre anstelle von Messern benutzen."

„Weil er glaubt, dass eine Omega einen Alpha nicht besiegen kann, ohne zu schummeln", erwiderte Kyra ausdruckslos.

Meine Mundwinkel zuckten. *Gewehre zählen nicht als schummeln, kleine Mörderin.*

„Messer sind effizient und einfacher zu verstecken als eine Waffe", fuhr sie fort. „Außerdem machen wir uns auch unsere Körpergröße zunutze, Ashlyn. Alphas unterschätzen Omegas die ganze Zeit über, was auch immer wieder zu ihrem Tod führt. Vertrau mir."

Während sie die letzten beiden Sätze von sich gab, sah sie mir unentwegt in die Augen. Die Aussage war offensichtlich mehr an mich gerichtet als an *Ashlyn*.

„Hm", meinte der Polarwolf mit einem Summen, was Kyras Blick zu ihr wandern ließ.

„Du glaubst mir nicht?", sagte Kyra mit forderndem Tonfall.

„Es kommt nicht darauf an, was ich glaube, Kyra", murmelte Ashlyn bedächtig, während sie nach ihrem Tablett griff. „Aber ich bleibe bei dem, was ich gesagt habe. Ich glaube, es könnte hilfreich sein, wenn uns ein Alpha mit unserem Training behilflich ist."

Kyra blähte ihre Nasenflügel, als sie das hörte. Allein der Gedanke schien sie zu verärgern.

Doch Ashlyn lächelte bloß, bevor sie mich ansah und sagte: „Es war nett, mit dir zu plaudern, Alpha Lorcan. Ich hoffe, du wirst darüber nachdenken, was ich gesagt habe." Dann neigte sie ihren Kopf in subtiler Ehrfurcht und entfernte sich vom Tisch, um sich einen anderen Platz in der Cafeteria zu suchen, sodass Kyra und ich allein zurückblieben.

Ich griff nach meiner Gabel, um einen Bissen von meinem Essen zu verdrücken – welches mittlerweile kalt geworden war –, und wartete ab, was Kyra sagen würde.

Denn ich konnte hören, wie ihre Gedanken allerhand Dinge von sich gaben. Die meisten von ihnen hörten sich an wie Todesdrohungen.

„Siehst du dich nach einer Omega um?", fragte sie zähneknirschend. Die Anschuldigung, für die sie sich entschieden hatte, war überhaupt nicht das gewesen, was ich erwartet hatte. Obwohl ich diesen Hauch von Genervtheit durch ihr Bewusstsein hatte sausen spüren, hatte ich erwartet, dass sie das Thema fallen lassen würde. Denn ... Warum zum Teufel würde sie sich etwas daraus machen, wenn ich mich nach einer Omega umsah?

Dennoch schien es vernünftig, ehrlich zu antworten.

„Eine ungewollte Gefährtin ist mehr als genug, Kyra. Ich hege kein Interesse daran, mir eine weitere zu nehmen."

Ihr darauffolgendes Schnauben passte zu jenem, dass ich vorhin in meinen Gedanken vernommen hatte. Der Laut schien es ihr ungemein angetan zu haben.

Er verkörperte ihren Unglauben – etwas, woran ich mich zusehends gewöhnte. Ähnlich wie an die wiederkehrenden Todesdrohungen, die durch ihr Bewusstsein rauschten.

Sie hätte mich wirklich zu gerne niedergestochen. Jetzt noch viel mehr, weil ich ihre Lieblingswaffe beleidigt hatte.

Ich seufzte um ein Haar hörbar, weil mich ihre mentale Gymnastik erschöpfte.

Diese Omega musste dringend lernen, wie sinnlos ihr Verhalten war.

Sie kniff ihre Augen zusammen, was mich erahnen ließ, dass sie in diesem Moment meinen Gedanken lauschte.

-*Und zwar bald*, dachte ich und hoffte, dass sie die Worte als die Warnung erkannte, die sie verkörperten.

Ich nahm meine Mahlzeit ein, während sie mich finster anblickte, dann griff ich nach meinem Kaffee, um die letzten paar Schlucke davon zu genießen. Keiner von uns sagte etwas, nur unsere Gedanken lieferten sich mittels unserer Verbindung ein Wortgefecht.

Sie verströmte puren Hass.

Ich nahm ihn an, vorwiegend weil ich verstand, dass es tief drinnen nicht ich war, der sie so wütend machte. Dieses Gefühl gebührte einem anderen Alpha. Ich war nur derjenige, an dem sie glaubte, ihre Wut ausleben zu müssen.

Denn sie sah unsere Verbindung als Zwangsverbindung an. Cillian und ich hatten ihr keine Wahl gelassen. Nicht wirklich. Aber vielleicht würde sie eines Tages einsehen, dass sie nicht die Einzige war, die wegen dieser permanenten Verbindung zwischen uns für immer leiden würde.

Ich hatte nie eine Gefährtin gewollt. Ich wollte immer noch keine. Aber ich hatte unser Schicksal akzeptiert, weil es das Beste für den V-Clan war.

Und es war auch das Beste für das Refugium.

Weil die Omegas hier jetzt einen weiteren Beschützer hatten. Einen, der sie auch wirklich vor anderen Alphas beschützen konnte.

Kyras Kiefer zuckte. Ganz offensichtlich beleidigten meine Gedankengänge sie.

Zu schade. Denn sie waren wahr. Wenn sie das nicht ertragen konnte, dann war sie ihrer Position vielleicht nicht gewachsen.

„Ich wünsche dir einen angenehmen Abend, *Gefährtin*", sagte ich zu ihr, bevor ich aufstand, um einen weiteren Rundgang zu machen. Sobald ich damit fertig war, würde ich in den Blutsektor reisen, um Kierans Habseligkeiten abzuholen. Dann würde ich zurückkommen und mir überlegen, was ich mit meiner kleinen mörderischen Omega tun sollte.

Denn Ashlyn hatte recht.

Die Omegas hier brauchten effizienteres Training.

Und wer war besser dafür geeignet, ihnen Verteidigungstaktiken gegen einen Alpha beizubringen, als einer der mächtigsten Alphas des V-Clans?

KYRA

Eine Woche später

„Das musst du dir ansehen."

Ich blickte nach oben und sah Fritz in der Tür zu meinem Zimmer stehen. Seine Worte deuteten auf einen Fund hin, mit dem ich nichts zu tun haben wollte. Vorwiegend, weil ich ahnte, dass Lorcan in diesen Fund involviert war.

Bäh.

Ich hatte die vergangene Woche damit zugebracht, ihm aus dem Weg zu gehen. Zur Hölle, sogar mehr als eine Woche. Viel eher zehn oder zwölf Tage. Seit er angekommen war. Sei unserer Verpaarung. Seit *allem*.

Dass ich keinen Weg fand, um ihn auszuschalten, setzte dem Ganzen die Krone auf. Jeder Plan, den ich schmiedete, wurde von einem Blick in seine Gedanken zunichtegemacht.

Der Mistkerl schien die ganze Zeit über gefasst auf mich zu sein, was mich dieses Band zwischen uns umso mehr verabscheuen ließ.

„Erde an Kyra", säuselte Fritz. „Hast du mir zugehört?"

„Leider", murmelte ich und meine Füße stellten sich widerwillig auf den Fußboden. Ich stand auf und streckte mich. Meine Gliedmaßen knackten angesichts meines Workouts am frühen Abend protestierend.

Offenbar hatte ich mich heute beim Rennen etwas überanstrengt, aber ich hatte es nach meinem jüngsten Albtraum gebraucht.

Ich ignorierte die gleißenden Schmerzen, die an meinem Bein hochschossen, holte eine Jeans und meine Lieblingsstiefel aus dem Schrank und griff nach einem Pullover, um ihn mir über mein Tanktop zu ziehen. Nachdem ich mich flüchtig im Spiegel betrachtet hatte – *ich sehe präsentabel aus* –, wandte ich mich dem Omega zu, der in meiner Tür stand.

„Wohin gehen wir?" Den Worten wohnte selbst für meine Ohren ein launischer Tonfall inne, was mich zusammenzucken ließ.

Seit wann bin ich eine launische Weh-mir-Persönlichkeit?, fragte ich mich.

Seit Lorcan, erwiderte dieser weinerliche Teil von mir.

Ich rollte um ein Haar mit den Augen. Diese Angelegenheit lief langsam aus dem Ruder. Ich verspürte keine Angst und Furcht. Ich machte das Problem ganz einfach kalt.

Aber dieses *Problem* stellte sich als weitaus schwieriger zu erledigen heraus als gedacht.

Etwas, das mir zusehends bewusst wurde, als Fritz nach meiner Hand griff und mich durch die Schatten mitten in das Geschehen brachte, das er mir hatte zeigen wollen.

Und jepp, der ominöse Fund hatte mit Lorcan zu tun.

Er stand in einem improvisierten Ring.

Mit drei Omegas.

Eine davon war Ashlyn, die einen entschlossenen Ausdruck im Gesicht hatte.

Ich kniff meine Augen zusammen, während die drei Omegas Lorcan umkreisten und ihn alle gleichzeitig angriffen.

„Er bringt ihnen bei, dass sie mächtiger in größeren Nummern sind", knurrte Fritz. „Der alleinige Zweck der heutigen Lektion ist jener, ihnen zu zeigen, wie in der Gruppe anzugreifen die Chancen auf einen Gewinn erhöht."

Ich musterte das Publikum, das sich um den Ring versammelt hatte, und bemerkte, dass alle Omegas reges Interesse zeigten. Vor weniger als zwei Wochen hatten sie Lorcan abgrundtief gehasst. Und doch schauten sie ihm jetzt mit, was ich nur als wachsende Zuneigung beschreiben konnte, zu.

Verdammte Alpha-Pheromone.

Oder vielleicht war es auch einfach die beschützerische Ausstrahlung.

Na ja, okay, es hätte auch daran liegen können, dass Lorcan gut aussah und es diese sehnigen Muskeln waren, die alle so fesselten.

Denn er stand ohne Hemd da.

Ohne Hemd.

Warum zum Teufel muss er ohne Hemd kämpfen?

Und warum musste er auch noch so verdammt *behutsam* mit den Omegas umgehen?

Er hielt sich sichtlich zurück. *Was bringt es, Omegas beizubringen, sich zu verteidigen, wenn du ihnen damit bloß falsche Hoffnungen machst?*, wollte ich wissen.

Natürlich antwortete er nicht. Vermutlich konnte er mich aufgrund all der Aufmerksamkeit der Omegas gar nicht erst hören.

Ashlyn sprang auf seinen Rücken und schlang ihre

Arme um seinen Hals, während die beiden anderen versuchten, ihn mit Messern aus Holz zu erwischen.

Ich rollte mit den Augen. Das war lächerlich. Er wollte nur einen Grund haben, um spielen zu können.

Das hier war keine *Lektion*, sondern ein *Vorsprechen*.

Und ich hasste es. Ich hasste ihn. Ich hasste *das* hier.

Ein Gruppenangriff war nicht immer möglich. Manchmal konnte sich eine Omega auf kein Rudel verlassen, nur auf sich selbst. Alles, was er tat, war den Omegas beizubringen, wie man flirtete.

Bestes Beispiel: Ashlyn lachte, als Lorcan sich unter ihr mittels seiner Schatten verflüchtigte, sodass sie mit dem Hintern flach auf die Matte plumpste.

Das hätte nicht witzig sein sollen. Es hätte ernst genommen werden sollen. Was, wenn er wirklich versucht hätte, sie anzugreifen? Warum würden sie als Reaktion darauf auf ihn klettern?

Ich knirschte mit den Zähnen. *Nein. Scheiß auf das hier. Scheiß auf ihn. Scheiß auf alle.*

Ich reiste durch die Schatten zu meinen Übungswaffen und griff nach zwei echten Messern. Scharfen Messern. Messer, die ich benutzte, wenn ich mit Fritz übte.

Und dann stellte ich mich mittels meiner Schatten Lorcan in den Weg, bevor die drei Omegas wieder auf ihn zuhechten konnten.

„Wenn du ihnen zeigen willst, wie man sich verteidigt, dann sollten wir es anständig tun", keifte ich ihn an.

Er zog diese verdammte Augenbraue nach oben, wie er es in meiner Anwesenheit immerzu tat. Dann legte er seinen Kopf schief und begab sich in Kampfposition. *Zeig mir, was du drauf hast, kleine Mörderin.*

Ich knurrte und verabscheute, wie sehr der Kosename meine innere Wölfin zu umgarnen schien. Es gefiel ihr, dass er sie als Mörderin ansah. Sie sah es als Zeichen von Respekt.

Er respektierte uns nicht im Geringsten.

Darum hatte er dem Begriff auch das ‚kleine‘ hinzugefügt.

Dir werde ich zeigen, wer hier klein ist, dachte ich in seine Richtung und balancierte die Dolche zwischen meinen Fingern. *Es sei denn, du willst schummeln und dir deine Telekinese zu Hilfe nehmen.*

Seine Fähigkeiten einzusetzen, gilt nicht als Schummeln, säuselte er, während wir einander zu umkreisen begannen und einander unentwegt anstarrten.

Aha? Hältst du dich deshalb bei den Omegas zurück?

Wir hatten eine Vorbereitungsstunde darüber, wie sie sich als Team verteidigen können. Jetzt verstehe ich, dass ihre Anführerin diese Lektion bitterer nötig hat als sie.

„Willst du damit sagen, dass ich kein Teamplayer bin?“, wollte ich mit forderndem Tonfall wissen und benutzte dazu meine hörbare Stimme.

„Denn ich bin mir fast sicher, dass so ziemlich alle hier dir widersprechen würden.“

Vor allem wenn man bedachte, dass ich während Quinns Abwesenheit die Führung übernommen hatte.

Nicht, weil ich das gewollt hatte, sondern weil es die Situation erfordert hatte. Um die Omegas, die auf der Insel beheimatet waren, zu schützen. Um sicherzustellen, dass unsere Infrastruktur nicht zusammenbrach. Um unser Fortkommen zu gewährleisten, nachdem die Welt aufgrund der Infektion kollabiert war.

Dass er etwas anderes andeuten wollte, zeigte nur, dass er mich nicht verstand und wie wenig er über mich wusste.

„Ich zweifle deine Führungsqualitäten und Fähigkeit, mit anderen zusammenzuarbeiten, nicht an, Kyra. Und ich weiß bereits, dass eure wichtigste

Verteidigungsmaßnahme jene ist, mit vereinten Kräften zu kämpfen. Weshalb ich nicht verstehe, warum du der Meinung bist, dass man sich allein verteidigen sollte. Warum allein kämpfen, wenn man nicht unbedingt muss? Warum nicht dieselbe Philosophie darauf verwenden, einen Alpha in einem Kampf zu schlagen?"

„Weil man nie weiß, ob man sich allein gegen einen Alpha behaupten muss", gab ich zähneknirschend von mir.

Er dachte einen Augenblick darüber nach. „Das ist ein gutes Argument. Trotzdem solltet ihr auch lernen, eure Angriffe als Gruppe zu koordinieren."

„Was glaubst du, tun unsere Wachen?", wollte ich wissen.

„Das ist eine andere Art von koordiniertem Angriff", erwiderte er. „Einige der Omegas haben Interesse daran bekundet, mit einem Alpha zu trainieren. Ich habe vorgeschlagen, dass sie als Erstes lernen, wie sie mich als Gruppe niederstrecken können. Dann können wir zu den fortgeschritteneren Lektionen voranschreiten."

„Du meinst Einzelunterricht", sagte ich ausdruckslos. „Das dürfte ja ganz schön spaßig für dich werden."

Es war bekannt, dass Alphas sich mehr als nur eine Omega zur Gefährtin nehmen konnten. Omegas hingegen konnten nur selten mehr als einen Alpha haben. Vorwiegend, weil die arroganten Mistkerle zu besitzergreifend waren, um zu teilen.

Alphas dachten immer nur an sich selbst. Lorcan war zweifelsohne kein bisschen anders, wo er doch direkt vor meiner Nase nach neuen Omegas Ausschau hielt.

Er machte ein Geräusch in seinem Rachen, das sich ungeduldig anhörte. *Ich habe dir bereits gesagt, dass ich kein Interesse daran hege, mir eine Gefährtin zu nehmen. Und noch weniger zwei*, murmelte er in meinen Gedanken.

„Du hast gerade gesagt, dass du allen beibringen willst,

wie man sich verteidigt, wenn man es allein mit einem Alpha aufnehmen muss, Kyra", ergänzte er hörbar, was uns zurück zum weitaus wichtigeren Gesprächsthema führte.

Weil er recht hatte. Genau das hatte ich eben gesagt. Und doch verärgerte der Gedanke daran, dass er jemanden allein trainieren könnte, meine Wölfin, sodass ich unüberlegt Worte von mir gab.

Wie ist es überhaupt zu diesem Streitgespräch gekommen?, fragte ich mich. Die drehenden Gedanken hatten dafür gesorgt, dass ich mich benommen fühlte. *Und müssen hier so viele Leute stehen und uns beobachten?*

Eine schöne Anführerin war ich.

Scheiße.

„Mein Vorschlag wäre, dass ihr flüchtet, eure Körpergröße zu eurem Vorteil nutzt und euch an einem Ort versteckt, an den ein Alpha nicht hinkommt", ergänzte Lorcan und sah zur Menge, bevor er wieder zu mir blickte. „Aber wenn *du* glaubst, dass alle in der Lage sein sollten, sich einem Alpha entgegenzustellen, dann …" Er spreizte seine Hände und flüsterte in Gedanken: *Jetzt bist du dran, Schätzchen.*

Mein innerer Vampir knurrte, während meine innere Wölfin vor Erwartung geradezu frohlockte. Der Interessenskonflikt verstärkte meine Benommenheit nur noch.

Dieser Alpha wird mich noch um den Verstand bringen.

Nein, nicht nur er. Dieses Verlobungsband.

Aber er hatte mir gerade Erlaubnis erteilt, ihn anzugreifen. Mit Messern. Und angesichts dessen, wie er die anderen eben geschont hatte, würde er mit mir vermutlich dasselbe tun.

Das konnte ich zu meinem Vorteil nutzen.

Eine Schwachstelle finden.

Den Dolch in seinen Hals oder in sein Herz rammen und ihn lange genug außer Gefecht setzen, um ihn zu töten.

Ja, ja!, zischte mein Vampir.

Obwohl ich sicher war, dass Lorcan meine Gedanken hören konnte, so machte er nach außen hin einen gelangweilten Eindruck. Als würde er nicht daran glauben, dass ich wahrhaftig in der Lage war, ihm Schaden zuzufügen.

Gut. Er soll sich bloß in Sicherheit wähnen.

Ich reiste durch die Schatten hinter ihn und führte meine Klinge an seinen Hals, doch im nächsten Augenblick löste er sich in Luft auf, bevor er seinen Arm um meine Mitte schlang und mich mühelos vom Boden hob.

Die Omegas um uns herum rangen hörbar nach Luft.

Doch ich knurrte nur und befreite mich aus seinem Griff, indem ich durch die Schatten reiste. Meine Fähigkeit, mich ungesehen fortzubewegen, trat an die Oberfläche und ich rannte umher, täuschte einige Male an und versuchte damit, ihn zu verwirren.

Immer, wenn ich mit meiner Klinge angriff, verschwand er, bevor sie eine Spur hinterlassen konnte. Ich wollte ihn in höchste Alarmbereitschaft versetzen, seine Instinkte überfordern, ihn …

Ich fiel rücklings zu Boden und meiner Lunge entwich alle Luft, bevor Lorcan über mich krabbelte. Seine telekinetischen Kräfte vereitelten meinen Versuch, mich mittels meiner Schatten unter ihm hervorzuzaubern.

Verdammt!, schrie ich in Gedanken. *Betrüger.*

Du hast Gebrauch von deinen Fähigkeiten gemacht, also habe ich dasselbe getan, erwiderte er ausdruckslos. *Und wenn du auch nur eine Sekunde lang glaubst, dass ich dich unterschätze, dann hast du meine Gedanken nicht eingehend genug erforscht.*

Warum würde ich darin herumwühlen wollen?

Weil du ganz versessen darauf bist, mich zu töten, entgegnete er. *Aber dir ist noch nicht aufgefallen, welchen Vorteil du mir gegenüber hast. Deinen direkten Zugriff auf meine Gedanken.*

Er entfernte sich von mir und stand ruckartig auf.

Das wirft die Frage auf, ob du mich wirklich töten willst oder ob du bloß mit mir flirtest, ergänzte er und diese verdammte Augenbraue wanderte wieder an ihre gewohnte Position hoch. *Vielleicht sind all diese Drohungen bloß als Vorspiel zu verstehen.*

Das würde dir so passen. Ich reiste durch die Schatten in eine aufrechte Position, erleichtert darüber, dass er mich bereits wieder von den Fesseln seiner Kräfte befreit hatte.

„Die meisten Alphas verfügen nicht über magische Fähigkeiten. Sie schalten Omegas mit roher Gewalt aus. Vielleicht wäre es vernünftiger, wenn sich diese Demonstration auf Zweikampf konzentriert als auf seltene übernatürliche Fähigkeiten."

Er sah mich einen Augenblick eingehend an. „Dann dürften Omegas auch keine einzigartigen Fähigkeiten besitzen."

Ich schüttelte meinen Kopf. „Viele von uns, die auf dieser Insel leben, tun das. Aber es sind üblicherweise nicht V-Clan-Alphas, die wir fürchten müssen. Es sei denn, du glaubst, dass wir das sollten?"

Hm, meinte er mit einem mentalen Summen. *Feiner Spielzug, kleine Mörderin.*

Ich ließ mir nicht anmerken, dass ich das Kompliment vernommen hatte, und wartete stattdessen darauf, dass er meine Frage beantwortete.

„Es sind tendenziell eher Vampir-Alphas, die über übernatürliche Fähigkeiten verfügen, und sie sind nicht für ihre Güte bekannt", erwiderte er mit einem gefährlichen Funkeln in seinen Augen.

Der saß ganz schön tief, Alpha.

Mag schon sein, aber es ist dennoch ein stichhaltiges Argument, Omega.

Da muss ich dir widersprechen. „Nur V-Clan-Omegas und Vampir-Omegas müssen sich ihretwegen sorgen. Sie fühlen sich von anderen Omegas nicht angezogen."

„Im Grunde genommen willst du also, dass ich anlässlich dieser Demonstration außer roher Gewalt nichts einsetze, während du dich all deiner Fähigkeiten bedienen darfst."

„Ja, wenn du genug Mumm hast", neckte ich ihn.

Seine Mundwinkel zuckten. „Die Frage ist nicht, ob ich genug Mut besitze, Kyra. Es ist mir wichtig, dass ihr richtig trainiert."

„Also glaubst du, dass wir lernen müssen, wie wir uns gegen Alphas wie dich – V-Clan-Alphas – verteidigen können?", hakte ich nach, war mir bewusst, dass ich ihn in eine unfaire Lage brachte. Aber ich wollte ihn leiden lassen.

Und ich *brauchte* einen anderen Vorteil als jenen, seine Gedanken lesen zu können.

„Es gibt nur wenige Alphas, die mit meinen Kräften mithalten können. Einer dieser Alphas ist Kieran, Quinnlynn MacNamaras *auserwählter* Gefährte." Er musterte die Menge, während er das sagte, und sprach zum Publikum anstatt zu mir. „Kieran würde seine Fähigkeiten nie dazu benutzen, einer Omega Schaden zuzufügen, und ich genauso wenig."

Dann hielt er seine Hände hoch und richtete seinen Blick wieder auf mich.

„Ich werde meine Magie nicht benutzen, Kyra. Aber ich werde nicht als Erster angreifen. Auf dein Zeichen."

LORCAN

Wie zum Teufel ist es so weit gekommen? Ich stehe in einem Kampfring, der von Omegas umgeben ist, während meine Gefährtin mir mit einem Funkeln in den Augen zu verstehen gibt, dass ich verfrüht meine Ende finden werde?

Oh, richtig, Die zierliche Z-Clan-Omega hatte meinen Patrouillengang unterbrochen und mich gebeten, ihr und ihren Freundinnen ein paar Selbstverteidigungstechniken zu zeigen.

Was dazu geführt hatte, dass Kyra aufgetaucht war und ihre Verachtung offenkundig gemacht hatte.

Verachtung, die ich nicht verdiente.

Aber es war Verachtung, die ich ertragen würde, falls das ihrer Seele dabei half, zu heilen.

Verdammt, das wird Cillian mich nie vergessen lassen, dachte ich mir, während Kyra mich zu umkreisen begann. *Wäre er an meiner Stelle hier, würde er diese feurige Omega ganz einfach für die Ewigkeit in einen Käfig sperren. Und doch stehe ich hier und spiele dieses dämliche Spiel mit.*

Sie wollte nicht, dass ich meine Fähigkeiten einsetzte, weil sie glaubte, dass das faire Bedingungen schaffen würde.

Das würde es nicht.

Meine Kräfte waren nicht das Fundament meines Alpha-Status, sie trugen lediglich dazu bei.

Kyra aktivierte ihre Tarnfähigkeiten, reiste durch die Schatten und landete hinter mir. Soweit ich ihren Gedanken entnehmen konnte, sollte diese Fähigkeit dafür sorgen, dass ihr Geruch weniger gut wahrgenommen werden konnte und sie damit schwieriger aufzuspüren war.

Aber mein Wolf konnte sie nach wie vor problemlos riechen.

Gewürzblutorangen.

Es war ein Aroma, das angefangen hatte, in meinen Träumen aufzutauchen. Wir waren jetzt miteinander verbunden, ob wir es nun wollten oder nicht. Und das erlaubte mir, ihre Bewegungen zu erahnen.

Sie hatte mir gesagt, dass ich meine Fähigkeiten nicht einsetzen sollte. Sie hatte nichts davon gesagt, dass ich mir unsere Verbindung nicht zunutze machen durfte. Natürlich konnte ich die genauso wenig ausblenden wie sie.

An meinem Rücken breitete sich ein Schmerz aus, als ihr Dolch auf meine nackte Haut traf und eine oberflächliche Wunde schuf, die meinen inneren Wolf zum Schnurren brachte. Ihm hatte dieser Teil des Vorspiels viel zu gut gefallen.

„Oh, tut mir leid", sagte Kyra und reiste durch die Schatten, um sich vor mich hinzustellen. „Wolltest du auch eine Waffe?"

Ich starrte sie gelassen an. „Du wolltest eine realistische Demonstration. Also nein, ich will keine Waffe. Alphas greifen Omegas an, weil sie sie erobern und begatten wollen, und nicht, um sie zu verunstalten oder versehentlich zu töten."

„Erzähl das den beinahe ausgestorbenen Z-Clan-Omegas", murmelte Kyra.

LEXI C. FOSS

„Z-Clan-Alphas sind brutale Wahnsinnige, die sich damit brüsten, dass sie alle in Stücke reißen, die über weniger Macht verfügen als sie", entgegnete ich. „Und sie tun das mit ihren *Klauen*, Kyra. Nicht mit Waffen."

Ich konnte aus meinem Augenwinkel heraus sehen, wie Ashlyn zusammenzuckte, woraufhin es mir umgehend leidtat, ihr vormaliges Rudel mit derartig krassen Worten umschrieben zu haben.

Ich kannte ihre Vergangenheit nicht, aber ich ahnte, dass sie grauenvoll gewesen war.

Und ich hatte sie gerade ohne den geringsten Hauch von Reue zusammengefasst.

Verdammt. Deshalb ging ich Omegas aus dem Weg. Ich verfügte nicht über das nötige Feingefühl, um mit einer Situation wie dieser umgehen zu können. Und ich hegte auch kein Verlangen danach.

Ich führte, indem ich Schutz vor physischer Gewalt bot, und nicht etwa mittels emotionaler Unterstützung.

Ich schluckte schwer und sah mit einer Entschuldigung auf den Lippen zu Ashlyn.

Nur um urplötzlich einen Dolch in meiner Seite stecken zu haben.

Ich wirbelte herum und ließ meine Hand an den Griff gleiten, um das Messer herauszuziehen und mich in Bewegung zu setzen.

Meine Heilkräfte aktivierten sich und das brennende Gefühl, das durch meine Adern rauschte, schwand umgehend. Ich war nicht einmal annähernd so mächtig wie Kieran, wenn es um die in unserer Familie kursierende Kraft ging, aber ich war mächtig genug, um mich heilen zu können, ohne groß darüber nachzudenken.

Die Zuschauer rangen angesichts meiner Schnelligkeit und der umgehend verheilten Wunde nach Luft, aber das hielt meinen Feuerkopf von einer Gefährtin nicht davon ab, einen Dolch in mich zu rammen.

Mitten ins Herz.

Ich ergriff die Waffe am scharfen Ende und warf sie zu Boden. Die scharfe Spitze vergrub sich im Eis, was die Zuschauer abermals nach Luft ringen ließ. Es kam nicht jeden Tag vor, dass jemand stark genug war, um Eis mit einem Messer zu durchbrechen, und es setzte meine Alpha-Kraft gut in Szene.

Ich brauchte keine Telekinese oder wundersame Heilkräfte, um eine Omega in die Knie zu zwingen. Meine bloße Existenz genügte.

Und doch weigerte sich meine Gefährtin, klein beizugeben.

Es war ihr irgendwie gelungen, ein drittes Messer zu zücken, und jetzt war sie ganz versessen darauf, mir damit die Kehle aufzuschneiden.

Ich packte ihr Handgelenk, bevor sie ihren tödlichen Plan in die Tat umsetzen konnte, und riss sie an meine Brust. „Das reicht", knurrte ich ihr ins Ohr.

Es ging ihr nicht darum, den Omegas beizubringen, wie man kämpfte. Sie wollte mich bloß umbringen. Und obwohl ich von Anfang an gewusst hatte, dass das ihre Absicht gewesen war, hatte ich gehofft, die Situation in eine hilfreiche Lektion umwandeln zu können.

Aber mit Kyra war in diesem Zustand kein vernünftiges Gespräch zu führen.

Sie bewegte sich durch die Schatten hinter mich und ihr Messer streifte über meine Haut.

Ich wirbelte mit ihr herum, packte ihre Hüften und brachte uns beide durch die Schatten in ihr Nest.

Dieser Konflikt musste unter vier Augen ausgetragen werden, und ich hatte es satt, dass sie mich vor den anderen Omegas derart respektlos behandelte.

Sie mochte Alphas verabscheuen, aber das bedeutete nicht, dass sie ihre Vorurteile öffentlich an mir auslassen konnte. Vor allem, weil Kieran kurz davorstand, dieses Territorium zu übernehmen, was ihn zum Sektoren-Alpha und mich zu seinem Elitemann machte.

Ich drückte sie aufs Bett. Meine Beine behielten ihre auf der Matratze, während meine Hände die ihren gegen die Unterlage drückten.

Sie knurrte unter mir wie eine kleine Wildkatze und ein wütender Blick loderte in ihren katzenähnlichen Augen.

„*Das reicht jetzt*", wiederholte ich.

Aber es war, als konnte sie mich nicht hören.

Ein mörderischer Gedanke streifte durch ihren Kopf, bevor sie durch die Schatten reiste und nach einer ihrer versteckten Waffen griff.

Ich sandte meine Kraft zu allen scharfen Gegenständen im Raum aus und behielt sie an Ort und Stelle. Sie hatte mich gebeten, meine Kräfte während der Demonstration nicht zu benutzen, aber damit waren wir jetzt fertig. Meine telekinetischen Fähigkeiten durften offiziell wieder eingesetzt werden.

Aber ich sah davon ab, sie zu fesseln. Ich wollte nicht riskieren, sie erneut aufzubringen.

Stattdessen stand ich auf und knurrte abermals. Dieses Mal tiefer. Potenter. Wie ein Alpha, der danach verlangte, dass man sich ihm unterordnete.

Sie drückte ihre Knie durch. Die sture Omega kämpfte gegen das Bedürfnis an, sich hinzuknien.

Chaos brach in ihren Gedanken los. Erinnerungen trafen auf die Gegenwart, weil sie mein Knurren mit dem eines anderen Alphas gleichsetzte.

Was sie dazu brachte, wie ein kleiner Welpe zu wimmern.

Dann knurrte sie ein weiteres Mal und versuchte nach einem ihrer Wurfsterne zu greifen.

Als das Metall sich nicht bewegte, raste sie auf ein weiteres Versteck zu, nur um sich wieder mit demselben Problem konfrontiert zu sehen.

„Aufhören!", verlangte sie und wirbelte zu mir herum.

„*Nein.*" Ich unterlegte das Wort mit Kraft. Mein Knurren war so tief, dass ihre Knie im nächsten Augenblick einknickten.

Ich fing sie auf, bevor sie zu Boden fiel, und setzte die zitternde Omega aufs Bett. Angst und Wut schienen in ihr um Kontrolle zu ringen.

Ich bin schwach, flüsterte sie sich zu. *Nein. Nein, streich das. Ich bin nicht schwach. Ich bin … Er … Das … Ach!*

„Kyra." Ich stand neben dem Bett, bedacht darauf, sie nicht zu berühren. Weil ich ihre Gedankengänge mitverfolgt hatte. Ich hatte diese ominöse Erwartung dessen, was folgen würde, gespürt.

Sie glaubte, dass ich sie bestrafen würde, und sie hatte mehrere kreative Methoden im Sinn, um mir entgegenzuwirken. Die meisten von ihnen waren sexuell gewalttätiger Natur.

Mir mochte ein kleiner Kampf als Vorspiel gefallen, aber ich genoss keine der düsteren Dinge, die sich jetzt in ihrem Kopf abspielten. Ich ging davon aus, dass ihr vormaliger Gefährte viele dieser grausamen Konzepte inspiriert hatte.

„Kyra", versuchte ich erneut, doch im nächsten Augenblick warf sie sich mit erneuter Wucht auf mich.

Dieses Mal hatte ich keine andere Wahl, als sie erneut auf die Matratze zu drücken. Ich ließ ein Knurren folgen, das sie dazu zwingen sollte, um Gnade zu flehen.

Ihr Wolf wimmerte, dann erstarrte Kyra komplett unter mir.

Ich seufzte, verabscheute das hier.

„Hör mir zu. Wenn du dir weiterhin ausmalst, wie du mich tötest, werde ich keine andere Wahl haben, als dich in einen Käfig zu sperren", sagte ich zu ihr.

Ich war mir nicht sicher, ob ich das wirklich so meinte. Ich hatte mich zu dieser Aussage hinreißen lassen, weil ich daran gedacht hatte, wie Cillian die Situation handhaben würde.

Sie musste diesen Teil meiner Gedanken überhört und nur die Worte, die mir über die Lippen gekommen waren, registriert haben. Denn sie blinzelte, als würde sie erwachen. Und dann zischte sie.

Oder vielleicht glaubte sie, dass dieses leise Zischen sich wie ein Knurren anhörte.

Was es auch war, mein Wolf reagierte mit einem Knurren darauf.

Das hier war lächerlich.

Ich entfernte mich von ihr, brauchte etwas Distanz. Vor allem, weil ich mich mitten in ihrem Nest befand. Eine Tatsache, über die sich mein innerer Wolf viel zu sehr freute. Es war ihm egal, dass sie versucht hatte, mich auf die dümmste aller Arten umzubringen. Er hatte es ganz einfach als Verführungstaktik gesehen.

Und jetzt, wo wir uns im Herzen ihres Territoriums befanden, wollte er sich seiner Omega auf intimer Ebene vorstellen.

Aber das würde nicht passieren. *Niemals.*

„Ich hege kein Verlangen, unser Band zu vollziehen", informierte ich Kyra und auch mein inneres Biest.

Diese Frau wollte mich nicht, so viel war klar. Und ich würde weder *sie* noch sonst eine Frau mit roher Gewalt nehmen.

Nur weil ein Alpha zu etwas imstande war, bedeutete das nicht, dass er es tun sollte oder es ihm zustand.

„Ich bin nicht hiergeblieben, um eine Beziehung mit dir zu führen oder eine weitere potenzielle Gefährtin zu finden. Ich bin wegen Kieran und Quinnlynn hier. Und ich bin hier, weil diese Insel offiziell unter dem Schutz des Blutsektors steht. Das ist alles."

Sie starrte mich aus ihrem Nest, das aus mehreren Laken bestand, an und ihr Körper schien jetzt, wo sie in die wohlriechenden Laken gekuschelt war, noch zierlicher.

Mein Wolf schnurrte angesichts des Anblicks, der sich ihm bot.

Ich blendete ihn und den verlockenden Geruch von Gewürzblutorangen aus.

„Sobald Quinnlynn und Kieran bereit sind, in den Blutsektor zurückzukehren, werde ich sie begleiten", ergänzte ich ausdruckslos. „Wir werden in Zukunft nur noch wenig miteinander zu tun haben."

Sie sah mich mit großen Augen an und ein Hauch Überraschung rauschte durch ihre Gedanken. Ich verstand nicht so recht, warum. Ich hatte meine Absichten von Anfang an klar kundgetan. Ich wollte keine Gefährtin und ich wollte nur wegen Kieran hierbleiben.

„Was ist mit meiner Läufigkeit?", hatte ich ihn gefragt.

Seine dunklen Augenbrauen hatten sich leicht gehoben. „Was soll damit sein?"

„Willst du mir nicht anbieten, mich durch meine Läufigkeit zu begleiten?"

„Soll ich dir etwa anbieten, dich hindurch zu begleiten?", hatte er gefragt.

„Nein."

„Dann nein, ich werde meine Hilfe nicht anbieten. Außerdem müsste ich dann den Blutsektor für längere Zeit verlassen, was ich nicht tun möchte."

Sie setzte sich langsam auf, ihr blauschwarzes Haar war wirr und fiel aus ihrem Pferdeschwanz. Es schien ihr nicht aufzufallen oder aber es störte sie ganz einfach nicht. Ihre Aufmerksamkeit lag auf mir. „Du sagst die Wahrheit."

„Ja." Ich hatte nicht das Gefühl, mich erklären zu müssen. Ich hatte ihr das von Anfang an gesagt, aber es schien erst jetzt einzusickern.

„Oh." Sie rümpfte ihre Nase. „Ich …" Ein Stirnrunzeln. „Aber wir sind miteinander verbunden."

Ich zuckte mit der Schulter. „Das könnte durchaus Vorteile haben. Du kannst umgehend Alarm schlagen, wenn es ein Problem im Refugium gibt." Ich sah sie flüchtig an und fügte hinzu: „Oder auf einem deiner Ausflüge."

Denn, ja, ich hatte ihren Kopf nach Informationen darüber abgesucht, wie es ihr gelungen war, sich in den Blutsektor zu schleichen, ohne bemerkt zu werden.

Im Anschluss hatte ich Cillian darauf aufmerksam gemacht, dass sie gerne von unseren vierteljährlichen Blutsteuern stahl. Er war bereits dabei, unseren Vorrat anders zu verteilen, um eine monatliche Fracht zum Refugium senden zu können.

„Ich habe fest vor, dir meine Unterstützung anzubieten", sagte ich ihr mit sanfter Stimme. „Und Cillian auch."

„Zu welchem Preis?", wollte sie mit misstrauischem Blick wissen.

„Es gibt keinen Preis, Kyra. Das Refugium fällt unter unsere Rechtsprechung und wir beschützen unseresgleichen."

Sie schüttelte ihren Kopf. „Wir schließen uns nicht dem Blutsektor an."

„Es geht nicht um den Blutsektor. Es geht um Kieran. Seine heilende Magie verweilt jetzt überall im Refugium, weil seine Kraft sich mit Quinns verbindet und die Barriere stärkt. Das bedeutet, dass dieser Ort hier unter seinem Schutz steht, was ihn wiederum unter meinen Schutz stellt."

„Weil du Kieran treu ergeben bist."

„Immer."

Sie nickte bedächtig. „Ich fange an, das zu verstehen."

„Gut." Ich nahm einen Schritt von ihrem Bett weg. „Dann sind wir zu einem Übereinkommen gelangt. Wir werden einander nicht behindern und du wirst aufhören, meinen Tod zu planen."

Sie antwortete nicht umgehend, doch ich konnte hören, wie sie das Gesagte in Gedanken durchging. Jetzt hörte sie mir endlich zu, was eine echte Erleichterung war.

„Okay", murmelte sie. „Ich kann nicht versprechen, dass ich nicht über deinen Tod fantasieren werde, aber ich … Ich werde mich fürs Erste zurückhalten."

Ihre Gedanken sagten mir, dass das die bestmögliche Antwort war, die ich heute Abend von ihr bekommen würde. Also würde ich mich damit zufriedengeben müssen. „Hervorragend. Hab einen schönen Abend, Kyra."

Ich verschwand, bevor sie etwas darauf erwidern konnte. Vorwiegend, weil ihr Geruch meine Sinne zusehends zu betören begann. Und ich wollte sie wirklich nur ungern mit meinem hungrigen Wolf in Alarmbereitschaft versetzen.

Er würde sich irgendwann beruhigen.

Vielleicht.

Leider spielte das keine Rolle. Zwischen mir und Kyra würde nichts passieren. Und in ein paar wenigen Wochen wäre ich sowieso weg.

KYRA

Hm ...

Das Summen, das meinen Kopf heimsuchte, sandte einen kalten Schauer an meinem Rücken hinab. Einen, den ich allzu gut kannte. Einen, den ich fürchtete. Einen, der ein morbider Teil von mir noch immer begehrte.

Ich spüre ... eine Veränderung ..., flüsterte die tiefe Stimme. *Ein neuer Alpha, Liebste? Ist es das, wovon du da träumst?*

Mein Herz setzte einen Schlag aus. Die Frage fühlte sich so echt, zum richtigen Zeitpunkt gestellt, an, dass ich fast schon überzeugt davon war, dass das hier wahrhaftig geschah. Aber ich wusste es besser. Das hier war nur ein Traum. Ein Albtraum. Ein weiterer Weg, den Fares Geist gefunden hatte, um mich heimzusuchen.

Wer ist er?, fragte er leise, seine Worte eine flüchtige Empfindung in meinem Kopf. Ich konnte mir ausmalen, wie er mit diesen langen Fingern durch mein Haar strich, während er mit diesem beschwichtigenden Tonfall mit mir sprach.

Aber das war alles nur zum Schein.

Fare hatte nur so getan, als bedeutete ich ihm etwas. Er hatte geschnurrt und mir die süßesten Dinge eingeflüstert, nur um mir ein falsches Gefühl der Sicherheit zu geben. Dann hatte er meine Welt zerstört, mein Nest kaputtgemacht und gelacht, während mich seine Freunde vor seinen Augen zerrissen hatten.

All das Blut und die Zerstörung … Mein sicherer Hafen komplett zerstört.

Du bist mein Spielzeug, hatte er immer gesagt. *Mein kostbares kleines Spielzeug. Und ich liebe es, meine Spielzeuge kaputtzumachen.*

Mir drehte sich der Magen um, seine Stimme derweil fester Bestandteil meiner Gedanken.

Sag mir … Wer ist er, hm?, fuhr er jetzt fort. *Sag mir, wer dich so durcheinanderbringt.*

Ich erschauderte. Seine seidige Stimme wurmte sich ihren Weg durch mein Unterbewusstsein und zog an den Strängen meiner Vernunft.

Meine Albträume hatten sich in den vergangenen paar Wochen verschlimmert.

Wegen Lorcan. Wegen unseres Bandes. Wegen der *Zweckverpaarung,* die zu akzeptieren ich gezwungen worden war.

„Sag mir, was ich wissen will", sagte er an mein Ohr gelehnt, während er seine Hand um meinen Hals schlang. „Oder willst du, dass ich die Antwort aus dir herausficke?"

Seine nackte Haut, die an meinen Rücken gepresst war, fühlte sich kalt an. Falsch. *Echt.*

Ein Schauer rann an meinem Rücken hinab und mir gefror das Blut in den Adern. Ich konnte spüren, wie sein Knoten sich an mein Hinterteil presste und diese drohende Gewalt dicht unter der Oberfläche brodelte.

Er würde mich zwingen, ihn in mir aufzunehmen. Würde mich zwingen, es zu genießen. Würde mein Inneres mit seiner giftigen Essenz fluten.

Aber ein rebellischer Teil von mir weigerte sich, ihm

den Namen zu nennen. Weigerte sich, über Lorcan zu sprechen. Denn er war mein Geheimnis. *Meine Realität.*

Das hier ist nur ein Traum.

Fare ist nicht wirklich hier.

Er ist tot. Ich habe ihn umgebracht.

Das Lachen, das er an meinen Hals gepresst ausstieß, hörte sich jedoch allemal echt an. Ominös. Wie ein tödliches Versprechen. *Wie eine Stichelei.*

„Ich liebe es, wenn du gegen mich ankämpfst, Schoßhündchen", flüsterte er an meine Halsschlagader gepresst, seine Worte laut ausgesprochen, anstatt in meinen Kopf geflüstert. „Das macht die Sache so viel interessanter."

Seine Fangzähne drangen in meine weiche Haut, woraufhin jeder Zentimeter meines Wesens von Schmerz heimgesucht wurde, was mir einen Schrei entlockte.

Ich zuckte zusammen.

Und setzte mich ruckartig im Bett auf, meine Hand an meinen Hals gepresst.

Kein Blut. Keine Bisswunden. Kein rosenähnlicher Geruch.

Ich erschauderte, als meine Sicht sich klärte und ich mein Nest erkennen konnte. Mein sicherer Hafen. Intakt. Mit meinem Duft versehen.

Nein. Nicht nur mit meinem. Auch mit Lorcans.

Es war schon über eine Woche so, seit wir zuletzt miteinander gesprochen hatten. Vorwiegend, weil ich meine Bettwäsche nicht gewechselt hatte. Ich … Ich mochte seinen Geruch an ihnen.

Der Geruch von Immergrün.

Ich schluckte schwer und kniff meine Augen zusammen, während mein Albtraum mit der Realität rang.

Fare ist tot. Lorcan ist mein Gefährte.

Ich griff nach meinen Laken und zog sie an meine Nase hoch. Meine Wölfin seufzte, als ich tief einatmete.

Der verweilende Alpha-Geruch beruhigte sie mehr als ich zugeben wollte.

Lorcan hatte in den vergangenen zehn Tagen nicht einmal in meine Richtung geblickt. Er hatte sich mir ferngehalten und Ashlyn und den anderen nur hier und da ein paar Tipps zur Selbstverteidigung gegeben.

Fritz war kein Fan davon.

Und ich auch nicht, aber aus völlig anderen Gründen.

Meine Wölfin wollte Lorcan nicht teilen. Es spielte keine Rolle, dass er nicht wirklich uns gehörte. Sie verstand das Konzept einer *Zweckverpaarung* nicht. Sie sah ihn als ihren Gefährten an.

Ich hingegen sah ihn als … Na ja, ich wusste es nicht so recht. Er war nicht mein Feind. Jedenfalls nicht wirklich. Er … Er war *anders*.

Mir ging unser Gespräch, das wir nach den Geschehnissen im Kampfring geführt hatten, durch den Kopf, wie es in den vergangenen eineinhalb Wochen schon oft der Fall gewesen war.

Ich konnte noch immer nicht glauben, dass er nicht vorhatte, sich mit mir zu verknoten.

Was für ein Alpha zieht keinen Nutzen aus der Läufigkeit seiner Gefährtin?, wunderte ich mich.

Ein guter Alpha, beschloss ich.

Es war ein Widerspruch, von dem ich nicht gewusst hatte, dass er existierte. *Gute Alphas.* Wer hätte gedacht, dass es das wirklich gab?

Seufzend streckte ich meine Arme und Beine aus und sah mich abermals um. Das heimelige Gefühl meines Nestes half dabei, mich zu beruhigen, aber im Moment war es irgendwie nicht genug.

Zeit, laufen zu gehen, entschied ich. Ein Nachmittag mit meiner Wölfin half mir immer, das verweilende Gefühl von Fares Berührungen abzustreifen. Vermutlich, weil er wirklich nur zu meiner vampirischen Seite gesprochen hatte.

Mein inneres Tier hatte mich mit der Stärke versorgt, die vonnöten gewesen war, um ihn zu überdauern. Ohne sie … Na ja, wäre er womöglich heute noch am Leben. Und ich wäre für immer als Sklavin in seinem Bau geblieben.

Zumindest bis einer seiner Freunde das Spiel zu weit getrieben hätte. Ich war immer die Unzerbrechliche gewesen, weil mein hybrides Erbgut mich zu töten erschwerte.

Sie hatten es genossen, mich an den Rand des Todes zu bringen, nur um mir dann beim Heilen zuzusehen.

Ich schluckte schwer und schob die Gedanken an die Vergangenheit in die ramponierte Schachtel in meinem Bewusstsein und schlüpfte aus meinem Nest.

Ich war bereits nackt – vorwiegend, weil ich es mir gerne in den Laken gemütlich machte, die nach Lorcan rochen.

Denn meine Wölfin war geradezu besessen von *ihrem Alpha*.

Ich stieß ein Schnauben aus und reiste durch die Schatten in meine Lieblings-Eishöhle auf der Insel, bevor ich mich dort zu Boden sinken ließ, um mich zu verwandeln.

Es war ein paar Wochen her, seit ich zuletzt gelaufen war, was auch erklärte, warum meine Wölfin besonders häufig aus mir hervorbrach. Sie schüttelte ihr Fell, dann ließ sie sich auf das Eis sinken, um sich darauf herumzuwälzen.

Obwohl ich ihre Bewegungen kontrollieren konnte, entschied ich mich dagegen. Es war spaßiger, ihr freie Hand zu lassen.

Sie plumpste mit einem zufriedenen Schnauben auf

ihre Seite, bevor sie aufstand und ihr Fell abermals schüttelte.

Bereit?, fragte ich sie.

Sie gab ein Schnauben von sich und jagte aus der Höhle, um unsere übliche Runde über das Gelände zu drehen.

Doch anstatt Kurs zu halten, kam sie etwas vom Weg ab, als mir ein bekannter Geruch in die Nase stieg.

Ich riss meine Augen auf. *Moment mal …*

Aber es war zu spät. Sowie sie Lorcans Geruch nach Immergrün gewittert hatte, hatte sie begonnen, ihm hinterherzujagen.

Scheiße.

Was ist los?, wollte Lorcan umgehend wissen.

Dass er fragte, deutete darauf hin, dass er meinen Gedanken nicht aktiv zugehört hatte.

Zum Glück. Das Letzte, was ich wollte oder brauchte, war, dass er im Bilde darüber war, dass meine Albträume stetig schlimmer wurden. Oder dass er wusste, dass meine tierische Seite ihn attraktiv fand.

Mein Wolf sucht nach dir, murmelte ich. *Tut mir leid.*

Er erwiderte nichts, doch ich konnte seine Überraschung spüren.

Dann erschien er in der Ferne in all seinem wölfischen Glanze. Oder zumindest ging ich davon aus, dass es sich dabei um ihn handelte, da keiner der V-Clan-Gestaltwandler auf der Insel so groß war.

Na ja, mal abgesehen von Kieran.

Aber der war noch immer mit Quinn beschäftigt.

Riesig beschrieb Lorcans Wolfsform nicht einmal annähernd. Wenn jemals Zweifel daran bestanden hatten, dass er ein Alpha war, so hätte dieser Anblick sie alle beseitigt.

Er stand auf einem Eisblock und sein seidenes

schwarzes Fell glitzerte im Glühen der untergehenden Sonne.

Es war mitten am Nachmittag, doch hier oben herrschten in dieser Jahreszeit nicht viele Sonnenstunden. Deswegen hatte ich angenommen, dass meine Wölfin sich in den letzten Strahlen hatte sonnen wollen. Aber nein, sie war weitaus interessierter an der majestätischen Kreatur, die vor uns stand.

Er drehte sich zu uns um, als wir näherkamen, sein seidenes Fell weich und geschmeidig. Ich hatte in den vergangenen Jahrzehnten andere Alphas in ihrer Wolfsform den Blutsektor besuchen sehen, aber ich hatte mir nie die Zeit genommen, mir einen von ihnen näher anzusehen. Zu leicht wäre ich dann beim unerlaubten Betreten erwischt worden.

Lorcan legte seinen Kopf schief. *Du bist früh auf. Hattest du wieder einen Albtraum?*

So viel dazu, dass er nichts von meinen Albträumen wusste. Aber angesichts dessen, wie sehr er im Einklang mit meinem Bewusstsein war, überraschte mich das nicht sonderlich. Wenigstens schien er nicht über sie reden zu wollen.

Meine Wölfin wollte rennen, erwiderte ich. Nicht, dass er eine Erklärung irgendeiner Art verdiente. *Warum bist du wach?* Die Frage kam mir beinahe verlegen über die Lippen.

Weil ich die Antwort bereits kannte. Was bedeutete, dass ich einen Versuch wagte, Smalltalk zu betreiben. Etwas, das ich sonst nie tat. Es war reine Zeitverschwendung, und ich verschwendete nur ungern Zeit.

Ich patrouilliere das Gelände.

Wozu?, fragte ich und stellte damit endlich die Frage, die mir schon seit Wochen durch den Kopf gegangen war.

Warum patrouillierst du das Gelände? Es wird von einer Schutzbarriere bewacht. Niemand kann sie durchqueren, es sei denn, sie sind ein oder eine Omega oder der oder die Gefährte eines Omegas. Das habe ich dir doch schon erklärt.

Ich wollte mich nicht schnippisch anhören, es war mir einfach instinktiv so über die Lippen gekommen.

Anstatt zu antworten, trottete er davon und begegnete meinem begierigen Wolf auf einem Eisblock, der sich etwas näher am Meeresspiegel befand. Sie stieß umgehend mit ihrem Po gegen seinen, was mich innerlich erschaudern ließ.

Tut mir leid. Ich versuchte, sie wieder einzufangen, aber sie knurrte in meinem Kopf. *Ich lasse für gewöhnlich meine Wölfin führen.*

Er sagte nichts, ließ jedoch seinen Kopf sinken, um sie seine Schnauze beschnuppern zu lassen.

Echt jetzt, hör auf damit, tadelte ich mein Tier.

Aber sie hörte nicht auf mich. Sie hatte sich seit Wochen nach dem Alpha verzehrt und hatte fest vor, diese Situation auszunutzen.

Ich ächzte innerlich, als sie sich an seiner Seite rieb, um sein geschmeidiges Fell zu beduften.

In meinen Gedanken formte sich eine Entschuldigung, nur um mitten im Satz zu erstarren, als Lorcan ein tiefes Schnurren ausstieß. Meine Wölfin schmolz geradezu dahin und presste ihre Schnauze an seine Brust, während sie das hypnotische Brummen genoss.

Bäh. Wenn ich mich in meiner menschlichen Gestalt befunden hätte, wäre ich jetzt knallrot gewesen. Zum Glück konnte mein schwarzes Fell nicht erröten.

Aber innendrin stand ich in Flammen. Aus vielerlei Gründen. Gründe, die ich überhaupt nicht eingehender bewerten wollte.

Willst du dich mir für meinen Patrouillengang anschließen?, fragte Lorcan, seine mentale Stimme trotz des verlockenden Schnurrens, dass durch seine Brust rumpelte, unberührt.

Ich fragte mich, ob es viel eher von seinem Wolf als von ihm stammte. Das würde mir ein besseres Gefühl hinsichtlich des Verhaltens meines Tiers geben, das jetzt versuchte, sich fix an seine viel größere Gestalt zu pressen.

Ein Patrouillengang hört sich großartig an, dachte ich in seine Richtung, obwohl das überhaupt nicht nötig war. Aber zumindest würde das meiner Wölfin etwas zu tun geben.

Doch sie hatte andere Absichten.

Denn sie hatte sich gerade zu Boden fallen lassen, um dem großen Alpha-Männchen ihren Bauch zu zeigen.

Peinlicher geht's echt nicht, meinte ich zu ihr.

Sie bellte mich schrill an.

Nein. Das Bellen war an Lorcan gerichtet.

Doch es bestätigte, dass sie sich noch peinlicher aufführen konnte.

Bei den Göttern, ächzte ich, als sie mit ihrem Schwanz wedelte.

Lorcan gab in seinen Gedanken einen Laut von sich, der sich wie ein Lachen anhörte. Er hörte sich irgendwie heiser an. Vielleicht hatte er also schnauben wollen? Oder vielleicht handelte es sich dabei um seine Version eines Ächzens?

Derweil schnurrte sein Wolf noch lauter und lehnte sich nach unten, um am Hals meiner Wölfin zu knabbern.

Eine dominante Geste. Eine, gegen die ich mich zur Wehr setzen sollte. Und doch war mein Tier geradezu stolz darauf und vertraute instinktiv darauf, dass dieses Biest ihr nichts anhaben würde.

Wie erbärmlich, murmelte ich ihr zu. *Du bist so viel besser als das.*

Lorcan leckte die Schnauze meines Wolfs und ich richtete mich auf. *Lass uns laufen, kleine Mörderin.*

Er trottete davon, woraufhin ich ihn mit innerlich zusammengekniffenen Augen ansah, während meine Wölfin ihm bereitwillig folgte.

Vielleicht hatte er mehr Kontrolle über sein Tier als mir bewusst gewesen war.

Um deine Frage von vorhin zu beantworten: Ich patrouilliere die Umgebung, weil sich für meinen Wolf etwas falsch anfühlt, und ich habe noch immer nicht herausgefunden, was ihm nicht in die Tüte passt, sagte Lorcan, während er uns ans Ufer führte. *Also habe ich angefangen, zu verschiedenen Uhrzeiten vorbeizukommen, um festzustellen, ob ich die Quelle der Störung ausmachen kann.*

Meine Wölfin holte ihn ein und stieß ihn spielerisch an. Er stupste sie zurück, was mein Tier einen zufriedenen Laut ausstoßen ließ.

Du bist echt unmöglich, dachte ich in ihre Richtung.

Sie erwiderte dies mit einem flehenden kleinen Jaulen und lief etwas schneller. Sie wollte rennen.

Lorcan passte sich mühelos ihrer Geschwindigkeit an. Seine kräftigen Beine machten klar, dass er stärker war. Aber ich ahnte, dass ich in der Lage wäre, ihn in einem Sprint zu schlagen. Ich war schnell. Und zierlicher als er. Was bedeutete, dass ich weniger Masse zu tragen hatte, was mich schneller machte.

Aber meine Wölfin begehrte kein Rennen. Sie wollte einfach laufen, anstatt zu trotten.

Ich dachte über seine Worte nach, als wir das eisige Ufer erreichten. Meine Gedanken suchten nach der *Störung,* die er spürte. Aber er schien nicht bestimmen zu können, was es war. Es schien nichts weiter als ein Gefühl zu sein, dass etwas nicht ganz stimmte.

Vielleicht liegt es an der unbekannten Magie?, schlug ich vor.

Schon möglich, erwiderte er. *Aber ich kann spüren, wie die*

117

Energie meines Cousins sich mit Quinnlynns verbindet. Und doch nimmt mein Wolf etwas wahr. Eine Art Eindringen, das ich nicht ganz zu bestimmen vermag.

Seinen Worten schwang Frustration mit, seine Verärgerung spürbar. Er konnte den Grund nicht ausfindig machen, und das machte ihn völlig verrückt.

Ich versuchte zu spüren, was auch immer er vernahm, sobald wir an der Grenze entlanggingen. Endlich konzentrierte sich meine Wölfin auf eine relevante Aufgabe, anstatt auf den Alpha an ihrer Seite. Doch ich konnte nichts Seltsames vernehmen, während wir uns fortbewegten.

Na ja, nichts, außer, dass es sich anders anfühlte, mit jemandem in Wolfsform am Eis entlangzulaufen. Normalerweise verwendete ich diese Momente darauf, etwas Zeit allein mit meiner Wölfin zu verbringen. Aber sie schien ganz zufrieden über die Abwechslung.

Etwas *zu* zufrieden, um ehrlich zu sein.

Zum Glück würde er die Insel bald verlassen. *Quinns Läufigkeit sollte in etwas über einer Woche ein Ende finden,* sagte ich zu ihm. *Vorausgesetzt, sie übersteigt die Dauer einer normalen Läufigkeit nicht.*

Die meisten V-Clan-Omegas wurden bis zu den Sommermonaten nicht läufig, was mitunter der Grund war, weshalb unsere Art während dieser Jahreszeit ihren Winterschlaf hielt.

Das und weil wir nicht besonders angetan von Sonnenlicht waren. Ähnlich wie Vampire, aber wölfisch in unserer Natur. Die Sonne schadete beiden Spezies nicht unbedingt, sie war nur ein Ärgernis, das wir lieber vermieden.

Wie es scheint, handelt es sich um eine normale Läufigkeit, erwiderte Lorcan. *Quinnlynn ist schwanger.*

Ich weiß. Ich hatte den bekannten Geruch vor ein paar Tagen vernommen.

Ich habe mit Cillian bereits begonnen, Vorkehrungen zu treffen, da wir ein Tarnkappenflugzeug benötigen werden. Sein Wolf verlangsamte und trottete voran, als wir die Stelle erreichten, an der wir unseren Rundgang begonnen hatten.

Cillian wird nicht hierherfliegen können. Und wenn ich noch einmal erklären musste, warum, würde ich …

Ich werde das Flugzeug steuern, unterbrach er. *Aber jemand wird mich lotsen müssen. Durch die Schatten in das Refugium zu reisen, ist das eine, ein Flugzeug hierhin zu bugsieren, etwas völlig anderes.*

Bittest du mich etwa um Hilfe?, wollte ich wissen.

Ja. Er hielt an der Stelle inne, wo meine Wölfin sich erst noch vor einer Stunde an seinem Wolf gerieben hatte. Die Insel war nicht groß, weshalb man sie auf vier Pfoten mit Leichtigkeit umranden konnte. *Wirst du mich in den Blutsektor und zurück begleiten? Für Quinnlynn?*

Vielleicht sollten wir abwarten und sie fragen, ob sie überhaupt zurückgehen will?, schlug ich vor.

Doch ich wusste bereits, dass sie das würde. Sie war jetzt schwanger, was bedeutete, dass sie nicht durch die Schatten reisen konnte. Und außerdem war sie jetzt besonders angreifbar. Kieran würde wollen, dass sie sich in seinem Königreich aufhält, um ihre Sicherheit gewährleisten zu können.

Mit Cillian und Lorcan direkt an ihrer Seite.

Vergiss es, erwiderte ich. Ich war plötzlich unheimlich erschöpft. *Sie wird dort sein wollen.* Und es ergab keinen Sinn, eine Alternative zu erwägen.

Leider bedeutete das, dass ich als Anführerin des Refugiums hierbleiben würde. Nicht, dass ich woanders hätte sein wollen. Aber es hatte sich eine Ewigkeit lang wie eine vorübergehende Position angefühlt. Als stünde ich kurz davor, die Anführerin der Insel zu sein, ohne die Königin zu sein.

Diese Rolle war für Quinn reserviert.

Aber sie musste ihr Amt im Blutsektor wahrnehmen, was mich während ihrer Abwesenheit zur stellvertretenden Anführerin machte.

Ich werde mit dir gehen, sagte ich zu ihm, als meine Wölfin sich zurücklehnte und streckte, ihre Beine starr vom langen Lauf. Dann gähnte sie und trug damit unserer beider Müdigkeit zur Schau. Es fühlte sich an, als wäre es eine Ewigkeit her, seit ich gut geschlafen hatte.

Lass mich einfach wissen, wann wir losziehen, ergänzte ich, während meine Wölfin auf unsere Lieblingshöhle zulief. *Ich werde ein Nickerchen machen.*

Das war eine meiner wenigen Genüsse, die ich mir nach einem Lauf erlaubte … Mich auf dem Eis zu einer Kugel einzurollen. Etwas daran beruhigte mich. Vielleicht war es, weil es hier drinnen ruhig war. Sicher. *Es erinnerte mich an meine alte Zelle.*

Manchmal konnten Erinnerungen an die Vergangenheit eine heilende Wirkung haben. Vorwiegend, weil es mir ein Gefühl der Kontrolle gab, so lange oder so kurz in der Höhle verbleiben zu können, wie mir beliebte.

Ich bin frei.

Genau darum ging es. Es war eine Erinnerung daran, wofür ich gekämpft hatte und was ich errungen hatte.

Erst als ich den Eingang der Höhle erreicht hatte, realisierte ich, dass Lorcan mir gefolgt war. Sein Wolf war still hinter mir hergetrottet. Ich war nicht aufmerksam gewesen. Aber meine Wölfin schien nicht allzu überrascht darüber. Tatsächlich schien sie … der Idee *zugeneigt.*

Sie drehte sich nicht um, um ihn anzuknurren oder

ihm mit ihrem Schwanz zu bedeuten, dass er sich verziehen sollte.

Stattdessen ging sie in die Höhle und begab sich an unsere übliche Stelle, bevor sie sich hinlegte und sich zum Höhleneingang ausgerichtet hinlegte.

Als Lorcan eintrat, schloss sie ihre Augen, was mich innerlich die Stirn runzeln ließ. *Was tust du da?*, wollte ich wissen. *Das hier ist unser Ort, nicht seiner.*

Aber dann erfüllte sein Schnurren die Luft, just bevor die Wärme seines größeren Körpers sich neben mir ausbreitete. *Entspann dich einfach, Omega,* murmelte Lorcan. *Versuch zu schlafen.*

Mit dir hier? Nein.

Sag das deiner Wölfin, erwiderte er leise und sein Schnurren verstärkte sich.

Eine weitere Welle der Erschöpfung überkam mich und ließ mich verstummen, mein Bewusstsein etwas benommen, während ich versuchte, dem Gespräch zu folgen. Aber mein Tier schien uns beide bereits in den Schlaf zu wiegen.

Wegen dieses verdammten Schnurrens.

Aber es war trotzdem irgendwie schön.

Viel besser als … *meine Albträume.*

Mein Wolf gähnte abermals und kuschelte sich dann noch fester an Lorcans Seite. *Ein einziges Nickerchen,* sagte ich zu ihr. *Du bekommst ein Nickerchen mit dem Alpha und das war's, verstanden?*

Sie erwiderte nichts.

Aber etwas sagte mir, dass sie mir nicht gehorchen würde. Das hatte sie noch nie.

Zum Glück würde er bald gehen. Dann würde alles wieder seinen gewohnten Lauf nehmen. *Hoffentlich.*

LORCAN

Kyra schlief tief und fest an meiner Seite, ihre Gedanken angenehm still.

Sie hätte es nie zugegeben, aber sie brauchte das hier. Einen Schlaf ohne Albträume. Einen Augenblick des wahren Friedens.

Kyra hatte mich in den vergangenen Wochen mit einem Schrei in ihren Gedanken aufgeweckt und mich jedes Mal in ihr Bewusstsein gezogen, wo ich ihre Vergangenheit wortlos bezeugt hatte.

Die ersten beiden Male hatte ich versucht, zu gehen, weil ich mich nicht einmischen wollte. Doch dieser Schrecken hatte mich immer wieder zu ihr zurückgerissen und meinen Instinkt, beschützen zu wollen, an die Oberfläche geholt.

In der vergangenen Woche hatte ich es mit dem Schnurren versucht – ein Laut, den ich nur selten von mir gab und typischerweise für Gefährtinnen reserviert war –, um zu versuchen, ihre Gedanken zu beruhigen. Es war subtil gewesen, aber es schien ein wenig geholfen zu haben.

Angesichts des Empfangs, den ich heute von ihrer Wölfin erfahren hatte, wettete ich, dass ihr inneres Tier sich vollends gewahr war, dass ich den beiden zu helfen versucht hatte, nachts zur Ruhe zu kommen.

Aber das Ganze hatte auch für mich einen Nutzen. Denn ich hatte mehr Schlaf bitter nötig. Was unmöglich war, wenn Kyras Ängste durch unser Band streiften, wann immer sie sich schlafen legte.

Ihr Wolf streckte sich an meinen gedrückt aus und ihre süße kleine Schnauze vergrub sich in meinem Fell, bevor sie einen tiefen Atemzug nahm. Mein Tier gab ein Grummeln von sich, zufrieden darüber, dass sie sich ihm näherte.

Es war seltsam, da es mein Biest normalerweise vorzog, allein zu sein. Aber er schien Nachsicht mit der kleinen Omega zu haben.

Denn er sah sie als seines an.

Das war eine Komplikation des Bandes, die ich nicht hatte sehen kommen. Was naiv von mir gewesen war. Denn natürlich glaubte mein Tier, dass das Weibchen ihm gehörte.

Mein Wolf verstand nicht, dass ich sie aus reinem Zweck an mich gebunden hatte. Er sah sie als sein an. Etwas sagte mir, dass er auch ohne die bereits bestehende Verbindung äußerst interessiert an ihr gewesen wäre.

Sie war stark. Eine Kämpferin. Eine Anführerin. Wunderschön. Gewieft. Vielleicht ein bisschen kompliziert. Definitiv eine Rebellin. Und treu.

So viele verlockende Eigenschaften.

Selbst ihre Sturheit fand er hinreißend. Zu einem gewissen Grad, jedenfalls. Sie bot eine Herausforderung und ich mochte Herausforderungen.

Nicht, dass ich darüber nachdachte, diese hier anzunehmen.

Dennoch konnte ich nicht widerstehen, für ihre Wölfin zu schnurren. Ihr war viel Unrecht angetan worden und ein Teil von mir wollte all die zerbrochenen Teile von ihr wieder zusammenfügen.

Es war ein merkwürdiges Gefühl. Eines, das ich nicht ganz verstand. Aber ich blieb mit ihr in der Eishöhle und beruhigte sie auf die einzige Weise, die ich kannte.

Stunden verstrichen, der Mond hoch oben am Himmelszelt, bevor sie sich zu regen begann.

Ich verwandelte mich zurück in meine Menschengestalt, hob sie in meine Arme und reiste dann durch die Schatten in ihre Gemächer, um sie behutsam in ihr Nest zu legen, bevor ich mich in mein Zimmer aufmachte.

Ein paar Minuten später hörte ich sie flüstern: *Danke.*

Gern geschehen, flüsterte ich zurück. *Lass mich wissen, wenn du morgen wieder laufen gehen willst.*

Ich hatte keine Antwort erwartet, aber ein leises *Okay* fand durch ihre Gedankengänge zu mir.

Okay, wiederholte ich und ein Lächeln zog auf meinen Lippen auf. Dann reiste ich durch die Schatten zum Blutsektor, um Cillian Bericht zu erstatten.

Etwas auf meinem Kontrollgang besorgte mich noch immer. Wir mussten einen Plan schmieden, wie wir die Barriere stärken konnten.

Denn Kyra mochte nur meine Schein-Gefährtin sein, aber es lag dennoch an mir, sie zu beschützen. Und das würde ich auch.

KYRA

Über eine Woche später

MEINE WÖLFIN GING unter der Oberfläche auf und ab, verärgert über die heutige Änderung unseres Tagesablaufs.

Oder vielleicht war sie wütend, weil sie wusste, was das alles wirklich zu bedeuten hatte – ein Ende unserer Lauf-Nachmittage mit Lorcan.

Denn nach dem heutigen Tag würde er nicht mehr im Refugium weilen.

Das Flugzeug rumpelte, während wir über die Grönlandsee flogen. Oder zumindest war sie unter diesem Namen bekannt gewesen, als die Menschen noch die Welt angeführt hatten. Jetzt hatte sie keinen wirklichen Namen mehr, da diese Teile der Erde angeblich unbewohnbar waren.

Lorcan saß wortlos neben mir, seine Aufmerksamkeit auf die Vielzahl an Bedienelementen und die Konsole gerichtet.

Ich hatte ihm die Koordinaten unseres Standortes offenbart, sowie wir abgehoben waren, und vertraute darauf, dass er sie niemand anderem als Cillian und Kieran verraten würde.

Es fühlte sich seltsam, derart geheime Informationen an einen Alpha weiterzugeben, aber wenn ich es nicht getan hätte, dann hätte Quinn es getan. Sie vertraute Kieran voll und ganz, und deswegen vertraute sie auch seinen Elitemännern.

Wir hatten nicht viel Zeit gehabt, um miteinander zu sprechen, seit ihre Läufigkeit eine Ende gefunden hatte. Vorwiegend, weil sie erst vor ein paar wenigen Tagen geendet hatte.

Aber sie schien glücklich. Verliebt, sogar. So anders als die Quinn, die ich vor einem Jahrhundert gekannt hatte.

Ich hätte nie gedacht, dass sie Kieran O'Callaghan zu ihrem Gefährten machen würde, aber wenigstens hatte sie einen mächtigen Alpha auserwählt. Die Magie des Refugiums florierte dank ihrer Verpaarung und ich hatte Quinn nie vitaler gesehen.

Weil Kieran über Heilkräfte verfügt, dachte ich. *Ganz wie Lorcan.*

Ich wusste nicht viel darüber, verfügte nur über die wenigen Informationen, die ich Lorcans Gedanken entnommen hatte. Er konnte spüren, wie Kierans Kraft die Barriere stärkte. Etwas, worüber er während unserer Läufe am Nachmittag oft nachdachte.

Und ich ahnte, dass er diese Heilkraft auf meine Albträume verwendete, da sie sich in den vergangenen zehn Tagen vermindert hatten.

Oder vielleicht rührte das von unseren Nickerchen in der Höhle nach unseren Läufen.

Denn, ja, es war mir nicht gelungen, sie zu verhindern.

Mein Wolf fühlte sich in Lorcans Anwesenheit anders. *Sicher*. Und neben ihm zu schlafen, klärte meinen Kopf auf wundersame Art und Weise.

Ich hatte seit über hundert Jahren nicht mehr so gut geschlafen.

Es jagte mir Angst ein, und ich war deswegen umso erleichterter, dass er nach dem heutigen Abend nicht länger im Refugium verweilen würde.

Denn ich konnte es mir nicht leisten, mich auf ihn zu verlassen. Er wollte keine Gefährtin und ich wollte keinen Gefährten. Was auch immer für ein Verhältnis wir in den vergangenen paar Wochen zueinander aufgebaut hatten, war bestenfalls vorübergehender Natur. Wir würden von hieran zusammenarbeiten, aber nur dann, wenn es die Situation erforderte.

So zum Beispiel jetzt, in diesem Flugzeug.

Mal abgesehen davon, dass es nicht besonders viel zu tun gab. Soweit ich verstanden hatte, flog dieses Ding sich so ziemlich von selbst.

Ich trommelte mit den Fingern gegen mein Bein und starrte die Wolken an. Es war lange her, seit ich in einem Flugzeug gesessen hatte. Durch die Schatten reisen zu können, machte die Dinger irgendwie überflüssig. Ich konnte hingehen, wo immer ich wollte.

In einem gewissen Rahmen, verstand sich.

Es gab viele Sektoren, die ich niemals besuchen wollte.

So zum Beispiel die zahlreichen Vampir-Sektoren in Grönland.

Ich war aus einem guten Grund mit den V-Clan-Wölfen aufgewachsen. Vampire waren eine ganz andere Art von *Nope*.

Aus meinem Augenwinkel heraus sah ich Lorcan nach etwas greifen, was mich dazu anhielt, das blinkende Licht anzusehen, das seine Aufmerksamkeit erhascht hatte.

„Ja?", fragte er und brach damit die Stille.

Ich runzelte die Stirn, verstand nicht, was er meinte,

bis Cillians Stimme aus dem Lautsprecher dröhnte. „Ihr müsst das Flugzeug absuchen."

Lorcan runzelte die Stirn. „Das haben wir bereits."

„Ich weiß. Ihr müsst es noch einmal tun."

Lorcan sagte nichts, starrte bloß mit erwartungsvollem Blick auf den Knopf, den er gedrückt hatte.

„Kieran hat angerufen. Er glaubt, dass ein Blutsektor-Alpha für den Tod von Quinnlynns Eltern verantwortlich ist", ergänzte Cillian einen Augenblick später. „Ich habe den Sektor dichtgemacht, aber ihr müsst das Flugzeug noch einmal absuchen, damit ihr bedenkenlos im Refugium landen könnt."

Lorcan spannte seinen Kiefer an, schaffte es aber dennoch irgendwie mit ruhigem Tonfall zu antworten: „Wird gemacht."

Er beendete den Anruf und sah mich lange an.

Ein Blutsektor-Alpha könnte Quinns Eltern getötet haben?, dachte ich, die Frage mehr für mich als für Lorcan bestimmt. *Das ist …*

Ich war nicht sicher, wie ich den Satz beenden sollte. Ich hatte immer angenommen, dass einer der V-Clan-Alpha-Prinzen verantwortlich dafür gewesen war. Denn wer auch immer die MacNamaras getötet hatte, musste sehr mächtig sein. Und obwohl alle Alphas ein gewisses Level an Kraft besaßen, so waren es die Alpha-Prinzen, die üblicherweise über mächtige Magie verfügten.

Scheiße.

Lorcan legte eine Art Schalter um. Einer, der – wie mir seine Gedanken mitteilten – die Autopilot-Funktion aktivierte.

Ohne ein weiteres Wort standen wir auf und begannen das Flugzeug abzusuchen. Magie barg einen gewissen Geruch. Einen Geruch, den unsere wölfischen Sinne wittern würden.

Doch wenn der Schuldige Technologie verwendet hatte, würde das die Angelegenheit etwas komplizierter machen. Aber Lorcan schien zu wissen, wonach wir suchten, also übernahm er diese Aufgabe, während ich meine übernatürliche Nase darauf verwendete, nach Bannen zu suchen.

Wir arbeiteten uns wortlos voran, kommunizierten in Gedanken, dass wir nichts hatten finden können.

Das Flugzeug war innen und außen eingehend geprüft worden, bevor wir losgeflogen waren. Wir konnten im Moment nur die Kabine prüfen, zumindest physisch. Aber ich versuchte meine magische Suche durch die Wände auf die Außenseite auszuweiten.

Ein Zauber konnte überall lauern, konnte allerhand Formen annehmen, was ihn schwierig zu finden machte.

Ich näherte mich der Tür, wollte einen besseren Weg finden, um die Außenseite …

Kraft rauschte durch die Luft, woraufhin sich alles zu drehen begann. Mir kam ein Fluchen über die Lippen, während ein Rütteln mich zu Boden gehen ließ. Gestoppt wurde mein Fall von zwei kräftigen Armen, die mich auffingen.

Ich drückte mein Gesicht an Lorcans Brust, während die dunkle Energie uns durchfuhr. Die Kraft war mir bekannt, doch ich wusste nicht, woher.

Was ist das?, wollte ich wissen und erschauderte an ihn gepresst.

Ich weiß es nicht, gab er zu und drückte mich fester an sich. *Spürst du es immer noch?*

Ich nickte und die Härchen an meinem Arm sträubten sich. *Es … Es fühlt sich an, als würde ein Summen von Kraft über meine Haut wandern.*

Lorcan sagte nichts, aber ich konnte den Zwiespalt in

seinen Gedanken hören. Bis auf den anfänglichen Kraftschub hatte er nichts gespürt.

Und doch schien diese schaurige Energie mich immer noch einzulullen. Sie blieb an meinen Sinnen haften und überzog mich mit einer unsichtbaren Essenz.

Doch dann verschwand sie im nächsten Augenblick, was mich blinzeln ließ. *Was um alles in der Welt …?* Hatte ich mir das alles bloß eingebildet? War es nichts weiter als eine merkwürdige Reaktion gewesen, weil ich mich angreifbar gefühlt hatte?

Ich zog meine Stirn kraus und lehnte mich nach hinten, um zu Lorcan hochzusehen. Er hielt mich noch immer in seinen Armen und presste mich an seine Brust, sein Ausdruck emotionslos, während er mir in die Augen sah.

Das war merkwürdig, sagte ich zu ihm. Das war eine Untertreibung, aber ich war nicht sicher, was ich sonst sagen sollte.

Ich sollte Cillian anrufen, erwiderte er. Doch anstatt ins Cockpit zu laufen, brachte er mich zu einem der Sofas, die sich im Bauch der Maschine befanden. Dort standen zwei bequeme Flugzeugsessel für den Start und die Landung sowie ein Schlafzimmer im hinteren Bereich.

Er legte mich auf das Sofa und ging in die Knie, um mir in die Augen zu schauen. „Geht es dir gut?", fragte er mit heiserer Stimme, weil er sich heute noch kaum zu Wort gemeldet hatte.

Ich schluckte schwer und nickte. „Ich glaube, diese merkwürdige Energieexplosion hat mich einen Augenblick lang bloß aus dem Gleichgewicht geworfen." Ich runzelte die Stirn. „Woher ist sie gekommen?"

„Ich glaube, es hat etwas mit V-Clan-Magie zu tun", erwiderte er. „Sie stammte nicht vom Flugzeug, sondern von etwas anderem. Was auch der Grund ist, weshalb ich

Cillian anrufen und sicherstellen muss, dass im Blutsektor alles in Ordnung ist." Er strich eine Haarsträhne hinter mein Ohr. „Ich werde ihn auf laut stellen."

Er entfernte sich und ich starrte seinen muskulösen Rücken an. Plötzlich ertappte ich mich dabei, wie ich mir wünschte, dass er wieder kein Hemd tragen würde, wie an jenem Tag im Ring.

Warum wollte ich noch mal, dass er Kleidung trug? Damit ich sie ihm eigenhändig vom Leib reißen kann?

Ein Bild formte sich in meinen Gedanken.

Dann fiel mir wieder ein, dass er mich hören konnte.

Und ich schob die Gedanken rasch beiseite.

Aber erst, nachdem ich die verweilende Belustigung in seinem Kopf vernommen hatte.

Bäh, zum Glück geht er bald.

Lorcan verschwand außer Sichtweite, während ich meine Selbstachtung und meinen Verstand zu finden versuchte.

Cillian antwortet nicht, informierte mich Lorcan und sein stoischer Tonfall verriet die Besorgnis, die ich seinen Gedanken entnehmen konnte, nicht.

Ich zwang mich, aufzustehen, verärgert darüber, dass ich überhaupt zugelassen hatte, dass man mich verhätschelt hatte. Es war nur etwas verweilende Energie gewesen. Es ging mir gut. Es war nicht nötig gewesen, bewusstlos in die Arme des Alphas zu fallen.

Lorcan stand in der Schwelle zum Cockpit, seine dunklen Augen hypnotisch.

Es ist nichts dabei, wenn du jemandem gewährst, sich von Zeit zu Zeit um dich zu kümmern, flüsterte er, während er seine Hand an meine Wange legte. *Das macht dich nicht schwach, Kyra. Es bedeutet nur, dass du stark genug bist, um deine Grenzen zu kennen.*

Ich rollte mit den Augen. „Es war nur eine kleine

Explosion. Ich habe schon Schlimmeres überlebt."

„Das weiß ich." Sein Daumen strich über meinen Wangenknochen, bevor er seine Hand entfernte. „Das war als allgemeine Aussage gemeint. Es ist in Ordnung, um Hilfe zu bitten, ganz egal, wie groß oder klein die Bedrohung auch ist. Ich hoffe, du wirst dich daran erinnern, wenn ich weg bin."

Ich … Ich wusste nicht, was ich sagen sollte.

Es war gefährlich, Lorcan zu vertrauen, aber ein winzig kleiner Teil von mir wollte es versuchen. Und das hielt mich dazu an, durch die Schatten in mein Nest zu reisen und mich in meinen Laken zu verbuddeln.

Er wandte sich von mir ab, als auf der Konsole abermals ein Licht blinkte. Seine Bewegungen schienen etwas starr, als er auf den Knopf drückte.

„Was ist los?", wollte er wissen und seine Alpha-Stimme sandte einen Schauer an meinem Rücken hinab.

„Einer der Blutsektor-Alphas hat soeben versucht, Quinnlynn mit demselben Zauber zu töten, mit der er ihre Mutter ausgeschaltet hat." Cillians Stimme wohnte eine Nervosität inne, die mir den Magen umdrehte. Und die Worte, die er von sich gab, machten die Sache nicht besser.

„Geht es ihr gut?", fragte ich, bereit, durch die Schatten zum Refugium zu reisen, um sie zu finden.

„Sie ist etwas durch den Wind, aber es geht ihr gut", erwiderte Cillian mit etwas sanfterer Stimme. „Ihr Schmuck ist explodiert, als er die Grenze überquert hat."

Ich riss meine Augen auf, „Die MacNamara-Familienjuwelen?"

„Ja. Was weißt du über sie?", fragte Cillian, eher mit neugierigem als anschuldigendem Tonfall. Was Sinn ergab. Offensichtlich würde ich nicht versuchen, meiner besten Freundin Schaden zuzufügen. Und selbst wenn er dachte, dass dem so wäre, so konnte Lorcan einen Blick in meine

Gedanken werfen, um abzuschätzen, ob ich Quinn und der MacNamara-Familie treu ergeben war oder nicht.

„Ihre Mutter hat sie immer getragen. Es handelt sich dabei um Ohrringe und eine Halbmondkette. Ich kann mich nicht erinnern, ob Quinn sie bei sich hatte, als sie angekommen ist, oder nicht. Ich glaube schon?"

„Ja, hatte sie", bestätigte Cillian. „Kieran glaubt, dass sie sie zu einem Teil geschwächt haben, bevor er angekommen ist."

„Darum hat es geschienen, als würde die Barriere sie schwächen", keuchte ich und erinnerte mich daran, diese Ahnung gehabt zu haben, als ich letzten Monat in den Blutsektor gereist war. „Ich glaubte, dass es vielleicht daran gelegen hatte, dass sie eine ganze Weile nicht im Refugium gewesen war, oder es mit ihrer Läufigkeit in Zusammenhang stand, aber sie schien schwächer als üblich."

„Warum hast du das nicht erwähnt?", wollte Lorcan mit einem Hauch Genervtheit in seinen Gedanken wissen.

„Weil es ihr gut ging, seit Kieran sich mit ihr verpaart hat", erwiderte ich mit gerunzelter Stirn. „Ich habe es nicht für wichtig erachtet."

Er zog diese verdammte Augenbraue hoch. Diesen Blick hatte ich in den vergangenen zwei Wochen nicht oft gesehen.

Vielleicht, weil er mehr Zeit in seiner Wolfsgestalt verbracht hatte als in seiner menschlichen. Aber trotzdem war ich nicht allzu begierig darauf, ihn wiederzusehen.

„Nicht einmal, nachdem ich dir gesagt habe, dass mich etwas an der Barriere beunruhigt?", hakte er nach.

„Ich habe wirklich nicht darüber nachgedacht. Ich war zu beschäftigt damit, herauszufinden, was du gespürt hast." Ich konnte mir den verzweifelten Tonfall nicht verkneifen.

Es war nicht so, als hätte ich ihm die Information mutwillig vorenthalten.

Was? Glaubte er etwa, ich wollte, dass Quinn etwas zustieß?

Gibt er mir die Schuld daran, dass ich ihm nicht mitgeteilt habe, was ich als belanglose Vermutung abgetan habe? Eine Vermutung, die ich vollkommen vergessen hatte, weil mein Leben im vergangenen Monat durch ein erzwungenes Verlobungsband völlig auf den Kopf gestellt worden war?

Ein tiefes Knurren rumpelte durch seine Brust. Ganz offensichtlich hatte er meine Frage vernommen.

Cillian räusperte sich. „Kieran glaubt, dass die Diamanten mit einem Ortungszauber belegt worden sind. Etwas, das dem Alpha die Koordinaten mitteilen konnte, der den Zauber gesprochen hat. Es gibt mehrere Alphas, die versucht haben, direkt nach der Explosion durch die Schatten zu reisen. Ich werde sie alle für ein Verhör hierbehalten."

„Gut", erwiderte Lorcan, das einsilbige Wort mit einem Knurren unterlegt.

„Bedeutet das, dass der Zauber Wirkung gezeigt hat?", fragte ich und verspürte plötzlich den Drang, durch die Schatten in das Refugium zu reisen, um die Barriere höchstpersönlich zu überprüfen.

„Vorausgesetzt, wir liegen richtig, vielleicht schon. Unsere andere Theorie ist, dass der Schmuck Quinn hätte töten und die Barriere mit ihrem Tod niederreißen sollen", sagte Cillian. „Vielleicht ist es eine Kombination von beidem. Kieran hat die Explosion ausgelöst, indem er den Schmuck weit weg ins Meer geworfen hat, also ist die Insel in Sicherheit."

Ich schluckte schwer, war mir nicht sicher, ob ich das glauben sollte.

„Wir sollten das Flugzeug zu Ende durchsuchen",

murmelte ich. „Und sicherstellen, dass alles in Ordnung ist, bevor wir landen."

Lorcan nickte starr. „Wir werden dich anrufen, wenn wir etwas finden, Cillian."

„Und ich euch", erwiderte er.

Der Anruf wurde beendet und Lorcan sah mich an, bevor er um mich herumging, um seine Suche fortzuführen. Aber dieses Mal fühlte sich die Stille, die zwischen uns herrschte, nicht so angenehm an wie vorhin.

Wir brachten eine Stunde damit zu, herumzuschnüffeln und alles abzusuchen, fanden jedoch nichts.

Währenddessen fragte ich mich, ob die MacNamara-Diamanten irgendwie mit dem Tod von Quinns Eltern in Zusammenhang standen. Hatten sie den Zauber, der auf der Halskette oder den Ohrringen lag, gespürt? Quinns Vater hätte sie mittels seiner Schattenwandelfähigkeit aus dem Flugzeug bugsieren können, aber er hätte nicht zurück in das Flugzeug reisen können. Und ihre Mutter war keine Pilotin gewesen.

Sind sie so gestorben?, fragte ich mich. *Warum haben sie die Halskette dann verzaubert, damit Quinn aufgespürt werden konnte?*

Der Halbmond war in Quinns Zimmer aufgetaucht, noch bevor sie erfahren hatte, dass ihre Eltern umgekommen waren.

Der Halskette hatte eine verborgene Nachricht von ihrer Mutter innegewohnt, die ihr mitgeteilt hatte, dass ihr Tod kein Zufall, sondern ein Attentat gewesen war. Sie hatte Quinn offenbart, dass sie ihren Mörder finden und keinem der Alpha-Prinzen trauen sollte. Seither hatte Quinn nach dem Täter gesucht.

Wenn sie gewusst hatten, dass die Halskette verzaubert war, warum hatten sie sie dazu benutzt, Quinn eine Nachricht zukommen zu lassen?

Etwas an der Sache ergab keinen Sinn.

„Das Flugzeug ist gesichert." Lorcans Worte waren nicht an mich gerichtet, sondern an Cillian.

„Ich werde Kieran in Kenntnis setzen", lautete die Antwort.

Ich hatte nicht realisiert, dass Lorcan überhaupt einen Anruf getätigt hatte. Ich war zu verloren in meinen Gedanken gewesen, um es mitzubekommen.

Anstatt etwas zu sagen, setzte ich mich neben ihn ins Cockpit und starrte aus dem Fenster, während er wieder die Steuerung des Flugzeugs übernahm.

Dreißig Minuten später landeten wir. Das Tarnkappenflugzeug schwebte über dem Eis und trug die futuristische Technologie zur Schau. V-Clan-Wölfe waren für ihre fortgeschrittene Technologie bekannt. Dieses hübsche Ding machte das unmissverständlich klar.

Eine Treppe, die sich an der Tür manifestierte, erlaubte es uns, am Ufer, direkt außerhalb der Barriere, auszusteigen. Fritz begegnete uns mit ähnlich misstrauischem Blick wie vor einem Monat schon.

„Wo ist Quinn?", wollte ich wissen.

„Im Palast", erwiderte er.

Ich nickte, bevor ich durch die Schatten in den Korridor reiste, der zu ihrer Suite führte, und an die Tür klopfte.

Kieran öffnete sie mit suchendem Blick. „Ist Lorcan beim Flugzeug?"

„Ja."

Er nickte. „Ich werde euch beiden einen Augenblick allein geben." Er verschwand im nächsten Augenblick und ließ mich mit meiner besten Freundin allein.

Sie sah mich an und warf ihre Arme um meinen Hals. „Es geht mir gut", versprach sie. „Es geht mir gut. Dank dir."

„Erzähl das Lorcan", murmelte ich, bevor ich ihr von unserem Flug hierhin erzählte. „Er glaubt, ich hätte Informationen vorenthalten. Warum würde ich das tun, nach allem, was wir durchgemacht haben?"

Quinn presste ihre Lippen aufeinander. „Er hat nur einen ausgeprägten Beschützersinn. So sind Kierans Elitemänner nun einmal."

„Du bist wirklich nicht zu beneiden", sagte ich zu ihr.

Sie warf mir ein trauriges Lächeln zu. „Du wirst es wirklich nicht mit ihm versuchen, was?"

„Keiner von uns will einen Gefährten, Quinn. Wie Lorcan schon sagte … Das hier ist nur eine Zweckverpaarung." Ich zuckte mit den Achseln. „Vielleicht wird sie sich später als nützlich erweisen."

Jedenfalls hatte er das angedeutet.

Wenn das Refugium etwas brauchte, würde ich ihn rasch benachrichtigen können, was durchaus nützlich sein konnte, wenn mal etwas schiefgehen sollte.

„Ich habe meine Verpaarung mit Kieran einst auch als pure *Zweckverbindung* gesehen", legte sie nach. „Du hast gesehen, wohin das geführt hat." Sie legte eine Hand auf ihren Bauch und das darin heranwachsende Kind.

Ich lächelte. „Ich freue mich so für dich, Quinn. Aber wir beide wissen, dass mir eine solche Zukunft nicht bestimmt ist. Ich werde mich einfach damit begnügen müssen, die supercoole Tante deines Babys zu sein."

Es war eine Aussage, die ich vor einem Monat mit einem Lachen von mir gegeben hätte, weil allein der Gedanke an eigene Welpen mich nie angesprochen hatte. Und doch schien meiner Stimme eine sehnsüchtige Note innezuwohnen, als ich die Worte jetzt von mir gab. Etwas, das ich nicht erwartet hatte.

Die meisten Omegas liebten den Gedanken an Fortpflanzung, begehrten Mutterschaft und die Erfahrung,

Nachwuchs zu versorgen. Ich hingegen hatte dieses Verlangen bisher nie verspürt. Ich war davon ausgegangen, dass das auf Fare und seine Freunde zurückzuführen war, die dieses Bedürfnis aus mir herausgefickt hatten.

Aber ein kleiner Teil von mir fragte sich, wie ein Kind mit Lorcan aussehen würde. Das Bild huschte unerwartet – und ungebeten – durch meinen Kopf, was mich kurz innehalten ließ.

Dann blinzelte ich es mit einem subtilen Kopfschütteln weg.

Das wird nie passieren.

„Ich schätze, wir werden sehen", erwiderte Quinn. Ihre Antwort deckte sich mit meinen Gedanken.

Wir würden gar nichts sehen, aber das war ein Gespräch für ein andermal. Jetzt musste ich mich von meiner besten Freundin verabschieden.

„Ruf mich an, wenn du etwas brauchst", sagte ich zu ihr. „Und halte mich hinsichtlich der Suche nach dem Alpha-Arschloch, der hinter alledem steckt, auf dem neuesten Stand."

„Das werde ich", versprach sie und umarmte mich erneut.

Ich lief mit ihr durch den Palast und überquerte das Gelände, um sie an die Stelle zu bringen, wo Kieran mit Lorcan stand. Wir beide waren auf sie zugegangen, ohne groß darüber nachzudenken. Ihre Auren sahen für unsere Wölfe aus wie funkelnde Monde.

Obwohl … Eigentlich hätte das für mich nicht zutreffen sollen. Lorcan gehörte mir nicht. Und es war an der Zeit, dass mein inneres Tier dieser Tatsache ins Auge blickte.

Kieran zog Quinn umgehend in eine Umarmung und schmiegte seine Lippen an ihre Schläfe, bevor er sie hinabsenkte und ihr etwas Privates ins Ohr flüsterte. Ich hätte versuchen können, die Worte zu erhaschen, wenn ich das gewollt hätte, aber ich hegte kein Interesse daran. Ihre offene Zurschaustellung von Zuneigung genügte mir.

Wenn noch irgendwelche Zweifel daran bestanden hatten, ob Quinn Kieran auserwählt hatte, so waren sie jetzt alle beseitigt.

Sie war hin und weg von ihrem Alpha. Und ihm schien es mit seiner Omega genauso zu gehen.

Wie sich das wohl anfühlen mag?, fragte ich mich, meine innere Stimme begleitet von einem Hauch Melancholie.

Ein Hauch von Melancholie, den ich auf der Stelle verpuffen ließ, weil ich nicht weiter darüber nachdenken wollte.

Ich zog es vor, allein zu sein. Die Kontrolle über mein Schicksal zu haben. *Ungebunden zu sein.*

Mein Blick wanderte zu Lorcan, der mit gelangweiltem Ausdruck dastand. Ich hatte keinen Zweifel daran, dass es ihm genauso ging wie mir.

Ich nickte ihm zu und sah dann zurück zu Quinn. „Habt einen guten Flug. Sagt Bescheid, wenn ihr angekommen seid."

„Das werde ich", sagte sie zu mir. „Hab dich lieb, K."

„Ich dich auch, Q."

Wir umarmten uns abermals.

Dann sah ich dabei zu, wie die drei durch die Wand im Hof liefen und auf das wartende Flugzeug zugingen.

Lorcan sagte nichts. Dachte nichts in meine Richtung. Nicht einmal ein Blick oder ein Auf Wiedersehen folgte. Er verschwand ganz einfach, ganz auf seine Pflicht gegenüber Kieran fixiert, ganz so, wie er es versprochen hatte.

Meine Wölfin wimmerte, war sich seiner Abreise bewusst.

Wir schaffen das, flüsterte ich ihr zu. *Wir haben schon so viel Schlimmeres überlebt …*

KYRA

Meine Wölfin blies Trübsal.

Ich versuchte sie davon zu überzeugen, rennen zu gehen, aber alles, was sie tun wollte, war sich in unserer Eishöhle zu einer Kugel zusammenzurollen und zu schmollen.

Du bist erbärmlich, sagte ich zu ihr. *Wir verzehren uns nicht nach Alphas, wir töten sie.*

Sie antwortete mit einem Schnauben. Nicht, dass sie verstand, was ich sagte, nur, wie ich fühlte. Gestaltwandler-Dynamiken waren einzigartig. Wir konnten nur grundlegende Emotionen und Bedürfnisse mit unseren Tieren teilen. Nicht mehr und nicht weniger.

Deshalb verstand mein Wolf keine Konzepte wie die Tatsache, dass Lorcan nicht wirklich uns gehörte, oder dass ich diese Verpaarung nicht wollte. Ihrer Meinung nach waren wir mit einem Alpha verpaart und sie wollte mit dem erwähnten Alpha spielen.

Wenn du sowieso nur schmollen wirst, dann …

Kyra, unterbrach Lorcan, was meinen Wolf ihren Kopf interessiert erheben ließ.

Tut mir leid, ich wollte dich nicht damit belasten. Mein Tier ist ziemlich dickköpfig.

Er antwortete nicht umgehend, als wüsste er nicht, was er sagen sollte.

Ich werde versuchen, meine Gedanken für mich zu behalten, ergänzte ich. *Ich weiß, dass ihr beschäftigt damit seid, Alphas zu vernehmen.* Quinn hatte mir geschrieben, als sie im Blutsektor gelandet waren, und ich hatte einigen der verstreuten Gedanken von Lorcan entnommen, dass er und die anderen in die Kerker gegangen waren, um einige der potenziellen Täter zu verhören.

Das … Das ist nicht der Grund, aus dem ich mich melde, sagte er bedächtig. *Du musst mir helfen, etwas zu überprüfen.*

Oh. Mein Wolf setzte sich auf, ihre Ohren und Nase zuckten, als suchte sie nach dem Geruch ihres Alphas. *Was brauchst du?*

Myon sagt, dass Kiana MacNamaras Halskette zu ihrer Sicherheit mit einem Ortungszauber versehen wurde, und er glaubt, dass der Bann fehlgezündet hat, weil er für sie und nicht für Quinnlynn bestimmt war.

Ähm, okay … Ich war nicht sicher, ob ich das glauben sollte, und Lorcans Tonlage zu urteilen nach, schien er auch nicht überzeugt.

Er hat auch gesagt, dass die MacNamaras nicht wirklich getötet wurden. Sie haben die Halskette mit einem Bann belegt, der Quinnlynn diese Warnung überbringen sollte. Sie haben es getan, um sie davon abzuhalten, sich zu früh einen Gefährten zu nehmen.

Wer sind sie?, fragte ich.

Seamus MacNamaras' Elitemänner, erwiderte Lorcan. *Offenbar ist Fritz einer von ihnen.*

Fritz?, wiederholte ich und stand jetzt auf.

Ja. Und Myon zufolge war die fabrizierte Geschichte über den Tod von Quinnlynns Eltern seine Idee.

Ich verwandelte mich in meine menschliche Gestalt

zurück und reiste durch die Schatten in mein Nest, um mir Kleidung zu holen. *Das ist eine ganz schön ernste Anschuldigung. Da stimme ich dir zu.*

Fritz ist ein Beschützer dieses Refugiums, und das schon länger als ich auf der Welt bin, sagte ich zu ihm, während ich mir eine Jeans und einen Pullover anzog. *Er stand Seamus sehr nahe, war aber kein Elitemann, da die Elitemänner auf der Insel nie zugelassen waren. Jedenfalls bis du kamst.*

Jetzt sagt er, dass er die Blackbox hat, welche beweist, dass das Flugzeug aufgrund eines Triebwerkausfalls explodiert ist, ergänzte Lorcan. *Das scheint mir alles ein etwas zu großer Zufall.*

Ein viel zu großer Zufall , stimmte ich zu. Der Begriff missfiel mir, obwohl er dem Gespräch angemessen war. *Ich werde zu Fritz gehen.*

Danke.

Ich reiste durch die Schatten auf Fritz' Wohngeschoss und klopfte an die geschlossene Tür. Er hatte Privatsphäre immer geschätzt und ich respektierte das. Aber jetzt wollte ich Antworten. Also klopfte ich erneut an, bevor er die Tür öffnen konnte.

Sein blondes Haar war zerzaust und seinen blauen Augen wohnte ein unscharfer Blick inne, als hätte er geschlafen. „Verdammt noch mal, Kyra. Ich hatte einen echt unglaublich guten Traum. Wehe, du weckst mich ohne Grund."

„Bist du einer von Seamus' Elitemännern?", wollte ich wissen.

Sein Blick wurde umgehend scharf und beantwortete meine Frage ohne Worte.

Also preschte ich direkt voran. „Hast du die diamantene Halskette verzaubert, damit sie Kianas gefälschte Nachricht an ihre Tochter überbringt? Die Nachricht, dass ein Alpha sie umgebracht hat?"

Er verzog das Gesicht. „Myon hat ausgepackt, oder etwa nicht?"

„Also stimmt es? Dass alles nur eine Lüge war?"

„Eine nötige", korrigierte er mit sanfter Stimme. „Wir mussten Quinn Zeit geben, um den richtigen Gefährten zu finden."

„Indem ihr sie auf eine gefährliche Jagd nach einem Mörder um die Welt geschickt habt, der nicht einmal existiert? Und das während einer globalen Pandemie?"

„Die Seuche existierte noch nicht, als wir den Plan entwickelt haben", wandte er ein. „Sie hat … die Dinge komplizierter gemacht. Und zu diesem Zeitpunkt war sie bereits untergetaucht."

„Das ist einfach nicht zu fassen." Und außerdem schien es unwahrscheinlich. Zu vertrackt. Zu *bizarr*.

Er hat die Aussage bestätigt, sagte ich zu Lorcan. *Aber etwas daran hört sich falsch an.*

„Warum hast du Quinn nicht zugetraut, ihre eigenen Entscheidungen zu treffen? Sie wäre eine Beziehung niemals überstürzt eingegangen. Und das weißt du auch."

„Die Alpha-Prinzen waren alle zu begierig darauf, sich aus Machtlust mit Quinn zu verpaaren. Sie konnte keinem von ihnen trauen."

„Und nur, damit ich das richtig verstehe … Du hast ihr nicht zugetraut, diese Entscheidung allein treffen zu können, weshalb du ihr ein Rätsel aufgegeben hast, das sie lösen musste?" Das passte nicht zu dem Fritz, den ich kannte. Er setzte sich sonst immer dafür ein, Omegas zu ermächtigen. „Was für idiotischer, misogyner Mist ist das denn?"

Er hatte die Güte, zusammenzuzucken. „Kyra …"

Ich hielt meine Hand hoch. „Nein. Wir werden dieses Gespräch nicht jetzt führen. Ich werde Quinn sich mit dir befassen lassen. Schwanger oder nicht, sie kann dir nach wie vor in den Hintern treten."

Okay, vielleicht nicht wirklich. Fritz war gut dreißig Zentimeter größer als wir und unser Waffenexperte. Und außerdem war er uralt.

Aber Quinn würde die Wut auf ihrer Seite haben. Und das zu Recht. Denn … wow. *Wow.*

Fritz versuchte noch etwas hinzuzufügen, aber ich reiste bereits durch die Schatten zurück zu meinem Nest und verriegelte die Tür hinter mir. *Das ist doch verrückt. Was zum Teufel hat er sich dabei gedacht?*

Diese List für über ein Jahrhundert weiterlaufen zu lassen? Zur Hölle … Sie überhaupt ins Leben gerufen zu haben?

Das sah Fritz überhaupt nicht ähnlich.

Es war, als hätte … Als hätte jemand Kontrolle über Fritz genommen und ihm diese lächerliche Idee eingeflüstert. Eine Idee, die keinen Sinn ergab.

Etwas stinkt hier bis zum Himmel. Die Erklärung ist zu simpel und zu uncharakteristisch für die handelnden Personen. Außerdem kann Fritz keine Gegenstände verzaubern. Obwohl … Vielleicht kann er das. Vielleicht kenne ich ihn einfach überhaupt nicht. Ich meine, es ist ja nicht so, als ob wir das vergangene Jahrhundert miteinander verbracht haben, oder so.

Myon hat gesagt, dass Fritz ihm aufgetragen hat, den Zauber zu kreieren. Es ist also Myon, der über die Gabe verfügt, nicht Fritz, murmelte Lorcan.

Ich hatte nicht wirklich mit ihm, viel eher mit mir selbst, gesprochen, doch sein Einwurf machte mir nichts aus. Vielleicht konnte er mir helfen, Sinn aus der Sache zu machen.

Das macht die Sache auch nicht glaubwürdiger für mich. Fritz ist die letzte Person, der ich zutraue, einer Omega das Recht zu nehmen, sich frei zu entscheiden. Und doch hat er genau das getan.

Dieses Mal sagte Lorcan nichts, aber ich konnte hören, wie er sich durch den Kopf gehen ließ, was Myon Kieran gerade eröffnet hatte. Und alles, was er während meines kurzen Gesprächs mit Fritz in meinen Gedanken vernommen hatte.

Es ist zu einfach, sagte ich einen Augenblick später. *Zu … erfunden?*

Ganz so wie Fritz' umgehendes Geständnis.

Er hatte nicht einmal versucht, sich zu erklären. Nicht wirklich. Er hatte nur zugegeben, was er getan hatte, und eine halbherzige Erklärung abgeliefert – dass er Quinn vor machthungrigen Alpha-Prinzen hatte beschützen wollen – und keinerlei Anstalten gemacht, sich zu entschuldigen.

Nein, etwas stimmte nicht. So, wie er zusammengezuckt war und gemessen an seinen Zügen, verspürte er Reue. Und doch … hatten seine Worte nicht zu seinen Taten gepasst.

Ich strich mir mit den Fingern durchs Haar und sah mich stirnrunzelnd im Spiegel an.

Ich muss duschen. Meine blauschwarzen Strähnen waren völlig verknotet von meiner Verwandlung, und weil mit Fritz zu sprechen mich total gestresst hatte.

Nein. Ein Bad, beschloss ich, als ich das Einrichtungsstück in meinem Badezimmer erblickte. *Mit Düsen.*

Ich ging darauf zu, um das Wasser aufzudrehen, und wartete darauf, dass es warm wurde. Magie machte auf der Insel vieles möglich. Eines dieser Dinge war konstante Wärme zu erzeugen. Und dank der Zauber war es auch noch umweltfreundlich. Win-win.

Ich griff nach etwas Badesalz, dass nach Immergrün roch – etwas, das ich vor Kurzem durch einen Tauschhandel von einer Omega erworben hatte. Meinem

Wolf gefiel es. Ich hingegen sah es als Zeichen der Schwäche, diesen bestimmten Duft ausgewählt zu haben.

Was auch immer.

Es war mir gestattet, dieses spezifische Aroma zu mögen. Es spielte keine Rolle, dass es zufälligerweise auch Lorcans natürlichem Duft entsprach.

Während die Wanne sich füllte, begann sich Dampf um mich herum auszubreiten. Ich fügte dem Wasser nur eine kleine Menge Salz hinzu, weil ich meinen Vorrat nicht zu schnell aufbrauchen wollte. Solcherlei Genüsse waren jetzt, wo die Welt der Sterblichen den Bach runtergegangen war, schwer zu finden.

Es gibt da etwas, das ich nicht verstehe. Lorcans Stimme in meinem Kopf zu hören, ließ mich erstarren.

Was ....?, wollte ich wissen, besorgt darüber, dass er mich auf meine Badesalz-Vorlieben ansprechen würde oder etwas anderes, das sich auf meine derzeitige Beschäftigung bezog.

Oder dass er vielleicht etwas über meine schmollende Wölfin und wie sehr sie ihn zu vermissen schien, obwohl er erst ein paar Stunden weg war, sagen würde.

Myon sagt, dass der Ortungszauber seine Wirkung nicht richtig entfaltet hat. Dass er Quinnlynn angegriffen hat, weil er nicht für sie geschaffen worden war. Er glaubt, dass er deshalb zu einer Explosion geführt hat. Aber wenn er ihm diesen Nachrichtenzauber hinzugefügt hat, hätte er dann nicht auch den Zauber angepasst, damit er Quinnlynn akzeptieren würde?

Ich runzelte die Stirn, mein Blick auf dem sich sammelnden Wasser ruhend. *Da pflichte ich dir bei. Warum einen Zauber hinzufügen, ohne den anderen zu korrigieren? Es sei denn, es ist ihm entgangen?*

Das scheint mir zu nachlässig.

Ganz so, wie die ganze Geschichte zu erfunden scheint?, konterte ich.

Ja. Wie du schon sagtest. Es ist zu einfach.

Ich nickte. *Dann entgeht uns etwas.*

Ja, wiederholte er. *Die Frage lautet: Was entgeht uns?*

Hast du mit Kieran darüber gesprochen?, wollte ich wissen.

Nein. Noch nicht.

Was ist mit Cillian?

Er ist ein Telepath. Er ist sich meiner Befürchtungen gewahr.

Meine Mundwinkel senkten sich leicht. *Bedeutet das ..., dass er uns hören kann?*

Nein. Unsere Verbindung besteht nur zwischen uns.

Die Tatsache, dass er so schnell geantwortet hatte, sagte mir, dass er Cillian diese Frage bereits gestellt hatte. Die Antwort erleichterte mich ungemein. Mir gefiel der Gedanke nicht, dass jemand anderes den Inhalt unserer Gespräche kannte. Sie gehörten ... uns. Sie waren privat. *Intim.*

Ich werde etwas herumwühlen, ergänzte Lorcan. *Mal sehen, ob ich herausfinden kann, was wirklich vor sich geht. Oder ob ich Beweise dafür finden kann, dass er tatsächlich die Wahrheit sagt.*

Was ist mit der Blackbox?, fragte ich, als ich mich daran erinnerte, dass er vorhin gesagt hatte, dass sie sich in Myons Besitz befand.

Cillian wird sie sich ansehen. Und obwohl das vielleicht zeigen wird, dass ihr Flugzeug vielleicht wahrhaftig aufgrund eines Triebwerkschadens abgestürzt ist, so sagt mir meine Intuition etwas anderes.

Wie bei der Barriere, erwiderte ich.

Wie bei der Barriere, wiederholte er.

Haben deine Instinkte auch noch bei deiner Abreise Alarm geschlagen?

Ja.

Oh. Das ... beunruhigte mich etwas. Er hatte gewusst, dass etwas nicht lupenrein war, und war trotzdem gegangen. Weil er Kieran treu ergeben war, nicht dem Refugium. Und mir ganz bestimmt nicht.

Kyra.

Ich drehte den Wasserhahn zu, als das Wasser bis zur Kante reichte. *Ich nehme jetzt ein Bad. Wenn du also meinen Kopf verlassen könntest,* sagte ich zu ihm, während ich meinen Pullover auszog.

Das hört sich eher nach einer Einladung zum Bleiben an, flüsterte er zurück. Sein koketter Tonfall überraschte mich.

Meine Finger hielten am Knopf meiner Jeans inne, als meine Wölfin mit erneutem Interesse an die Oberfläche trat.

Genieß dein Bad, Gefährtin, ergänzte er mit sanfter Stimme. *Ich werde mich melden, wenn ich etwas Neues herausfinde. Bitte erwidere den Gefallen.*

Ich schluckte schwer und nickte. Nicht, dass er mich sehen konnte. *Okay,* schaffte ich schließlich hervorzubringen.

Leider sagte mir die darauffolgende Stimme, dass er bereits gegangen war. Oder vielleicht versteckte er sich bloß. Wir konnten unsere Verbindung nicht direkt ausschalten, aber wir konnten uns davon ablenken.

Ich zog meine Hose aus, schlüpfte in die Badewanne und ging in Gedanken alles durch, was mit Fritz und Quinn geschehen war. Ich würde später versuchen müssen, mit Fritz zu sprechen. Vielleicht besser mit einem klareren Kopf. Vielleicht würde ich dann zwischen den Zeilen lesen können.

Ich weigerte mich, seine Antworten zu akzeptieren. Vorwiegend, weil das bedeuten würde, dass ich ihn über ein Jahrhundert lang falsch eingeschätzt hatte. Seit dem Tag, an dem wir uns begegnet waren. Er war einer meiner besten Freunde. Genau wie Quinn. Aber sie hinters Licht zu führen und sie glauben zu lassen, dass ihre Eltern ermordet worden waren, nur um sie davon abzuhalten, sich einen Gefährten zu nehmen? Das war … unverzeihlich.

Und sieht Fritz überhaupt nicht ähnlich, dachte ich erneut.

Ich ließ mich ins Wasser sinken, als sich das Bedürfnis in mir meldete, zu schreien.

Es war ein langer Tag gewesen.

Oder eher ein echt langer Monat, verdammt noch mal.

Ein langes, verkorkstes Leben, dachte ich ausdruckslos und schüttelte meinen Kopf, sodass das Wasser in alle Richtungen spritzte.

Als ich endlich wieder an die Oberfläche kam, um nach Luft zu schnappen, stieg mir der Geruch von Immergrün in die Nase. Der Duft entspannte mich umgehend.

Jedenfalls, bis der vage Geruch von Blut meine Sinne neckte.

Altes Blut.

Wie verrostetes Eisen. Ich runzelte die Stirn. *Merkwürdig.*

Vielleicht hatte ich irgendwo Blut offen stehen gelassen. Aber ich hätte schwören können, dass er vom unverwechselbaren Geruch von verblühten Rosen begleitet wurde.

Ich zuckte zusammen, als alte Erinnerungen in mein Bewusstsein zu dringen drohten. *Schwarze Rosen, die vertrocknet und tot auf meinem Kissen liegen und mit Blut bespritzt sind. Mit seinem Blut.*

Ich würgte. Der Geruch war so überwältigend, dass ich glaubte, er wäre real.

Aber das konnte nicht sein.

Er ist tot, sagte ich mir selbst. *Er ist verdammt noch mal tot.*

Und ich musste wirklich aufhören, mich von der Erinnerung an ihn heimsuchen zu lassen.

Ich lehnte mich so nahe ans Wasser, wie ich konnte,

ohne es einzuatmen, und nahm einen tiefen, beruhigenden Atemzug. *Immergrün. Sicherheit. Wärme.*

Meine Augen schlossen sich und ein Gefühl von Ruhe überkam mich, als ich mich an Lorcans unverwechselbares Schnurren erinnerte. Ich hatte es immer dann gehört, wenn wir die Eishöhle betreten hatten. Ich würde das Rumpeln nie vergessen.

Es war so laut in meinem Kopf, beinahe, als würde er selbst jetzt für mich schnurren.

Mein Alpha, schien meine Wölfin zu sagen. *Mein Beschützer.*

Ich ließ sie glauben, was sie wollte, und gab mir dieses Mal keine Mühe, sie zu korrigieren. Denn ich zog diese unschuldige Besessenheit meiner dunklen Vergangenheit vor.

Das Immergrün anstatt der toten Rosen.

Schnurren anstelle von Blut.

Ein Alpha-Beschützer anstelle eines Alpha-Aggressoren.

Ich lehnte mich in der Wanne zurück und schaltete die Düsen ein. Dann ließ ich das Badesalz den verweilenden Gestank von verrottenden Blumen verjagen.

Morgen werde ich noch einmal mit Fritz reden.

Und morgen werde ich wieder laufen gehen. Allein. Ohne Zeit in der Höhle zu verbringen.

Meine Wölfin und ich mussten die vergangenen paar Wochen vergessen.

Und das konnten wir nur, wenn wir einen Fuß nach vorn setzten.

Die Vergangenheit konnte nicht in meiner Gegenwart existieren. Ganz egal, wie sehr sie es auch versucht hatte. *Ich bin am Leben. Ich bin frei. Und kein Alpha wird je wieder über mich verfügen. Nicht einmal ein potenziell guter.*

LORCAN

Einige Tage später

„Das ist zu einfach", murmelte ich, wiederholte die Worte, die Kyra gestern benutzt hatte. „Uns muss etwas entgehen."

Cillian stand in einen Smoking gehüllt neben mir, sein Blick auf der Menge im Ballsaal verweilend.

Es war Krönungsnacht im Blutsektor, die Kieran und Quinnlynn zum König und zur Königin der V-Clan-Spezies erklärte.

Sie hatten soeben Alpha-Prinzen von mehreren V-Clan-Sektoren begrüßt und feierten jetzt ihre Verpaarung – und alle anderen mit ihnen.

Ich war durch die Schatten zu Cillian gereist, nachdem er Ivana mit ein paar knappen Worten – dass sie sich einen anderen Tanzpartner suchen sollte – vertrieben hatte. Sie kam seiner Forderung fürs Erste nach, aber ich war mir ganz sicher, dass sie zurückkommen würde.

Würde Kyra tanzen wollen, wenn sie hier wäre?, fragte ich mich.

Dann grinste ich innerlich, als mir dämmerte, dass sie mir eher in die Eier treten würde, als in einem eleganten Kleid über das Parkett zu schweben. Zu kämpfen, war ihre Art zu tanzen. Ich bezweifelte stark, dass sie Ballsaaltänze oder elegante Schrittkombinationen jemals genießen würde.

Das war in Ordnung für mich. Mir war ein Kampf auch lieber.

Nicht, dass sie hier war, um das tun zu können. Und das würde sie auch nie sein.

Und doch schien ich nicht damit aufhören zu können, mir vorzustellen, dass sie hier wäre.

Ich gab meinem Wolf die Schuld daran. Er vermisste unsere gemeinsamen Läufe am Nachmittag.

Bescheuerte Gefährtenverbindung, dachte ich und legte eine Hand an meinen Nacken. Sie ließ meinen Kopf verrücktspielen. Und mein Schlafmangel ebenso. Kyras Albträume waren schlimmer geworden, was oft dazu führte, dass ich aufgrund ihrer mentalen Schreie aus dem Schlaf schreckte.

Ich schnurrte immer gerade lange genug in ihren Gedanken, um sie aus ihren Albträumen zu holen, bevor ich mich zurückzog und ihr bei der Analyse ihrer Träume zuhörte.

Sie gab mir und unserem *erzwungenen* Band die Schuld daran. Sie glaubte, dass ihre Albträume sich deshalb häuften und schlimmer geworden waren. Soweit ich verstanden hatte, forderte ihre Version von Alpha Fare immer wieder, dass sie über ihren neuen Gefährten sprach. Und doch, wie Kyra so war, widersetzte sie sich ihm jedes Mal. Was zu einer ganz neuen Art der Folter geworden war. Eine Folter, in der ihre Gedanken sich an ihrer Vergangenheit zu bedienen schienen, um sie mit der Gegenwart zu vermischen.

„Hast du auch nur ein Wort von dem, was ich gesagt habe, mitbekommen?", fragte Cillian plötzlich, was mich zusammenschrecken ließ.

Denn … Nein, hatte ich nicht. Ich hatte nicht einmal bemerkt, dass er etwas gesagt hatte. Zur Hölle, ich hatte völlig vergessen, dass er hier war.

„Diese Omega sitzt ganz schön tief in deinem Kopf", sinnierte Cillian mit wissendem Blick. „Vielleicht solltest du deinen Wolf sich mit ihr verknoten lassen. Vielleicht würde dich das von deiner Abgelenktheit erlösen."

Ich schnaubte. Was er konnte, konnte ich schon lange. „Projizierst du deine Gefühle auf mich, Cillian? Verzehrt dein Wolf sich nach einer gewissen *Ablenkung*?"

Denn mir war nicht entgangen, wie er Ivana angesehen hatte, bevor ich auf ihn zugekommen war. Er hatte nicht abgeneigt geschienen. Ganz im Gegenteil.

Was auch der Grund war, weshalb er sie davon überzeugt hatte, mit einem anderen Alpha zu tanzen. Er wollte sie nicht begehren. Aber das tat er. Und er verabscheute, dass er es tat.

Ich hatte es bisher immer amüsant gefunden und nie ganz verstanden, warum er sich nicht einfach mit ihr verknotete, um sie aus seinem Kopf zu bekommen.

Aber jetzt verstand ich.

Ein- oder zweimal würden nicht genügen. Wenn überhaupt, würde das sein Verlangen nur noch steigern. Und das würde dann zu einer viel schlimmeren Ablenkung führen.

„Ich *verzehre* mich weder nach Ivana noch nach sonst jemandem", erwiderte er ausdruckslos. „Es ist nur schwierig, eine so entschlossene Omega zu ignorieren, auch wenn sie in der falschen Liga spielt."

Ich schnaubte belustigt. Cillian meinte damit, dass Ivana zu gut für ihn war. Dass sie versuchen sollte, einen

Gefährten zu finden, der ihrer Zuneigung würdig war. Vorwiegend, weil er mit seiner Arbeit verheiratet war und keine Absichten hegte, jemals etwas daran zu ändern.

Mir ging es genauso.

Oder … zumindest war es bisher immer so gewesen. Meine Treue gegenüber Kieran und dem Blutsektor war immer unerschütterlich gewesen. Das war sie noch immer. Aber in letzter Zeit ertappte ich mich immer öfter dabei, wie ich mir Sorgen um Kyra und das Refugium machte.

Sind sie in Sicherheit?

Konnten sie die Quelle dieser störenden Essenz bereits ermitteln?

Sollte ich dort sein anstatt hier?

„Sie muss wirklich damit anfangen, sich nach einem geeigneteren Gefährten umzusehen. Jemand, dem ihr fehlgeleiteter Hang, Alphas zu sagen, was sie tun und lassen sollen, nichts ausmacht."

Meine Mundwinkel zuckten. „Ich glaube, sie genießt es, dich auf die Palme zu bringen."

„Ja, und genau das ist das Problem. Sie muss jemanden finden, der ihre kindischen Spiele mitspielt. Jemand, der ihre unrühmlichen Eigenschaften zu schätzen weiß – wie zum Beispiel ihre Dreistigkeit und ihr deplatziertes Selbstbewusstsein."

Ich sah ihn streng an. *Wen versuchst du hier zu überzeugen? Mich oder dich?*, fragte ich, führte unser Gespräch mental fort, um meine Stimme zu schonen.

Verzieh dich, murrte er. „Was ich damit sagen will, ist, dass es nicht ich bin, der wegen einer Omega einen Knacks weghat, Kumpel. Ich habe es ganz einfach mit einer zu tun, die so ausdauernd ist, dass es nervig ist. *Du* hast eine, die deine gesamte Aufmerksamkeit absorbiert. Zwischen den beiden Situationen besteht ein beträchtlicher Unterschied."

„Wenn du meinst", säuselte ich. Aber meine Gedanken wanderten augenblicklich zurück zu Kyra, nur um sicherzugehen, dass es ihr gut ging.

„Du hast mir Informationen über Kieran gegeben. Im Wissen, dass ich ihn Quinn empfehlen würde", sagte sie. *„Das ist Verrat, Fritz."*

Ich konnte den Omega-Mann in ihren Gedanken nicht sehen, ihre Analyse seines Gesichtsausdrucks aber hören.

Verspielter Omega war die Beschreibung, die sie sich ausgesucht hatte.

Fritz' Stimme war in ihrem Bewusstsein zu hören, ihr Gespräch fließend, als wäre ich bei ihnen.

„Manche würden das als kundigen Verkupplungsversuch bezeichnen", sagte er zu ihr.

„Ja?", entgegnete sie. *„Und was ist mit dieser schwachsinnigen Mordgeschichte, die du dir ausgedacht hast? Wie nennst du das?"*

Das schien einen Nerv zu treffen, oder zumindest interpretierte sie seinen angespannten Kiefer so.

Es schien, als versuchte sie sein Verhalten und seine Aussagen zu analysieren, nur um abschätzen zu können, ob sie übereinstimmten. Vorwiegend, weil sie noch immer davon überzeugt war, dass etwas an seinem Verhalten nicht stimmte. Sie war fest davon überzeugt, dass er nie tun würde, was er Quinn angetan hatte. Seine Entscheidungen ergaben in ihren Augen keinen Sinn.

„Eine notwendige Prüfung", lautete seine knappe Antwort.

„Eine Prüfung wofür?", wollte sie wissen.

Er fährt sich mit den Fingern durchs Haar, bemerkte sie. *Ein Zeichen dafür, dass er nervös ist. Oder gereizt.*

„Wir wissen beide, dass Alphas aggressiv sein können, Kyra. Ich habe versucht, sie von den Paarungsspielen abzulenken, indem ich dafür gesorgt habe, dass sie vor ihnen allen auf der Hut war."

„*Und hast sie gleichzeitig in Kierans Arme getrieben*", bemerkte sie.

„*Weil ich wusste, dass er gut für sie war.*"

„*Und alle anderen waren schlecht für sie?*"

„*Einige von ihnen, ja*", legte er nach. Seine ausweichende Antwort ließ Kyra wundern, was er ihr vorenthielt. „*Aber Kieran war für sie bestimmt. Sie passen perfekt zusammen.*"

„*Okay, Meisterverkuppler Fritz*", säuselte sie, unbeeindruckt von seiner List.

„*Lorcan und du, ihr passt auch ziemlich gut zusammen*", ergänzte er, was sie dazu anhielt, ihm diesen berüchtigten finsteren Blick zuzuwerfen.

„*Versuchst du mich davon zu überzeugen, dich zu töten? Denn ich muss gestehen, Fritz, ich bin schon auf halbem Wege. Du solltest mich nicht noch weiter über meine Grenzen hinaustreiben, sonst werde ich dir eine Klinge ins Herz rammen.*"

Offenbar grinste er daraufhin. „*Du Charmeurin.*"

Ein nostalgisches Gefühl breitete sich in ihren Gedanken aus, ihre Bewunderung für den Omega spürbar. Und doch sagte sie laut: „*Verpiss dich aus meinem Zimmer, Fritz.*"

Er ging nicht umgehend. Die beiden schienen zu ernüchtern und Kyras Erschöpfung war noch stärker zu vernehmen als zuvor.

„*Glaubst du, sie wird mir jemals vergeben?*", fragte Fritz mit leiser Stimme. Die Frage traf sie mitten ins Herz.

„*Ganz ehrlich? Ich weiß es nicht*", erwiderte Kyra. Sie hatte vor der heutigen Krönung flüchtig mit Quinn gesprochen. Quinn gab Kyra keine Schuld an dem, was geschehen war, aber meine Gefährtin hatte dennoch Schuldgefühle.

Ich hätte die Wahrheit sehen müssen, hörte ich sie immer wieder zu sich selbst sagen. *Ich hätte ahnen sollen, dass nichts davon echt gewesen ist. Vorausgesetzt, das stimmt überhaupt.*

Ihre Frustration besorgte meinen Wolf und verstärkte das Verlangen in ihm, durch die Schatten zurück zu ihr zu reisen und ihr seine Unterstützung in Form seines Schnurrens anzubieten.

Doch keiner von uns konnte unseren Wölfen erlauben, ihr Band zu stärken. Andernfalls könnte das zu etwas noch Unumkehrbarerem führen, als bereits geschehen war.

„Ich kann es ihr nicht verübeln", sagte Fritz zu Kyra. *„Aber ich habe es nur getan, um sie zu schützen."*

„Manchmal wollen wir nicht beschützt werden, Fritz. Wir müssen lernen, uns selbst zu schützen."

Ihre Antwort hallte in meinem Kopf wider. Sie hörte sich wie eine Kämpferin an, die so viel Schmerz in ihrem Leben durchlebt hatte und doch einen Weg fand, weiterzumachen.

Obwohl … ihr Bewusstsein mir verriet, dass sie dachte, dass die Aussage sich wie etwas anhörte, das Quinnlynn von sich geben würde und nicht sie. Ich sah das anders. Dieses Gedankengut stammte voll und ganz von Kyra.

„Mir wird langsam klar, wie wahr das ist", gab Fritz zu, bevor er verschwand.

Kyra stieß ein tiefes, trauriges Seufzen aus.

Das ließ den Wolf in mir auf- und abgehen und fordern, dass wir zu ihr gingen.

Aber ich sah zu, dass wir im Blutsektor blieben, und zwang meine Füße, auf dem Boden des Ballsaals zu verweilen, während ich all unseren Gästen dabei zusah, wie sie den neuen König und die Königin zelebrierten.

Quinnlynn hatte Kyra gebeten, zu kommen, aber es hatte sich für Kyra nicht richtig angefühlt. Sie hatte gesagt, dass das Refugium sie brauchte.

Eine Ausrede, um mir aus dem Weg zu gehen.

Und außerdem wollte sie so die Schuldgefühle

umgehen, die sie wegen allem, was mit Quinnlynn geschehen war, plagten.

Kyra war versessen darauf, die Dinge zu richten, indem sie Fritz' Geheimnisse lüftete. Doch bisher hatte sie nicht viel Erfolg dabei gehabt, seine Motive zu ermitteln.

Und ich hatte nicht viel mehr Erfolg mit Myon gehabt. Es half nicht, dass Cillian ihm glaubte. Er konnte spüren, dass seine Gedanken wahr waren, was es schwierig machte, einen Punkt zu finden, an dem ich ansetzen konnte. Das alles ergab keinen Sinn.

Und trotzdem … schien es zu simpel, wie Kyra gesagt hatte … und wie ich Cillian gegenüber erwähnt hatte.

Ich sah ihn an, wollte das Gespräch wiederaufnehmen, doch dann stellte ich fest, dass sein Blick auf einer weißhaarigen Frau lag, die neben den Türen stand.

Ivana.

Ihr Kopf war in für sie untypisch unterwürfiger Geste gesenkt.

Klar, sie war eine Omega, aber sie trat der Welt üblicherweise erhobenen Hauptes entgegen und sah allen in die Augen, ohne auch nur den Hauch von Schüchternheit an den Tag zu legen. Es war ihre Kühnheit, die es ihr erlaubte, Cillian immer wieder anzusprechen. Die meisten Omegas zitterten und erröteten in seiner Nähe, aber nicht Ivana. Sie sah ihm immer in die Augen, wenn sie ihre Forderungen stellte.

Ihre Schultern waren etwas gekrümmt, doch dann reckte sie sie und nahm einen tiefen Atemzug.

Hat ein Alpha ihr vielleicht Angst eingejagt?, fragte ich mich. *Mit wem hast du sie tanzen lassen?*

Mit niemand Spezifischem. Ich habe ihr nur gesagt, dass sie jemand anderen fragen soll, da ich nicht hier bin, um zu feiern. Ich arbeite.

Glaubst du, jemand hat sie abgewiesen?

Wenn dem so ist, werde ich den Verantwortlichen töten.

Ich sah ihn mit ernstem Gesichtsausdruck an. *Technisch gesehen, hast du sie abgewiesen. Du weist sie die ganze Zeit über ab. Wirst du dich jetzt etwa selbst bestrafen?*

Das ist etwas anderes, und das weißt du auch.

Aber weiß sie das?, fragte ich ihn.

Er seufzte und sein Blick folgte jeder von Ivanas Bewegungen. Dann, als sie durch die Schatten aus dem Zimmer reiste, runzelte er die Stirn. *Ich komme wieder.*

Meine Mundwinkel zuckten, als er verschwand.

Und er warf mir vor, dass ich abgelenkt war.

Was ich natürlich auch war. Denn die erwähnte Ablenkung lag im Bett und fürchtete sich davor, von ihren Albträumen heimgesucht zu werden.

Kyra?, flüsterte ich.

Was?, keifte sie zurück, ihr mentaler Tonfall merklich genervt.

Ich wusste, was sie da machte. Es war dieselbe Reaktion, die sie Fritz entgegengebracht hatte. Kyra verließ sich nicht gerne auf andere. Sie wollte sich nur auf sich selbst verlassen, weshalb ich wusste, dass sie sich im Moment nicht von mir beruhigen lassen würde, obwohl sie genau das brauchte.

Ich habe dein Unbehagen gespürt.

Es geht mir gut, log sie.

In Ordnung. Gute Nacht.

Ich hakte nicht weiter nach, weil ich wusste, dass das keinem von uns etwas nützen würde. Kyra hatte überlebt, indem sie auf sich selbst aufgepasst und sich nie auf jemand anderen verlassen hatte.

Was auch der Grund war, weshalb ich dem Verlangen meines Wolfes nicht nachgab, zu ihr zu gehen. Sie wollte sich selbst um die Angelegenheit kümmern und ich würde sie nicht dazu zwingen, meinen Trost anzunehmen.

Sie würde mich rufen, wenn sie mich brauchte.

Und wenn es so weit war, würde ich zu ihr gehen.

So viel stand fest.

KYRA

Du wirst mir seinen Namen sagen, hauchte eine samtweiche Stimme in meine Gedanken. *Und zwar bald.*

Ich knirschte mit den Zähnen, weigerte mich, mich diesem Albtraum zu beugen – mich *ihm* zu beugen.

Doch jeder Traum fühlte sich realer an. Wie zum Beispiel jetzt, wo die starre Präsenz neben mir sich viel zu real anfühlte. Viel zu *echt*.

Und ganz egal, was ich auch tat, er wollte einfach nicht verschwinden.

Ich konnte kein Schnurren in meinem Kopf vernehmen. Keinen V-Clan-Alpha, der nach mir sah oder in meinen Gedanken verweilte. Da waren nur ich und meine Gedanken und *Fare*.

Er lachte, der Laut ominös und unbarmherzig. Er erinnerte mich an Hunderte von Nächten, die ich allein im Dunkeln verbracht hatte. Zusammengekauert. Zitternd. *Weinend.*

Diese Omega bin ich nicht mehr, schwor ich. *Ich bin jetzt stärker. Ich bin frei.*

Bist du das?, flüsterte Fare in meine Gedanken. *Denn ich glaube, du hast immer mir gehört. Du gehörst noch immer mir. Nicht ihm. Wer auch immer er ist.*

Ich schluckte schwer, meine Augen geschlossen. *Wach auf*, verlangte ich.

Ja, wach auf, neckte Fare. *Bitte. Es wäre nett, wenn du mich anständig begrüßen würdest. Es ist so lange her ...*

Ich streckte meine Hand in Richtung meiner Lampe aus, um der Dunkelheit zu entrinnen – um mich von diesem Albtraum zu befreien. Doch das Einzige, worauf meine Hand traf, war ein kaltes Etwas, das neben mir lag.

Unglaublich groß.

Stämmig.

Männlich.

Vampir-Alpha.

Fare.

Das ist nicht echt. Es ist nur ein Traum. Ich werde bald aufwachen.

Doch die Luft um mich herum veränderte sich und ich konnte spüren, dass ich im Refugium war.

Das ist lediglich dein Verstand, der dir Streiche spielt, redete ich mir ein. *Es ist alles in Ordnung. Es ist niemand hier.*

Nur, dass meine Hand immer noch dieses kalte, unbewegliche Etwas berührte. Und es fühlte sich verdammt real an, genauso wie seine Finger, als er mir die Haare aus dem Gesicht strich.

Und seine Lippen, die er mir mit einem unaufrichtig zärtlichen Kuss gegen mein Ohr drückte.

Die Härchen auf meinen Armen stellten sich als Reaktion auf seine Nähe, seine Vertrautheit, auf seine *Anwesenheit* auf. *Nicht real. Nicht real. Nicht real.*

„Hallo, Schoßhündchen", begrüßte er mich, seine Stimme seidig, anstatt des normalen rauen Tons aus meinen Albträumen. „Ich glaube, es ist Zeit für dich, nach Hause zu kommen, hm?"

Meine Augen flogen auf und der Raum um mich herum erstrahlte in hellen Farben.

Mein Nest, hauchte ich und meine Hand landete auf meinem schweißgetränkten Oberteil. *Mond sei Dank.* Doch auf meinem Kopfkissen, direkt neben meinem Kopf, lag eine verwelkte schwarze Blume.

Und daneben eine mit Blut geschriebene Nachricht, auf der stand: *Lass uns spielen ...*

Ich setzte mich kerzengerade auf.

Der Geruch von Blut verweilte in der Luft – jetzt stärker als je zuvor – und tiefschwarze Blütenblätter lagen auf meinem Fußboden verteilt.

Nein. Mein Herz setzte mehrere Schläge aus. *Nein, nein, nein.* Das war nicht möglich, verdammt noch mal. Das ... Ich ... Ich musste träumen. Das hier musste bloß ein weiterer schrecklicher Albtraum sein, der meine Vergangenheit mit der Realität vermischte.

„Ich habe beinahe vergessen, wie köstlich deine Angst ist, Schoßhündchen." Die Worte tanzten ominös in meinem Zimmer herum und fanden im Flüsterton in meine Ohren, während mir ihre Quelle verborgen blieb. „Traumwandeln war einfach nicht befriedigend genug."

Fare materialisierte sich vor mir. Seine roten Augen glühten wie ein tobendes Feuer.

„Nein", sagte ich keuchend. „Das geschieht gerade nicht wirklich."

Auf dem Mund des unbarmherzigen Mannes breitete sich ein Lächeln aus. Die Art von Lächeln, das ein unwissendes Opfer dazu verlocken könnte, eine Nacht mit ihm zu verbringen.

Aber ich kannte dieses Lächeln.

Kannte *ihn.*

Und obwohl er ein wunderschönes Gesicht hatte, so war er innendrin hässlich. Das wiedergeborene Böse.

Tot.

„Das ist unmöglich", sagte ich, mehr zu mir als zu ihm. „Ich habe dich getötet."

Das hier ist nur ein extrem unheimlicher, schrecklich realistischer Traum.

„Ich habe dich immer für ein intelligentes Schoßhündchen gehalten", murmelte er. „Aber es ist nicht weise, alte Wunden so bald nach der Wiedervereinigung mit einem Liebhaber aufzureißen." Er nahm einen Schritt auf mein Bett zu. „Das könnte Wut heraufbeschwören. Das Bedürfnis, Rache zu üben. Ein Verlangen danach entfachen, den *Gefallen zu erwidern.*"

Er erhob seine Hand und ließ einen seiner kalten Finger über meinen Wangenknochen streifen. Die Berührung ließ meine Zähne klappern.

„Ich würde dieses Wiedersehen viel lieber feiern", säuselte er. „Immerhin habe ich so hart dafür gearbeitet, es herbeizuführen. All die Jahre, die ich gewartet habe. So ein kompliziertes Spiel, das wir gespielt haben. Und es hat weitaus länger gedauert als ich erwartet hatte. Aber du wirst es wiedergutmachen, nicht wahr?"

Seine Hand wanderte an meinen Hals. Seine Finger, die sich langsam um meinen Hals schlossen und zudrückten, erinnerten mich an den Würgegriff einer Schlange.

Ich stand starr da. Immobilisiert. Verloren in der Zeit.

Das ist nicht echt, dachte ich immer wieder. Aber es hörte sich eher wie ein hoffnungsvolles Flehen als eine selbstbewusste Aussage an.

„Oh, wen will ich veralbern? *Natürlich* wirst du es wiedergutmachen." Er drückte fester zu und verunmöglichte es mir, zu atmen. „Entweder das, oder du verlierst deinen Kopf – was eine Schande wäre."

Er ließ von mir ab, um seine Finger – jetzt wieder sanft

– durch mein Haar gleiten zu lassen. Aber ich konnte noch immer das Brennen an meinem Hals spüren.

Und es war schmerzhafter als in jedem Traum, den ich je gehabt hatte, was mir sagte, dass … Was bestätigte, dass … *Oh, bei den Göttern … Das hier* ist *echt …*

„Ich kann dich nicht umbringen. Du bist viel zu hübsch", sinnierte er. „Und zu köstlich, um dich leerzutrinken." Diese rubinroten Augen musterten mich. „Hm, wo soll ich anfangen? Ein Biss am Hals ist zu romantisch. In deine Muschi zu beißen, wäre zu intim." Er sah zurück in meine Augen. „Wir haben es etwas eilig."

Er zog mit seinen scharfen Fingernägeln an meinem Oberteil.

Der Stoff schien sich angesichts seines Befehls zu verflüchtigen, mein Körper noch immer starr vor Schreck.

Nein. Es war mehr als das. Ja, ich war in Schrecken versetzt, aber ich hatte nicht einmal daran gedacht, mich zu bewegen. Durch die Schatten zu reisen. Wegzurennen. Zu *kämpfen.*

Er hat mich verhext, damit ich kooperiere, dämmerte mir. Mir wurde mit jeder Sekunde bewusster, wie prekär meine Lage war.

In meinen Albträumen kämpfte ich immer zurück, weil ich es konnte. Weil ich dort zumindest den Hauch von Kontrolle hatte.

Aber jetzt … Jetzt tat ich das nicht.

Weil er hier war. Im Refugium. *In meinem Nest.*

„Deine Brust wäre perfekt", murmelte er und seine Pupillen weiteten sich voller Hunger. „Nur eine kleine …"

Ein Alarm begann zu plärren. Das Geräusch ließ Angst und Adrenalin zugleich durch meine Adern schießen. *Die Omegas wissen, dass er hier ist.*

Jemand musste ihn gerochen haben. Jetzt schlugen sie

Alarm und informierten die anderen. Fanden zusammen, um zu kämpfen.

Ich hatte keine Ahnung, wie es Fare gelungen war, in das Refugium einzudringen – und noch weniger, wie er *überlebt* hatte, aber vielleicht …

Es folgten Schreie, was mir Gänsehaut verschaffte.

Denn auf diese Schreie folgten hungrige Knurrgeräusche.

Ich riss meine Augen auf und ein weiteres Grinsen zeigte sich auf Fares Lippen.

Er ist nicht der einzige Alpha hier, realisierte ich. *Aber das … Das ist … Das ist unmöglich.*

„Ich habe ihnen gesagt, dass sie dreißig Minuten warten sollen. Ich hätte wissen müssen, dass sie nicht gehorchen würden", sagte er seufzend. „Ich schätze, unser Wiedervereinigungsbiss wird warten müssen." Er streckte eine Hand aus. „Zeit, nach Hause zu gehen, Schoßhündchen."

Nach Hause.

Nach Grönland.

In Fares Nest.

Ich versuchte meinen Kopf zu schütteln, mich ihm zu verweigern, aber stattdessen sah ich dabei zu, wie mein Arm sich bewegte, als wäre er an eine Schnur gebunden.

Nein!, schrie ich mich an. *Tu das nicht!*

In Alpha Fares Augen funkelte ein triumphierender Blick. „Alle werden so froh sein, dich zu sehen, Liebste. Das sollten wir feiern. Du kannst für den Nachtisch sorgen."

Mir gefror das Blut in den Adern, was meine Wölfin tief drinnen dazu anhielt, zu knurren. Sie war unermüdlich auf- und abgegangen und hatte sich vollkommen hilflos gefühlt.

Aber ihn von seinen Freunden sprechen zu hören, und

was er vorhatte ... legte einen Schalter um. Es veranlasste sie dazu, sich zu erheben.

Sie war nicht länger eine fügsame Kreatur, die von meiner vampirischen Hälfte gezähmt wurde. Sie hatte Klauen, und sie fürchtete sich nicht, sie einzusetzen.

Doch anstatt zu verlangen, dass ich mich verwandelte, forderte sie, dass ich *aufheulte*. Nicht lauthals, sondern in Gedanken zu jemandem.

Zu ihrem Gefährten.

Zum anderen Alpha, der an meine Seele gebunden war.

Zu *Lorcan*.

Fare griff nach meiner Hand, während der eindringliche Laut aus meinen Gedanken strömte. Meine innere Wölfin brüllte so laut sie konnte, während mein Nest um uns herum zu verschwinden begann.

Gerade, als die Welt von hell zu dunkel überging, hörte ich ein Knurren tief in meiner Seele.

Und es hörte sich an wie Lorcan, der sagte: *Kyra* ...

LORCAN

Vor wenigen Sekunden

Ein ohrenbetäubendes Heulen riss mich aus dem Schlaf und ließ mich aufschrecken.

Mein Wolf knurrte wütend und aufgebracht. Und es dauerte nur wenige Sekunden, bis ich den Grund dafür kannte.

Kyra …

Das Heulen war von *Kyra* gekommen.

Ich rollte von meinem Bett, fuhr mir mit den Fingern durchs Haar und ging in meinem Bau auf und ab.

Hat sie einen weiteren Albtraum?, fragte ich mich und versuchte augenblicklich, mein Bewusstsein mit ihrem zu verbinden.

Aber … Aber da war nichts. Kein Laut. Kein Gefühl. Nichts.

Ich runzelte die Stirn. *Schläft sie tief und fest?*

Nein. Nein, daran konnte es nicht liegen. Kyra schlief nie so tief.

Etwas stimmt nicht. Etwas stinkt hier bis zum Himmel.

Cillian!, schrie ich in der nächsten Sekunde. *Etwas stimmt nicht im Refugium. Informiere Kieran und sag ihm, dass er sich dort mit mir treffen soll. Auf der Stelle.*

Ich wartete nicht auf seine Antwort, weil mein Wolf verlangte, dass ich unverzüglich durch die Schatten reiste.

Kyras Nest materialisierte sich vor mir. Der Gestank von Schrecken belagerte meine Sinne augenblicklich.

Kyra!, schrie ich mittels unserer Verbindung und meine Nase zuckte, während ich ihren Geruch zu orten versuchte. Doch bevor ich das tun konnte, stieg mir der Gestank von verrottenden Rosen in die Nase.

Schwarze Blütenblätter waren am Boden verteilt und eine verwelkte Rose lag auf ihrem Kissen. Ich griff nach der Notiz, die daneben lag, und las die mit Blut geschriebenen Worte mit zusammengekniffenen Augen.

Lass uns spielen …

„Was zum Teufel?" Ich schnüffelte an der Notiz. *Vampir-Alpha.*

Meine Nackenhaare sträubten sich, als meine Verwirrung von Schreien durchbrochen wurde.

Schreie von Omegas.

Gefolgt von Alpha-Knurrgeräuschen.

Ich reiste durch die Schatten in den Korridor vor Kyras Nest. Ihr Geruch verweilte dort, aber er war schwach, was darauf hindeutete, dass sie schon länger weg war.

Wo bist du?, wollte ich wissen und mein Wolf trieb mich an, nach ihr zu suchen.

Aber das Einzige, was ich hören konnte, waren die Kampfgeräusche, die das Refugium heimsuchten.

Kämpfst du gegen Alphas?, fragte ich Kyra.

Ihre Gedanken blieben still. Unerreichbar. *Weg.*

Und doch konnte ich sie nach wie vor mittels unserer

Verbindung spüren. Dieses Seil zwischen Seelen, das mir versicherte, dass sie noch lebte.

Ich werde dich finden, schwor ich, während ich weiterging.

Der unverwechselbare Geruch von Blut, Alpha-Aggression und Angst lag in der Luft, was mein inneres Biest wütend knurren ließ.

Aus irgendeinem Grund hatte die Barriere versagt. Ich konnte mindestens fünf Alphas in der Nähe spüren.

Nein, sechs.

Sieben, dachte ich, als ich mich dem Treppenaufgang näherte, der zu Fritz' Stockwerk führte.

Als ich mittels der Schatten in den Korridor reiste, fand ich einen Vampir-Alpha in den Wogen der Brunft vor, dessen Fangzähne im Hals des bewusstlosen Omega versenkt waren, während er von hinten in ihn stieß.

Meine Magie aktivierte sich und ich schlang ein telekinetisches Seil um den Hals des Vampirs, dann drückte ich zu. Das darauffolgende Brüllen drang gewürgt aus seinem Rachen, bevor er verstummte, als ich ihm dem Kopf vom Körper riss, ohne ihn überhaupt angerührt zu haben. Dann benutzte ich einen weiteren Strang dazu, ihn von Fritz zu schieben und rannte auf den erschöpften Omega zu, bevor er zu Boden fiel.

Verdammt. Sein Leben hing am seidenen Faden, sein Körper übersät von sich bildenden blauen Flecken, gebrochenen Knochen und dem Gestank von hungrigem Vampir.

Ich hob ihn in meine Arme und brachte ihn zurück in sein Nest, um ihn hineinzulegen. Es schien nicht angerührt worden zu sein. Er hatte nebenan an einem Schreibtisch gesessen und die Monitore überwacht.

Ich aktivierte meine Heilkräfte und ließ so viel von meiner Essenz in ihn strömen wie möglich, während das Refugium weiterhin vom Chaos heimgesucht wurde.

Das war Kierans Spezialität, nicht meine.

Ich schloss meine Augen und konzentrierte mich auf die drei Alphas, die in meiner Nähe waren, und versuchte, sie mit einem telekinetischen Lasso einzufangen.

Sie wehrten sich nicht einmal, weil sie zu fokussiert auf ihre Aufgabe waren, um die sich zuziehenden Schlingen um ihre Hälse zu bemerken. Ich zog an ihnen, hielt sie gefangen, und erst dann spürte ich sie reagieren.

Animalisches Knurren folgte. Die Laute hallten mit dunkler Absicht behaftet durch das Refugium.

Ich stärkte meinen Griff und verfolgte die drei Alphas. Sie waren schwieriger zu kontrollieren, weil ich meine Fähigkeiten an ihre Grenzen trieb.

Ein Alpha gegen sechs.

Das war kein fairer Kampf.

Jedenfalls nicht für sie.

Die beiden Fähigkeiten gleichzeitig anzuwenden, erschöpfte mich jedoch, sodass sich Schweiß an meiner Stirn bildete. Aber ich musste den Omegas Gelegenheit einräumen, diese Mistkerle zu unterwerfen, bevor sie das Refugium zerstörten.

Denn ich konnte ihre Brunft spüren. Das Verlangen, zu plündern. Ihr Bedürfnis, jede Omega zu besteigen und zu ficken, bis ihr Verlangen gestillt war.

Das hier waren keine zahmen Vampir-Alphas.

Sie waren am Verhungern. Wütend. *Barbarisch.*

Die meisten Vampire waren unbarmherzig, aber das hier war ein ganz neues Level. Ihren Auren wohnte der unverwechselbare Geruch von Wahnsinn inne.

Wo zum Teufel sind sie hergekommen? Wie zur Hölle haben sie es durch die Barriere geschafft?

Ein Brüllen rauschte durch die Nacht.

Mein Wolf erhob sich und horchte.

Kieran.

Ich antwortete mit einem Heulen darauf und ließ ihn wissen, wo ich war. Nicht, dass das nötig war. Er würde mich instinktiv finden.

Aber zuerst hatte er eine Insel voller Eindringlinge abzuschlachten.

Ich spürte, wie er den Ersten binnen weniger Sekunden niederstreckte. Meine unsichtbare Schlinge um den Alpha verlor an Spannung und fiel dann lasch von ihm ab, als er zu Boden ging.

Zwei weitere fanden im nächsten Augenblick ihr Ende. Kieran machte kurzen Prozess mit den Vampiren.

Sie waren zu verloren in ihrer Brunft, zu abgelenkt von den süßen Omega-Düften, zu *verrückt* vor Lust, um eine Bedrohung darzustellen. Wenn es eine Omega gewesen wäre, die sie gemeinsam verschlungen hätten, hätten sie sich zusammengetan, um ihre Beute zu verteidigen und ihr Territorium zu markieren, aber hier gab es zu viele Optionen, um sich eine Omega auszusuchen, die sie beschützen wollten.

Sie waren überwältigt von ihrem Durst, was Kieran einen Vorteil verschaffte.

Natürlich half der Umstand, dass ich sie alle gefesselt hatte.

Es würde keine Gnade geben. Nur den Tod.

Und der süße Geruch, der mir in die Nase stieg, zauberte ein Grinsen auf meine Lippen. *Wir haben gesiegt.* Aber mit dem nächsten Atemzug vernahm ich vergossenes Omega-Blut, was mir sagte, dass mehrere von ihnen verletzt worden waren.

Darunter der noch immer bewusstlose Omega unter meinen Händen.

Er atmete jetzt etwas leichter, aber er war nicht einmal ansatzweise geheilt genug, um aufzuwachen.

Fritz musste überrumpelt worden sein. Er war

hervorragend darin, Waffen zu verhexen, und er hatte viele um sein Nest und seinen Arbeitsbereich herum gelagert. Ich konnte sie sogar jetzt noch spüren. Und doch schien keine einzige von ihnen benutzt worden zu sein, was darauf hindeutete, dass er überwältigt worden war, bevor er sich überhaupt hatte zur Wehr setzen können.

Das Gerät an meinem Handgelenk surrte, woraufhin der Bildschirm aufleuchtete und Cillians Name anzeigte.

„Beantworten", sagte ich zu meiner Uhr.

Cillians Gesicht tauchte auf dem Bildschirm auf. Er sah fuchsteufelswild aus. Im nächsten Augenblick gesellte sich Kieran zu unserem Videoanruf dazu.

„Sechs Vampir-Alphas", fasste Kieran mit demselben Ausdruck wie Cillian zusammen.

„Sieben", korrigierte ich. „Ich habe einen getötet, kurz bevor du angekommen bist."

„Wie zum Teufel ist es ihnen gelungen, die Barriere zu durchbrechen?", wollte Cillian wissen. „Ist sie nicht aktiviert?"

„Sie ist nicht deaktiviert", erwiderte Kieran und sein Tonfall wurde sanfter, als seine Aufmerksamkeit zu etwas neben ihm wanderte. „Ganz ruhig. Du bist in Sicherheit, Kleines", murmelte er mit einem leichten Schnurren.

Das hier war eine der wenigen Situationen, in denen ein Alpha für eine Omega schnurrte, die nicht seine Gefährtin war.

„Wie viele Verletzte?", fragte ich mit schroffer Stimme. „Denn ich habe hier einen Omega – *Fritz* –, der in ziemlich schlechter Verfassung ist. Er bedarf einer Menge Heilkraft."

„Ich kann mich um die anderen kümmern." Kieran behielt seinen sanften Tonfall, doch mir entging sein wutentbrannter Blick nicht.

„Er ist direkt hier", sagte Cillian plötzlich.

Dann erschien Quinnlynns Gesicht neben ihm auf dem Bildschirm. „Wo ist Kyra?", fragte sie mit ängstlicher Stimme. „Und habe ich dich gerade sagen hören, dass Fritz verletzt ist?"

Ich spannte meinen Kiefer an. „Ich weiß nicht, wo Kyra ist. Sie …" Ich war mir nicht sicher, wie ich den Satz beenden sollte.

Antwortet nicht? Ist mental von mir abgeschnitten? Beschäftigt? „Hast du sie gesehen, Kieran?"

„Nein", erwiderte er, seine Aufmerksamkeit noch immer auf etwas gerichtet, das auf dem Bildschirm nicht zu sehen war. „Aber ich werde die Omegas fragen, ob sie wissen, wo sie ist." Er schien sich jetzt auf seinen Knien zu befinden und hinter ihm war ein Blutbad zu sehen. Ich hoffte, dass es sich dabei mehrheitlich um Vampirblut handelte, ahnte jedoch, dass es auch zu mindestens einer Omega gehörte.

„Fritz?", sagte Quinnlynn schluchzend und erinnerte mich daran, dass sie sich nach ihm erkundigt hatte. „Ist er …?"

„Er wird wieder", sagte ich zu ihr und zuckte zusammen, als er an meiner Energie sog, um zu heilen. *Es ist Kyra, um die ich mir Sorgen mache*, ergänzte ich in Gedanken. *Wo zum Teufel bist du, kleine Mörderin? Und warum war dein Nest von verrottenden Rosen übersät?*

Sie dachte in ihren Träumen oft an diesen Geruch. Ihr Bewusstsein verband ihn mit Alpha Fare.

Aber er ist tot, dachte ich stirnrunzelnd. *Sie hat ihn getötet.*

Es sei denn …

Ich schürzte meine Lippen.

Was, wenn sie ihn nur für tot gehalten hat?

Vampire waren berüchtigt dafür, schwer zu töten zu sein. Ihnen den Kopf abzureißen, war eine Art, aber die ältesten, mächtigsten Vampire konnten sich selbst davon erholen.

„Hat Kyra Alpha Fares Überreste verbrannt?", fiel ich Cillian ins Wort.

Alle starrten mich an.

„Quinnlynn ... Hat Kyra Alpha Fares Überreste verbrannt, nachdem sie ihn getötet hat?", wiederholte ich und ergänzte meine Frage.

„Ich ..." Sie blinzelte. „Ich weiß es nicht. Ich weiß nur, dass sie ihm den Kopf abgeschlagen hat."

Scheiße. Ich hatte nie daran gedacht, sie zu fragen, weil ich ganz einfach davon ausgegangen war, dass sie überzeugt davon gewesen war, ihn ausgelöscht zu haben.

Aber jetzt kam ihren Albträumen eine ganz neue Bedeutung zu.

Was, wenn es sich dabei nicht nur um Überreste ihrer Vergangenheit gehandelt hatte? Was, wenn der Vampir traumgewandelt war? Es war eine seltene Gabe, aber Vampirfähigkeiten waren von Blutlinie zu Blutlinie verschieden. Einige konnten teleportieren, andere nicht. Einige konnten Kontrolle über ihre Opfer nehmen, andere nicht.

Und einige konnten traumwandeln.

„*Verdammt*", murmelte ich und hob Fritz hoch. „Ich muss mir die Aufnahmen der Sicherheitskameras ansehen."

Denn wenn ich recht hatte, war Kyra überhaupt nicht im Refugium.

Sie war entführt worden.

Was auch erklären würde, warum ich sie nicht hören konnte.

Weil ein uralter Vampir unsere Fähigkeit blockierte, miteinander zu kommunizieren.

Ein uralter Vampir, den Kyra für tot gehalten hatte.

Ein uralter Vampir, der vermutlich ganz versessen darauf war, Rache zu üben.

Ein uralter Vampir, der meine Omega-Gefährtin entführt hat …

KYRA

„Spreiz deine Beine, Omega." Die tiefe Stimme zwang mich, zu gehorchen, und meine Beine bewegten sich gegen meinen Willen.

Genauso, wie ich mich ausgezogen hatte, als er es mir aufgetragen hatte.

Auf sein Bett gekrabbelt war, sowie er den Befehl von sich gegeben hatte.

Mich hingelegt hatte, weil er die Worte geflüstert hatte.

Alles, was ich getan hatte, seit ich hier angekommen war, war wegen der Gedankenkontrolle geschehen. Ich hatte keine Wahl. Besaß keinen freien Willen. War nicht in der Lage, mich zur Wehr setzen.

Er hatte meine Sinne derart betäubt, dass ich mich kaum noch auf meine Umgebung konzentrieren konnte. Ich wusste, dass ich in einem Schlafzimmer war. Ich wusste, dass es dunkel war.

Und ich wusste, dass wir nicht in Grönland – das die meisten Vampire ihr Zuhause nannten – waren.

Aber es war zu heiß hier für Grönland. Zu schwül. Zu *salzig*.

Wohin, also, hat er mich gebracht?, wunderte ich mich.

Doch der Gedanke wurde umgehend ersetzt von: *Es gefällt mir hier.*

Nein, ich hasse *es hier*, keifte ich mich selbst an. *Ich will überhaupt nicht hier sein!*

Du liebst es hier, murmelte ein Teil von mir. Der Teil, der *gezwungen* war, brav zu sein. Zu *mögen*, was immer Fare vorhatte.

Die Wölfin in mir schrie protestierend.

Und doch legte ich nach außen hin eine stoische Gelassenheit an den Tag.

Ich hatte Lorcans telekinetische Gabe einst als etwas Ähnliches wie Fares Fähigkeit, andere zu kontrollieren, angesehen.

Ich hatte falsch gelegen.

Sehr, *sehr* falsch sogar.

Bei Lorcan konnte ich wenigstens versuchen, gegen seinen unsichtbaren Griff anzukommen. Es war ein aussichtsloser Kampf, weil seine Kraft so allumfassend war. Aber wenigstens konnte ich *spüren*, wie ich mich widersetzte.

Ich realisierte jetzt, wie vital dieses Gefühl für meinen Verstand war. Zu wissen, dass ich versuchen konnte, mich zu verteidigen, gab mir Motivation, zumindest einen Fluchtversuch zu wagen.

Fares Kontrolle nahm mir allen Kampfgeist. Er brachte mich dazu, gehorchen zu *wollen*. Zu tun, was immer er verlangte. Sein braves Schoßhündchen zu sein.

Er gab ein anerkennendes Summen von sich, ein nachdenklicher Blick in seinen Augen, während er meine intime Stelle musterte.

„Es ist so lange her, dass ich mich einfach nicht entscheiden kann, wo ich dich beißen soll." Er tippte sich mit einem seiner langen Finger ans Kinn, ein interessierter Blick in seinen roten Augen. „Ich meine, überall. So viel steht fest. Aber das ist der erste Biss, nachdem ich so lange Zeit nicht von dir gekostet habe. Es muss perfekt werden, weißt du?"

Nein, wusste ich nicht.

Und ich *wollte* es auch nicht wissen.

Fare war ein Psychopath. Ein Monster. *Und äußerst lebendig.*

Das einzig Gute war, dass er meine Gedanken nicht lesen konnte. Er konnte nur die Worte hören, die ich von mir gab, und das nur, wenn er unser Band aktivierte.

Eine Verbindung, die ich für *ausgelöscht* gehalten hatte.

Aber sie war äußerst lebendig. Anstatt darauf zuzugreifen, wenn ich wach war, hatte er abgewartet, bis ich mich in einem verletzlichen Zustand befunden hatte und mich in meinen Träumen heimgesucht.

Andernfalls hätte ich ihn vielleicht gespürt.

Vorausgesetzt, ich hätte daran geglaubt, dass es wirklich er gewesen war, der mit mir gesprochen hatte. Vermutlich hätte ich geglaubt, dass meine Fantasie bloß mit mir durchging und mich mit meiner Vergangenheit quälte.

Ich erschauderte, als Fare sich aufs Bett kniete, seine Nähe vollumfänglich unwillkommen. Aber nicht einmal diesen Gedanken konnte ich laut von mir geben. Ich konnte nicht schreien. Ich konnte ihm nicht sagen, dass er sich verziehen sollte. Ich konnte keinen meiner Gedanken oder Gefühle laut aussprechen wegen seiner verdammten Kontrolle.

Wenn er mir befahl, seinen Biss zu genießen, würde ich das.

Und das verabscheute ich am allermeisten.

„Du hast mir wirklich sehr gefehlt, Schoßhündchen", murmelte er. „Du brichst nie, und ich bewundere das." Seine rubinroten Augen glitzerten, während er auf mich herabsah. „Ich bin so froh, dass Seamus an jenem Tag den lieben Fritz sich um meine Überreste hat kümmern lassen. Andernfalls wären wir jetzt vermutlich nicht hier."

Meine Haut brannte, als er meinen nackten Körper mit spürbarem Hunger erneut musterte.

Doch es war, was er gesagt hatte, was meine Aufmerksamkeit erhascht hatte.

Will er damit sagen, dass Fritz ihm geholfen hat, zu überleben? Ich runzelte in Gedanken die Stirn. *Das ist unmöglich.*

Fritz hätte Fare *nie* geholfen. Er hasste Vampire. Darum hatte Seamus Fritz gebeten, mit ihm mitzukommen, um Fares Nest auszulöschen.

Es hatte da diesen Alpha-Informanten gegeben, der mit Seamus zusammengearbeitet hatte, um eine Vampir-Operation in Grönland niederzustrecken. Das war vor der Infektion gewesen. Dieser Informant und Seamus' Interesse daran, das Vampir-Nest zu zerschlagen, waren gewesen, was es mir erlaubt hatte, Fare zu töten.

Der Informant hatte mir das Messer zugespielt.

Und dann hatte Seamus eingegriffen, um das Nest zu säubern.

Und Fritz hatte mich in das Refugium gebracht.

So waren wir uns begegnet. Und Quinn hatte ich auch so kennengelernt. Wir drei waren auf der Stelle Freunde geworden.

Warum deutet Fare dann an, dass Fritz ihm geholfen hat?

„Ich habe vergessen, wie ausdrucksstark deine Augen sind", sinnierte Fare und zog meine Aufmerksamkeit wieder auf das Ende des Bettes, wo er kniete. „Ganz egal, wie allumfassend meine Kontrolle auch ist, deine wahren Gefühle zeigen sich in diesen grünen Iriden."

Ich hoffte inständig, dass das stimmte. Denn das bedeutete, dass er meinen Hass sehen konnte.

„So verwirrt und verängstigt", fuhr er fort. „Und so

wütend. Ich schätze, das wäre ich auch, wenn ich eben herausgefunden hätte, dass mein bester Freund mich über hundert Jahre angelogen hat."

Er hielt mit nachdenklichem Gesichtsausdruck inne.

„Tatsächlich … Nein, ich würde es ganz einfach amüsant finden. Vor allem in deinem Fall. Es ist ja nicht so, als hätte er eine Wahl gehabt." Seine kalten Finger berührten meinen Knöchel und begannen nach oben zu wandern. „Es ist vielmehr Seamus, dem du die Schuld geben musst. Er hätte den kleinen Fritz nie zurücklassen sollen."

Seine eiskalten Finger erreichten meine Wade und verschafften mir Gänsehaut. *So kalt. Eiskalt.*

„Seine Gedanken waren leicht zu manipulieren." Wieder zog ein Lächeln auf seinen Lippen auf. „So schwach und biegsam. Bei Seamus hätte ich dank deines kleinen Verrats keine Chance gehabt. Aber bei Fritzchen? Oh, er war so einfach zu verhexen, dass ich es selbst in lahmgelegtem Zustand geschafft habe. Es war der Beginn einer wunderbaren Freundschaft."

Fare seufzte, ein wehmütiger Blick in seinen Augen.

Aber er war nicht echt. Keine seiner Gefühle waren das. Fare verspürte nur Freude. Und diese Freude rührte oft aus dem Leid anderer.

„Vermutlich ist er jetzt tot." Er zuckte mit den Achseln. „Jetzt, wo ich dich wieder habe, brauche ich ihn nicht mehr." Er sah mit seinen roten Augen erneut in meine. „Weißt du, ich habe mich für dich all meiner Ablenkungen entledigt. Sieh es als Zeichen dafür, wie vollumfänglich ich mich *uns* verschrieben habe."

Mir drehte sich der Magen. *Fritz … ist tot?*

Nein. Fare hatte gesagt, dass Fritz *vermutlich* tot ist.

Was bedeutete, dass er vielleicht noch am Leben war.

„Ich will dir meine ungeteilte Aufmerksamkeit widmen,

Schoßhündchen. Alles, was ich bin." Er presste seine Hand auf meinen Schenkel. „Wir haben so viel nachzuholen."

Mein Herz setzte ein paar Schläge aus.

„Also … Wo soll ich dich beißen?", fragte er nachdenklich. „Entscheidungen, Entscheidungen."

Meine Wölfin knurrte, war überhaupt nicht begierig darauf, seine Zähne in unserer Haut zu spüren. Aber mein Vampir … Meine vampirische Seite wimmerte. Sie verzehrte sich nach dem Biss ihres Alphas. Nach seinem Gift. Was es mit uns machen würde.

Weil er mich verhext hat, es zu wollen. Es zu begehren.

Und es funktionierte.

Nur nicht an meinem inneren Biest. Sie weigerte sich. Sie unterwarf sich einem anderen Alpha, und nicht diesem brutalen Wesen vor uns.

Meine Wölfin war an meinen Verstand gebunden und erdete mich. Andernfalls wäre ich wohl in seinem Zauber ertrunken.

Das führte zu widersprüchlichen Gefühlen. Ich war verwirrter als jemals zuvor. *Fuchsteufelswild.*

Mir drehte sich der Kopf. Ich war ganz benommen von meinem inneren Zwiespalt und überwältigt von dem, was Fare mir gerade offenbart hatte.

Er war am Leben, weil Fritz seine Überreste nie verbrannt hatte.

Er hat Kontrolle über Fritz genommen.

Hat er mich vielleicht so gefunden?

Wie lange ging das schon so?

Wenn Fare Zugriff auf Fritz hatte, warum hat er mich dann erst jetzt geholt? Warum nicht schon früher?

Etwas ging nicht ganz auf. Vielleicht hatte er nicht vollumfängliche Macht über Fritz gehabt? Vielleicht konnte er nicht genug Macht auf ihn ausüben?

Ähnlich, wie es mir jetzt geht?

Denn obschon meine vampirische Seite folgsam war, so war meine Wölfin zu wütend, um sich zu fügen.

„Faszinierend", flüsterte Fare. Er hatte in der Nähe meiner Schenkel innegehalten. „Du kämpfst gegen den Zauber an."

Er legte seinen Kopf schief und wieder zog ein Lächeln auf seinen Lippen auf.

„Oh, das verleiht unserer Wiedervereinigung nur diese gewisse Würze, Schoßhündchen. Ich liebe es. Wie nett von dir, die Sache etwas spannender für uns zu machen."

Er schlug auf die sensible Stelle zwischen meinen Beinen und ich jaulte.

Es brannte.

Und im Vergleich dazu, was er vorhatte, war das noch gar nichts.

Etwas, das er unmissverständlich klarmachte, indem er vom Bett stieg.

„Ein Biss wird nicht genügen. Wir brauchen etwas, was die Sache beschleunigen wird." Er verschwand außer Sichtweite. Er teleportierte nicht, entfernte sich nur von mir, während ich starr auf der Matratze lag.

Weil er mir befohlen hatte, dass ich mich nicht bewegen sollte.

Aber vielleicht kann ich den Bann brechen, dachte ich.

Er hatte gesagt, dass er spüren konnte, wie ich mich gegen seine Kontrolle zur Wehr setzte. Vielleicht war ich nicht so hilflos, wie ich bislang gedacht hatte?

„Aha, da haben wir es." Der aufgeregte Tonfall in seiner Stimme ließ mir das Blut in den Adern gefrieren.

Ich kannte diesen Tonfall nur zu gut.

Fürchtete ihn.

Hasste ihn.

Denn auf diesen Tonfall folgte immer Schmerz.

„Das hier könnte der Sache auf die Sprünge helfen",

fuhr er fort, während er sich neben mich aufs Bett setzte. „Siehst du, Schoßhündchen? Ich habe Vorbereitungen getroffen."

Er griff mit zwei Fingern nach meinem Kinn und winkelte meinen Kopf an, sodass ich in seine Richtung blickte.

Mir stockte der Atem.

Eine Spritze.

Er würde mich mit Vampirgift betäuben.

Das würde mich in einen ähnlichen Zustand wie meine Läufigkeit versetzen, vielleicht sogar einen Östrogen-Zyklus aktivieren.

Ich versuchte meine Augenbrauen hochzuziehen und flehte in Gedanken. Aber das führte nur dazu, dass sein Lächeln noch breiter wurde.

Es *gefiel* ihm, mich zu foltern.

Und das hier würde die schlimmste Folter von allen sein.

„Das hier sollte uns dabei helfen, die Dinge zum Laufen zu bringen", sagte er, während die Nadel in meinen Arm drang. „Und wenn es nicht schnell genug wirkt, habe ich ein paar weitere Dosen, um uns auf die Sprünge zu helfen."

Ein Brennen rauschte durch meine Adern, als das Gift direkt in meinen Blutstrom floss. Und doch kam mir kein Schrei über die Lippen.

Er zwang mich, still dazuliegen. Anzunehmen, was immer er mir gab, und es zu *akzeptieren*.

Meine Wölfin knurrte in mir drinnen. Dann, als das Serum beinahe umgehend seine Wirkung entfaltete, wimmerte sie.

Verdammt. Es tat *weh*. Es war, als würde ich in Flammen stehen. Es kreierte ein Inferno in meinem Bauch. Ließ mein Herz wie wild pochen.

Oh, bei den Göttern ... Ich hatte mich nicht mehr so gefühlt seit ... seit ... Ewigkeiten. Jahren. Über ein Jahrhundert lang. Ich war mir nicht sicher. Aber es ... Es ...

Ich schloss meine Augen. Es war eine der einzigen Bewegungen, die ich bewusst ausführen konnte.

Ich kann nicht ... Ich kann nicht ... Das ist ... Ich will das nicht ...

Kyra ... Eine tiefe Stimme meldete sich in meinem Kopf. *Wo zum Teufel bist du?*

Ich versuchte zu antworten. Versuchte mich an dieser Stimme festzuhalten.

Aber dann nahm eine andere Überhand. Eine unheilvolle Stimme. Eine kalte, *realistische* Stimme. „Willkommen zu Hause, Schoßhündchen", sagte er, seine Lippen an mein Ohr gepresst. „Lass uns spielen."

LORCAN

KIERAN TRAF sich mit mir in Fritz' Sicherheitsraum, dicht gefolgt von Jas. Sie hatte in den vergangenen drei Stunden Krankenschwester gespielt, während ich versucht hatte, die Aufnahmen in Fritz' Versteck zu finden.

Leider hatten alle Kameras dreißig Minuten vor dem Angriff aufgehört, aufzuzeichnen.

Und nur eine einzige Aufnahme war übrig.

Genau darum hatte ich Kieran eine Nachricht geschickt und ihm gesagt, dass er sich hier oben mit mir treffen sollte. Denn er musste sich das ansehen.

Seine dunklen Augen wanderten zu Fritz, der in der Ecke lag, und er zog seine Augenbraue fragend hoch. Der bewusstlose Omega lag auf einem provisorischen Bett, das aus mehreren Laken bestand. Sein Körper war mittlerweile fast vollständig geheilt.

Sein Bewusstsein war eine ganz andere Sache.

Damit würde mir Kieran behilflich sein müssen.

Aber zuerst musste ich ihm die Datei zeigen, die ich auf Fritz' Computer gefunden hatte. Denn Fritz hatte gewusst, was kommen würde. Und diese Aufnahme bewies es.

Anstatt etwas zu sagen, presste ich auf die Play-Taste.

„Wenn ihr das hier seht, dann ist es an der Zeit. Und ich bin vermutlich tot." Fritz verzog das Gesicht auf dem Bildschirm. „Das … Ich kann nicht …" Er seufzte tief. „Ich … Ich hoffe, dass es funktionieren wird. Und dass er …"

Der Omega verstummte und schüttelte seinen Kopf. Er sah aus, als hätte er Schmerzen.

„Es tut mir leid", flüsterte er. „Ich will nur, dass ihr wisst, dass … ich es versucht habe."

Kieran verschränkte seine Arme vor der Brust, ein nichtssagender Ausdruck auf dem Gesicht. Aber ich kannte meinen Cousin gut. Er plante in dieser Sekunde Fritz' Tod.

Denn das alles hörte sich zu sehr nach einem Geständnis an.

Und das war es auch. Nur nicht jenes, das man erwarten würde.

„Starte Notfallprotokoll", sagte eine Computerstimme, was Kierans Blick zu mir wandern ließ.

Sieh es dir einfach bis zum Schluss an, sagte ich ihm mit einem Blick. *Vertrau mir.*

Der Bildschirm, auf dem eben noch Fritz' Gesicht zu sehen gewesen war, wurde schwarz, dann flackerten drei Bildschirme auf. Einer zeigte Fritz' Nest, der zweite den Korridor und auf dem dritten war eine Sicherheitskonsole zu sehen, an der Fritz stand.

Kierans Blick wanderte in die Ecke des Zimmers, wo eine Kamera in einem Bücherregal versteckt war, das randvoll mit technischer Ausstattung war.

Fritz stand abnormal still davor, sein Gesicht ausdruckslos.

Eine Minute verging.

Keine größeren Bewegungen. Keine Worte. Keine

Geräusche. Ich hatte es zuerst für ein Standbild gehalten, aber Fritz' Schultern hoben und senkten sich im Gleichschritt mit seiner Atmung.

Kieran runzelte die Stirn und lehnte sich nach vorn, um Fritz' blanken Ausdruck zu mustern. „Er schläft."

Das war keine Frage, sondern eine Feststellung, aber ich nickte trotzdem, da ich an dieser Stelle zum selben Schluss gekommen war, als ich mir das Video zum ersten Mal angesehen hatte.

Weitere dreißig Sekunden verstrichen, bevor Fritz erstarrte und seine Augen aufriss. Darin war ein Ausdruck zu sehen, den ich nur als Schrecken beschreiben konnte.

„Hallo Fritzchen", grüßte eine samtweiche Stimme und ein Vampir-Alpha erschien neben dem Omega. „Es ist eine Weile her."

Fritz sagte nichts. *Rührte* sich nicht. Aber seine Augen vermittelten ganz klar, was er fühlte. Schrecken verwandelte sich in Wut und schlug dann wieder in Angst um.

„Ach, unser Spielchen war witzig, findest du nicht?" Der Vampir-Alpha strich mit seinen langen Fingern über Fritz' Wange. „Leider kommt deine Bestrafung jetzt zu einem Ende."

„Bestrafung?", wiederholte Kieran.

Ich erwiderte nichts. Die Aufnahme würde seine Frage bald genug beantworten.

„Obwohl ich schon sagen muss, dass ich gedacht hätte, dass es schneller zu einem Ergebnis führen würde. Hätte ich gewusst, dass es so lange dauern würde, bis die Halskette in diesem kleinen sicheren Hafen für Omegas ankommt, hätte ich einen anderen Weg gewählt."

Der Vampir-Alpha hielt inne und sah zur Decke.

„Eigentlich … Nein. Ich hätte genau denselben Pfad eingeschlagen, da er mir erlaubt hat, dich und mein geliebtes Schoßhündchen etwas länger zu foltern." Ein Lächeln zog auf seinen Lippen auf. Sein Tonfall und Gesichtsausdruck brachten meinen Wolf zum Knurren.

Vorwiegend, weil wir beide wussten, was er gleich sagen würde. Und jedes Mal, wenn wir uns die Aufnahme ansahen, wurden wir aufs Neue gefoltert.

„Das Mädchen hält mich für tot. Sie glaubt, dass all ihre Träume nur eine verweilende Verbindung zu ihrem vormaligen Gefährten sind." Er lachte, was meine Nackenhaare sich sträuben ließ. „Natürlich hast du die Wahrheit von Anfang an gekannt, was?" Er tippte dem Omega auf die Nase. „Armes Fritzchen. Du *vergisst* unsere Gespräche immer, bis du von mir träumst."

Ich knirschte mit den Zähnen.

Ein Traumwandler.

Ganz wie ich vermutet hatte. Leider war ich zu spät daraufgekommen.

„Also … Uns bleibt nicht viel Zeit, bis meine Freunde durch die Barriere schlüpfen. Ich habe sie gebeten, mir einen dreißigminütigen Vorsprung zu geben, aber eine Insel voll mit unverpaarten Omegas ist so verlockend, dass ich bezweifle, dass sie sich lange zurückhalten können."

Er legte seine Hand an Fritz' Wange und warf ihm einen Blick zu, den man vermeintlich für fürsorglich hätte halten können. Doch es war nur die clevere Maske eines offensichtlichen Psychopathen.

„Deine Bestrafung dafür, versucht zu haben, meine Überreste für Kyra zu beseitigen, ist fast vorbei", sagte er. „Ich bitte dich nur darum, dass du meine Freunde unterhältst, wenn sie hier ankommen. Alpha Dave ist seltenen Dingen sehr zugeneigt. Als ich ihm von meinem kleinen männlichen Omega-Schoßhündchen erzählt habe, hat er vor Freude nur so gestrahlt. Wärst du so nett, ihm die Stunden für mich zu versüßen?"

Seine Hand wanderte an Fritz' Nacken. Dann riss er den Omega fest nach vorn und versenkte seine Fangzähne im Hals des Mannes.

Fritz' Mund öffnete sich, als wollte er einen stummen Schrei von sich geben. Der Einfluss, der den Vampir auf ihn hatte, war klar darin zu erkennen, wie der Omega zitterte und lautlos schrie.

„Verdammt", murmelte Kieran. Ich hatte denselben Kraftausdruck benutzt, als ich mir die Aufnahme zum ersten Mal angesehen hatte. Es ging mehrere Minuten so weiter, bevor Fare Fritz auf den Schreibtisch sacken ließ. „Viel Spaß mit Dave, Fritzchen. Er wird vermutlich dein letzter Fick sein."

Er begann auf die Tür zuzugehen, dann hielt er inne und blickte zurück.

„Oh, deine Erinnerungen sind jetzt freigeschaltet. Viel Spaß."

Wenn das Böse ein Lächeln hatte, dann war es jenes auf Fares Gesicht in diesem Moment, als Fritz' Knie nachgaben.

Ich lehnte mich nach vorn, um die Aufnahme zu stoppen, und sah Kieran an. „Die Alphas treffen ungefähr fünfzehn Minuten später ein. Ich glaube, du weißt, was als Nächstes passiert ist."

Mein Cousin spannte seinen Kiefer an, was seine Wangenknochen noch kantiger aussehen ließ. „Also hat Fritz ... über ein Jahrhundert lang unbewusst mit Fare zusammengearbeitet?"

„Vielleicht sogar länger." Ich schüttelte meinen Kopf. „Es ist schwierig zu sagen, wann die Halskette mit dem Bann belegt worden ist. Vor Kianas und Seamus' Tod? Direkt danach?"

„Wann auch immer es war, Fare hat langfristig geplant. Ich nehme an, du hast Cillian bereits verständigt?"

Ich nickte. „Er hat Myon wieder in Gewahrsam, um ihn zu vernehmen, weil ich ihm gesagt habe, dass Fare die Halskette erwähnt hat."

Und wir wussten bereits, dass Myon seine Finger im Bann mit drin hatte.

Die Frage lautete: Arbeitete er bewusst oder gegen seinen Willen mit Fare zusammen?

Meine Instinkte sagten mir, dass es Letzteres war. Dass, wenn Myon mit Fare zusammenarbeitete, er es nur tat, weil der Vampir-Alpha ihn mittels Kontrolle dazu gezwungen hatte. Wie Fare es bei Fritz getan hatte.

Ich hatte gewusst, dass etwas nicht gestimmt hatte. Mein Wolf hatte es gespürt. Und ich auch.

„Wie sind sie durch die Barriere gekommen?", fragte Jas trotz des düsteren Gesprächsthemas mit emotionsloser Stimme.

Sie war zweifelsfrei eine Kämpferin. Ganz wie Kyra.

Du wirst das überstehen, dachte ich jetzt in ihre Richtung. *Du wirst überleben und ich werde dich finden und dir dabei zusehen, wie du dieses Arschloch ein für alle Mal tötest.*

Ich schluckte schwer und widmete mich Jas' Frage. „Ich war noch nicht draußen, um die Barriere zu inspizieren. Aber Cillian hat die Vermutung, dass die Explosion der Halskette eine Art Hintertür geschaffen hat, durch welche sie sich teleportieren konnten."

„Und vermutlich hat das auch den Standort der Insel offengelegt", murmelte Kieran.

Ich stimmte mit einem Nicken zu. „So hat Fare Kyra nach all der Zeit aufspüren können. Als ihr Gefährte hätte er die Barriere durchqueren können. Aber er hat es weiter getrieben und ein paar Freunde mitgebracht."

„Also muss die Halskette doppelt verhext gewesen sein."

„Stimmt. Aber weiß Myon etwas darüber?" Es war

dieselbe Frage, die ich Cillian vor zwei Stunden gestellt hatte.

Obwohl Myon den Ortungszauber erwähnt hatte, so hatte er nichts davon gesagt, dass sie auch einen Durchgang durch die Barriere schaffen konnte.

„Ich schätze, das versucht Cillian in diesem Moment herauszufinden." Kieran formulierte es als Aussage, nicht als Frage.

Ich nickte.

„Die plausibelste Theorie ist, dass die Vampire mittels eines Tarnkappenflugzeugs angekommen sind und dann auf das Signal gewartet haben, zu teleportieren", fasste ich zusammen.

Das war nur eine Vermutung, da Vampire keine großen Distanzen via Teleportation zurücklegen konnten. Einige waren nicht einmal in der Lage dazu, zu teleportieren.

„Hört sich plausibel an." Er hielt einen Augenblick inne und sein Blick wurde schärfer. „Irgendeine Idee, wohin Fare Kyra gebracht hat?"

Ich schüttelte meinen Kopf. „Ich kann ihre Gedanken nicht hören. Aber ..." Ich verstummte und zog meinen Mund nach unten. „Aber ich kann ihren Schmerz spüren."

Was auch immer dieser Mistkerl ihr antat, genügte, um ihre Wölfin dazu zu animieren, sich ängstlich jaulend bei mir zu melden. Das Jaulen kam nur sporadisch.

Doch der Schmerz, der durch unser Band zu mir fand, war konstant.

„Dann müssen wir Fritz aufwecken und in Erfahrung bringen, was er weiß", sagte Kieran und ging auf den Omega zu. „Wir müssen uns auch einen Verteidigungsplan überlegen. Die Barriere wurde durchbrochen und es wird dauern, bis ich und Quinnlynn sie reparieren können. Vor allem, weil wir noch nicht wissen, was genau mit ihr geschehen ist."

„Du kannst den Schaden nicht spüren?"

„Nein." Der einsilbigen Antwort wohnte eine Unmenge an Frustration inne. „Die Magie fühlt sich meiner Meinung nach richtig an."

Ich runzelte die Stirn. Denn ich spürte diese Falschheit noch immer. Ein Hauch von etwas, das nicht ganz richtig war.

Vielleicht war es der verbleibende Gestank von Vampir-Alpha, der in den Korridoren verweilte.

Oder die Tatsache, dass Fare eine ungeheuer starke mentale Verbindung zu Fritz hatte.

Aber ich ahnte, dass mehr dahinter steckte.

„Nur Omegas und ihre Gefährten können die Barriere durchbrechen." Kyra hätte zweifellos die Augen gerollt, wenn sie mich die Aussage hätte wiederholen hören.

Aber in diesem Augenblick war es wichtig.

Denn jetzt fiel mir etwas ein, woran ich bisher nicht gedacht hatte.

Eine Frage, die ich während meiner Führung hätte stellen sollen und nicht hatte, weil ich zu abgelenkt von meiner neuen Gefährtin gewesen war.

Ich sah zu Jas. „Wie durchleuchtet ihr Omegas?"

Sie starrte mich an. „Was meinst du damit?"

„Überprüft ihr den Hintergrund der Omegas, bevor ihr sie hier verweilen lässt? Oder gebt ihr allen Zutritt zum Refugium, die es durch die Barriere schaffen?"

Kieran hatte sich neben Fritz gekniet, sah jetzt jedoch interessiert auf. Sein Ausdruck sagte mir, dass er bisher auch nicht daran gedacht hatte und ebenfalls genervt darüber war.

„Na ja, ja. Wir sind ein sicherer Hafen für alle Omegas. Wir bieten ihnen allen ein Zuhause."

„Aber überprüft ihr, ob sie einen Gefährten haben?", hakte ich nach.

Sie runzelte die Stirn. „Nur unverpaarte Omegas oder Omegas, die vor ihren Gefährten auf der Flucht sind, kommen hierher. Sie landen alle durch Missionen hier, die Omegas in Not retten. Und wir verraten Außenseitern den Standort der Insel nicht."

„Wie überprüft ihr das?", wollte Kieran wissen. „Oder nehmt ihr einfach alle beim Wort?"

Jas schluckte schwer. Es war das erste Anzeichen von Unruhe, das durch ihre sonst stoische Maske brach. „Wir hatten nie Anlass, jemanden infrage zu stellen. Omegas passen aufeinander auf."

Grundsätzlich stimmte ich dem zu.

Aber es gab immer Ausreißer. Diejenigen, die sich nicht an die Regeln hielten. Darum waren auch Sicherheitskontrollen ins Leben gerufen worden. Vertrauen musste man sich verdienen. Es wurde einem nicht ohne Weiteres entgegengebracht.

„Wir müssen Quinnlynn heranziehen", sagte Kieran kurz darauf. „Aber zuerst …" Er presste seine Hand an Fritz' Stirn und verzog das Gesicht. „Ich verstehe, warum du ihn nicht vollständig geheilt hast."

„Nicht, weil ich es nicht versucht habe", gab ich zu.

Kieran gab ein Summen von sich. „Das wird eine Weile dauern. Ruf Cillian an. Sag ihm, dass ich ein Treffen mit den Alpha-Prinzen des Blutsektors für morgen einberufen will. Wir müssen ein ernstes Gespräch über die Zukunft des Refugiums führen."

KYRA

Welcher Tag ist heute?

Wo bin ich?

Wer bin ich?

Ein Nervenbündel. Heiß. Kalt. Allein. *Feucht.*

Es war das reinste Inferno hier drinnen. Moschusartig. Schwül. *Falsch.*

Meine Wölfin wimmerte in meinem Kopf. Dann knurrte sie, als ein weiterer Schuss Feuer durch meine Adern zu rauschen schien.

Ein unbarmherziges Lachen folgte.

Und Worte. Etwas von wegen, dass es fast Zeit wäre.

Ich wand mich. Flehte um Erlösung. Ersuchte stöhnend um Trost.

Kyra, knurrte eine tiefe Stimme in meinen Gedanken. *Sag mir, wo du bist.*

Meine Wölfin sagte mir, dass ich antworten sollte, doch meine Gedanken konnten die Worte nicht formen. Denn ich hatte keine Ahnung, wo ich war. An einem Ort mit mildem Klima. Vielleicht auf einer Insel. Aber nicht auf der richtigen Insel. Das hier war nicht mein Zuhause. Das hier war die Hölle.

Kämpfe, sagte diese männliche Stimme. *Kämpfe gegen die Kontrolle an und sprich mit mir.*

Mein Tier wimmerte. Sie wollte dem Befehl sehnlichst Folge leisten, doch es war meine vampirische Seite, die derzeit in Kontrolle war.

Ich rollte mich zu einer Kugel ein, während die Flammen meinen Körper fluteten.

Ich war *bedürftig*. Was genau ich brauchte, konnte ich nicht sagen. Ich wusste nur, dass ich mich leer fühlte. Allein. Und ich hatte Schmerzen.

Aber diese Stimme flüsterte immer wieder in meine Gedanken.

Ich werde dich retten, versprach er. *Gib jetzt nicht auf.*

Ich schloss meine Augen und sah einen Alpha mit stechend blauen Augen vor mir. Mit einem kantigen Kinn. Mit dichtem schwarzem Haar. Mit einer Augenbraue, die er immerzu hochgezogen hatte. Ein verbogener Hunger in diesem Blick.

Meine Schenkel spannten sich an.

Wenn er hier gewesen wäre, hätte er mir gegeben, was ich brauchte. Was ich begehrte. Wonach ich mich *verzehrte*.

Aber er war nicht hier.

Stattdessen berührte etwas Kaltes meine Haut. Etwas Unwillkommenes.

„Ich kann ihn in deinen Gedanken spüren", sagte diese unwillkommene Präsenz an mein Ohr gedrückt. „Sag mir, wer er ist, und ich werde dir geben, was du willst."

Nein, knurrte meine Wölfin und riss mich für einen schrecklichen Moment aus meinem deliriösen Zustand.

Ein feuchtnasser Ort voller Grün und Steinen tat sich auf. Plötzlich sah ich das *Zimmer*, in dem ich mich aufhielt.

Ich bin in einer Höhle, staunte ich. *In einer waldähnlichen Höhle. Nicht in meiner Lieblingshöhle. Kein Eis. Zu heiß. So feucht.*

Gut, Kyra. Was kannst du mir sonst noch sagen?, fragte diese männliche Stimme.

„Wer ist er?", fragte die andere und seine Fangzähne versenkten sich im nächsten Augenblick in meinem Hals. *„Sag mir, wer er ist."*

Meine Wölfin schnappte innendrin mit ihren Zähnen und weigerte sich, ihm zu geben, was er wollte. *Nein*, schien sie zu wiederholen. *Verpiss dich.*

Kyra …

Mein Tier beruhigte sich. *Diese* Stimme mochte sie. *Gefährte*, dachte sie. *Alpha.*

Ja, erwiderte er. *Ich bin hier, kleine Mörderin. Hilf mir, dich zu finden.*

Ich versuchte mich an dieser Stimme festzuhalten und gegen die andere in meinem Ohr anzukämpfen. Aber ein weiterer brennender Biss verunmöglichte mir das Sprechen.

Dein Bewusstsein gehört dir, sagte diese beruhigende Stimme. *Verlass dich auf deine Wölfin. Sie wird dich führen.*

Sein Schnurren folgte, der Laut ein Rumpeln in meinem Bewusstsein, das mir eine kurze Erleichterung vom Brennen in meinen Adern verschaffte.

Lorcan, keuchte ich.

Ich bin hier. Sag mir, wo ich dich finden kann.

Ich … Ich bin nicht in Grönland. Ich bin an einem tropischen Ort. In einer Höhle. Ich kann den Ozean riechen. Daher kamen das Salz und die feuchte Luft. *Ich glaube, wir sind auf einer Insel.* Ich wusste nicht, was mich zu dieser Annahme führte. Es war mein Instinkt, der mir das sagte. Vermutlich wegen all des Wassers.

Kannst du durch die Schatten reisen?, fragte er.

Doch die andere Präsenz unterbrach mich, bevor ich antworten konnte, indem er seine Fangzähne in meiner Brust versenkte.

Noch mehr Gift flutete meine Adern.

Hitze und Wahnsinn.

Er verlangte, dass ich ihm einen Namen nannte. Ihm eine Identität gab. Einen Weg, um den *Eindringling* in meinem Kopf zu finden.

Aber er war kein Eindringling.

Er war der Gefährte meiner Wölfin. Mein wahrer Alpha. Der Alpha, dem ich in so kurzer Zeit zu vertrauen gelernt hatte.

Derjenige, der mich nie gezwungen hatte, der mich nie benutzt hatte. Der mich nie *betäubt* hatte.

„Wer ist er?", fragte Fare abermals mit forderndem Tonfall. Mein Kopf klärte sich trotz des Feuers, das in mir wütete, kurz.

Warum hat es Fritz dir nicht gesagt?, fragte ich mich. *Wenn er deine Quelle war – derjenige, der dir geholfen hat, mich zu finden –, warum hat er dir diese Information dann vorenthalten?*

Das ergab keinen Sinn.

Hatte Fritz sich gegen Fares Kontrolle gewehrt? Wie ich es jetzt auch tat?

Vorher hatte ich damit gehadert, gegen die Kontrolle, die Fare über mich hatte, anzukommen. Mein Körper und meine Seele waren süchtig nach seinem Biss gewesen. Aber ich hatte einen Weg gefunden, um mich lange genug zu konzentrieren, damit ich ihn hatte erstechen können.

Ich hatte diesen Fokus in meiner Wölfin gefunden.

Weil sie nicht an ihn gebunden gewesen war. Weil sie ihn nie als ihren Gefährten angenommen hatte. Weil sie ihn nie *begehrt* hatte.

Und jetzt begehrte sie jemand anderen. Einen besseren Alpha. *Lorcan.*

Fare knurrte und sein Biss wurde bösartig während gleichzeitig eine Nadel in meinen Arm drang. „Du wirst mir sagen, was ich wissen will", knurrte er mit untypisch wütendem Tonfall.

Er spielte immerzu Spielchen. Lachte über meine Qualen. Neckte mich mit Zuneigung, bevor er mich seinen hungrigen Freunden zum Fraß vorwarf.

Diese Wut war neu, beinahe territorial in ihrer Natur.

Alphas teilten normalerweise nicht gerne. Aber er hatte mich immer herumgereicht und mich mit den Vampiren in seinem Nest geteilt. Er hatte sogar eine Willkommensparty vorgeschlagen, um diese alten Erinnerungen wieder aufleben zu lassen.

Und doch schien allein der Gedanke daran, mich mit einem weiteren Gefährten teilen zu müssen, ihn fuchsteufelswild zu machen.

Ich hielt an dieser Einsicht fest, während ein Schrei aus meinem Rachen drang. Er betäubte mich mit seinem Gift. Zwang meine vampirischen Instinkte, sich zu zeigen und an die Oberfläche zu treten.

Er wollte, dass ich meine Läufigkeit begann. Dass ich mich in meinem *Verlangen* verlor. Dass ich zu einem hirnlosen Spielzeug wurde, das er zu seinem Vergnügen und für Blut benutzen konnte.

Je tiefer er in meine Adern drang, desto konfuser wurden meine Gedanken.

Aber dieses Schnurren verebbte nie. Es hallte in meinem Hinterkopf wider und war eine konstante Erinnerung daran, dass ich nicht allein war. Dass ich mehr als nur ein Vampir war.

Ich bin zu einem Teil ein Wolf.
Und Wölfe ... haben Klauen.

LORCAN

ZWEI TAGE.

Vierzehn Stunden.

Und siebenundzwanzig Minuten.

So lange war Kyra jetzt schon verschwunden. So lange befand sie sich schon in den Fängen eines wahnsinnigen Alphas.

Ich ging, von einem Bildschirm verfolgt, in ihrem Nest auf und ab.

Kieran und Quinnlynn waren mit ihrem zweiten Tag von Treffen mit den Alpha-Prinzen beschäftigt. Wir hatten den Großteil des ersten Tages damit verbracht, Fragen über die Sicherheit im Sektor zu stellen – alles unter Vorgabe, dass Kierans Territorium einen Sicherheitsvorfall erlitten hatte.

Er hatte nicht gelogen.

Er hatte ihnen nur nicht gesagt, welcher Teil von seinem Territorium gefährdet war.

Nach mehrstündigen Gesprächen hatte Quinnlynn sich geräuspert. Allem Anschein nach hatte sie ihre Entscheidung gefällt. Kieran hatte ihr die Wahl gelassen.

Er würde ihre Wünsche respektieren und so vorgehen, wie sie wollte – ganz egal, wie sie sich entschied.

Es gab genug gebundene Alphas im Blutsektor, die Kieran dem Refugium zuteilen konnte, um sie zu beschützen, aber er hatte angemerkt, dass die Auswahl an Kandidaten breiter wäre, wenn sie die Alpha-Prinzen dazu einluden, ihre eigenen Kandidaten ins Rennen zu schicken.

Am späten Morgen hatte Quinnlynn sie alle darüber informiert, dass sich das Sicherheitsproblem nicht auf den Blutsektor, sondern auf das Refugium bezog. Dann hatte sie offenbart, was ihre Familienmagie beinahe ein Jahrtausend lang beschützt hatte.

Dieses Thema bildete den letzten Gesprächspunkt, bevor alle den Nachmittag darauf verwendeten, sich auszuruhen.

Jetzt, wo den Alpha-Prinzen eine Gelegenheit eingeräumt worden war, die Information zu verdauen, saßen sie alle um einen Konferenztisch im Blutsektor herum und diskutierten, wie sie weiterverfahren sollten.

„Wenigstens verstehen wir jetzt, warum du uns die ganze Nacht lang über unseren Sektor ausgefragt hast", hatte Alpha Cael gesagt, als das gestrige Treffen geendet hatte. „Gut zu wissen, dass wir deine Zustimmung haben."

„Es ging dabei nicht um meine Zustimmung. Ich musste wissen, ob ihr uns in der derzeitigen Situation behilflich sein könnt", hatte Kieran ausdruckslos gesagt. „Und meine Gefährtin musste entscheiden, ob sie euch das jahrhundertealte Familiengeheimnis anvertrauen konnte."

Obwohl ich nicht persönlich vor Ort gewesen war, konnte ich sehen, dass Quinnlynn die Entscheidung nicht leicht gefallen war. Sie hatte die Information mit gelassener Miene vorgetragen, doch ihren dunklen Augen hatte ein besorgter Blick innegewohnt.

Das Refugium war ihr Schutzgebiet gewesen, und sie schien damit zu hadern, die Verantwortung für diesen Ort mit anderen zu teilen. Aber Kieran würde ihr helfen. Es lag nicht daran, dass sie nicht in der Lage war, sich selbst darum zu kümmern. Es ging nur darum, dass sie nicht die einzige Schutzbeauftragte war.

Ihre Mutter hatte ihren Vater gehabt.

Jetzt hatte sie Kieran.

Mich.

Cillian.

Und einen Raum voller Alpha-Prinzen.

„Sag uns, was du brauchst", sagte Prinz Lykos und kam direkt auf den Punkt des heutigen Treffens. Sein weißer Haarschopf und die silbrigen Augen passten zum Namen seines Sektors – *Gletschersektor*. „Du hast unsere volle Unterstützung."

Prinz Cael und Prince Tadhg nickten zustimmend.

Die anderen drei Alpha-Prinzen am Tisch starrten Quinnlynn bloß mit erwartungsvollen Blicken an. Sie nickten nicht, aber die Tatsache, dass sie ihr ihre ungeteilte Aufmerksamkeit schenkten, sagte mir alles, was ich wissen musste. Sie ließen die Omega-Königin Entscheidungen hinsichtlich des Refugiums treffen. Ganz so, wie es sein sollte.

Kieran schenkte ihr auch seine vollumfängliche Aufmerksamkeit, sein Kinn leicht gesenkt, um sie zu ermutigen. *Sag ihnen, was du brauchst*, schien er ihr zu sagen.

Ich wusste bereits, was zu sagen ihr vorschwebte, da wir drei und Cillian das Thema bereits gestern Abend besprochen hatten.

Die Regeln der Barriere waren klar: Omegas und ihre Gefährten konnten sie passieren. Alle anderen nicht.

Darum war ich im Refugium geblieben – ich war mit einer der Bewohnerinnen der Insel verbunden. Es spielte keine Rolle, dass Kyra nicht hier war, sie hatte ein Nest hier. Einen sicheren Hafen. Und das genügte der Magie, um mich einzulassen.

Aber da der Zauber noch immer angeschlagen war, hatte ich beschlossen, hier zu verweilen und über die Insel zu wachen, während Kieran die Angelegenheiten mit Quinnlynn und den Alpha-Prinzen regelte.

Und jetzt würden sie unseren Plan ausführlich beschreiben.

Einen Plan, der den Umzug von gewissen Alpha- und Omega-Paaren bedingte.

Natürlich würde es aus freiem Willen geschehen müssen. Und die Paare würden überprüft werden müssen, bevor man ihnen ein Zuhause im Refugium anbot. Aber die Idee war, mindestens ein Dutzend Paare im Refugium unterzubringen. Die Rolle der Alphas dieser Paare war, die Omegas, die auf der anderen Seite dieser Barriere lebten, zu beschützen.

Quinnlynn fasste den Plan zusammen und wartete dann darauf, dass die Alpha-Prinzen ihre Gedanken dazu teilen würden.

„Wer wird der Alpha des Refugiums sein?", fragte Prinz Cael, nachdem er die Information verdaut hatte. Es war dieselbe Frage, die Cillian gestellt hatte, nachdem wir den Plan als Gruppe besprochen hatten.

„Technisch gesehen Kieran", informierte Quinnlynn sie.

Aber wie Cillian schüttelte Prinz Cael seinen Kopf. „Ihr braucht einen Sektoren-Alpha, der die anderen anführen kann. So funktionieren Rudel nun einmal. Andernfalls werden die Alphas vor Ort sich irgendwann um ihre Positionen streiten. Jemanden zu haben, der die Führung übernimmt, hilft, die Wogen zu glätten und eine klare Entscheidungshierarchie zu schaffen."

„Da stimme ich dir zu", sagte Alpha Tadhg mit tiefer und grummeliger Stimme. Er war der größte Alpha am Tisch. Er verfügte über eine gigantische Statur, gepaart mit einem kahlgeschorenen Kopf und intelligenten grünen Augen. „Und es muss jemand sein, der die anderen in Schach halten kann. Andernfalls wird seine Position angefochten werden."

„Fürs Erste wird Lorcan als Sektoren-Alpha fungieren", kündigte Kieran an und seine Worte ließen mich um ein Haar zusammenzucken. Zum Glück hatte ich sie bereits erwartet. Wir hatten diese Unterhaltung geführt, als ich beschlossen hatte, als Beschützer des Refugiums hierzubleiben.

Vielleicht nur vorübergehend.

Vielleicht auch nicht.

Das würden wir noch sehen.

Tatsache war, dass ich Kieran gegenüber eine Pflicht zu erfüllen hatte und diese Insel eine seiner Verantwortlichkeiten war. Da von seinen Elitemännern nur ich über die Fähigkeit verfügte, die Barriere zu passieren, sah es meine Pflicht vor, dass ich hier blieb und die Bewohner des Refugiums beschützte.

Ich lehnte mich gegen die Wand von Kyras Gemächern und starrte auf den Bildschirm – im Wissen, dass jeder Alpha-Prinz seinen Blick auf das projizierte Bild von mir im Zimmer gerichtet hatte.

„Nimmst du die Position an?", fragte Alpha Cael.

Ich zuckte mit der Schulter. „Ich bin mit der stellvertretenden Anführerin des Refugiums verpaart. Es ist der einzig logische Schritt." Wir hatten ihnen noch nicht gesagt, dass die stellvertretende Anführerin vermisst wurde. Darauf würden wir als Nächstes zu sprechen kommen.

„Und außerdem ist er mächtig genug, um eine

Handvoll Alphas zu zähmen", ergänzte Kieran. „Ich glaube, dem können wir alle beipflichten."

Keiner am Tisch widersprach Kieran. Sie nickten bloß zustimmend.

Ich war mächtig genug, um einer von ihnen zu sein. Und Cillian auch. Der einzige Grund, aus dem wir keinen Prinzentitel hatten, war, dass wir über keine eigenen Sektoren verfügten, über die wir herrschten.

„Also ... Ihr braucht Alpha-Omega-Paare", sagte Prinz Cael und kam damit auf den eigentlichen Gesprächspunkt zurück.

„Ich nehme an, dass die Bewerbungen direkt an Lorcan gesandt werden sollen, damit er sie beurteilen kann? Oder sollen wir sie euch beiden zukommen lassen?"

„Ihr könnt sie an Quinnlynn senden. Sie wird sie als Erste prüfen und diejenigen, die sie für passend empfindet, an mich und meine Elitemänner zur Beurteilung weiterleiten", erwiderte Kieran.

Prinz Cael nickte erneut, bevor er sich mit seinen Fingern durch sein dunkelbraunes Haar fuhr. „Also, sollen wir das Sicherheitsproblem besprechen, das diesen Kurs einzuschlagen erforderlich gemacht hat?"

Cillian räusperte sich. Er hatte zu Kierans Linken gesessen, Quinnlynn zur Rechten meines Cousins. „Um das zu verstehen, braucht ihr etwas Hintergrundwissen."

Kieran legte seinen Kopf schief und bedeutete Cillian, fortzufahren. Da er derjenige war, der die vergangenen paar Tage damit zugebracht hatte, sich durch Myons und Fritz' Gedanken zu wühlen und Fragmente zu finden und zusammenzufügen, ergab es Sinn, dass er die Situation erklärte.

„Wie Königin Quinnlynn bereits erklärt hat, bietet das Refugium jenen Schutz, die ihn brauchen", fasste Cillian zusammen. „Was sie noch nicht erwähnt hat, ist, dass

Seamus und seine Elitemänner vor seinem Tod Alpha-Clans oder Nester anvisiert haben, in denen Omegas gegen ihren Willen festgehalten wurden. Sie haben die Alphas getötet und den Omegas angeboten, sich im Refugium zu erholen."

Das waren allesamt Details, die Myon und Fritz geliefert hatten. Aber Quinnlynn hatte selbst noch einige Informationen ergänzt. Obwohl sie nicht vollends gewusst hatte, worauf die Missionen abgezielt hatten, so hatte sie sich mit mehreren Omegas angefreundet, die aufgrund der Expeditionen ihres Vaters zum Refugium gefunden hatten.

Kyra war eine dieser Omegas gewesen.

„Wie ihr euch vorstellen könnt, hat diese Arbeit ihm ein paar Feinde eingebracht", fuhr Cillian fort. „Einer dieser Feinde ist Alpha Fare."

Einige der Prinzen tauschten Blicke aus. Sie hatten offensichtlich vom berüchtigten Vampir gehört.

„Wie es scheint, hat König Seamus einen gravierenden Fehler begangen, als er angenommen hat, dass den uralten Vampir-Alpha zu köpfen ausreichen würde, um ihn auszuschalten. Er hat einen seiner Elitemänner zurückgelassen, um den Tatort zu reinigen, während er sich um die Verletzungen einer Omega gekümmert hat."

Kyra, ging mir durch den Kopf – jetzt, wo ich die offizielle Geschichte gehört hatte.

Fares Tod hatte ihr den Titel als Alpha-Mörderin eingebracht. Was der V-Clan aber nicht wusste, war, dass sie Hilfe von einem anderen Vampir-Alpha gehabt hatte. Er hatte ihr den Dolch gegeben, den sie gegen Fare eingesetzt hatte.

In einem intimen Moment.

Etwas, woran ich nicht denken wollte.

Zum Glück hatte Cillian den Vorfall aus Fritz' Kopf

geholt und ging nicht weiter darauf ein. Er beschränkte sich auf die nötigen Details.

„Leider war der Elitemann, der mit der Aufgabe betraut wurde, empfänglich für die Kontrolle von Alpha Fare", fuhr Cillian fort.

„Und leider war dieser Elitemann einer der einzigen Beschützer der Insel."

Die Alpha-Prinzen tauschten abermals einen Blick aus.

„Er ist ein Omega", sagte Kieran, im Wissen, dass die Prinzen sich vermutlich wunderten, warum er auf der Insel zugelassen war. „Fare hat ihn über hundert Jahre lang benutzt. Er ist ein Traumwandler. Aber seine Kontrolle hatte seine Grenzen."

Cillian nickte und erklärte dann, was er in Fritz' Gedanken gefunden hatte.

Fare hatte Fritz befohlen, hinsichtlich der Überreste zu lügen – zu sagen, dass er sie verbrannt hatte, obwohl das nie geschehen war. Dann hatte er einen Kontrollstrang in Fritz' Bewusstsein zurückgelassen. Einer, der es Fare erlaubt hatte, eine Verbindung zu Fritz aufrechtzuerhalten. Eine Verbindung, an die Fritz sich nur erinnern konnte, wenn Fare diese aktivierte. Was bedeutete, dass immer dann, wenn Fritz von Fare träumte, seine Erinnerungen zurückkehrten. Und wenn er aufwachte, hatte er alles vergessen.

„Er hat die Verbindung nicht umgehend aktiviert", fuhr Cillian fort. „Er hat einige Jahre gewartet, nachdem Seamus sein Nest ausgelöscht hatte, und sichergestellt, dass alle ihn für tot hielten. Erst danach hat er angefangen, sich in Fritz' Träumen zu zeigen. Aber wie ich schon sagte, seine Kontrolle hat ihre Grenzen."

Er meinte das wortwörtlich.

Fares mentale Kontrolle über Fritz war aufgrund der physischen Distanz zwischen den beiden schwach gewesen.

Was bedeutete, dass Fare sich gut hatte überlegen müssen, was er Fritz auftrug.

Er hatte gewusst, dass Kyra zu einem geheimen Unterschlupf gebracht worden war. Einer, von dem er geglaubt hatte, er läge im Blutsektor. Und immer, wenn er Fritz in seinen Träumen hatte darüber ausfragen wollen, war er aufgewacht. Es hatte nicht lange gedauert, bis Fare begriffen hatte, dass Fritz' treue Ergebenheit gegenüber dem Refugium Fares Kontrolle überstieg.

Also war er die Sache anders angegangen. Er hatte ihre Traumsequenzen stattdessen dazu benutzt, mehr über Seamus' Missionen herauszufinden. Über die Schlüsselpersonen. Die *Elitemänner*.

An dieser Stelle kam Myon ins Spiel.

V-Clan-Wölfe waren für ihre Verschwiegenheit bekannt. Nur selten ließen wir Außenstehende von unserer Existenz wissen. Wir zogen es vor, Außenstehenden gegenüber mysteriös zu wirken. Unbekannt. Wie *Geister*.

Aber Fritz hatte Fare in diesen Träumen genug Details offenbart, damit dieser eine andere Quelle finden konnte: *Myon*.

Aber – zu Fares Unglück – kannte die Quelle, an die er sich gehängt hatte, das Refugium nicht. Nur, dass es existierte, warum es existierte und dass es von der Magie der MacNamara-Familie beschützt wurde.

Also hatte Fare Myon dazu gezwungen, Kianas Halskette zu verzaubern. Seamus hatte sie bereits mit einem Ortungszauber versehen – etwas, das er getan hatte, um Kiana MacNamara zu beschützen. Er hätte sich nur in Notfällen aktivieren sollen.

Doch dann hatte Myon den Bann verändert, sodass er all ihre Bewegungen aufzeichnete.

Und er hatte dem Schmuck einen Code beigefügt, aufgrund welchem er wie ein Leuchtfeuer zu strahlen begonnen hätte, wenn er in die Nähe der magischen Barriere, die die Insel schützte, gekommen wäre.

„Das war vor über einem Jahrhundert", sagte Alpha Lykos staunend und mit aufgerissenen Augen, während Cillian erzählte, was passiert war.

„Er hat sich Zeit gelassen", erwiderte Cillian. „Und er hat die MacNamaras indirekt umgebracht."

Quinnlynn zuckte zusammen, was Kieran umgehend seinen Arm um ihre Schultern legen ließ. „Sie hatten erkannt, dass die Halskette verzaubert war, und brachten ihr Flugzeug deswegen zum Absturz."

„Fare hat Myon am Tatort abgefangen." Cillians Tonfall war verbittert, vorwiegend, weil er sich die Blackbox vor nur einer Woche angesehen und abgesegnet hatte. Und diese war – wie wir jetzt wussten – von Fare manipuliert worden. „Er hat Myon dazu gebracht, zu glauben, dass es sich um einen Unfall gehandelt hat, und hat ihm die Blackbox als Beweisstück gegeben. Dann hat er ihm die MacNamara-Diamanten überreicht und ihm gesagt, dass er sie mit einem neuen Zauber belegen sollte, der den Schmuck zum Explodieren bringen würde, sobald er beim Refugium ankam."

„Ja, und hat ihn dann gezwungen, alles zu vergessen", ergänzte Kieran ausdruckslos.

Cillian nickte. „Und hat ihm dann bedeutet, mit Fritz zusammenzuarbeiten und sich um die Situation mit Quinnlynn zu kümmern."

Dann erklärte er, wie Fare seine Traumverbindung zu Fritz benutzt hatte, um den Glauben zu streuen, dass Alphas nicht zu trauen war und Zweifel darüber zu erwecken, was mit den MacNamaras wirklich geschehen war und hat ihn dann dazu angetrieben, sicherzustellen, dass Quinnlynn sich nicht übereilt für einen Gefährten entschied.

Der Zweck der Sache war aber nicht der gewesen, sie auf eine Mission um den Globus zu entsenden.

Der Zweck der Sache war jener gewesen, Quinnlynn dazu zu bringen, zum Refugium zurückzukehren, um dort Sicherheit zu suchen – mit der Erwartung, dass sie die MacNamara-Diamanten mitnehmen würde.

„Sie wären explodiert, sowie sie die Barriere überquert hätten, und hätten das letzte lebende Mitglied der MacNamara-Linie ausgelöscht und damit den Zauber gelöst", schloss Cillian.

„Aber warum so weit gehen, wo er doch nur den Standort der Insel ermitteln musste?", wollte Prinz Tadhg mit gerunzelter Stirn wissen. „Er war mit Kyra verbunden, oder etwa nicht? Ich gehe davon aus, dass sie die ganze Zeit über im Refugium gelebt hat, nicht wahr?"

Cillian hatte ihren Namen im Gespräch nicht erwähnt, aber ihr Ruf als Fares Mörderin hatte sie in Alpha-Kreisen etwas berüchtigt gemacht, weshalb es mich nicht überraschte, dass Prinz Tadhg ihre Identität kannte.

„Er kannte die Bedingungen der magischen Barriere nicht", murmelte Quinnlynn. „Er glaubte, dass sie deaktiviert werden musste, damit er sie passieren könnte."

Weil Fritz ihm nie etwas darüber verraten hatte. Immer dann, wenn Fare Fritz über das Refugium ausgefragt hatte, war er aufgewacht und hatte den Traum vergessen. Und Myon hatte keine Auskunft über den Zauber geben können.

Und wie es schien, war Fritz nach einigen Jahren gedämmert, dass sich in seinem Kopf etwas Ungewöhnliches abspielte. Darum hatte er vorweg dieses Video aufgezeichnet und dafür gesorgt, dass sich ein Feature für automatisches Aufzeichnen in seinen Gemächern aktivierte, falls er jemals die Sicherheitskameras auf der Insel ausschaltete.

Weil er gewusst hatte, dass er das nie aus freiem Willen tun würde.

„Was ist dann passiert?“, wollte Prinz Cael wissen.

Kieran erklärte, wie er und Quinnlynn herausgefunden hatten, dass die Diamanten an ihren Kräften zehrten und wie er sie ihr abgenommen und durch die Barriere gebracht hatte. Dann hatte er sie in den Ozean geschmissen, just bevor sie explodiert waren.

„Der einzige Grund, weshalb sie nicht anlässlich ihrer Ankunft explodiert sind, war jener, dass sie durch die Schatten in das Refugium gereist ist“, ergänzte Cillian und erklärte, was er von Myon in Erfahrung gebracht hatte. „Der Zauber war so konzipiert, dass er sich nur dann aktivierte, wenn die Halskette durch eine physische verzauberte Barriere geführt wurde. Das Reisen durch die Schatten wurde dabei nicht berücksichtigt.“

„Was Quinn sozusagen das Leben gerettet hat“, bemerkte Kieran. Dann erzählte er, was gestern geschehen war. Wie die Vampire durch die magische Barriere geschlüpft waren und die Insel angegriffen hatten.

Es hatte vier Opfer gegeben.

Und über zwei Dutzend Verletzte.

Alles in Minutenschnelle.

Was dieses Treffen auch notwendig gemacht hatte. In das Refugium war eingedrungen worden. Es war noch immer gefährdet und brauchte Schutz.

„Es gibt nur eines, was ich nicht verstehe“, sagte Alpha Lykos mit bedächtigem Tonfall. „Wenn die Halskette außerhalb der Barriere explodiert ist, wurde sie nicht zerstört, oder? Die Vampire verfügten über den Standort – ich nehme an, aufgrund der Detonation –, aber wie ist es ihnen gelungen, die Barriere zu überqueren?“

„Das haben wir noch nicht ermitteln können“, gab Cillian zu.

„Und genau deswegen ist Lorcan dort und nicht hier." Kieran sah mich auf dem Bildschirm an, bevor er sich wieder den Alpha-Prinzen zuwandte. „Das Refugium ist gefährdet, weshalb wir eure Hilfe brauchen."

Ich begann zustimmend zu nicken, spannte mich dann jedoch an, als Kyras Brüllen durch meine Gedanken raste.

Ich hielt mir den Kopf. Mein Wolf knurrte angesichts der Schmerzen, die ihr Tier durchlitt.

Kyra!

Sie stöhnte mehrere Worte, die ich nicht entziffern konnte. Ihre Gedanken schienen angesichts dessen, was dieser Mistkerl ihr antat, zu zerbrechen.

„*Verdammt*", keuchte ich und sank auf meine Knie.

Ich war mir vage bewusst, dass Kieran und Cillian etwas mittels des Bildschirms sagten, aber ich konnte sie aufgrund des Heulens in meinem Kopf nicht hören.

Ihr Wolf war *sauer*.

Sprich mit mir, verlangte ich. *Sag mir, was los ist.*

Sie hatte stundenlang nichts gesagt und unsere Verbindung schien immer wieder unterbrochen zu werden. Doch im Moment fühlte sie sich besonders stark an.

Kyra. Ich unterlegte die Worte mit einem forcierten Schnurren, weil ich ihr Bedürfnis nach Trost spürte. *Ich bin hier, kleine Mörderin. Ich bin hier.*

G-gift, flüsterte sie. *G-gezwungen … E-er … Läufigkeit …*

Ich schluckte schwer. *Er löst deine Läufigkeit mittels Zwang aus.* Ich hatte nicht gewusst, was er ihr tagelang angetan hatte, hatte aber geahnt, dass es etwas in der Art gewesen sein musste. Ich hatte endlos viele Stunden darauf verwendet, mir Karten anzusehen und ihren Standort ausfindig zu machen. Aber es gab zu viele unbewohnte *heiße* und *schwüle* Inseln.

Cillian hatte Myon und Fritz endlos darüber

ausgefragt, wo Fare sein könnte, aber keiner von beiden wusste es.

Offenbar hatte es einen Vampir-Alpha gegeben, der von innen Informationen zugespielt hatte, als sie Fares Nest angegriffen hatten. Aber sie hatten keine Ahnung, wie er jetzt zu erreichen war.

Vermutlich wäre er sowieso keine Hilfe gewesen.

Du musst dich wehren, sagte ich zu Kyra. *Ich weiß, dass du Angst hast. Ich weiß, dass du Schmerzen hast. Aber du bist stärker, als du denkst. Dein Bewusstsein gehört dir. Kämpfe gegen seine Kontrolle an. Reise durch die Schatten. Entfliehe ihm.*

Sie wimmerte. *K-kann nicht …*

Doch, kannst du, konterte ich und unterlegte die Worte mit einem dominanten Tonfall.

Ihr Wolf wimmerte, doch ihre Gedanken blieben still.

Komm schon kleine Mörderin. Reise durch die Schatten nach Hause. Reise durch die Schatten in dein Nest.

Keine Antwort.

Kyra.

Stille.

Kyra, reiß dich zusammen, verlangte ich. *Du bist stärker als das. Lass diesen Mistkerl nicht gewinnen.*

Noch immer nichts.

Aber ich *spürte*, dass sie irgendwo verweilte. Spürte ihre Wölfin, die mit mir in Verbindung zu treten versuchte. Die versuchte, auf ihren Alpha zu hören.

Reise durch die Schatten in dein Nest, wiederholte ich mit dominantem Tonfall. *Reise durch die Schatten in dein Nest. Auf der Stelle, verdammt noch mal.*

KYRA

Vor wenigen Minuten

ALLES BRENNT.

So heiß.

So schmerzhaft.

So viel Verlangen.

Ich wimmerte und meine Gliedmaßen zitterten, mein Herz pochte wie wild. Meine Welt *endete*. Es war zu viel. Nicht genug. Alles gleichzeitig. Und doch nichts.

Oh, bei den Göttern, was geschieht mit mir?

Zu viele Empfindungen.

Mehr.

Bitte!

Mein innerer Wolf knurrte, versuchte erfolglos, meine Aufmerksamkeit zu erhaschen. Sie war sauer und ich wusste nicht, warum. Das Einzige, was ich verspürte, war dieses *Verlangen*.

Ich wälzte mich hin und her, die Laken unter mir rau. Der Stoff rieb meine sensible Haut ab, was mich zusammenzucken und wimmern ließ.

„Ungezogene Omegas bekommen keine Nester", sagte

eine unbarmherzige Stimme. „Sie werden auf dem Betonboden gefickt."

Meine Schulter stieß gegen etwas Hartes und die Welt um mich herum zerfiel.

Ich war mir vage bewusst, dass ich gerade zu Boden geworfen worden war. Der Stein bohrte sich in meine Seite.

Mein inneres Biest schnappte, fuchsteufelswild über seine raue Behandlung, mit den Zähnen. Moment mal. Nein. Sie war wütend auf *mich*.

Ich blinzelte. *Was ist mit dir los?*

Kalte Finger vergruben sich an meiner Hüfte, drehten mich auf meinen Rücken und zwangen mich, meine Beine zu spreizen. „Bald ist es geschafft, Schoßhündchen. *Sag mir seinen Namen.*"

Wessen Namen?, fragte ich mich benommen. *Ich ... Ich will nicht reden. Ich will ...*

„Sag mir seinen Namen!", schrie der Alpha und ließ von meinen Hüften ab, um seine Hände an meinen Hals wandern zu lassen. Und dann drückte er zu. *„Auf der Stelle, Omega."*

Meine Wölfin brüllte daraufhin und weigerte sich, ihm zu geben, was er wollte. Es war ihr egal, wie viel Schmerzen er uns zufügte – sie würde ihm ihre Kontrolle nicht geben.

Ich versuchte zu verstehen, versuchte mich zu konzentrieren. Sie schien mein Bewusstsein eingenommen zu haben. Schien meine menschliche Gestalt zu kontrollieren, wie ich ihre wölfische Gestalt kontrollieren konnte.

Das ist unmöglich, murmelte ich deliriös. *Wie ...? Warum ...?*

Fare knurrte. Der Laut fand direkt an die Stelle zwischen meinen Beinen. Er hatte mich mehrere Male dort gebissen und mich gezwungen, sein Gift aufzunehmen, während er mir mehr und mehr davon mit diesen Spritzen einflößte.

Er sagte mir immer wieder, dass ich aufhören sollte, mich gegen ihn zu wehren. Dass ich aufhören sollte, gegen meine Läufigkeit anzukämpfen.

Ich ... Ich wusste nicht, wie ich aufhören sollte.

Meine Wölfin ließ es nicht zu. Nicht ganz. Nicht ...

Ich schluckte schwer, als seine Fangzähne sich in meinem Schenkel versenkten und meine Wölfin erneut dazu brachten, zu heulen – dieses Mal aus Schmerz. Jede Dosis Gift bedrohte ihre Kontrolle über meine Gedanken und machte es so viel schwieriger, die Kontrolle zu bewahren.

Kyra, flüsterte diese beruhigende Stimme.

Mh, Alp... Lor ...? Die Worte kamen mir durcheinander über die Lippen. *Kn... hm?*

Ich runzelte mental die Stirn, war mir nicht sicher, was ich zu sagen versuchte. Etwas wegen seines Knotens? Seiner Stimme? Seiner Alpha-Kraft?

Oh, bei den Göttern. An ihn zu denken, entfachte ein Inferno in meinem Kern. *Ja, ja bitte.*

„So ist es schon besser", säuselte die unwillkommene Stimme. „Aber ich will mehr Nektar."

Er gab die letzten beiden Worte mit einem Knurren von sich, was mich dazu zwang, ihm zu gehorchen. Ich wurde feuchter. Williger. *Bereitete mich vor auf ...*

... los ist.

Hm?, dachte ich, verwirrt über das Wort, das die andere Stimme gesagt hatte. Die Stimme in meinem Kopf. Diejenige, die ich begehrte.

War mir noch mehr von dem entgangen, was er gesagt hatte? Ich hoffte nicht. Seine Stimme gefiel mir ungemein.

Kyra, schnurrte diese Stimme. *Ich bin hier, kleine Mörderin. Ich bin hier.*

Meine Wölfin wimmerte, wollte, dass er physisch bei mir war und nicht nur präsent in meinem Kopf.

Weil wir läufig wurden.

Moment mal. Nein. Meine vampirische Seite tat das. Weil … Weil …

G-gift, dachte ich. *G-gezwungen … E-er … Läufigkeit …*

Ich versuchte meine Augen zu öffnen, doch meine Lider flatterten bloß kaum merklich. Ich konnte nicht … Ich hatte keine Kontrolle … Ich …

Er löst deine Läufigkeit mittels Zwang aus, schloss Lorcan.

Ich weiß!, versuchte ich zurückzukeifen. Aber das Einzige, was mir über die Lippen kam, war ein Flüstern. Ein williges, verdammtes Wimmern.

Gefolgt von einem Knurren meiner Wölfin.

Und einem weiteren Biss von Fare – dieser an meinem Hüftknochen.

Ich zuckte zusammen. Der Schmerz rauschte durch meine Sinne und ließ mich vor Verlangen erzittern.

Verdammt. Verdammt. Verdammt.

Ich brauche … du Angst hast … Schmerzen hast. Aber du bist … Dein Bewusstsein … dir. Kämpfe … Scha… Entfliehe …

Seine Worte fanden abgehackt zu mir.

K-kann nicht …, versuchte ich zu antworten. *Kann dich nicht hör…*

…en.

Seine Stimme verblasste, sodass ich wieder allein zurückblieb. Meine Wölfin schnaubte verärgert und entschlossen, doch dann rauschte eine weitere Dosis des Gifts durch meine Adern.

Bei den Göttern!

Fare knurrte mir etwas ins Ohr und sein Knoten presste sich an meinen Bauch.

Falscher. Gefährte.

Nicht. Meiner.

Will. Ich. Nicht.

Ein Kontrollbann drohte, meine Gedanken zu überwältigen und mein Verlangen zu verändern.

Doch dann nahm ein tiefes, inneres Knurren mein Bewusstsein ein. Das Knurren eines wahren Alphas. *Meines* Alphas.

Reise durch die Schatten nach Hause, verlangte er. *Reise durch die Schatten in dein Nest. Auf der Stelle, verdammt noch mal.*

Meine Wölfin ermunterte und reagierte auf den Befehl des Alphas, den sie auserwählt hatte.

Fare fluchte.

Und die Welt um mich herum verblasste.

Es folgte eine Mischung aus Bildern, Gerüchen und Farben. Dann stieg mir der bekannte Duft von Zuhause in die Nase.

„Kyra", keuchte ein Mann.

Mein Mann.

Mein Gefährte.

Mein Alpha.

Ich drehte mich schluchzend in seinen Armen um und in mir erwachten tosende Flammen erneut zum Leben. Ich *brauchte* ihn. Seinen Knoten. Sein Schnurren. Seine Stärke.

Doch er trug zu viel Kleidung.

Zu viel Stoff.

Meine Finger verwandelten sich in Klauen und zerschnitten seinen Pullover, bevor ich meine Nase an die nackte Haut unter mir presste.

Der Geruch von Blut lag in der Luft. *Alpha-Blut.*

Ich hatte ihn mit meinen Klauen gekratzt. Hatte Kratzspuren auf seiner Brust und seinem Bauch hinterlassen.

Mein, dachte ich und lehnte mich nach vorn, um seine köstliche Essenz aufzulecken. *Mein. Mein. Mein.*

Er sagte meinen Namen, doch ich war zu beschäftigt mit seinem Gürtel, um ihn zu hören.

Knoten. Knoten. Knoten.

„*Kyra*", knurrte er.

Alpha, dachte ich in seine Richtung, als ich am Knopf seiner Jeans angelangte.

Er griff nach meinem Handgelenk, während er seine andere Hand an meinen Hals führte, um leicht zuzudrücken. „Hör auf", verlangte er.

Ich runzelte die Stirn. *Alpha?* Wies er mich etwa ab? Meine Wölfin? *Warum?*

„Du willst das hier nicht wirklich." Sein Griff um meinen Hals wurde fester. „In diesem Zustand werde ich mich nicht mit dir verknoten."

Was? Ich blinzelte und meine Beine zitterten angesichts des Kraftaufwands, der das aufrechte Stehen erforderte. Ich war mir nicht einmal sicher, wie es mir gelungen war, auf meinen Beinen zu landen – und noch weniger, wie ich es hierhergeschafft hatte.

Ich wusste nur, dass ich *ihn* wollte. Meinen Alpha. Mein Biest.

Ich versuchte meine Hand aus seinem Griff zu befreien, um weiterzumachen. Aber er hielt mich fest.

Meine Wölfin knurrte verärgert. *Knoten. Auf der Stelle.*

Ich reiste durch die Schatten hinter ihn und zerschnitt seine Jeans mit meinen Klauen, um seinen Po freizulegen.

Er knurrte. *Kyra.*

Alpha, erwiderte ich.

Du bist völlig high vom Vampirgift.

Mh. Mir war egal, von was ich high war. Ich wusste nur, dass ich ihn brauchte. Meinen Alpha. Meinen Knoten.

Ich zog seine zerrissene Hose entschlossen weg, doch dann verschwand er und tauchte hinter mir wieder auf. Ich wirbelte herum, interessiert am Spiel, und fand mich plötzlich auf meinem Rücken wieder.

In meinem Nest.

Ja, ja. Ich drückte mich an seinen weitaus kräftigeren Körper, während er mich – seine Hände auf meinen Schultern – nach unten drückte.

„Ich weigere mich, dich mit meiner Kraft zu kontrollieren. Nicht nach allem, was du durchgemacht hast."

Meine Wölfin blendete ihn aus – und ich auch. Alles, was wir wollten, war sein Knoten. Seine Kraft. Seine *Stöße*. Ich schlang meine Beine um ihn, war bereit für mehr. Aber diese verdammte Jeans war noch immer im Weg, der Stoff rau an meiner sensiblen Haut.

Runter, sagte ich zu ihm und presste mich an die beeindruckende Beule unter seiner Hose. *Jeans. Runter.*

Nein.

Sofort, verlangte ich. *Runter.*

Nein, wiederholte er, seine Stimme von Alpha-Kraft unterlegt.

Was mich nur dazu brachte, mich noch mehr zu winden, denn … *Mmmh*, Dominanz. Alpha. *Mehr.*

Er seufzte, ließ seinen Kopf an meinen Hals sinken und atmete tief ein. *Verdammt, Kyra. Du bringst mich um den Verstand.*

Verknote dich mit mir.

Sein Knurren hallte gegen meine bloßgelegte Brust, ließ meine Nippel hart werden und noch mehr von meinem Nektar an meinen Beinen hinabfließen.

Ich werde mich nicht mit dir verknoten, kleine Mörderin. Das kann ich nicht. Er presste einen Kuss auf meine pulsierende Halsschlagader und sein rumpelndes Knurren verwandelte sich in ein Schnurren. *Aber ich werde mich um dich kümmern. Dich heilen. Dich beschützen.*

Seine Worte ergaben keinen Sinn. Warum wollte er sich nicht mit mir verknoten? Meine Wölfin wollte ihn. Ich wollte ihn. *Brauchte* ihn.

Ohne seinen Knoten … würde ich … würde ich … *Schmerzen erleiden.*

Brennen.

Mich in den Flammen verlieren.

Ich blinzelte verwirrt, fühlte mich wieder ganz benommen.

In meinem Kopf tobte ein Brüllen. Eines, das danach verlangte, dass ich …, dass ich zurückging. Aber ich wollte nicht zurückgehen. Ich wollte hierbleiben. In meinem Nest. Bei meinem Alpha.

Es sei denn …

Bin ich das überhaupt …?

„Kyra." Das Schnurren, das meinem Namen mitschwang, ließ mich nach oben in zwei schwarze Augen blicken. So schön. Wie Obsidian. In ihnen lauerte ein hungriger Blick. „Konzentrier dich auf mich, okay?"

„Ja, Alpha."

„Lorcan", korrigierte er mich.

Ich runzelte die Stirn, war mir nicht sicher, warum das wichtig war. „Verknote dich mit mir."

Er presste sein Gesicht abermals an meinen Hals, seine bebende Brust verlockend und beruhigend. Eine warme Welle ging von seiner Aura auf meine über und die Energie ließ mich nach Atem ringen und zeitgleich stöhnen.

Es fühlte sich … gut an. Beruhigend. *Heilend.*

Doch darauf folgte eine Explosion in meinem Bauch. Eine, die einen Strudel der Empfindungen kreierte. Hitze. Schmerz. Krämpfe. Schüttelfrost.

Ich zitterte und mein Kern zog sich um nichts zusammen. Mein Körper verlangte nach etwas anderem. Etwas Intensiverem. Etwas *Hartem*.

Ich griff nach seinen Schultern und schlang meine Beine um ihn, bevor ein weiterer Schub seiner potenten Energie meine Sinne betörte.

Mir kam ein Stöhnen über die Lippen und meine Mitte presste sich an sein Gemächt, während mehr von diesem Feuer durch meine Adern floss. *Alpha …*

Lorcan, entgegnete er.

Gefährte, versuchte ich erneut.

Er erschauderte und seine Lippen schwebten dicht über meiner Halsschlagader.

Beiße mich, drängte ich ihn.

Nein.

Verknote dich mit mir.

Nein.

Ich wimmerte. Er wies mich ab. Wies meine Wölfin ab. Es ergab keinen Sinn. Mein Körper war für das hier geschaffen worden. War für *ihn* geschaffen worden.

Und alles *brannte*.

Nur er konnte mir helfen. Nur er konnte meine Welt wieder ins Lot bringen. *Bitte …*

Er seufzte und noch mehr von seiner Kraft legte sich über mich, als sein Mund über meinen Hals schwebte, mich dann sanft küsste und ein wunderbares Mal der Verehrung zurückließ.

Ich bewegte mich unter ihm vor und zurück, liebte es, seinen Mund an meinem Körper zu spüren, und flehte um mehr.

Mehr Haut. Mehr Zunge. Mehr *Zähne*.

Aber alles, was er tat, war, mich mit seiner Essenz zu überschütten. Er übergoss mich Welle um Welle mit dieser ungemein beruhigenden Hitze.

Alles, während er mich aufs Bett drückte und sein Mund an meinem Hals verweilte.

Ich keuchte unter ihm. Sein Vorspiel schritt für meinen Geschmack viel zu langsam voran.

Und doch veranlasste mich etwas an seinen Berührungen … an seiner *Macht* dazu, zu gähnen. Ich versuchte meine Augen offen zu behalten. Versuchte zu sprechen. Ihn um … etwas anderes zu bitten …

Aber die Welt fing an, zu verschwinden.

Abgelöst von Dunkelheit.

Von einer sternenlosen Nacht.

Allein.

Um … in der Kälte zu leiden.

Ich bin hier, flüsterte er einen Augenblick später und seine Stimme wurde von einem Schwall Hitze begleitet. *Ich bin hier.*

Wo?, fragte ich.

Ich halte dich in deinem Nest in meinen Armen. Er presste seine Hand an meinen Bauch, was mich verwirrte. *Schlaf einfach, Kyra. Es wird helfen.*

Mit was helfen?, hauchte ich, mein Körper ein Inferno des Verlangens. Gefangen in diesem tiefschwarzen Abgrund. Nicht in der Lage, etwas zu sehen.

Alpha?

Pst, sagte er mit leiser Stimme und ließ mich verstummen. *Ich werde dir geben, was du brauchst.*

Mehr von dieser Wärme wusch über mich und flutete mein Inneres mit unbekannten Empfindungen. *Alpha* …

Ist schon gut, Gefährtin, versprach er mir. *Schlaf für mich. Nur ein kleines bisschen. Dann werde ich dich belohnen.*

Belohnen?

Ja.

Meiner Wölfin schien die Aussicht darauf zu gefallen. Sie mochte den Begriff nicht verstehen, aber sie verstand seine Stimme. Das sinnliche Versprechen darin. Sie wusste, dass sie ihren Alpha zufriedenstellen musste, um zu bekommen, was sie brauchte.

Es genügte, um sie zu beruhigen.

Um ihr Verlangen etwas zu dämmen.

Nur für eine kurze Zeit.

Lange genug …, um ein Nickerchen zu machen.

LORCAN

VERDAMMT.

Ich war in meinem Leben noch nie so hart gewesen.

Kyras Wimmern und Worte gingen mir wieder und wieder durch den Kopf und brachten mich vor *Verlangen* beinahe um den Verstand.

Beiße mich. Verknote dich mit mir.

Diese beiden Bitten hatten mich beinahe um den Verstand gebracht.

Aber ich konnte sie nicht nehmen. Nicht so. Nicht, wenn sie nicht *sie* selbst war.

Sie war mit starken Drogen betäubt worden. Was mir ironischerweise geholfen hatte, da es sie offenbar in eine Scheinläufigkeit versetzt und ihre Wölfin sich nach dem Gefährten hatte sehnen lassen, den sie auserwählt hatte, sodass der kontrollierende Zauber, den Fare über ihr Bewusstsein zu haben schien, kurz nachgelassen hatte.

Ihre Ankunft hatte mich überrascht. Und im nächsten Moment hatten ihr Duft und die fehlende Kleidung mich betört. Es war der Gestank von Vampir an ihr, der mich erdete. Und all die Bissspuren an ihren Schenkeln und an ihrer Vulva, die mich davon abhielten, der Brunft zum Opfer zu fallen.

Sie brauchte ein Bad.

Eine ausgedehnte Mütze Schlaf.

Schnurren.

Richtige Pflege.

Heilung.

Ich übergoss sie mit einer weiteren Welle meiner Kraft und versuchte damit, ihre innerlichen Wunden zu heilen. Ich wusste, dass sie vor Verlangen nur so brennen musste, weil ihre vermeintliche Läufigkeit wegen Fares verdorbenen Spielchen in vollem Gange war.

Omegas waren während ihrer Läufigkeit halb von Sinnen und begehrten den Knoten ihres Alphas mehr als den nächsten Atemzug. Aber Kyra hatte unmissverständlich klargemacht, dass sie meine Hilfe während ihrer Läufigkeit nicht wollte. Es konnte durchaus sein, dass sie ihre Meinung mittlerweile geändert hatte, jetzt, wo sie in ihre Läufigkeit gezwungen worden war. Aber ich würde ihren geistlosen Zustand nicht ausnutzen.

Wenn ich sie fickte – denn die Frage war nicht *ob*, sondern *wann* ich es tun würde –, dann nur, wenn sie vollends bei Verstand war.

Sie würde mich aus völlig anderen Gründen anflehen.

Sie würde sich winden und wäre feucht und würde *kämpfen* wollen.

Denn ich wollte *meine* Version von Kyra. Meine kleine Mörderin. Diejenige, die plante, mich kurz nach unserer Paarung zu töten.

Nicht diese verwundete Version.

Oh, sie hatte ihre Überlebensinstinkte keinesfalls verloren. Die Tatsache, dass sie sich in ihrem Nest befand und ich meine Arme um sie geschlungen hatte, machten das sonnenklar. Sie hatte sich gegen Fares Kontrolle gewehrt und gewonnen. Und jetzt hatte ich ein telekinetisches Seil um sie gelegt – nur für den Fall, dass er versuchen würde, sie zu sich zurückzuholen.

Wenn er das täte, würde ich ihr folgen.

Und ihn erledigen.

Die Uhr an meinem Handgelenk informierte mich mittels eines Surrens, dass ich eine Nachricht erhalten hatte. Ich hatte Cillian bereits geschrieben, dass Kyra in das Refugium zurückgekehrt war. Die Nachricht hatte sich kurz gehalten, weil meine Aufmerksamkeit mehrheitlich auf ihr gelegen hatte, anstatt mir Mühe zu geben, die Tasten zu treffen.

Geht es ihr gut?, lautete seine Antwort.

Nein. Sie wurde mindestens zwölfmal gebissen. Und sie hat Einstichstellen an ihren Armen. Der Mistkerl hat sie gezwungen, läufig zu werden. Ich sandte den gesamten Bericht mit vor Wut angespanntem Kiefer an ihn.

Meine heilende Essenz sollte in der Lage sein, Kyra aus der Sache rauszuholen, aber das würde dauern. Stunden, wenn nicht sogar Tage.

Mit dem Zyklus einer Omega zu spielen, konnte bleibende Schäden hinterlassen. Und die möglichen Schäden waren im Moment noch nicht bekannt, weil Kyra ein Hybrid war. Die Brunst von V-Clan-Omegas dauerte mehrere Monate. Ich hatte nicht die geringste Ahnung, wie lange Kyras üblicher Zyklus dauerte.

Verdammt. Hast du eine Ahnung, wo er ist?, fragte Cillian.

Nein. Aber wenn er hier auftaucht, wird er es bereuen. Ich aber nicht. Ich würde ihm nur zu gerne die Eier abreißen und sie an ihn verfüttern.

Cillian antwortete nicht umgehend, was mir einen Moment einräumte, um eine weitere Welle von heilender Kraft durch Kyras schlafenden Körper zu senden.

Ihr Bewusstsein war, abgesehen von ein paar willigen

Lauten, still. Ich verabscheute es, ihr das antun zu müssen, aber nur so konnte ich ihr auch nur den Hauch von Trost spenden.

Energie schimmerte ganz in unserer Nähe. Einen nahenden Alpha zu spüren, ließ meinen Wolf ein tiefes, warnendes Knurren ausstoßen.

Es verblasste im nächsten Augenblick, aber ich blieb auf das Schlimmste gefasst. Mein Biest ging unter meiner Haut auf und ab.

Meine Kyra. Meine Omega. Meine Gefährtin.

Sie gab schlafend ein Summen von sich und ihr zierlicher Hintern drückte sich an meinen bebenden Knoten.

Ich fluchte leise, meine Muskeln angesichts des kaum zurückgehaltenen Verlangens angespannt.

Diese kleine Omega war mir unter die Haut gegangen. Sie hatte sich ihren Weg in mein Herz gebahnt. Ihre Klauen in meine Seele versenkt.

Es reichte tiefer als bloß der Tanz unserer Wölfe und hatte unsere Seelen direkt miteinander verbunden. Dieses Band verband uns für die Ewigkeit. Jeder Tag, der verging, machte es schwieriger, sich daran zu erinnern, warum ich das hier nicht wollte. Warum ich keine Gefährtin begehrte.

Tut mir leid. Kierans Worte hallten durch meinen Kopf. *Ich wusste nicht, dass du … territorial werden würdest.*

Sie gehört mir, tippte ich zurück, mein Wolf noch immer aufgebracht über Kierans flüchtiges Erscheinen in Kyras Nest. Das Einzige, was mein Tier davon abgehalten hatte, ihn herauszufordern, war der Umstand gewesen, dass er umgehend gegangen war.

Habe verstanden, erwiderte er. *Ich werde Distanz wahren. Aber ich bin hier, um dich zu beschützen, während du dich um Kyras Bedürfnisse kümmerst.*

Ich schluckte schwer, mein Wolf noch immer ganz

dicht unter der Oberfläche. Vermutlich, weil eine vorzügliche Omega an mich gekuschelt war. Vom Vampirgestank mal abgesehen, roch sie himmlisch.

Gewürzblutorangen, die nur darauf warten, verkostet zu werden.

Verdammt.

Ich presste meine Nase an ihren Hals und nahm einen tiefen Atemzug.

Ich wollte sie sehnlichst kosten. Wollte an jedem Zentimeter von ihr knabbern. Sie küssen. Sie *beißen*.

Sie war in den Duft eines anderen Alphas gehüllt. Der Geruch eines *Vampirs* klebte an ihr. Mein Wolf knurrte, verabscheute es, diesen Geruch an ihr zu vernehmen. Hasste die Spuren seines Bisses. Seinen Anspruch. Sein Gift, das ihr Blut vergiftete.

Ich wollte ihn tot sehen.

Ausradiert.

Ersetzt.

Diese Omega gehörte *mir*. Und ich würde sie nicht mit diesem Psychopathen teilen.

Zur Hölle, ich war mir nicht einmal sicher, ob ich sie mit irgendwem teilen könnte.

Was ein riesengroßes Problem darstellte, weil Kyra keinen Gefährten wollte.

Ich presste meinen Mund auf ihre Halsschlagader und stellte fest, dass ihr Puls sich beruhigt hatte. Viel besser als zuvor.

Jetzt war es mein Herz, das wie wild pochte. Ich wollte ihren Vampir-Gefährten niedermetzeln. Wollte jeden töten, der auch nur in ihre Richtung blickte. Jeden in Stücke reißen, der es wagte, sie mir wegzunehmen.

„Verdammt", murmelte ich, während der tief sitzende Drang, Blut fließen zu lassen, mich in einer Welle der intensiven Aggression überkam.

Mein Knoten pulsierte. Mein Biest tobte. Ich kochte

vor Wut.

Mein, dachte ich. *Diese Omega gehört mir.*

Sie wusste es nur noch nicht.

Ich hüllte sie in meine Kraft ein, beruhigte sie mit meiner Heilkraft und meinem Schnurren.

Sie kuschelte sich im Schlaf an mich und ihr zufriedenes Seufzen erfreute mich ungemein.

Kyra mochte keinen Gefährten wollen, aber sie hatte mich offiziell für die Ewigkeit.

Ich würde ihr nur zeigen müssen, was das bedeutete.

Am Ende würde die Entscheidung bei ihr liegen.

Aber es war meine Aufgabe, die richtige Wahl für sie zu sein. Der ideale Gefährte für sie zu sein. Derjenige, auf den sie sich verlassen konnte. Dem sie vertrauen konnte. Den sie bewundern konnte. Den sie vielleicht sogar lieben konnte.

Und im Gegenzug würde ich ihr alles geben, was ich zu geben hatte.

Ich würde genügen. Das sein, was sie brauchte. Sie schätzen. An ihrer Seite sein. Sie führen lassen – in gewissem Masse, zumindest.

Alles, was sie tun musste, war, mir eine Chance zu geben.

Vielleicht könnten wir darüber reden, wenn sie aufwachte.

Oder vielleicht würde ich einen angemesseneren Zeitpunkt abwarten.

In jedem Fall, ich hatte mich entschieden. Es war mir egal, dass es nur ihre Läufigkeit war, die meine Gedanken betörte, oder die Geschehnisse der vergangenen Tage meine Instinkte fundamental verändert hatten.

Die Entscheidung war gefallen.

Omega Kyra gehörte mir.

Und Alpha Fare war ein toter Mann.

KYRA

Immergrün

Wolf.

Alpha.

Ich rollte mich in den Gerüchen, genoss, wie sie meine nackte Haut überzogen. Sie waren überall in meinem Nest verteilt. Überall auf *meiner Haut*.

Aber da war auch dieser darunterliegende Hauch von toten Rosen, der alles beschmutzte. *Tote Rosen mit einem Hauch Rost.*

Ich erschauderte. Der Duft gefiel mir nicht. Ich wollte mehr vom Immergrün.

Mein Wolf schnüffelte in der Luft und meine Nase suchte, bis ich auf die Duftquelle stieß.

Hart. Heiß. Männlich.

Mmh.

Ich ließ meine Nase über seine Brust streifen. Meine Hand glitt über seine harten Bauchmuskeln und an seinen Hüften hinab.

Ich runzelte die Stirn, verwirrt über den Stoff, den ich dort fand.

Er war weich. Seidig. Angenehm. Aber ich wollte, dass er nackt war.

Ich küsste seine Brust, streckte mein Zunge heraus, um seine Haut zu kosten. Doch meine Lippen vernahmen den Hauch von etwas mehr dort. Von etwas Köstlichem. *Blut.*

Ich begann zu sabbern und mein Bauch krümmte sich vor *Verlangen.*

Wann habe ich mich zuletzt gelabt?, fragte ich mich benommen. *Wo bin ich im Moment überhaupt?*

Oh, aber es spielte keine Rolle. Dieser Alpha hatte anzubieten, wonach ich mich sehnte. Was ich verzweifelt brauchte.

„Bitte", flüsterte ich, ersuchte um Erlaubnis, *flehte* ihn an, mir eine Kostprobe zu geben.

Ich wusste es besser, als zuzubeißen, ohne vorher um Erlaubnis zu fragen. Alphas waren territorial. Sie gaben nur, was sie geben wollten. Wenn ich versuchte …

„Nimm, was immer du brauchst, Kyra", sagte er, die Worte mit einem tiefen, rumpelnden Schnurren unterlegt. „Mein Blut gehört dir."

Mein Blick wanderte an ihm hoch und ich entnahm den dunklen Tiefen seiner Augen, dass er die Worte ernst gemeint hatte. *Ist das hier ein Traum?*, fragte ich mich.

Es kann einer sein, wenn du das willst, erwiderte er. Anscheinend hatte er mich gehört.

Danke, Alpha.

Lorcan, erwiderte er.

Ich runzelte die Stirn, verstand nicht, warum er mich korrigiert hatte. Aber ich war zu hungrig, um ihn darum zu bitten, es mir zu erklären. Ich musste von ihm kosten. Musste ihn beißen. Musste mich *laben.*

Aber wo?, fragte ich mich. *Wo soll ich …?* Ich verstummte, als eine Erinnerung in mein Bewusstsein drang.

„Also, wo soll ich dich beißen?", hatte ein Vampir-Alpha vor Kurzem gefragt. *„Entscheidungen, Entscheidungen."*

Ich schluckte schwer und mir verging der Appetit.

Fane.

Bilder einer Nadel rauschten durch meinen Kopf, gefolgt von seinem Mund. Dieses unbarmherzige Lächeln. Seine Fangzähne in meiner Haut.

Ich setzte mich kerzengerade auf, ließ meine Hände zuerst an meinen Hüften und dann an meinen Schenkeln hinabwandern. Die Bissspuren waren verschwunden, meine Haut geheilt. Aber ich konnte seine Berührungen an dieser Stelle noch immer spüren. Wie er gierig daran genuckelt hatte. Wie er mich geneckt hatte.

Mir kam ein Stöhnen über die Lippen. Plötzlich fühlte sich mein Nest völlig falsch an. Mein Körper entehrt. *Die Gerüche …* Ich rollte vom Bett, wollte das verzweifelt beheben, musste … musste … mich *seiner* entledigen.

„Kyra." Der Alpha in meinem Nest gab meinen Namen mit einem Schnurren von sich, das meine Knie weich werden ließ. Es war ein unglaublich beruhigender Laut. So perfekt. So … *hypnotisch.* „Sag mir, was du brauchst, und ich werde versuchen, es dir zu geben."

„Ich …" Ich sah mich blinzelnd im Zimmer um, suchte nach dem falschen Geruch. Das Bild von Rosenblättern fand in mein Bewusstsein, zusammen mit einer Notiz … „Die Blumen …?"

„Ich habe sie weggeworfen", sagte der Alpha mit einem verstimmten Tonfall. Und doch blieb sein Schnurren bestehen. Dieser wunderschöne, liebende Laut.

Ich will mehr davon, dachte ich verträumt. *Zwischen meinen Beinen. An meinem Hals. Während er mich küsst …*

Aber das konnte ich im Augenblick nicht. Zuerst musste ich mein Nest wieder herrichten. Den Gestank von Tod loswerden. Die Falschheit vertreiben.

Das ist alles völlig falsch.

Ich knurrte, wütend über meine besudelten Laken. Über die Narben auf meiner Haut. Über den ekelhaften und abstoßenden Geruch.

Eine Dusche, dämmerte mir. *Ja. Ja, das ist genau das, was ich brauche.*

Ich begann auf das Badezimmer zuzulaufen, hielt jedoch inne, als das Schnurren hinter mir leiser wurde.

Der Alpha folgte mir nicht.

Nein, nein. Er musste mitkommen. Ich … Ich brauchte sein Schnurren. Seinen Duft. *Sein Blut.*

Er schlurfte mit emotionslosem Ausdruck aus meinem Nest und nahm einen Schritt nach vorn.

Hatte er meinem Verhalten entnehmen können, was ich brauchte? Oder hatte er meine Gedanken gelesen?

Ich war mir nicht sicher. Und es war mir auch egal.

Das Einzige, was zählte, war seine Nähe, sein Schutz und sein verlockender Duft.

Ich näherte mich ihm, um meine Nase an seine Brust zu schmiegen, atmete tief und mit Absicht behaftet ein und genoss seine Essenz. Selbst dieser Hauch von Blut, der auf seiner Haut lag, war himmlisch.

Ich schlang meine Hand um seine, zog in hinter mir her auf das anliegende Badezimmer zu und drehte den Duschhahn auf. Die Badewanne war zu klein für ihn und für uns beide erst recht. Also würde eine Dusche reichen müssen.

Er sagte kein Wort, als ich das Wasser anmachte und die passende Temperatur einstellte. Dann begab ich mich in die Kabine und starrte ihn erwartungsvoll an. Er musste seine Boxershorts ausziehen. Ich war nicht sicher, warum er sie überhaupt anhatte.

Wann hat er sie angezogen?, fragte ich mich. *Oder … Moment mal … Hatte er nicht … Jeans an?*

Die Geschehnisse der Tage – wie viele Tage war es her? – schienen ineinanderzufließen. Irgendwie wie ein Traum.

Tatsächlich fühlte es sich noch immer wie ein Traum an.

Aber wenigstens brannte ich nicht mehr vor Lust.

Ich hatte nur Hunger. *Na ja, eigentlich war ich viel mehr am Verhungern.*

Sein Kiefer zuckte und er sah mich an. In seinen Augen toste ein Strudel der Emotionen. „Wer bin ich?", fragte er mich einige Sekunden später.

Ich zog meine Stirn kraus. Die Frage ergab keinen Sinn. „Alpha."

Er schüttelte seinen Kopf. „Lorcan."

Da war dieses Wort wieder.

Oder genauer gesagt *sein Name.*

Lorcan, der Elitemann, dachte ich.

Meine Wölfin stieß ein zustimmendes Knurren aus, was mich an eine Zeit erinnerte, in der sie mit ihrem Alpha auf dem Eis gespielt hatte. Als sie sich herumgerollt hatte. Sich an seine Seite gepresst hatte. *Sich in der Eishöhle zu einer Kugel eingerollt hatte.*

Das Wasser prasselte auf mich herab, während mir die Erinnerungen durch den Kopf gingen.

Die dann von einem Augenblick eingenommen wurden, der noch nicht lange zurücklag. *Ich auf dem Bett. Wie ich meine Beine spreize. Rubinrote Augen. Fangzähne.*

Ich erschauderte und griff nach der Seife. Plötzlich verspürte ich das dringende Bedürfnis, meine Haut zu schrubben. *Falsch. Falsch. Falsch.*

Der Alpha trat in die Kabine, sein Boxershorts noch immer an seinen Hüften.

So ein Charmeur. Denn ich konnte sehen, wie sich sein

beeindruckender Knoten am Stoff hindurch abzeichnete, und wollte eine Kostprobe davon.

Doch zuerst musste ich mich dieses Gestanks entledigen.

Mich sauber machen. Im Geruch dieses Alphas baden. *Ihn beißen.*

Er nahm mir die Seife ab, verteilte sie auf meiner Haut und half mir damit, den Geruch des anderen Alphas zu beseitigen. Den Geruch des falschen Alphas. Desjenigen, der meinen Magen dazu brachte, sich zu krümmen.

Ich schluckte schwer, als dieser Alpha sich auf seine Knie sinken ließ, sein Blick auf meine Schenkel gerichtet, seine Berührung mit Absicht behaftet und doch lustvoll. Das erweckte das Bedürfnis in mir, meine Hände nach oben wandern zu lassen – direkt an die Stelle zwischen meinen Beinen.

Aber er ging methodisch vor. *Gründlich.* Er kreierte Schaum und wusch ihn dann von meinem Körper, bevor er dasselbe erneut tat, bis er schließlich seine Nase an meine Haut presste und einatmete. Er brach den Augenkontakt die ganze Zeit über nicht, der Hunger in seinen tiefschwarzen Augen nicht zu übersehen.

In meinem Kern begann sich angesichts seines Blickes umgehend Nektar zu sammeln. Angesichts *dieses Verlangens.*

Denn … *Oh, ja, bitte.*

Ich fuhr mit meinen Fingern durch sein dichtes Haar und sehnte mich danach, ihn zu spüren. Ihn in meinen Armen zu halten. *Ihn zu führen.*

„Sag meinen Namen, Kyra", flüsterte er, die Worte beinahe von einem schmerzvollen Tonfall unterlegt.

Alpha, lag mir auf der Zunge, doch mir dämmerte, was er wollte. Was er zu bewerkstelligen versuchte.

Er wollte sichergehen, dass ich ihn kannte.

Lorcan.

Der Elitemann …, mit dem ich verpaart bin.

Ich starrte mit einem Knoten in der Zunge auf ihn herab.

Er hatte mich von Fare zurückgeholt. Hatte mich vor einem Schicksal bewahrt, an das zu ertragen ich nicht einmal denken wollte. Denn ich war läufig gewesen.

Und doch … war ich jetzt … noch immer mittendrin in meiner Läufigkeit. Moment mal … Nein, nicht ganz. Ich war nicht mehr mittendrin. Ich hatte die Mehrheit meines Zyklus überstanden.

Daher rührte auch mein Hunger.

Nein … Tatsächlich lag das an Fare. Er hatte mir viel Blut genommen. Zu viel. Ohne mir etwas zu geben.

Ich war völlig ausgehungert.

Kam vor Durst beinahe um.

Aber es gab noch andere Dinge, die ich begehrte.

Lorcan, zum Beispiel. Auf seinen Knien. Mit seinem Mund an meinen Schenkel gepresst.

Ich wollte nicht, dass er mich biss. Nur …, dass er mich küsste.

Er sah mir in die Augen und tat genau das. Er lehnte sich nach vorn, um die Haut zu kosten, die er gerade erst gewaschen hatte. Ich schloss meine Augen voller Genuss, die Empfindung so einnehmend, dass ich beinahe vergaß, den nächsten Atemzug zu nehmen.

Dann ließ er seine Hände an meinem anderen Bein hochwandern und wiederholte dort, was er am anderen Bein getan hatte – und beseitigte Fares Gestank. Seine Bisse. Seine Existenz.

Lorcan … ersetzte ihn.

Zeigte mir, wie es sich anfühlte, geschätzt zu werden. Respektiert zu werden. *Verpaart* zu sein.

Ich hatte mich in den Wogen der Läufigkeit befunden und er … hatte mich abgewiesen. So in der Art, jedenfalls.

Ich hatte sein Verlangen gespürt. Hatte es riechen können. Und doch hatte er nicht einmal ansatzweise versucht, sich mit mir zu verknoten. Er hatte mich in einen schlafähnlichen Zustand versetzt und seine Heilkräfte halfen mir dabei, die Überreste von Fares Gift aus meinem System zu bekommen.

Lorcan hatte sich um mich gekümmert.

Hatte mich in seinen Armen gehalten.

Für mich geschnurrt.

Er kümmerte sich auch jetzt noch um mich. Jede einzelne seiner Handbewegungen wischte Fare Stück um Stück von meiner Haut.

Ich erschauderte trotz der Wärme des Wassers und meine Mitte wurde aus ganz anderen Gründen feucht als wegen meiner Läufigkeit.

Lorcan verführte mich. Vielleicht nicht absichtlich, doch seine Berührungen waren ... *hypnotisch*. Perfekt. Genau das, was ich brauchte.

Mein Griff um sein Haar wurde fester, als er seine Finger zu meinen Hüftknochen hochwandern ließ und seine Daumen kleine Kreise auf meiner Haut zogen.

„Wo hat er dich sonst noch gebissen?", fragte er mit tiefer Stimme, während er meine Hüften massierte und seine Nase über beide streifen ließ, sobald er fertig war.

„Meine Brüste", sagte ich zu ihm. „Meine ... Klitoris."

Er blähte seine Nasenflügel und sein Blick wanderte zu meinem rasierten Hügel. „Nur deine Klitoris? An keinem anderen Ort hier unten?"

Ich schluckte schwer und schüttelte langsam meinen Kopf. „Er hat mich da unten an mehreren Stellen gebissen."

Lorcans Kiefer zuckte und mörderische Gedanken rasten durch seinen Kopf.

Er würde sich hinten anstellen müssen. Denn jetzt, wo

ich wusste, dass Fare überlebt hatte, hatte ich fest vor, ihn noch einmal umzubringen.

Und dieses Mal würde ich nicht vergessen, ein verdammtes Streichholz mitzubringen.

Mh, da ist ja meine kleine Mörderin, sinnierte Lorcan in meinen Gedanken.

Ich gab um ein Haar ein Schnauben von mir, doch seine Berührungen ... steuerten ... auf meine überhitzte Mitte zu. Er seifte sie vorsichtig ein und wusch Fares unsichtbare Bissspuren sorgfältig weg.

Und ersetzte sie mit seinen eigenen.

Meine Beine zitterten, meine Finger, die in seinem Haar vergraben waren, spannten sich an.

Ich hatte seit über einem Jahrhundert nicht mehr mit einem Alpha geschlafen. Die vergangenen Tage mit Fare – egal, wie viele es auch gewesen waren – zählten nicht. Er hatte sich nicht mit mir verknotet. Er hatte mich nur gebissen. Er hatte darauf warten wollen, dass mich die Benommenheit fest im Griff hatte, um mich ficken zu können.

Seine Freunde hatten das Zimmer nicht einmal betreten.

Und doch sehnte ich mich danach, Hunderte von Erinnerungen zu löschen, die ich an ihn hatte. Sie zu *ersetzen*.

Es war gut möglich, dass dieser letzte Gedanke von meiner abklingenden Läufigkeit angetrieben worden war, aber tief drinnen wusste ich, dass dahinter so viel mehr steckte.

Irgendwann hatte Lorcan einen Teil meiner Seele berührt. Vielleicht mit einem dieser Nachmittagsläufe. Wie er mit meiner Wölfin gekuschelt hatte.

Oder vielleicht lag es ganz einfach an *ihr*. Meinem Tier. Vielleicht wusste sie ganz einfach, dass das hier richtig war. Wusste, dass es ihm bestimmt war, unser zu sein.

Vielleicht erwählte sie ihn als ihren Gefährten – nicht, weil wir zu dieser Zweckverpaarung gezwungen worden waren, sondern weil er sich ihrer als würdig erwiesen hatte.

Und dann hatte er sich *meiner* als würdig erwiesen, indem er sich nicht mit mir verknotet hatte, obwohl er das mühelos hätte tun können.

Er hatte mich respektiert.

Er hatte mich beschützt.

Er hatte mich geheilt.

Und jetzt schien er mich zu beanspruchen.

Ich hatte das Gefühl, ihm mit jeder Berührung etwas mehr zu gehören.

Seine Hände glitten abermals an meine Hüften und er lehnte sich nach vorn, um meinen Hügel zu beschnuppern und sich meiner Klitoris zu nähern, bevor seine Nase auf dem Weg dahin meine Haut berührte. Als er gegen meine Schamlippen gepresst ausatmete, rann ein wohliger Schauer an meinem Rücken hinab.

„Lorcan", flüsterte ich, plötzlich mit weichen Knien.

„Mh", meinte er mit einem Summen. „Sag meinen Namen noch einmal."

„Lorcan."

„Gutes Mädchen", keuchte er die Worte direkt an meine sensible Knospe. „Willst du, dass ich diesen Biss noch eingehender heile, kleine Mörderin? Und ihn vielleicht mit meiner Zunge ersetze?"

„Ja", gab ich zu. „Ja, bitte."

„Sag mir, dass ich dich lecken soll."

„Leck mich", wiederholte ich umgehend und eine Wärme breitete sich auf meiner Haut aus. „*Bitte*."

LORCAN

Mein Knoten bebte und mein Gemächt spannte sich voller *Verlangen* an.

Die Präsenz dieses Vampirs verweilte auf meiner Omega und seine Erinnerungen befleckten ihr Bewusstsein. Seine Fangzähne hatten einen unsichtbaren Anspruch auf ihrer zarten Haut hinterlassen.

Ich wollte, dass er verschwand. Wollte ihn tot sehen. Ihn *ersetzen*.

Mein Wolf gab ein zustimmendes Knurren von sich. Fare hatte kein Recht, zwischen mir und Kyra zu stehen. Es gab keinen Grund, warum er in unseren Gedanken verweilen sollte.

Hier ging es um sie und mich. Unsere Wölfe. Unser Band. Zweckverpaarung hin oder her, unsere Bindung war stärker geworden und hatte sich verändert. Was daraus geworden war, das wusste ich nicht.

Aber ich wollte sie.

Zur Hölle, ich *brauchte* sie.

Mein Schwanz war drei verdammte Tage lang hart gewesen, während sie sich ihrem Heilungsprozess gewidmet hatte. Drei verdammte Tage lang war ihr

LEXI C. FOSS

nackter Körper an meinen gepresst gewesen. Drei
verdammte Tage lang hatte ich ihr leises Wimmern
vernommen und ihren köstlichen Nektar in der Nase
gehabt.

Dann war sie aufgewacht und hatte an mir
geschnüffelt, als hätte ich ihr liebstes Parfum getragen.

Und jetzt war sie feucht. Frisch geduscht. *So wunderbar
angeschwollen.*

Ich sah ihr in die Augen, während ich mich nach vorn
beugte, um ihre Klitoris zu lecken. Ihre Pupillen weiteten
sich und ihre Wölfin starrte mich mit unverhohlener
Zustimmung an.

Mein inneres Tier sah zu ihr hoch. Sein tiefes Knurren
rumpelte durch meine Brust und brachte unsere Gefährtin
zum Erzittern.

Ein Alpha konnte diesen Laut dazu benutzen, um seine
Omega feucht werden zu lassen und um eine Brunft zu
begünstigen. Aber Kyra war bereits klatschnass und ihre
Venuslippen glitzerten, benetzt von ihrem Lustsaft.

Ich ließ meine Zunge über ihre feuchten Schamlippen
wandern und gönnte mir eine eingehende Kostprobe.

Kyras Hand, die um mein Haar geschlungen war,
drückte fester zu und ihr Körper erzitterte. „Lorcan",
keuchte sie.

„So gut", lobte ich, erfreut darüber, dass sie weiterhin
meinen Namen benutzte. Das sagte mir, dass sie nicht
mehr verloren in ihrer Läufigkeit und sich tatsächlich
bewusst war, was wir taten.

Und es bedeutete, dass sie nicht an *ihn* dachte.

Ich schloss meine Lippen um ihre Knospe,
entschlossen, ihr sinnliche Befriedigung anstatt Schmerz zu
verschaffen. Sie verdiente es, verehrt zu werden. Angebetet
zu werden. *Befriedigt* zu werden.

Sie öffnete ihre Lippen stöhnend und bewegte ihre

Hüften wellenartig an mich gedrückt, während ich an ihrer harten kleinen Knospe nuckelte.

Wieder kam ihr mein Name über die Lippen – dieses Mal mit einem Keuchen, während sie sich gegen die Kacheln an der Wand lehnte. Sie hatte jetzt ihre beiden Hände in meinem Haar vergraben und ihre Finger versenkten sich fest in meinem Haar, während sie sich an mein Gesicht gedrückt vor und zurück bewegte.

Es war so verdammt heiß, sie sich winden zu sehen. So verlockend, ihren Nektar an meinen Lippen zu spüren. Und ihren Geschmack auf meiner Zunge zu haben, war eine fantastische Erfahrung.

Ich wollte mehr. So. Viel. Mehr.

Ich drückte meine Zunge flach an sie, bevor ich von ihrer Hüfte abließ und meine Hand an ihren Schenkeln hinabwandern ließ. Sie hatte Gänsehaut und ihr Körper erzitterte angesichts meiner Bemühungen.

Ich ließ meine Hand nach oben wandern und neckte ihre Öffnung mit meinen Fingern, woraufhin sie sich von der Wand löste. Ihr Körper schien sich verzweifelt zu wünschen, dass ich Besitz von ihr ergreifen würde. Dass ich sie beanspruchen würde. Dass ich sie innen und außen markieren würde.

Ich gab ihr, was sie wollte, und ließ zwei Finger in sie gleiten, bevor ich sie in einem Winkel positionierte, von dem ich wusste, dass er sie in den Wahnsinn treiben würde.

Sie stöhnte ausgedehnt und laut. Diesen Laut würde ich nie vergessen. Denn *ich* hatte dafür gesorgt, dass sie ihn von sich gegeben hatte.

Und es war *mein* Name, der ihr dabei über die Lippen kam.

Sie stand kurz vor ihrem Höhepunkt. Ich konnte es in der Art spüren, wie sie sich um mich herum zusammenzog. Wie eisern ihr Griff wurde. Wie hart ihre Nippel wurden.

Ich wollte, dass sie kam. Ich wollte, dass sie an meiner Zunge explodierte. Wollte, dass sie mich mit ihrem Geruch markierte, während ich sie mit meinem Mund beanspruchte.

Schrei meinen Namen für mich, kleine Mörderin, murmelte ich. *Lass alle wissen, dass dein Alpha für dich auf seinen Knien ist.*

Ihre Beine zitterten und ihre Finger krallten sich in mein Haar.

Und dann erfuhr sie einen Orgasmus, der unser Band erzittern ließ und dieses schmerzhafte Verlangen in meinem Knoten erzeugte.

Intensive Wogen der Lust bildeten sich zwischen uns, ihr Höhepunkt explosiv. Wunderschön. Himmlisch.

Ich leckte ihre flehende Mitte und liebte ihren zitronigen Geschmack.

Dann, als sie erneut zu kommen begann, lächelte ich. Ihre Omega-Muschi war angeheizt und bereit für ihren Alpha. Sie brauchte mehr als nur meine Zunge, zog sich um meine Finger herum zusammen und verlangte damit nach meinem Knoten.

Aber ich zwang sie, noch einmal so zu kommen. Ich musste jedes letzte Überbleibsel dieses Vampirs von ihrem Körper entfernen.

Als sie aufhörte, meine Finger zu melken, war ihr Körper von drei aufeinanderfolgenden Orgasmen gesättigt worden.

Aber dieses Gefühl von Befriedigung würde nicht lange anhalten.

Sie befriedigt zu haben, hatte ihre Wölfin freigesetzt. Und ihre Wölfin war *hungrig*. Und ihr Vampir auch.

Meine Omega brauchte nach wie vor Blut.

Und sie brauchte meinen Knoten.

Ich küsste einen Weg an ihrem Körper hoch und hielt

an ihren Brüsten inne, als mir wieder einfiel, was sie über Fares Biss gesagt hatte.

Ich griff nach der Seife, die ich vorhin weggelegt hatte – als mein Fokus darauf abgeschweift war, Kyra zu lecken, anstatt sie zu waschen –, und widmete mich wieder ihrer Brust.

Ihre Nippel waren hart und flehten mich an, dass ich sie mit meinem Mund kosten möge. Doch zuerst wusch ich sie dreimal mit Seife und Wasser.

Erst dann widmete ich mich mit meinen Lippen und Zähnen diesen bedürftigen kleinen Knospen.

Ich biss nicht zu. Ich knabberte bloß daran. Kyras Körper verdiente Ehrfurcht. Geneckt zu werden. *Liebe.*

Ich saugte ihren Nippel in meinen Mund und bewegte meine Zunge darum herum. Sie stöhnte und ihre Hände wanderten an meine Schultern, um mich an sich zu drücken.

Sobald ich mich ihren Titten gewidmet hatte, setzte ich – von meiner Nase geführt – meinen Weg nach oben fort.

Fare hatte seinen Geruch an ihrem Hals zurückgelassen. Sein Anspruch zeichnete sich an ihrem gesamten Hals ab.

Ich wusch ihn mit Seife und Wasser weg. Dann küsste ich die unsichtbare Bisswunde weg und markierte Kyra wieder als mein.

Als ich bei ihrem Mund ankam, war sie geradezu der Inbegriff von Verlangen und Begierde. Ihre katzenähnlichen Augen funkelten mit Absicht behaftet und ihre Fingernägel vergruben sich in meinen Schultern.

„Verknote dich mit mir", verlangte sie.

„Wer bin ich?", fragte ich sie zuerst und meine Finger glitten an meine Boxershorts, während ich auf ihre Antwort wartete.

„Mein *zweckfremder* Gefährte", keifte sie, was meine

Mundwinkel zum Zucken brachte. „Lorcan. Eine Elitemann. Ein Alpha, der bald tot sein wird, wenn du deinen Knoten nicht auf der Stelle in mich schiebst."

Ich lachte und entledigte mich meiner Boxershorts in Sekundenschnelle. „Diese Gesinnung werde ich dir rausficken müssen."

„Du kannst es gerne versuchen", erwiderte sie.

Meine Hände wanderten an ihre Hüften und mein Wolf brüllte in Erwartung eines bevorstehenden Triumphs. „Sag mir, wenn ich zu hart bin."

„Das wirst du nicht sein."

„Du unterschätzt, wie sehr ich dich will, kleine Mörderin." Ich hob sie in meine Arme. „Schling deine Beine um mich."

Sie tat, was ich ihr aufgetragen hatte, ihre Bewegung gefügig und drängend zugleich. Ihre Schenkel pressten sich um meine Hüften geschlungen zusammen und verlangten, dass ich in sie glitt. Dass ich sie fickte. Dass ich sie *beanspruchte*.

Ich passte meine Position an, um meinen Schwanz an ihre Öffnung zu führen. Ich hatte ihren Gedanken entnommen, dass es lange her war, seit sie zuletzt von einem Alpha gefickt worden war, also hatte ich vor, langsam in sie zu gleiten.

Aber die verruchte kleine Wölfin bewegte ihre Hüften wellenartig und zwang mich, tiefer und schneller in sie zu stoßen, indem sie sich an mich drückte.

Ihr kam ein Stöhnen über die Lippen und sie ließ ihren Kopf gegen die Wand fallen, während sie ihre Augen schloss.

Kommt nicht infrage, dachte ich und meine Hand fand an ihre Wange. *Sieh mich an, während ich dich ficke, Kyra.*

Sie gehorchte und öffnete ihre Augen langsam. Der

leidenschaftliche Blick machte meine Instinkte ganz benommen.

Ich glitt vollends in sie und liebte es, wie sie ein sanftes Stöhnen von sich gab, als sie meine Größe und Kraft vernahm.

Ich konnte sie verehren und zugleich zerstören, etwas, das zu tun mich ihre Gedanken ermutigten.

Mehr, forderte sie. *Härter.*

Ich zog mein Glied bis auf die Eichel aus ihr und rammte dann erneut in sie, zwang sie, mich vollends in sich aufzunehmen, und beanspruchte sie unwiederbringlich, machte sie zu meiner Gefährtin.

Sie kratzte mit ihren Fingernägeln an meinem Rücken hinab und presste ihre Hüften an meine.

Aber etwas fehlte. Etwas Wichtiges. Ein Teil von ihr, den ich noch immer beanspruchen musste.

Ihren Mund.

Kyra blähte ihre Nasenflügel, als ich ihr in die Augen blickte, und ihre Pupillen glichen riesigen schwarzen Diamanten.

Ich sah unentwegt in ihre Augen, während ich mit meinen Lippen über ihre strich. Dann neckte ich den Spalt dazwischen mit meiner Zunge. Sie ließ mich nach Atem ringend ein und ihr Körper öffnete sich mir in jeglicher Hinsicht.

Ich zögerte nicht, ihre Einladung anzunehmen und jeden einzelnen Teil von ihr zu beanspruchen.

Ihren Mund.

Ihre Zunge.

Ihre Brüste.

Ihre Muschi.

Ich machte meinen Anspruch über jeden Zentimeter ihres Körpers klar und meine strafenden Stöße markierten sie für immer als *mein*. Mein Kuss verdarb sie für jeden zukünftigen Mann – den es niemals geben würde. Meine herumwandernden Hände hinterließen unsichtbare Spuren auf ihrem ganzen Körper.

Mein. Mein. Mein.

Mein Wolf knurrte zustimmend und verlangte, dass ich meine Zähne in ihrem Hals versenkte, um unser Verlobungsband zu erneuern. Aber ich hielt ihn zurück. Kyra war die vergangenen paar Tage zu oft gebissen worden. Ich würde dem Verlangen meines Biestes ein andermal nachgeben.

Denn es würde ein andermal geben.

Zur Hölle, es würde allein heute Nacht noch so viele Male geben.

„Zieh dich um mich herum zusammen", sagte ich zu Kyra. „Markiere mich, wie ich dich markiere. Bring mich dazu, mich mit dir zu verknoten. Bring mich dazu, dich zu *beanspruchen*."

Ihre Fingernägel, die an meine Schultern gepresst waren, verwandelten sich in Klauen und auf ihren Lippen, die an meine gedrückt waren, zog ein Lächeln auf. „Ich will dich zum Bluten bringen."

„Dann tu das", knurrte ich, während ich sie gegen die Wand gedrückt fickte. „Reiß mich in Stücke. Beiße mich. Tu, was immer du willst."

Ihre Mitte zog sich um mein Glied herum zusammen. Ganz offensichtlich schien ihr der Gedanke zu gefallen.

Aber sie ließ ihre Klauen nicht über meine Brust wandern, wie ich es erwartet hatte.

Stattdessen biss sie mir auf die Lippe. *Fest.* Und milderte dann den Schmerz mit ihrer Zunge.

Ihr kam ein Stöhnen über die Lippen, als sie sich etwas von meinem Blut einverleibte. Ein wilder Laut folgte, dann tat sie es erneut. Noch fester.

Ich griff nach ihrem Nacken und drückte zu, um

meine Dominanz zu zeigen. Aber ich hielt sie nicht davon ab, mich zu beißen. Meine kleine wilde Mörderin brauchte ein Ventil, und ich gab es ihr mit Freuden.

Unser Kuss wurde fieberhaft und mein Blut sammelte sich zwischen unseren Körpern, während sie gierig schluckte.

Sie pulsierte um mich herum, näherte sich ihrem Höhepunkt. Ich stieß in sie, spornte sie an – im Wissen, dass ihre bevorstehende Explosion mich mit ihr zusammen über die Klippe stürzen lassen würde.

Mein Knoten pulsierte erwartungsvoll und meine Eier spannten sich an.

So gut, ging mir durch den Kopf, liebte es, wie sie sich um mich herum anspannte. *So verdammt gut.*

Kyras Fingernägel vergruben sich wieder in meiner Schulter und ihr Körper spannte sich an meinen gedrückt an. „Lorcan!", schrie sie, während sie angesichts einer mächtigen Welle der Wonne kam, ihr Körper sich um mich herum zusammenzog und verlangte, dass ich ihr ins Land der Wonne folgte.

Ich brüllte laut, als mein Knoten nach vorn schoss, mich an meine Omega band und uns beide in einen Strudel des Glücks zog.

Der Moment überwältigte jeden Teil meines Wesens. Alles wurde dunkel. Feuer schoss durch meine Adern und entlockte mir Knurrgeräusche.

So verdammt intensiv.

So unglaublich perfekt.

Kyra keuchte und ihr Körper erschauderte angesichts der Unmenge von Lust, die ihr Wesen betäubte.

Sie ließ ihre Stirn an meine Schulter sinken und ihre kleine Zunge streifte behutsam über die blutigen Wunden, die sie mit ihren Klauen geschaffen hatte.

„Trink von mir", flüsterte ich ihr zu. „Ich kann deinen Durst spüren."

Sie erschauderte und ihre Gedanken sagten mir, wie dankbar sie war, dass ich ihr das Angebot erneut unterbreitet hatte. Sie hatte sich zuvor davor gefürchtet, von mir zu trinken. Aber ich sagte ihr mittels eines Gedankens, dass mein Angebot kein Ablaufdatum hatte. Sie konnte mich beißen, wann immer es die Situation erforderte. Ich würde sie nie abweisen.

Ihre Fangzähne versenkten sich in meinem Hals und ihr darauffolgendes Stöhnen wanderte direkt in meine Eier, was mich dazu brachte, mich erneut mit ihr zu verknoten.

Aber ich war noch nicht fertig damit, in ihr zu kommen. Mein Knoten schoss meinen Anspruch auf die intimste aller Arten in sie.

Sie würde meinen Samen tagelang in sich spüren.

Und wenn diese Empfindung langsam zu verblassen begann, würde ich sie ganz einfach erneut füllen.

Ich wollte, dass sie in meinem Samen gebadet war. Durchtränkt von meiner Essenz.

Jetzt gehörst du mir, kleine Mörderin.

Ja. Bis dass der Tod uns scheidet, sinnierte sie mit schläfrigem Tonfall.

Ich lachte. *Ist das eine Drohung?*

Vermutlich.

Hervorragend, erwiderte ich. *Gewaltsames Vorspiel mag ich am liebsten.*

Dann trifft es sich gut, dass ich viele Messer besitze.

Mh. Ja, tut es wirklich, flüsterte ich zu ihr zurück. *Aber zuerst muss ich mich noch einmal mit dir verknoten.*

In meinem Nest, sagte sie zu mir. *Ich brauche … deinen Geruch. In meinem Nest.*

Ich presste meine Lippen auf ihre und küsste sie jetzt

sanfter als zuvor. *Es wäre mir eine Ehre, dein Nest zu beduften, Kyra.*

Sie lächelte etwas scheu. *Danke, Alpha.*

Dieses Mal zwang ich sie nicht, meinen Namen zu sagen. Sie hatte den Titel als Kompliment gemeint. Als eine Art Kosename. Und ich wusste den Gedanken zu schätzen.

Genauso wie ich die Gelegenheit schätzte, ihr Nest zu markieren.

Wieder und wieder.

Bis wir beide zu erschöpft wären, um uns zu bewegen.

Erst dann zog ich sie in meine Arme und flüsterte: „Ich habe meine Meinung geändert. Ich will eine Gefährtin. Ich will dich."

Aber sie schlief bereits tief und fest.

Ihre Gedanken waren wunderbar still.

„Süße Träume, kleine Mörderin", sagte ich zu ihr, während ich an ihren Rücken gedrückt schnurrte. „Heute Nacht wird es keine Albträume geben. Oder jemals wieder. Denn ich bin hier. Und ich werde bleiben."

KYRA

Lorcan stand neben meinem Nest, sein Knoten eine willkommene angeschwollene Abwechslung, die ich zu ignorieren versuchte. Aber er baumelte direkt vor meinem Gesicht herum, zu groß, um ihn zu übersehen. Also konnte er es mir nicht verübeln, dass ich ihn anstarrte.

In typischer Lorcan-Manier zog er seine Augenbraue hoch. „Siehst du etwas, das dir gefällt?"

„Ja", gab ich zu. „Aber ich bin noch nicht fertig."

Ich bückte mich, um eines der Hemden aufzuheben, das er vor Kurzem getragen hatte, und fügte es meinem Nest hinzu. Er war in meinem Nest geblieben, während ich weggetreten war, und hatte darauf gewartet, dass ich aufwachen würde.

Alle Spuren von Fare waren gewichen und vollumfänglich von Lorcan ersetzt worden. Zumindest in meinem Nest.

Was meine Gedanken anbelangte …, das würde eine Weile dauern. Zum Glück hatte ich den Großteil des vergangenen Jahrhunderts darauf verwendet, meine Erfahrungen, die ich mit Fare gemacht hatte, zu verarbeiten.

Was er mir in der vergangenen Woche angetan hatte, war im Vergleich zu unserer Vergangenheit gar nichts. Ich vertrug sein Gift. Und wie es schien, konnte ich mich auch gegen seine Kontrolle durchsetzen.

Etwas war während meiner erzwungenen Läufigkeit an seinen Platz gefallen. Eine Art Schalter, von dem ich nicht wusste, dass ich ihn besaß.

Ich hatte Lorcan davon erzählt, wie meine Wölfin die Kontrolle übernommen und ihr Zorn mir die nötige Kraft geschenkt hatte, um Fares Gedankenkontrolle zu überwinden.

Jetzt konnte ich ihn nicht mehr spüren – vermutlich, weil er nicht aktiv versuchte, mich zu kontaktieren.

Es war definitiv noch nicht vorbei. Aber ich war zuversichtlicher. Hatte das Gefühl, mehr Kontrolle zu haben. *Lebendiger* zu sein.

Ich war ihm entkommen.

Was bedeutete, dass ich es wieder tun könnte.

Obwohl Lorcan darauf versessen zu sein schien, mir nicht von der Seite zu weichen, bis Fare sein Ende gefunden hatte. Er hatte es nicht laut kundgetan, aber ich hatte es in seinen Gedanken vernommen.

Zusammen mit mehreren anderen Dingen, die er noch nicht laut ausgesprochen hatte.

Wie zum Beispiel die Tatsache, dass er im Refugium verbleiben wollte. Auf unbestimmte Zeit.

Das Band zwischen uns wurde stärker. Ich war mir nicht sicher, was ich davon halten sollte. Nur, dass es sich richtig anfühlte.

Keiner von uns versuchte unserer Verbindung ein Etikett aufzudrücken.

Und das gefiel mir.

Meine Wölfin war auch zufrieden. Vor allem, weil ihr Alpha weiterhin für sie schnurrte. So zum Beispiel jetzt. All der rumpelige Genuss bahnte sich seinen Weg zu mir, während ich mich bückte, um eines meiner vielen Kissen aufzuschütteln.

Obwohl ich es nicht laut ausgesprochen hatte, wusste Lorcan, wie wichtig mir mein Nest war. Vor allem, weil Fare mich nie eines hatte behalten lassen.

Das hier war über ein Jahrhundert lang mein Zufluchtsort gewesen. Nie hatte ich einem Alpha Zutritt gewährt.

Lorcan war der Erste gewesen, als er uns durch die Schatten hierher bugsiert hatte, nachdem wir uns draußen einen Sparringkampf geliefert hatten.

Dann war Fare hergekommen und hatte meinen Zufluchtsort beschmutzt, wie er es immer getan hatte. Lorcan hatte das Chaos während meiner Abwesenheit beseitigt.

Und dann war er hiergeblieben und hatte das Refugium beschützt.

Er hatte außerdem versucht, mich aufzuspüren. So viel hatte ich der Karte entnommen, die er mir gezeigt hatte. Sie hing im Korridor direkt vor meinem Nest. An allen potenziellen Standorten, an denen Fares Nest sich befinden könnte, waren Reißnägel angebracht – allesamt basierend darauf, was ich und seine Instinkte ihm gesagt hatten.

Er und Kieran hatten außerdem ihre Verbündeten in anderen Sektoren rund um die Welt gebeten, ihnen Auskünfte zu erteilen, und gehofft, dass jemand ihnen einen Tipp geben konnte.

Lorcans Schnurren wurde lauter, als ich aus meinem Nest krabbelte, um mehr Kleidung aus seinem Korb zu holen. Dieses Mal schnappte ich mir Boxershorts und stützte eines meiner Kissen damit auf. Dann kehrte ich zum Korb zurück, um mir eine Loungehose zu holen. Sie war schwarz und roch nach Immergrün. Dazu ein Hauch sinnlich-männlichen Duftes. Ich atmete den Geruch tief ein und fügte sie dann meinem stetig größer werdenden Haufen von Gegenständen hinzu, die nach Lorcan rochen.

Er bewegte sich nicht, während ich weitermachte. Er stand nur da und wartete darauf, gebraucht oder gerufen zu werden.

Ich machte mich in meinem Nest breit und rollte darin herum, meine innere Wölfin und der Vampir in mir auf eine Art glücklich, wie ich es schon sehr, sehr lange nicht mehr gewesen war.

Seufzend krabbelte ich nach hinten und sah meinen Gefährten mit erwartungsvollem Blick an. „Ich bin bereit für deinen Knoten, Alpha."

Ein Lächeln tauchte auf seinen Lippen auf, während er ein Knie auf die Matratze stemmte. „Wo willst du ihn, Omega?"

Ich spreizte meine Beine. Meine Schenkel waren bereits feucht. „Hier."

„Willst du zuerst meine Zunge spüren?"

Ich dachte einen Moment lang darüber nach und kaute auf meiner Unterlippe herum. Dann schüttelte ich langsam meinen Kopf. Denn … Nein. Ich wollte ihn in mir. Wollte, dass er sich mit mir verknotete. Wollte, dass er seinen männlichen Geruch in unserem ganzen Nest verteilte.

Das würde mein Projekt finalisieren. Würde *unsere Verbindung* vervollständigen.

Er krabbelte über mich und sah mich mit seinen dunklen Augen eindringlich an, während er sich zwischen meine Beine sinken ließ, sein Schwanz heiß und prall an meine Mitte gedrückt. „Das waren die wohl schmerzhaftesten drei Stunden meines ganzen Lebens … Dir dabei zuzusehen, wie du nackt herumrennst und an deinem Nest herumbastelst."

„Noch schmerzhafter als meine Läufigkeit?", fragte ich und drückte mein Becken an seinen Körper.

„*Scheinläufigkeit*", korrigierte er. „Und diese Erfahrung war anders. Damals war es mir nicht erlaubt, Hand an dich zu legen."

„Und jetzt?"

„Jetzt …" Er glitt mit einem gezielten Stoß in mich und seine angeschwollene Länge füllte mich auf wunderbare Art. „Jetzt gehörst du *mir*."

Ich stöhnte, als er sein Glied vollends aus mir zog und dann erneut in mich drang. Sein breiter Schaft dehnte mich mit jedem seiner Hüftstöße aus.

Es war anders als all meine bisherigen Erfahrungen mit Alphas, vor allem, weil die hier einvernehmlich war. Beide Teile von mir begehrten Lorcan, selbst meine vampirische Hälfte. Er gab mir das Gefühl, vollständig zu sein – und das auf unerwartete Art und Weise. Sein Wolf beruhigte meine Wölfin auf eine Art, wie mir nicht bewusst gewesen war, dass ich es gebraucht hatte.

Zweckverpaarung soll es sein, sinnierte ich und erhob meinen Körper, um ihn an seinen zu pressen. *Sowas von zweckdienlich. Mehr als zweckdienlich. Ziemlich verdammt wunderbar, um ehrlich zu sein.*

Du meinst wohl eher spektakulär, korrigierte er, während sein Mund den meinen plünderte.

Ich stöhnte, als seine Zunge zwischen meine Lippen glitt und die Bewegungen seiner unteren Hälfte nachahmte.

Er plünderte und verehrte.

Nahm und gab.

War besitzergreifend und nährend.

Ich schlang meine Arme um seinen Hals, verloren in unserer Liebkosung, und liebte es, wie er mit mir umging. Es war alles andere als sanft. Er behandelte mich viel eher wie eine Gleichberechtigte als etwas Zerbrechliches. Was genau das war, was ich brauchte.

Mein Trauma lag in der Vergangenheit. Ich konnte es nur ausradieren, wenn ich in der Gegenwart geerdet blieb.

Ich wollte nicht als zerbrechlich angesehen werden, sondern als stark. Und sein Tempo sagte mir, dass er das wusste. Dass er das respektierte. Dass ihm das *gefiel*.

Ich biss auf seine Unterlippe, sodass Blut floss, und ließ es auf meine Zunge rieseln.

Er knurrte, sein Wolf erfreut über meine Bisswunde. Sie heilte immer wieder, was mich dazu brachte, ihn oft zu beißen – nur um sicherzugehen, dass mein vampirischer Kuss seiner Haut nie weichen würde.

Dieser Mann gehörte mir.

Wenn eine der anderen Omegas vor Ort auch nur daran denken würde, ihn zu beanspruchen, würden sie Schmerzen erleiden. Denn ich würde ihn nicht teilen. Niemals.

Er stöhnte, was einen Schauer an meinem Rücken hinabsandte. *Ich werde dich auch nicht teilen, Gefährtin,* flüsterte er in meinen Gedanken. *Du gehörst mir.*

Das sagst du immer wieder.

Dann erlaube mir, es dir zu beweisen, konterte er und ließ seinen Mund an meinen Hals wandern.

Ich erstarrte, als er seine Zähne in meiner Haut versenkte – fest genug, um mich bluten zu lassen.

Aber er trank nicht von mir. Er hinterließ bloß einen Abdruck auf meiner Haut, was sich irgendwie seltsam … beruhigend anfühlte. *Eine weitere Erinnerung, die der Vergangenheit angehört,* realisierte ich. *Ersetzt von Lorcan.*

Er leckte die Wunde und sein inneres Tier gab ein zustimmendes Knurren von sich. Doch er drängte mich nicht, mehr auszuhalten. Spritzte kein Gift in meine

Adern. Zwang mich nicht, gegen meinen Willen meine Läufigkeit zu durchlaufen.

Weil er kein Vampir war.

Sondern ein Wolf.

Mein Wolf.

Mein Alpha.

Und er glaubte nicht daran, etwas mit Gewalt an sich zu reißen. Er wollte, dass ich aus freiem Willen mitmachte – aus Lust und Verlangen.

Ich drückte meine Hüften an seine und nahm ihn damit tiefer in mir auf, musste alles von ihm spüren. Seinen Knoten. Seine Wonne. *Seinen Samen.*

Füll mich, Alpha, verlangte ich. *Markiere mich als dein.*

Sein Mund kehrte zu meinem zurück und er stieß ein Knurren aus, das durch und durch zu einem Alphamännchen gehörte. Ihm gefiel die Idee, Besitz von mir zu ergreifen. Es war ein Kick, gegen den anzukämpfen er sich nicht bemühte – und das, obwohl er keine Gefährtin haben wollte.

Ich konnte das verstehen, weil es mir genauso ging.

Ich nahm meine Instinkte an, liebte es, wie es sich anfühlte, von derartiger Manneskraft genommen zu werden. Geschätzt zu werden. *Besessen* zu werden.

Ich krallte meine Fingernägel in seinen Rücken, weil meine Wölfin das Bedürfnis verspürte, ihn ebenfalls zu beanspruchen, während ich ihm das Blut von den Lippen leckte.

Ich hatte geglaubt, dass nur das Blut eines Vampir-Alphas meine Omega-Bedürfnisse stillen könnte, aber wie sich herausstellte, war Lorcan mehr als nur imstande dazu.

Tatsächlich war er genau das, was ich begehrte.

Stark. Fürsorglich. Dominant.

Jeder noch so kleine Teil von ihm war begehrenswert

und war es von Anfang an gewesen. Ich hatte es mir selbst und ihm gegenüber bloß nicht zugeben wollen.

Er schlang seine Hand um meinen Hals und seine Alpha-Kraft nahm überhand, während seine andere Hand sich an meine Hüfte begab.

Er übernahm in jeglicher Hinsicht die Kontrolle und fickte mich mit einer Wucht, die mir den Atem raubte.

Er hielt sich nicht zurück.

Keine sanften Bewegungen.

Nur pure Alpha-Aggression.

Und ich liebte es. Sehnte mich danach. *Brauchte* es.

Jeder Stoß verjagte die Vergangenheit aus meinem Bewusstsein und ersetzte sie mit Gedanken an Lorcan. Mit neuen Erinnerungen. Mit neuen Erfahrungen. Mit veränderten Erwartungen.

Ich keuchte unter ihm und schlang meine Beine mit ganzer Kraft um ihn. Meine Mitte bebte für ihn und meine Knospe bekam Reibung ab, wann immer er sich nach vorn bewegte.

Es war intensiv.

Perfekt.

Erregend.

Sein Knoten war direkt dort und pulsierte an meinen Körper gedrückt, das pralle Stück durch und durch Alphamännchen. Ich wollte ihn in mir. Wollte, dass er uns zusammenschweißte. Wollte, dass er uns auf ganz neue sinnliche Höhen brachte.

Ich hatte mich für so lange Zeit hiervor gefürchtet. Hatte mich davor gefürchtet, einen anderen Alpha auf diese Art in mich zu lassen.

Aber Lorcan war anders. Er war *mein.*

Dein, flüsterte er. *Und jetzt komm für mich, Gefährtin. Presse meinen Knoten aus und reiße mich mit dir über den Abgrund.*

Ich drückte mich stöhnend an ihn, während sein Befehl

durch meine Seele streifte und an meinen Nervenenden zerrte. Ich wollte seiner Forderung nachkommen. Sein Lob erfahren. *Mir seinen Knoten verdienen.*

Meine Gliedmaßen spannten sich an, als der Strudel, der in mir wütete, drohte, überzuquellen. Mir krümmte sich vor Lust der Magen. Es war intensiv. Überwältigend. Leidenschaftlich.

Lorcans Zunge zähmte meine und seine Gedanken trieben mich an, weiterzumachen.

Jetzt, Gefährtin, verlangte er. *Komm für mich. Auf der Stelle.*

Ihn wiederholt *Gefährtin* in meinen Gedanken sagen zu hören, entfachte ein Feuer in mir. Es gab mir das Gefühl, geschätzt zu werden. Respektiert zu werden. *Beansprucht.*

Mein Herz setzte einen Schlag aus und mir stockte der Atem. *So viel. Zu viel.* Es war überwältigend. Heiß. Alles einnehmend.

Ich spannte mich um ihn herum an und meine untere Körperhälfte hob sich vom Bett ab, während die Flammen meine Nervenenden von Kopf bis Fuß heimsuchten.

Mir kam sein Name über die Lippen, doch der Laut wurde von seinem darauffolgenden Knurren geschluckt. So animalisch. Ungebändigt. Autoritär.

Als sein Knoten nach vorn schoss und mich auf eine Art beanspruchte, wie es nur ein Alpha konnte, breitete sich explosionsartig eine Wärme in mir aus.

Stürmische Beben erfassten mein Wesen und ich konnte nichts weiter tun. War bewegungsunfähig. Verloren in meinen inkohärenten Schreien. *Befriedigt.*

Oh, so unglaublich befriedigt.

Immer und immer wieder.

Unendliche Befriedigung. Personifizierte Ekstase.

So sollte es sich anfühlen, sich mit einem Alpha zu verpaaren. Es sollte eine tiefgehende Begegnung von

Seelen auf einer Ebene sein, die nicht existierte. Eine außerkörperliche Erfahrung. Vergessenheit. Die Umstrukturierung von Realität.

Ich klammerte mich die ganze Zeit über an ihn, genoss die euphorischen Wogen, die meinen Kern heimsuchten und mich in ein unendliches Meer der Wonne trieben.

Lorcan.

Kyra, erwiderte er mit einem verehrenden Tonfall, bevor er mich innig küsste. *Gefährtin.*

Ich erschauderte und schlang meine Arme wieder um seinen Hals. Sie waren während meines Höhepunkts an die Seiten gefallen. Mein Körper hatte eine Art spirituellen Moment durchlebt. Es war, als wäre ich gestorben und hätte ins Leben zurückgefunden, und das auf die bestmögliche Art und Weise.

Seine Zunge erdete mich und versicherte mir, dass ich nie wirklich weg gewesen war. Dass alles nur ein sinnlicher Augenblick gewesen war.

Unsere Gerüche, die sich miteinander vermischt hatten, stiegen in meine Nase und mein Nest fühlte sich vollständiger an als jemals zuvor.

Ich atmete tief ein und seufzte. *Immergrün. Alpha. Orangen. Tote Rosen.*

Ich runzelte die Stirn, als ich die letzte Duftnote vernahm.

Moment Mal … Ich riss meine Augen auf und erstarrte.

„Was ist los?", fragte Lorcan, dessen gutaussehendes Gesicht direkt über meinem schwebte. Sein Knoten war noch immer tief in mir vergraben.

Ich öffnete meinen Mund, dann schloss ich ihn wortlos wieder.

Und nahm einen weiteren tiefen Atemzug.

Tote Rosen.

Sie waren weg. Sie waren nicht hier. *Wie …?*

Ich suchte mein Bewusstsein ab und meine Wölfin begann nervös auf- und abzugehen.

„Ich …" Ein stechender Schmerz breitete sich in meinem Herzen aus und brachte meinen Körper dazu, unter Lorcans zusammenzuzucken, als meine Schattenwandelfähigkeit sich gegen meinen Willen zu aktivieren schien.

Ich riss meine Augen auf und schlang meine Arme fester um Lorcan.

Nein!, schrie ich und kämpfte gegen den Drang an, zu verschwinden. *Nein, nein, nein!*

Lorcan knurrte und seine Kräfte hüllten mich in eine telekinetische Umarmung, die mich zum Bleiben zwang. Aber mein Bewusstsein insistierte.

Komm zu mir, hörte ich Fare flüstern. *Komm verdammt noch mal zu mir. Auf der Stelle.*

Nein, gab ich knurrend zurück und mein Bewusstsein zerbarst angesichts seines Befehls und der Unfähigkeit meines Körpers, ihm zu gehorchen.

Sofort!, verlangte Fare.

Alles verschwamm immer wieder – Licht und Dunkel befanden sich im Schlagabtausch – und alles wurde abwechselnd schärfer und wieder unscharf.

Nein, wimmerte ich, während mein Bewusstsein mit meinem Körper rang – mit Fare, mit meiner gesamten Existenz.

Lorcan, der über mich gebeugt war, sagte etwas, aber ich konnte ihn nicht hören. Ich konnte kaum atmen. Das Verlangen, durch die Schatten zu reisen, nahm mein gesamtes Wesen ein. Aber das konnte ich nicht. Lorcan ließ mich nicht. Und doch verlangte Fare danach.

Plötzlich fühlte ich mich in zwei Richtungen gezogen.

Gefangen zwischen zwei ringenden Alphas.

Zwei gegensätzliche Forderungen.

Zwei starke Persönlichkeiten.

Zwei uralte Wesen.

Die mich entzweirissen. Die die Seelen meiner Wölfin und meines Vampirs zerstörten.

Als ich versuchte, gegen sie beide anzukämpfen und meine eigene Entscheidung zu treffen, breitete sich ein Schmerz in mir aus.

Mein Nest. Meinen Zufluchtsort. Meinen Alpha. Das war, was ich wollte. Was ich brauchte. *Das hier ist mein Leben. Meine Seele. Ich werde tun und lassen, was ich will!*

Ein unbarmherziges Lachen hallte durch meinen Kopf und Fare verspottete meinen Versuch, mich ihm zu widersetzen.

Doch im nächsten Augenblick, als Lorcan einen Schub heilende Energie direkt in meine Gedanken schoss, knurrte er.

Ich zuckte zusammen. Die Kraft vertrieb Fare kurz aus meinem Kopf. Aber ich wusste, dass es nicht dabei bleiben würde. Er hatte eine Art Anker in meinem Kopf hinterlassen. Eine Hintertür, die es ihm erlaubte, Kontrolle über mich auszuüben.

Oder zumindest, um mir zu befehlen, dass ich durch die Schatten zu ihm zurückkreisen sollte.

Ich vergrub meinen Kopf an Lorcans Brust und atmete seinen Geruch gierig ein. Ich wollte mich wieder vollständig fühlen. Wollte mich darauf besinnen, dass ich *hier*, bei *ihm*, war.

Seine Arme waren um mich gelegt und sein Wesen beschützte mich.

Aber das würde nicht lange anhalten.

Ich konnte spüren, wie Fare sich seinen Weg zu mir bahnte.

Doch dann hüllte mich Lorcan mit einer weiteren Explosion seiner Heilkraft ein.

Sein Knurren rumpelte durch meine Brust, gefolgt von seinem Schnurren.

Nein, beides zusammen.

Meine Gedanken rasten, wollten nachvollziehen, was hier vor sich ging.

Er spricht, realisierte ich. *Er spricht mit jemandem und knurrt.*

Aber das Schnurren war nur für mich.

Ein Leuchtfeuer. Ein weiterer Anker. Einen, den ich zu schätzen wusste. Einen, den ich *brauchte*.

Diese heilende Energie kämpfte gegen die Kontrolle in meinem Kopf an, während Lorcan mich in der Realität erdete und es mir ermöglichte, ihn erneut anzusehen.

Er hatte uns auf die Seite gerollt, sein Knoten nicht mehr mit mir verbunden.

Seine Hand lag auf meiner Wange, sein Blick ruhte auf mir.

„Wir werden ihn umbringen", versprach er mir. „Wir werden ihn finden und ihn umbringen."

Ich blinzelte, fühlte mich plötzlich unheimlich erschöpft. *Lasst mich wissen, wie ihr vorankommt*, dachte ich schläfrig in seine Richtung und meine Augen schlossen sich langsam.

Oh, nein, Gefährtin, flüsterte er zu mir zurück. *Ich werde einen Sitz in der ersten Reihe haben und dir dabei zusehen, wie du ihn umbringst. Und dann werde ich dir ein Streichholz reichen, damit du seine Überreste verbrennen kannst.*

Ich schluckte schwer. Der Gedanke beglückte mich.

Fare ein für alle Mal zu töten war ... ein äußerst angenehmer Gedanke.

Dass Lorcan wollte, dass ich es tat, machte die Sache umso besser.

Ruhe dich aus, ergänzte er. *Kieran wird bald hier sein, um Fare aus deinen Gedanken zu verbannen. Dann werden wir die Jagd beginnen.*

LORCAN

Kieran stand im Korridor, sein Blick auf die Karte gerichtet, während seine heilende Kraft Kyra ummantelte.

„Sie hat seine Kontrolle bereits aus eigenem Antrieb abzustreifen begonnen", hatte er mit merklicher Bewunderung gesagt, als er angekommen war. „Es sei denn, du warst das?"

Ich hatte meinen Kopf geschüttelt. Nein, das war nicht mein Verdienst gewesen. Kyra hatte es allein bewerkstelligt.

Kieran hatte genickt und dann damit begonnen, ihr Bewusstsein von Fares Kontrolle zu befreien, wie er es bei Myon und Fritz getan hatte.

Es wäre schneller gegangen, wenn er sie hätte berühren können, aber er wusste, dass es weise war, ihr Nest nicht zu betreten. Vor allem, wenn ich in der Nähe war.

Unsere Verpaarung mochte als platonische Geschäftstransaktion begonnen haben, aber sie war zu etwas so viel Größerem herangewachsen. Kieran konnte das zweifellos darin spüren, wie mein Wolf gerade so unter der Oberfläche herumstreifte.

„Ich warte immer noch auf ein paar Rückrufe", sagte er mir mit beiläufigem Tonfall. „Aber ich habe genug Informationen von unseren Verbündeten erhalten, um einige Standorte von der Karte streichen zu können."

Er zählte die Namen der Inseln auf, sodass ich mich auf etwas anderes konzentrieren konnte, während Kyra heilte.

Dann sagte er mir, welche Alpha-Omega-Paare diese Woche in das Refugium ziehen würden. Es gab vier Paare, alle aus dem Blutsektor.

„Ich kann nicht lange hierbleiben", ergänzte er. „Mein Wolf vermisst seine schwangere Gefährtin. Und ich auch."

Ich sah durch die Tür ins Zimmer und mein Blick fiel auf Kyra, die in ihrem Nest lag. Ein Bild, das sie schwanger mit unserem Welpen zeigte, liebäugelte mit meinen Gedanken. Das würde ganz bestimmt noch lange nicht passieren, aber vielleicht eines Tages. Wenn es das war, was sie wollte.

Wenn dieser Tag jemals kommen würde, bezweifelte ich, dass ich die Kraft besitzen würde, ihr von der Seite zu weichen.

Was mich die Stirn runzeln ließ.

Kieran war aus Pflichtbewusstsein durch die Schatten hierhergereist. Vermutlich war sein Drang, das Refugium seiner Gefährtin beschützen zu wollen, der Motivator gewesen, den er gebraucht hatte, um Quinnlynn allein zurückzulassen.

Ich würde dasselbe für Kyra tun, wenn es die Situation erforderte. Aber ich war nicht sicher, ob ich es für ihn tun könnte.

Was auch der Grund für meine krausgezogene Stirn war.

Irgendwann hatte sich meine Loyalität verlagert.

Kyra war jetzt meine oberste Priorität, nicht mein Cousin.

„Missfällt dir meine Wahl der Alpha-Omega-Paare?", fragte Kieran und musterte mich eingehend mit seinen tiefschwarzen Augen.

Ich schüttelte meinen Kopf. „Nein, die Paare sind gut. Ich gehe davon aus, dass Quinnlynn sie bereits abgesegnet hat?"

„Hat sie", bestätigte er. „Aber ich sehe dir an, dass dich Zweifel befallen haben."

„Weil mich deine Bemerkung, dass du deine Gefährtin vermisst, zur Einsicht gebracht hat, dass es mir alles andere als einfach fallen würde, meine zurückzulassen", sagte ich ihm. Ich war immer direkt mit meinem Cousin gewesen. Auch wenn wir nur selten miteinander gesprochen hatten. Na ja, *ich* hatte nur selten gesprochen. Vorwiegend, weil ich nie viel zu sagen gehabt hatte.

Aber das hatte sich in letzter Zeit geändert.

Wegen Kyra.

„Darauf bin ich auch schon gekommen." Kieran musterte mich mit wissendem Blick von Kopf bis Fuß. „Du weißt, dass diese Entscheidung deinen neuen Titel zu einem permanenten Namensbegleiter machen wird, richtig?"

„Ja, tue ich." Denn Kyra würde das Refugium nie verlassen wollen. Das hatte ich ihren Gedanken entnommen. Das hier war ihr Zuhause. Sie hatte es sich zur Lebensaufgabe gemacht, den Schutz der Omegas, die hier lebten, zu gewährleisten, und nichts und niemand würde ihr das wegnehmen können.

Ich würde ihre Meinung niemals ändern wollen.

Wenn sie ihr Nest hier haben wollte, dann würden wir unser Nest hier haben. Und ich würde ihr dabei helfen, das

Refugium anzuführen, indem ich die Alphas im Zaum behielt.

„Hast du mit ihr darüber gesprochen?", fragte er.

„Noch nicht." Ich hatte ihr im Verlaufe des vergangenen Tages ein paar Einzelheiten erzählt, aber wir hatten unsere Zeit mehrheitlich zwischen den Laken verbracht. Oder auf ihnen. Oder in der Dusche. Und einmal gegen die Tür gepresst.

„Weiß sie von Fritz?"

„Sie weiß, dass er am Leben ist." Sie wusste auch, dass Fare seine Gedanken kontrolliert hatte, weil der Vampir damit geprahlt hatte.

„Das Einzige, was sie nicht verstanden hat, war, warum Fare Fritz nie über mich ausgefragt hat." Denn offenbar hatte Fare Kyra mit allen Mitteln meinen Namen zu entlocken versucht.

Und doch hatte sie ihm ihn nie genannt.

Was gut war.

Denn wenn sie das hätte, wäre er jetzt vermutlich auf der Flucht. Es war besser, wenn er mich für einen ganz normalen Alpha hielt.

Das würde ihn selbstbewusst machen. Sein Ego streicheln. Sicherstellen, dass er lange genug an einem Ort verweilte, damit wir ihn aufspüren und töten konnten.

Natürlich konnte es gut sein, dass die heutige Zurschaustellung von Macht ihm gesagt hatte, um wen es sich bei seiner Konkurrenz handelte.

Deshalb war es umso wichtiger, dass wir ihn schnellstmöglich aufspürten.

„Hast du ihr erklärt, dass seine Träume immer endeten, wenn Fare etwas über das Refugium hat in Erfahrung bringen wollen?"

Ich nickte. „Ich habe ihr gesagt, dass er deswegen auch

nichts über sie herausfinden konnte. Sie ist Teil des Refugiums. Und er konnte nicht irgendwelche Gedanken über Kyra einpflanzen, die Fritz zum Reden hätten bewegen können."

So schien Fare den Omega kontrolliert zu haben – mit Gedankenstimulation.

So hatte er zum Beispiel den Gedanken inspiriert, die Videokameras auszuschalten.

Und den Gedanken, Quinnlynn zu manipulieren.

Obwohl ihre Eltern am Ende technisch gesehen doch von einem Alpha getötet worden waren. Nur nicht von einem V-Clan-Alpha.

Kieran gab ein Summen von sich und sein Blick wanderte zurück zur Karte. „Sie ist fast vollständig geheilt."

„Danke."

„Kein Grund, mir zu danken. Du würdest dasselbe für mich tun, wenn du könntest." Sein Blick wanderte zurück zu mir und er sah mich mit seinen schwarzen Augen an. „Du weißt schon, dass die Tatsache, dass du der neue Alpha des Refugium-Sektors bist, dich nicht von deiner Pflicht als Elitemann befreit, oder?"

„Ich bin dem Blutsektor-König für immer versklavt."

„Immerhin sind wir Blutsverwandte", säuselte er.

Ich rollte meine Augen, doch meine Mundwinkel zuckten. „Hast du den Zauber repariert?", fragte ich, war mir bewusst, dass er gestern endlich die Wurzel des Problems gefunden hatte.

Er nickte. „Ja. Jetzt, wo ich der Magie endlich Herr geworden bin, war ich in der Lage, ihn zu reparieren."

„Also stand der Angriff in Zusammenhang mit den Diamanten?"

„Ja", bestätigte er. „Das war der wahre Grund, weshalb der Schmuck die Barriere berühren musste. Ich bin dahintergekommen, als ich endlich die Hintertür gefunden habe."

„Also haben wir keinen Verräter in unserer Mitte."

„Nicht, dass ich wüsste. Aber Jas durchleuchtet noch immer alle. Sie hat deine Anmerkungen ernst genommen."

„Gut." Denn eine gewisse Bezeichnung machte jemanden nicht automatisch unschuldig.

„Aber zurück zur magischen Barriere. Bedeutet das, dass die Explosion nicht nur dazu bestimmt war, Quinnlynn zu töten, sondern auch, um die Hintertür zu schaffen?"

Ich wollte sichergehen, dass wir an alles gedacht hatten und es keine weiteren Sicherheitslücken auf der Insel gab.

„Ja. Es scheint der Notplan gewesen zu sein, von dem Myon nicht gewusst hatte. Den Bann, den er gesprochen hat, hatte er von Fare eingeflüstert bekommen und nicht etwa aus der Erinnerung gesprochen. Das führt natürlich zur Frage, wie Fare an diese Information herangekommen ist."

Stimmt, dachte ich und runzelte die Stirn. „Er ist uralt. Es könnten alte Bekannte gewesen sein." Aber wer auch immer es war, es musste sich dabei um einen V-Clan-Wolf handeln. Denn nur V-Clan-Rudelmitglieder verstanden unsere Magie.

„Ja", wiederholte Kieran, führte seine Hand an seinen Nacken und streckte sich. Die Bewegung sagte mir, dass er erschöpfter war, als er sich anmerken ließ.

Wie es schien, hatte den Bann zu reparieren ihm viel abverlangt. Angesichts dessen, dass es sich dabei um einen Schutzbann handelte, der die gesamte Insel verhüllte, überraschte mich das nicht.

„Sie ist geheilt", murmelte er und schloss seine Augen. „Du kannst sie jetzt aufwecken."

Anstatt sie aufzuwecken, befreite ich ihre Gedanken

ganz einfach von meiner heilenden Essenz und bot ihr die Gelegenheit, von allein aufzuwachen.

Dann drehte ich mich zur Karte um, während wir warteten. „Hat Ander sich schon bei dir gemeldet?", wollte ich wissen und bezog mich dabei auf den Alpha des Andorra-Sektors. Er war ein X-Clan-Wolf, der Zugriff auf einige der weltbesten Technologien hatte.

Natürlich war sie nicht so gut wie unsere, aber sie überwachten Bereiche, die wir nicht überwachten.

„In seiner letzten Nachricht sagte er, dass er vielleicht eine Spur hätte, aber er hat noch nichts bestätigt. Ich werde es dich wissen lassen, sowie ich von ihm höre." Er sah auf seine Uhr. „In der Zwischenzeit werde ich meine Gefährtin anrufen und sie über das Neueste informieren. Sie wird erfreut darüber sein, dass Kyra in guten Händen ist."

„In sehr guten Händen", hörte ich sie aus dem Zimmer murmeln. „In exzellenten Händen. In Alpha-Händen. In *Lorcans* Händen."

Ihr trunkener Tonfall brachte mich zum Lächeln. „Da ist wohl jemand high von Heilmagie."

Sie gab ein zufriedenes Summen von sich und Kieran grinste. „Viel Spaß", sagte er zu mir und reiste durch die Schatten aus dem Korridor, bevor mein Wolf darüber nachdenken konnte, dass Kyra *seine* Magie genoss und nicht etwa meine.

Sie ist geheilt, sagte ich zu meinem Biest. *Fang jetzt nicht zu schnappen an.*

Er schnaubte leicht verärgert, aber ein Blick durch die Tür genügte, um ihn ermuntern und den Gedanken vergessen zu lassen. Denn seine Omega saß aufrecht in ihrem Nest und sah verschlafen und doch so perfekt aus.

Und sie war nackt.

Ich hatte sie mit Laken zugedeckt, bevor Kieran

angekommen war – bemüht darum, ihren wunderschönen Körper zu verhüllen.

Ein lächerlicher Gedanke, wenn ich ehrlich war, wo wir doch beide Gestaltwandler waren, die nackt sein mussten, bevor wir uns in unsere Wölfe verwandeln konnten.

Aber das hielt meine besitzergreifenden Instinkte nicht davon ab, sich in ihrer Anwesenheit zu zeigen.

„Was hat Kieran mit mir gemacht?", fragte sie verträumt. „Ich fühle mich ... *frei*."

„Er hat jeden einzelnen Strang der Gedankenkontrolle gelöst, den Fare jemals in deinem Kopf gewoben hat", sagte ich und trat ins Zimmer.

Die Tür fiel sanft hinter mir ins Schloss, sodass wir allein in ihrem Zufluchtsort waren.

Sie streckte ihre Arme über ihren Kopf, was ihre Brüste sinnlich zur Schau stellte. Es spielte keine Rolle, dass ich mich erst noch vor nur einer Stunde mit ihr verknotet hatte. Mein Schwanz war hart und bereit für mehr.

Und ihr Geruch verriet mir, dass es ihr genauso ging.

Ich streifte auf sie zu und meine Jeans verschwand auf dem Weg zu ihr. Ich hatte mir kein Oberteil oder Schuhe angezogen, da mein Cousin mich während unseres langen Lebens schon mehrere tausend Male nackt gesehen hatte.

Kyra ließ sich in ihr Nest zurückfallen und ich kletterte über sie. In ihren Augen leuchtete ein verheißungsvoller Blick. „Wir werden über all die Veränderungen sprechen müssen, die hier vor sich gehen", sagte sie. „Darunter diese Position als ‚Sektoren-Alpha des Refugiums', die ich Kieran habe erwähnen hören. Aber zuerst will ich, dass du mich fickst."

„Du hast unser Gespräch mitgehört?"

„Ja, habe ich. So in der Art. Es war wie ein Traum, aber irgendwie auch nicht." Sie runzelte die Stirn. „Das ist doch wirklich geschehen, oder? Du hast ihm doch gesagt, dass … dass … du deine Gefährtin nicht wieder einfach so zurücklassen kannst?" Ein Hauch Unsicherheit schwang ihrem Tonfall mit, der ihre Gedanken zum Ausdruck brachte.

Denn ich hatte sie zuvor schon einmal zurückgelassen.

Als ich im Flugzeug mit Quinnlynn und Kieran in den Blutsektor geflogen war.

Und während meiner Abwesenheit hatte Fare sie entführt.

Sie gab mir keine Schuld daran. Sie verstand, warum ich mit meinem Cousin und seiner Gefährtin mitgegangen war. Aber sie fragte sich jetzt, was sich seither geändert hatte.

Also ließ ich sie meine Gedanken hören. Die Schlüsse, die ich gezogen hatte, nachdem ich Kieran von seiner schwangeren Gefährtin hatte sprechen hören. Wie ich eingesehen hatte, dass ich Kyra nicht verlassen konnte. Dass meine Treue jetzt ihr galt.

Ich weiß nicht so recht, wann es geschehen ist, gab ich zu. *Vielleicht … sowie wir uns verpaart haben. Vielleicht ist dieses Bedürfnis seither einfach stetig gewachsen. Aber jetzt weiß ich, wie ich fühle. Ich werde hierbleiben, wenn du mich hierhaben willst.*

Ich ging sicher, dass sie hören konnte, dass ich sie nicht zwingen würde, mich anzunehmen. Dass es in Ordnung war, wenn wir unsere Beziehung bis auf Weiteres nicht definierten. Dass ich verstand, dass das ganz schön viel auf einmal für uns beide war. Unsere jetzige Verbindung war etwas völlig anderes als unsere anfängliche Abmachung.

Doch für mich war das hier keine Zweckverpaarung mehr.

Diese Verpaarung war echt.

Mein Wolf war verliebt.

Und ich verspürte ein aufrichtiges Verlangen danach, ihr zu gehören.

Ich wollte sie. Ende der Diskussion.

Die Frage lautete: *Willst du mich auch?*

Ja, tue ich, flüsterte sie zurück. Der verträumte Blick in ihren grünen Augen war jetzt von einem eindringlichen Starren abgelöst worden. Ich *will dich, Lorcan. Als meinen Gefährten.*

Bist du dir sicher?

Sie nickte leicht. *Ich bin nicht sicher, was es zu bedeuten hat. Ich bin nicht sicher, wohin es führen wird. Aber meine Wölfin … Sie hat dich auserwählt. Und … ich dich auch.*

Das Zögern in ihren Gedanken schien daher zu rühren, dass sie die richtigen Worten zu finden versuchte, um ihre Gefühle auszudrücken, und nicht etwa, weil sie nicht wusste, ob sie mich behalten wollte.

Sie fasste ihre Gefühle nicht oft in Worte, was ich ihr nachfühlen konnte. Denn mir ging es genauso.

Aber ihr zuliebe würde ich es versuchen.

Und ich spürte dieselbe Entschlossenheit in ihr.

Wir saßen im selben Boot. Zweckverpaarung hin oder her, wir waren für die Ewigkeit aneinander gebunden.

Bis dass der Tod uns scheidet, murmelte sie mit einem Lächeln, das bis zu ihren Augen reichte.

Dieser Satz gefällt dir echt ungemein gut, neckte ich sie. *Planst du noch immer meinen Tod?*

Schon möglich.

Dann solltest du dich lieber auf meinen Knoten gefasst machen, Gefährtin. Dein Hang zur Gewalt macht mich hart.

Du bist bereits hart, bemerkte sie.

Mh. Wenn das so ist, wirst du meinen Knoten wohl eher früher als später zu spüren bekommen.

Vorspiel wird überbewertet, entgegnete sie.

Ich lachte. *Dann weißt du nicht, was gutes Vorspiel ist, kleine*

Mörderin. Aber keine Sorge, uns bleibt eine Ewigkeit, um sicherzustellen, dass du den Unterschied kennst.

Ich werde meine Klingen schärfen.

Warum fangen wir nicht mit deinen Klauen an?

Oh, nur zu gerne. Sie krallte ihre Fingernägel in meine Schultern. *So?*

Ja, genau so, flüsterte ich. *Und jetzt halt dich gut fest, Gefährtin. Und schrecke nicht davor zurück, mich bluten zu lassen.*

LORCAN

Kyra gähnte, ihr nackter Körper fest an meine Seite gekuschelt.

Sie war unersättlich gewesen. Jetzt, wo ihr Bewusstsein geheilt war, hatten sich mehrere Haken der Vergangenheit aus ihr gelöst. Die Erinnerungen waren noch immer da, aber Fares Einfluss war verschwunden.

Sie hatte keine Albträume mehr.

Zumindest hatte ich seit ihrer Rückkehr keine vernommen.

Aber ich war zuversichtlich, dass sie verschwunden waren und nicht zurückkommen würden. Wie ich Kieran kannte, hatte er einen Schutz angebracht, den Fare davon abhalten würde, auf Kyras Unterbewusstsein zugreifen zu können.

Ich küsste ihre Stirn, während sie abermals gähnte, ihre Beine in meine geschlungen. Ich hätte mich hieran gewöhnen können. In einem Nest zu schlafen. Zu kuscheln. Eine nackte Omega Tag und Nacht an meine Seite gepresst zu haben.

Sie strich mit ihrer Nase über meine Brust, als wollte sie mir zustimmen. Oder vielleicht genoss sie auch einfach nur mein Schnurren. Sie schien ziemlich erfreut über das sanfte Knurren, weshalb ich auch während der vergangenen paar Stunden, in denen sie geschlafen hatte, weitergeschnurrt hatte.

Kieran und Cillian schickten mir immer wieder Updates, was mich davon abgehalten hatte, mit ihr in den Schlaf zu finden. Wie es schien, hatten wir eine Spur hinsichtlich Fares Standort und ich erwartete derzeit den Eingang der neuesten Informationen.

Erinnerst du dich daran, wie dieses Flugzeug voller Omegas über dem Sektor der Verbannten abgestürzt ist?, hatte Cillian mich vor einer Stunde gefragt.

Ja. Wir hatten erst vor Kurzem davon gehört.

Quinnlynn hatte im vergangenen Jahrhundert einer Horde Omegas dabei geholfen, die Hölle zu überleben, die sie im Bariloche-Sektor durchgemacht hatten. Kieran, Cillian und ich hatten ein paar X-Clan-Alphas vor ein paar Monaten geholfen, die Hierarchie umzukrempeln und den Sektoren-Alpha zu töten.

Der Großteil der verletzten Omegas war in den Andorra-Sektor gebracht worden.

Aber ein Flugzeug hatte es nicht geschafft.

Ein Flugzeug, das von einem der Alphas gesteuert worden war, mit denen wir zusammengearbeitet hatten, um den Bariloche-Sektor zu stürzen.

Enrique hat überlebt, hatte Cillian mich auf meine Antwort hin informiert. *Er befindet sich auf der Giftinsel und steht mit Ander in Kontakt.*

Haben die Omegas überlebt?, hatte ich gefragt und mit gerunzelter Stirn auf meine Uhr geschaut.

Einige von ihnen schon, hatte er geantwortet. *Sie sind in Kapseln entkommen, die über den gesamten Sektor der Verbannten verteilt sind.*

Ich verzog das Gesicht. Das war zweifellos einer der schlechtesten Orte für eine Horde Omegas.

Der Sektor der Verbannten beheimatete einige der schlimmsten Alphas. Die Wesen waren ihrer Sektoren wegen schändlichen oder abscheulichen Taten verbannt worden.

Wie Enrique es geschafft hatte, Ander zu kontaktieren, war mir ein Rätsel. Diese Inseln verfügten über keine Technologie. Zumindest nicht, soweit ich wusste. Die Alphas, die dort lebten, waren wild und lebten in zugewucherten Wäldern. Eher wie Tiere als Menschen.

Enrique wird die anderen Inseln absuchen und versuchen, Fare aufzuspüren, hatte Cillian hinzugefügt. *Der Ort stimmt mit Kyras Beschreibung überein. Es scheint auch die Art von Ort zu sein, an dem ein angeblich toter Mann sich verstecken würde.*

Ich hatte zugestimmt.

Und jetzt wartete ich auf weitere Informationen.

Anstatt zu versuchen, mich auszuruhen, begann ich durch die Fotos der Paare zu scrollen, die Kieran und Quinnlynn mir weitergeleitet hatten. Jetzt begannen auch Bewerbungen von anderen Sektoren einzutreffen. Die Alpha-Prinzen hatten diejenigen Alphas ausgesucht, denen sie am meisten vertrauten.

Im Augenblick war das Refugium weitestgehend noch immer ein Geheimnis. Aber wir alle stimmten überein, dass es nicht mehr lange so bleiben würde.

Prinz Cael hatte offenbar vorgeschlagen, eine Coming-Out-Party zu organisieren, und hatte gesagt, dass es eine gute Gelegenheit wäre, die Omegas mit den Gepflogenheiten des V-Clans vertraut zu machen.

Quinnlynn ließ sich die Idee noch immer durch den Kopf gehen. Soweit Kieran mir gesagt hatte, hatte sie einige der Omegas im Refugium nach ihrer Meinung gefragt.

Es standen viele Veränderungen bevor.

Einige von ihnen würden einfacher anzunehmen sein als andere.

Alpha-Omega-Paare hierherzubringen, war der erste Schritt.

In den V-Clan-Sektoren auszustrahlen, dass sie hier waren, wäre der zweite.

Leider musste deswegen auch der Schutz der Barrierewände verbessert werden. Was man nicht kannte, konnte man nämlich nicht beschützen. Und es bedurfte mehr als nur einer Handvoll Alphas, um einen Sektor zu beschützen – vor allem einen, der randvoll mit begehrten Omegas war.

Ich fuhr mit meinen Fingern durch Kyras dunkles Haar und lächelte, als sie sich abermals an mich kuschelte. Mein Blick verweilte auf dem Bildschirm und ich las die Bewerbung eines der V-Clan-Paare durch. Der Alpha verfügte über telepathische Fähigkeiten, jedoch nicht im selben Umfang wie Cillian. Trotzdem würde die Gabe hilfreich sein.

Und seine Gefährtin war offenbar eine Waffenschmiedin.

Das könnte definitiv passen. *Kyra wird sie bestimmt mögen.*

Oh, definitiv, erwiderte sie, was mich zu ihr nach unten blicken ließ.

Sie las mit mir mit. *Bist du auf Omega-Fang?*

Ich lächelte. *Nein, mir gefällt diejenige, mit der ich zwangsverpaart wurde, ziemlich gut.*

Sie schnaubte lachend und erhob dann ihren Finger, um zum Alpha zurückzuscrollen. *Er sieht nicht schlecht aus.*

Ein tiefes Knurren ging durch meine Brust. *Vorsicht, Omega.*

Ihr Kichern hüllte uns ein und in ihren grünen Augen lauerte ein verschmitzter Blick. *Oder was?*, neckte sie.

Oder ich werde …

Mein Telefon klingelte und unterbrach meine spielerische – oder vielleicht auch ernst gemeinte – Drohung.

Cillians Name leuchtete auf dem Bildschirm auf, weshalb ich danach griff und meine Kamera ausmachte. Meine Omega war nackt und nicht für seine Augen bestimmt.

Sein Gesicht erschien vor unseren Augen, während er nur einen schwarzen Bildschirm sah. Wenn es ihn störte, so sagte er es nicht. Stattdessen kam er direkt auf den Punkt.

„Fare ist auf der Insel der Verbannten", sagte er. „Offenbar ist er ihr Äquivalent eines Sektoren-Alphas."

Ich biss mir auf die Zähne. „Das wird es schwieriger machen, ihn zu töten."

„Aber nicht unmöglich", bemerkte Cillian.

„Nein, definitiv nicht unmöglich." Aber wir würden Hilfe brauchen.

„Und ich kenne ein paar X-Clan-Alphas, die uns einen Gefallen schulden", ergänzte er.

„Wie bald können sie zur Stelle sein?", wollte ich wissen.

„Ich weiß es nicht, aber ich werde fragen."

„Bitte tu das", antwortete ich, dann sah ich auf meine Omega hinab. „Fang besser an, deine Messer zu schärfen. Wir haben einen Alpha zu töten."

KYRA

Drei Tage später

Es war irgendwie ironisch, dass ich in einem Tarnkappenflugzeug saß, das sich nur wenige hundert Meter vom Ufer entfernt befand.

Immerhin hatten Fare und seine Vampir-Freunde vor weniger als zwei Wochen dasselbe getan wie ich – mit dem Unterschied, dass ihr Flugzeug über der eiskalten Grönlandsee geschwebt hatte anstatt über den Wellen des karibischen Meeres.

Lorcan stand neben mir. Er war ein tödlicher Elitemann, der von Kopf bis Fuß in grüne Tarnkleidung gehüllt war. Ich trug ein ähnliches Outfit, hatte mich jedoch für ein Tanktop entschieden, während er ein Langarmshirt trug. Meine Arme und mein sowie Lorcans Gesicht waren mit Kriegsfarbe bemalt.

Wir alle waren darauf gefasst, auf der Insel der Verbannten zu verschwinden und wieder aufzutauchen – einer berüchtigten Insel des Exil-Sektors, die für seine wilden Bewohner bekannt war.

Allem Anschein nach wurde dieses Territorium von

Vampiren beherrscht, weshalb wir uns entschieden hatten, tagsüber anzugreifen.

Die Sonne mochte ihnen nichts anhaben, aber sie war unglaublich hell. Und Vampire mochten keine grellen Lichter.

Ich prüfte die Messer an meinen Beinen. Es war eine Angewohnheit, die Lorcan, der jetzt neben mir stand, zum Schmunzeln brachte. Ja, ich hatte es seit unserer Ankunft ungefähr schon sieben Mal getan, aber ich wollte sichergehen, dass ich all meine Spielzeuge bei mir hatte.

Er hatte nur ein Kreuzbeil bei sich, das er mitgenommen hatte, damit wir uns durch das verwucherte Grün bewegen konnten. Er würde seine Telekinese als Waffe benutzen.

Vielleicht auch seine Reißzähne und seine Klauen.

Das Ziel war, Fare und jeden, der sich uns in den Weg stellte, umzubringen.

„Soweit ich gehört habe, ist Fare der Sektoren-Alpha. Aber er hat nicht viele Anhänger", hatte Enrique uns mitgeteilt, als wir angekommen waren. Er hatte sich uns nicht für die Mission angeschlossen – etwas von wegen ‚anderer Prioritäten', um die er sich auf der Giftinsel zu kümmern hatte.

Sein Geruch hatte mir verraten, dass diese *Prioritäten* etwas mit einer schwangeren Omega-Gefährtin zu tun hatten.

Alpha Ander hatte sich uns aus ähnlichen Gründen nicht angeschlossen. Stattdessen hatte er seinen Bruder, Sven, geschickt. Der stämmige blonde Alpha hatte Kieran einen Blick zugeworfen, einen Seufzer ausgestoßen und gesagt: „Du schon wieder."

Lorcans Belustigung war durch mein Bewusstsein gestreift, obwohl er sich nach außen hin nichts hatte anmerken lassen.

Was hat der denn für ein Problem?, hatte ich gefragt.

Es liegt nicht an mir, die Geschichte zu erzählen, hatte er geantwortet.

Aber ich hatte seinen Gedanken ein paar Details entnehmen können.

Wie es schien, hatte Kieran angeboten, den Tod von Svens Gefährtin zu rächen, als sie im Bariloche-Sektor gewesen waren. Aber er war nach Svens Befinden etwas zu *kokett* gewesen, weshalb er Kieran umgehend nicht hatte leiden können.

Jonas, der X-Clan-Alpha, der an Svens Seite war, schien dieses Gefühl zu teilen. Er hatte Kieran angefunkelt, sowie wir uns am Ufer der Giftinsel getroffen hatten.

„Wie geht es der lieben Riley?", hatte Kieran den Alpha gefragt.

„Fick dich", hatte Jonas zurückgekeift.

„So gut also?", hatte Kieran gesäuselt. „Hm. Vielleicht werde ich sie bald besuchen. Für einen Erfahrungsaustausch."

Jonas hatte geknurrt.

Lorcan und Cillian hatten nicht reagiert, da sie den Alpha nicht als Bedrohung angesehen hatten. Aber ich hatte Lorcan seine Belustigung seinen Gedanken anhören können.

Mein Cousin ist unverschämt gut darin, sich Freunde zu machen, hatte er mir mit sarkastischem Tonfall gesagt.

Das sehe ich, hatte ich geantwortet.

„Sollen wir?", hatte Kieran zu den X-Clan-Alphas gesagt.

„Ich dachte, du würdest nie fragen", hatte das dritte und letzte Mitglied der X-Clan-Alpha-Gruppe gesagt. Sein Name lautete Kazek und er war der Alpha des Wintersektors.

Von all den Alphas, die angereist waren, hatte Lorcan ihn als größte Bedrohung qualifiziert.

Ich war die einzige Omega. Doch keiner der Alphas hatte gefragt, warum ich hier war. Wenn überhaupt schienen sie mich zu respektieren.

Jetzt kauerten wir sechs im Flugzeug, während Sven es steuerte. „Das nächste Mal, wenn wir das machen, will ich ein Tarnkappenflugzeug als Belohnung", hatte Sven gesagt, als Lorcan zum Bedienfeld gegangen war.

„Das nächste Mal?", hatte Kieran erwidert.

Kazek hatte gegrinst und Lorcans Einschätzung bestätigt. „Sollen wir sie nächstes Mal nach Kopenhagen einladen?"

„Sie mitten in ein Nest fallen lassen?", hatte Sven gefragt. „Ja, das würde mir gefallen."

Cillian und Lorcan hatten geschnaubt, Kieran hatte irgendwie interessiert geschienen.

Doch jetzt, wo wir die Insel der Verbannten beäugten, war alle Belustigung verblasst.

„Bereit?", fragte Jonas.

„Immer", erwiderte Kazek, der vollbeladen mit Waffen war. „Wer will mich mittels der Schatten ans Ufer bringen?"

X-Clan-Wölfe verfügten über keine Teleportation- oder Schattenwandelfähigkeiten, was bedeutete, dass einer von uns sie von hier aus auf die Insel bringen musste.

Kieran packte Kazeks Handgelenk und im nächsten Augenblick waren die beiden verschwunden.

Lorcan sah mich an und nickte Jonas zu. „Ich werde ihn hinbringen. Wir treffen uns an der Uferlinie. Geh nicht allein rein."

„Ja, *Alpha*", sagte ich zu ihm. Aber tief drinnen flatterten Schmetterlinge in meinem Bauch.

Wir tun es. Wir tun es wirklich.

Ja, tun wir, stimmte Lorcan zu und griff nach Jonas'
Arm. *Wir treffen uns am Ufer. Jetzt.*

Er verschwand, sowie er die Worte gesprochen hatte.

Cillian ging ins Cockpit zu Sven. Das Flugzeug befand
sich jetzt im Schwebezustand und war versteckt. Wir
würden uns wieder mittels unserer Schatten zurück zu ihm
begeben müssen, aber das würde ein Leichtes sein.

Ich ließ sie die Details besprechen und reiste durch die
Schatten ans Ufer, wie Lorcan verlangt hatte.

Meine flachen Stiefel trafen ein paar Meter entfernt
von ihm auf den Sand. Jonas, Kazek und Kieran waren
bereits weg.

Lorcan und ich folgten bald darauf und jagten durch
das verwucherte Grün, das sich am Strandufer entlang zog.
Ich konnte mich nicht an den ursprünglichen Namen
dieser Insel erinnern. Aber es handelte sich dabei um eine
der karibischen Inseln. Weiße Sandstrände. Palmbäume.
Üppige Vegetation. Schwül. *Heiß.*

Als ich die bekannten Gerüche vernahm, zuckte meine
Nase. *Fare hat mich definitiv hierhingebracht.*

Glaubst du, deine Wölfin kann ihn aufspüren?

Ich nickte. *Ja.*

So lautete der Plan. Da wir alle davon ausgingen, dass
Fare meine Ankunft spüren würde, weil ich seine Gefährtin
war, hatten wir beschlossen, dass ich mit Lorcan nach ihm
suchen würde, während die anderen sich versteckten. Sie
waren unsere Verstärkung. Ich war der Lockvogel.

Das hätte mir Angst einjagen sollen, aber ich war zu
wütend, um Angst zu verspüren.

Meine Wölfin hatte jetzt die Kontrolle und ihre
wütende Energie zwang meine Beine dazu, sich in
Bewegung zu setzen, während sie mich mit meiner Nase
führte. Technisch gesehen, hielt nach wie vor ich die Zügel
in der Hand, aber ich ließ sie frei verfügen – ähnlich wie

ich es tat, wenn ich mich in meine animalische Form verwandelte. Es war ein völlig anderes Lebensgefühl und ich hatte es nur ein einziges Mal zuvor getan: Als ich Fare entkommen war. Aber es ergab Sinn, es auch jetzt noch einmal zu versuchen.

Ich vertraute darauf, dass sie mich beschützen würde.

Dass sie meine vampirische Hälfte verteidigen würde.

Dass sie *kämpfen* würde.

Wir liefen tiefer ins Unterholz und die grünen Blätter streiften meine angemalte Haut und ließen mich mit der Insel verschmelzen. Das würde meinen Geruch nur minimal überdecken und Lorcan fürchtete, dass mich das verraten würde, bevor Fare zur Tat schreiten konnte.

Wir befanden uns auf einer Insel, die randvoll mit wilden Alphas war. Ein einziger Hauch meines Omega-Parfüms würde sie alle dazu treiben, nach mir zu suchen.

Es wäre ihnen egal, dass ich gebunden war. *Doppelt gebunden*. Sie würden ein Stück meines Körpers haben wollen. Im Lichte ihrer animalischen Gelüste würde jeglicher rationale Gedanke verblassen.

Deswegen lebten sie auch hier.

Sie waren zu brutal für ihre eigenen ursprünglichen Sektoren.

Wenn sie mich umstellen würden, würde ich durch die Schatten reisen müssen. Wenn ich das konnte.

Kyra. Lorcan hielt inne und blähte seine Nasenflügel, während er langsam zu seiner Linken blickte. Ich erstarrte neben ihm und wartete darauf, aufzunehmen, was auch immer er gerade gerochen hatte.

Dann vernahm ich das subtile Knacken von Knochen und ein darauffolgendes schmerzerfülltes Ächzen.

Lorcan hatte einen Vampir in seinen Händen. Einen, den er mithilfe seiner telekinetischen Fähigkeiten zerquetschte.

Blätter raschelten, als der Alpha zu Boden ging und fürs Erste unschädlich gemacht war. Vorübergehend, weil Lorcan ihm nicht den Kopf abgerissen hatte. Er sparte sich seine Kräfte für ernstere Bedrohungen auf.

Einen Moment später bedeutete er mir mit einem Nicken, dass ich voranschreiten sollte.

Meine Wölfin nahm die Fährte wieder auf und die Inselaromen erwachten zum Leben. Es befanden sich zweifellos jede Menge Vampir-Alphas auf der Insel. Aber ich versuchte nur einen spezifischen zu finden.

Wo bist du?, fragte ich mich, während eine lose Ranke über meinen Arm streifte. *In welcher Höhle versteckst du dich?*

Ich dachte, du würdest nie fragen, erwiderte er.

Ich runzelte die Stirn. *Fa…*

Alles um mich herum löste sich in Luft auf und meine Schattenwandelfähigkeit aktivierte sich, ohne dass ich das gewollt hatte. Lorcans Knurren hallte durch meinen Kopf, doch es gelang ihm nicht, mich mittels seiner Kraft an Ort und Stelle zu behalten.

Was …? Er hatte mich angeleint. Ich sollte nicht in der Lage sein, zu …

Ich blinzelte. Zwar konnte ich jetzt wieder scharf sehen, doch meine Sicht wurde von einer männlichen Brust blockiert.

Oh.

Erst dann realisierte ich, dass ich überhaupt gar nicht durch die Schatten gereist war.

Ich war teleportiert worden.

Von Fare.

Es war keine Ranke gewesen, die mir über den Arm gestrichen hatte, sondern ein Vampir-Alpha.

Verdammt.

Ich komme, versprach Lorcan.

Beeil dich, erwiderte ich, als Fare einen Schritt

zurücknahm und ich meine neue Umgebung mustern konnte.

Wir befanden uns nicht in der Höhle, in die er mich letztes Mal gebracht hatte, sondern in einem metallenen Container.

Aber … Nein, das stimmte nicht ganz.

Wir waren umgeben von Wasser.

Ich konnte es gegen die Stahlwände platschen hören.

Ein Schiff, realisierte ich. *Er hat mich auf ein Schiff teleportiert.*

„Ich bin so froh, dass du zurückgekommen bist", säuselte Fare. „Aber es ist etwas geschmacklos, mit deinem neuen Gefährten hier aufzutauchen, findest du nicht?"

Ich bediente mich einer von Lorcans Gesten und sah Fare mit hochgezogener Augenbraue an. „Aha? Jetzt willst du plötzlich nicht mehr teilen?"

Der belustigte Gesichtsausdruck schwächelte etwas und in seinen rubinroten Augen glitzerte eine düstere Empfindung. „Habe ich dir erlaubt, dich zu Wort zu melden?"

„Nein. Ich wusste nicht, dass ich deine Erlaubnis brauche, um mich zu Wort melden zu dürfen."

In diesen rubinroten Augen loderte ein wilder Blick. „Wie ich sehe, müssen wir ganz von vorn mit dem Training anfangen." Er schlang seine Hand um meinen Hals und presste mich gegen die Schiffswand. Sein Griff war so stark, dass er mir die Luft abschnitt, während er mir tief in die Augen sah.

Meine Wölfin knurrte. *Nein*, schien sie zu sagen. *Wir. Unterwerfen. Uns. Dir. Nicht.*

Sie würde sich nicht ergeben.

Also würde ich es auch nicht tun.

Und er reagierte darauf, indem er noch fester zudrückte.

Ich bekam keine Luft, aber das spielte keine Rolle. Meine Wölfin und ich weigerten uns, uns zu beugen.

Fare knurrte, etwas dass der Psychopath nur selten tat. Er war normalerweise charmant und elegant. Aber offenbar missfiel es ihm, dass seine Omega ihn herausforderte.

Ein Knurren rumpelte durch seine Brust, das Geräusch eines, das mich vor nur wenigen Wochen noch in die Knie gezwungen hätte.

Doch jetzt machte es mich bloß wütend. Denn dieses Knurren hörte sich nicht richtig an. Es gehörte nicht zu *meinem* Gefährten.

Es gehörte zu einem Monster aus meiner Vergangenheit.

Zu einem Relikt, das ich nicht verbrannt hatte.

Zu einem Vampir, den zu töten ich begehrte.

Er zog mich von der Wand weg, nur um mich ein weiteres Mal dagegen zu schleudern. Die Wucht jagte einen Schmerz an meinem Rücken hoch und meine Lungen sehnten sich nach Sauerstoff.

Kyra. Lorcans Stimme wohnte ein drängender Tonfall inne.

Aber ich konnte mich nicht auf ihn konzentrieren. Ich musste auf den Vampir vor mir fokussiert bleiben. Auf das wütende Wesen, das nur wenige Zentimeter von meinem Gesicht entfernt war. „Du verärgerst mich, Schoßhündchen", warnte er.

Gut, dachte ich.

„Ich weiß nicht, was mit deinem Bewusstsein geschehen ist, aber ich werde es wieder richten." Er strich mit seiner Nase über meine Wange und ließ seine Hand an mein Ohr wandern. „Ganz egal, wie lange es auch dauern wird." Er senkte seine Lippen mit klarer Absicht an meine Halsschlagader.

Das Tier in mir erschauderte und ihr Zorn rauschte durch meine Adern. *Nein*, sagte sie erneut. *Nein!*

Ich reiste instinktiv durch die Schatten hinter ihn, was ihn ein wuterfülltes Brüllen ausstoßen ließ. „Hör. Auf. Durch. Die. Schatten. Zu. Wandeln." Seine Bewusstseinskontrolle bohrte sich wie ein Messer in meinen Kopf und das Verlangen danach, zu tun, was er verlangte, ließ mich einen Augenblick atemlos dastehen.

Doch dann brüllte mein inneres Biest, bevor sie ihre Pfoten um seine mentalen Fesseln schlang und sie zerschnitt. Ich rang nach Atem. Meine Lunge brannte angesichts der plötzlichen Sauerstoffzufuhr.

Ich kann atmen.

Ich kann durch die Schatten wandeln.

Ich kann … mich verwandeln.

All diese Klingen, die sich in meiner Hose befanden, schienen nicht mehr wichtig. Sie waren scharf. Sie bereiteten mir großen Spaß. Aber sie waren nichts im Vergleich zu meinen *Krallen*.

Fare sprang nach vorn, wollte erneut nach mir greifen, doch ich reiste durch die Schatten auf die gegenüberliegende Seite von ihm und an meinen Fingern bildeten sich Klauen.

Es schien ihm nicht aufzufallen, weil er zu fokussiert darauf war, mich zu schnappen. Er sabberte fast schon und ein wilder Blick lag in seinen Augen.

Ich nutzte das zu meinem Vorteil und flitzte um ihn herum, wie ich es bei Lorcan anlässlich einer unserer ersten Sparringlektionen getan hatte.

Das hier ist, wer ich bin, dachte ich. *Eine mächtige Omega. Halb Wolf. Halb Vampir. Stark. Unabhängig. Eine Alpha-Mörderin.*

Fare drehte sich mit mir und packte mich, doch ich entkam ihm erneut.

Das hier war ein Alpha, der Spielchen liebte. Aber nur,

solange er das Sagen hatte. Er hasste es, dass ich mit ihm spielte und ihn anstachelte, seinen Zorn entfachte, dafür sorgte, dass diese charmante Fassade bröckelte.

Links. Rechts. Vorn. Hinten.

Er packte mich an den Schultern und seine Wut erfüllte die Schiffskabine. Ich wandelte durch die Schatten, bevor er mich wieder gegen die Wand oder zu Boden werfen konnte.

Als Nächstes ließ ich mich mit ausgefahrenen Klauen absichtlich von ihm schnappen.

Er schrie, als ich seine Brust damit kratzte und meine Wölfin heulte siegreich auf.

Doch ich räumte ihr keine Gelegenheit ein, zu feiern. Stattdessen wandelte ich durch die Schatten hinter ihn, um ihn erneut mit meinen Klauen anzugreifen.

Ich verschwand außer Sichtweite und entledigte mich meiner Kleidung – die Bewegungen schnell und von meinen Tarnfähigkeiten verborgen.

Dann verwandelte ich mich vollständig in meine Wölfin und griff den tobenden Vampir-Alpha an.

Er versuchte mich an den Schultern zu packen, doch es waren nicht die menschlichen, die er erwartet hatte.

Er riss seine Augen auf, just bevor ich meinen Kiefer um seinen Hals legte.

Fare schlang seine Arme umgehend um mich. Seine geballte Muskelkraft drohte mir die Knochen zu brechen, doch ich weigerte mich, von seinem Hals abzulassen. Ich musste ihn zerstören. Musste ihn töten. *Ihn vernichten.*

Lorcan schrie in meinen Gedanken.

Doch ich konnte ihn aufgrund meines tobenden Tieres nicht vernehmen.

Knochen brachen, als Fare sich ernsthaft zu wehren begann. Seine Größe räumte ihm einen Vorteil ein, aber ich hatte meinen Kiefer in einem Todesgriff um seinen

Hals geschlungen und würde nicht von ihm ablassen. Ganz egal, was auch geschehen würde.

Mein Wolf schüttelte ihren Kopf und behandelte seinen Nacken wie einen Kauknochen, während er in unsere Seite drosch. Ich bekam keine Luft, er aber auch nicht. Blut tropfte in seinen Hals, was ihn hörbar ertrinken ließ.

Gebrochene Rippen stachen in meine Lunge.

Mein Rückgrat drohte zu brechen.

Doch mein Tier und ich hielten entschlossen stand.

Bis wir ein Knacken vernahmen.

Eines, das dazu führte, dass Alpha Fares Arme langsam von unserem Körper abließen. Mir tat alles weh. Ich bekam immer noch keine Luft. Alles wurde immer dunkler. Aber ich musste ihm den Kopf abreißen. Musste seinen Kopf von seiner Wirbelsäule trennen. Musste es *zu Ende bringen*.

Ich ließ von seinem Hals ab, um ihn erneut zu beißen. Und noch einmal. Und noch einmal. Bis ich nichts mehr sehen konnte. Bis ich mich nicht mehr konzentrieren konnte. Bis ich nichts mehr *spüren* konnte.

Wehe, er ist nicht beinahe tot, dachte ich benommen. Ich war allein. Ertrank in … in Blut. In *seinem* Blut. Weil ich ihm in den Hals gebissen hatte. Jetzt musste ich ihn nur noch verbrennen.

Zünde ein Streichholz an.

Lass das Schiff sinken.

Töte ihn.

Ich erschauderte. Um mich herum breitete sich eine Eiseskälte aus. Das pure Gegenteil eines Feuers.

Weil es hier keinen Sauerstoff gibt. Ich versuchte meine Augen offenzuhalten und blinzelte, um meine Umgebung zu mustern, doch es gab nichts zu sehen. Nichts zu spüren.

Nichts.

LORCAN

KYRA!, schrie ich, während der Wolf in mir wütete und tobte.

Sie antwortete nicht.

Hier draußen gibt es zu viele verdammte Schiffe, knurrte Cillian in meinen Gedanken. *Das wird ewig dauern.*

Ich blendete ihn aus und reiste bereits – von meiner Nase geleitet – durch die Schatten in jedes einzelne von ihnen.

Kieran tat es mir gleich und ließ die X-Clan-Alphas zu Fuß ermitteln. Es hätte zu lange gedauert, sich mit ihnen durch die Schatten zu bewegen.

Ich reiste vom einen Schiff zum anderen und wurde wütend, wann immer ich eine leere Kabine vorfand.

Ich wollte gerade das elfte oder zwölfte überprüfen, als Jonas schrie: „Da ist was im Anflug!" Er zückte seine Waffe und Kazek eröffnete das Feuer, als ein Nest von zischenden Vampir-Alphas kampfbereit durch den Sand zu rennen kam.

Fare musste eine Art Alarm ausgelöst haben.

Mein Wolf knurrte, wutentbrannt über den Zustrom von Gerüchen in der Nähe unserer verwundeten Omega.

Wo bist du?, dachte ich in ihre Richtung, im Wissen, dass sie nicht genügend bei Sinnen war, um zu antworten.

Ich reiste durch die Schatten in sechs weitere Schiffe, doch jedes Mal witterte ich nichts. *Was, wenn es sich nicht auf dem Meer befindet?*, fragte ich Cillian. *Was, wenn es in einer der Lagunen geankert ist?*

Geh. Suche nach ihr. Wir werden uns hier weiter umsehen.

Ich beschloss durch die Schatten zu reisen, anstatt zu rennen, weil es schneller war, und raste in Richtung Inland.

Doch jede Lagune, die ich fand, war leer. Keine Schiffe. Keine Spur meiner Gefährtin.

Aber sie konnte nicht allzu weit weg sein. Fare war ein Vampir. Sie konnten sich nicht mehr als ein paar Meter weit teleportieren.

Wir suchen immer noch, informierte mich Cillian.

Ich antwortete nicht. Das Ausbleiben einer Antwort würde ihm verraten, dass auch ich noch immer suchte.

Alle paar Minuten gab er mir ein nutzloses Update.

Noch keine Spur von Kyra.

Die X-Clan-Wölfe halten tapfer stand, obwohl sie keine magischen Fähigkeiten besitzen.

Ich drang weiter vor, mein Wolf entschlossen. Doch ich fand nichts.

Mit einem frustrierten Seufzen hielt ich mitten im Unterholz an und … schloss meine Augen. Meine Gefährtin war ganz in der Nähe. Ich konnte sie spüren. Ich musste sie nur noch *finden*.

Sie hatte sich in ihre Wolfsform verwandelt. Ich hatte ihre Verwandlung gespürt.

Ich beschloss, dasselbe zu tun, und zog meine Kleidung aus, um mein Biest freizulassen. Er schnüffelte in der Luft, bewegte sich bedächtig und neugierig.

Dann zuckten seine Ohren.

Gefolgt von seiner Nase.

Und dann rannten wir auf allen vieren los, rasten mit Karacho quer über die Insel. Ich war nicht sicher, was er gewittert hatte, aber ich ließ ihn führen und vertraute darauf, dass er unsere Gefährtin finden würde.

Ganz wie Kyra auf ihre Wölfin vertraut hatte, um sich gegen Fare zu wehren.

Minuten vergingen und meine Lunge begann angesichts des schnellen Rennens zu brennen. Aber ich musste sie finden. Musste ihr helfen. Musste sie *beschützen*.

Noch immer keine Spur von ihr, sagte Cillian. *Kieran musste den Wölfen zu Hilfe kommen. Es gibt zu viele verdammte Vampire hier.*

Mein Wolf rannte einen Hügel hoch zu einem Wasserfall und blieb an der Klippe stehen. Mein Blick fiel nach unten auf einen eingedellten Container.

Es war nicht direkt ein Schiff.

Vielmehr ein alter Schiffscontainer.

Ich wandelte instinktiv durch die Schatten zu ihm und landete mit einem dumpfen Geräusch auf der Metallbox. Und vernahm umgehend den Geruch von Kyras Blut.

Sie ist hier, knurrte ich.

Natürlich konnte ich nicht sagen, wo *hier* war. Mithilfe der Schatten gelangte ich in den Container und fand sie zusammengekauert an eine Wand gelehnt vor. Sie hatte sich in ihre menschliche Gestalt zurückverwandelt und ihr nackter Körper war von zahlreichen Prellungen übersät. *Kyra!* Ich raste auf sie zu, hielt jedoch inne, als ich den verstümmelten Haufen Vampirfleisch neben ihr erblickte.

Sie hatte Fare nicht nur den Kopf abgebissen, sondern auch sein Gesicht zerkaut.

Aber wie die Vergangenheit gezeigt hatte, genügte das ganz offenbar nicht, um ihn ein für alle Mal zu zerstören.

Mein Kiefer zuckte, als ich mich in meine menschliche

Form zurückverwandelte. Ich hatte Kyra die Ehre erweisen wollen, seinen Körper in Brand zu stecken, aber es blieb keine Zeit, um ein kleines Lagerfeuer zu entzünden und es zu genießen. Ich musste sie heilen und zusehen, dass wir so schnell wie möglich hier wegkamen, wie Cillians sich häufenden Bemerkungen in meinem Kopf, dass es *zu viele verdammte Vampire auf dieser Insel* gab, unterstrichen.

Ich ging neben ihr in die Hocke und meine Heilkraft aktivierte sich instinktiv. Sie atmete schwach und ihre Rippen waren gebrochen, weil dieser Mistkerl sie *zerquetscht* hatte.

Ich wettete, dass er es mit seinen Armen getan hatte.

Aber sie hatte es ihm mit gleicher Münze heimgezahlt und ihre Zähne eingesetzt.

Ihr Gesicht war von seinem Blut überströmt.

Wenn sie nicht zu Brei geschlagen worden wäre, hätte ich ihren wilden Anblick beinahe als anziehend empfunden.

Ich hob sie in meine Arme, hüllte sie in meine heilende Kraft ein und zwang sie, so viel davon anzunehmen, wie sie konnte, ohne dass sie zu große Schmerzen erleiden würde.

Manchmal konnte zu schnell zu heilen mit Schmerzen verbunden sein. Es musste ein Gleichgewicht gewahrt werden, das leicht aus dem Lot geriet.

L-Lorcan?, flüsterte sie. Ganz offensichtlich spürte sie meine Präsenz, obwohl sie noch immer weggetreten war.

Ich bin hier, kleine Mörderin, sagte ich zu ihr. *Du bist am Leben.*

F-Fare?, fragte sie. *T-tot?*

Ihm wurde der Kopf abgerissen, erwiderte ich. *Aber wir müssen ihn noch verbrennen.*

Z-zünde ein S-Streichholz an, flüsterte sie. *B-bring es zu Ende. F-für mich.*

Sie wusste, dass ich ihr dabei hatte zusehen wollen, wie sie ihn ein für alle Mal zerstörte.

Aber sie musste meine Gedanken vernommen haben, dass wir diese gottverlassene Insel so schnell wie möglich verlassen mussten. Oder vielleicht wollte sie nicht riskieren, dass er sich wieder zusammenfügte.

Ich werde ihn verbrennen, sagte ich und drückte sie mit einem Arm zärtlich an meine Brust, während ich mit meiner freien Hand ein Feuerzeug hervorholte. Eigentlich hatte ich es ihr als Geschenk überreichen wollen, aber dafür blieb keine Zeit.

Er musste sterben. Ein für alle Mal.

Ich kniete mich mit dem Feuerzeug neben ihn und zündete es an sein Oberteil gelehnt an. Das würde nicht reichen. Wir brauchten einen Brandbeschleuniger.

Der Stoff begann zu brennen, verkohlte. Das Feuer breitete sich aus und ich suchte nach etwas Brennbarem.

Der Container schien fast leer zu sein.

Ich reiste mit Kyra an meine Brust gepresst durch die Schatten nach draußen und platzierte sie vorsichtig an einem Platz außerhalb des Containers, bevor ich im nahegelegenen Waldgebiet nach Anzündholz suchte.

Die Mehrheit der Blätter und Äste waren feucht.

Ich brauche etwas, das Feuer fängt, verdammt noch mal, knurrte ich niemand Bestimmtem zu. Mit einem tiefen Knurren im Rachen drehte ich mich abermals zum Container um.

Und erstarrte, als Cillian mit Kazek erschien.

„Wie ich höre, brauchst du Hilfe", säuselte Kazek. Er war blutüberströmt und schien ziemlich erfreut darüber zu sein. „Haare sind brennbar." Er schmiss einen Beutel Köpfe zu meinen Füßen. „Benutz die. Und das Ding ganz unten."

Cillian sagte nichts.

Ich sah die beiden bloß blinzelnd an, dann griff ich

nach dem Beutel und brachte ihn durch die Schatten in den Container, um den Inhalt über Fare zu schütten.

Ein Lächeln breitete sich auf meinen Lippen aus, als am Ende eine Dose aus dem Beutel fiel.

Propan.

Ich hatte nicht die geringste Ahnung, wo der verrückte X-Clan-Alpha die gefunden hatte, aber es war mir egal. Ich öffnete die Dose, ließ das Gas sich ausbreiten und sah mit einem Lächeln dabei zu, wie alles lichterloh brannte, sowie es in Berührung mit dem Brandbeschleuniger kam.

Dann begab ich mich durch die Schatten nach draußen, griff nach Kyra und ging zu Cillian, der oben auf dem Wasserfall wartete. *Wie habt ihr mich gefunden?*, fragte ich ihn.

Ortungszauber, säuselte er und sah auf mein Beil.

Ich zog meine Augenbraue hoch. *Du hast mich mit einem Ortungszauber belegt?*

Ich konnte mich nicht darauf verlassen, dass du nicht vom Plan abweichen würdest.

Wann habe mich nicht an einen Plan gehalten?, wollte ich wissen.

Er zuckte mit den Schultern. *Frisch verpaart und so. Instinkte sind seltsam. Das habe ich in den vergangenen paar Monaten gelernt, in denen ich Kieran beobachtet habe. Ich ahnte, dass du genauso schwierig sein würdest wie er.*

Ich biss mir auf die Zähne.

Aber angesichts dessen, dass ich allein durch die Wälder gerannt war, um nach Kyra zu suchen … lag er mit dieser Annahme vielleicht gar nicht so falsch.

„Wir müssen gehen", sagte Cillian mit gelangweiltem Tonfall.

Kazek nickte und streckte seine Hand aus.

Die beiden verschwanden, sodass ich mit Kyra allein zurückblieb.

Ich presste ihren nackten Körper zärtlich an meine Brust und realisierte erst jetzt, dass wir beide nackt im Wald standen. Zum Glück hatten wir im Flugzeug Laken.

Ich sorgte dafür, dass wir direkt durch die Schatten und in die Schlafkabine wandelten, anstatt im Bauch des Flugzeugs zu landen, und suchte umgehend nach dem nächstbesten Kleiderschrank, um uns Kleidung zu besorgen.

Ein T-Shirt in Übergröße für sie.

Jeans für mich.

Dann legte ich sie aufs Bett und widmete mich wieder ihrem Heilungsprozess.

Im nächsten Augenblick schloss sich Kieran mir an, sein Outfit makellos und rein.

Typisch, dachte ich. „Hilf mir", flüsterte ich hörbar.

Er nickte und ließ seine Hand wortlos über meiner Gefährtin schweben.

Ich legte mich neben sie aufs Bett und hielt sie in meinen Armen, während er seine Arbeit verrichtete.

Ihre Atmung beruhigte sich beinahe umgehend, was meinen Wolf ein zustimmendes Schnurren von sich geben ließ. Ich schloss meine Augen, blendete alle anderen im Flugzeug aus und konzentrierte mich vollends auf meine Gefährtin.

Auf meine Zukunft.

Auf meine Omega.

Ich nahm nur vage wahr, wie Kieran ging, nachdem er sein Werk vollbracht hatte, weil meine ungeteilte Aufmerksamkeit auf Kyra lag, die zusehends an Stärke gewann.

Du hast dich so gut geschlagen, sagte ich mit sanftem Tonfall. *Ich bin so stolz auf dich. Meine kleine Mörderin.*

Ihr belustigtes Schnauben hallte durch meine

Gedanken, ihr Bewusstsein klar, obwohl ihr Körper noch immer heilte. *Kleine?*

Wäre dir Alpha-Mörderin lieber?, sinnierte ich.

Irgendwie schon.

Okay, meine Alpha-Mörderin. Ich küsste ihre Schläfe.

Vielleicht einfach ‚Gefährtin‘, flüsterte sie zurück und gähnte in ihren Gedanken.

Gefährtin, wiederholte ich.

Deine Gefährtin.

Meine Gefährtin, stimmte ich zu.

Mein Alpha, erwiderte sie, noch immer schlafend. *Kannst du für mich schnurren?*

Immer. Ich presste meine Nase an ihren Hals. *Willst du, dass ich uns zurück in dein Nest bringe, anstatt im Flugzeug zu bleiben?*

Ist Fare tot?, fragte sie leise.

Ja, ist er, bestätigte ich. *Dieses Mal endgültig.*

Dann ja, hauchte sie. *Bitte bring uns zurück zu* unserem *Nest.*

Ich lächelte. *Zu unserem Nest*, wiederholte ich.

Ja.

Mir gefällt, wie sich das anhört, gab ich zu.

Mir auch, stimmte sie zu. *Alpha.*

Omega, erwiderte ich, während ich meine Kraft aktivierte, die es mir erlaubte, durch die Schatten zu wandeln, um uns nach Hause zu bringen.

In das Refugium.

Zu unserer Zukunft.

Zu unserem Nest.

KYRA

Lorcan starrte mit gemischten Gefühlen auf mich herab. Erregung vermischte sich mit Zorn und Stolz in seinen Gedanken, weil sein Biest beeindruckt von meiner Beute war – und gleichzeitig wütend darüber, dass ich von dem Blut eines anderen Alphas überzogen war.

Er blähte seine Nasenflügel, während das Wasser auf uns hinabprasselte. Die Tropfen rieselten als rote Streifen über meine blasse Haut. Gedanken daran, mich gegen die Wand gepresst zu ficken, erfüllten unser Band. Lorcan war hin- und hergerissen. Er wollte sich mit mir verknoten und gleichzeitig wollte er mich waschen. Vielleicht beides zusammen.

Aber der Gedanke, einen anderen Alpha an meinem Mund zu spüren, hielt ihn zurück.

Ich fürchte mich nicht vor deinem Biest, sagte ich zu ihm.

Das solltest du aber. Er tobt in mir.

Ich weiß. Das macht meine Wölfin neugierig. Mein Tier ging voller Erwartung auf und ab, bereit, sich zu beugen und ihm ihr Hinterteil zu zeigen, um seinen Knoten zu empfangen.

Zur Hölle, sie war schon so drauf gewesen, seit er uns

zurück in mein Nest gebracht hatte. Aber ein Blick auf das Blut, das meinen Körper besudelte, hatte Lorcan dazu bewegt, mich zuerst in die Dusche zu bringen.

Wo er angefangen hatte, mich mit all diesen Emotionen anzustarren, die auch jetzt noch in seinen Augen herumschwirrten.

Er spannte seine Muskeln an, versuchte sich zurückzuhalten und ballte seine Hände an seiner Seite zu Fäusten. Adrenalin kursierte durch unsere Adern, der Kampf noch zu präsent.

Kierans Kraft hatte mich rasch geheilt, aber technisch gesehen, erholte ich mich noch immer von inneren Verletzungen. Darum zögerte Lorcan auch. Er wollte nicht riskieren, mir wehzutun.

Aber ich war nicht zerbrechlich.

Vielleicht etwas grün und blau geschlagen. Und wund. Aber trotzdem in der Lage, seinen hungrigen Wolf zu bändigen.

Ich strich mir mit den Fingern durch mein feuchtes Haar, während er mich beobachtete und dunkle Gelüste in seinen obsidianschwarzen Augen loderten.

Er wollte mich an den Haaren packen und mich an seine Brust ziehen. Meinen Mund plündern. Mich mit seiner Zunge bestrafen. Und mich dann in die Knie zwingen und meinen Mund ficken, bis er so hart kommen würde, dass sein Samen mein Gesicht benetzte. Er wollte Fares Essenz ausradieren und sicherstellen, dass nur seine Essenz meine Haut benetzte.

Aber ein anderer Teil von ihm wollte sich hinknien, seinen Mund an meine Klitoris pressen und mich lecken, bis meine Knie schwach werden würden.

Meine Kämpferin. Meine Göttin, flüsterte diese Seite von ihm. *Sie muss angebetet werden. Gepriesen. Verehrt.*

Ich war nicht sicher, welche Fantasie mir besser gefiel. Ich wollte beides. Ich wollte alles.

Lorcan räusperte sich und griff nach einer Shampooflasche, bevor er den Inhalt in mein Haar einmassierte. Seine Berührungen waren sanft. Zu sanft. Vor allem, als er seine Finger eher zögernd anstatt dominant durch mein nasses Haar streifen ließ.

„Ich werde nicht zerbrechen", sagte ich zu ihm.

„Du heilst noch immer", erwiderte er mit einer Reibeisenstimme. „Und du hast immer noch Blut an deinem Hals." Die letzten beiden Worte wurden von einem Knurren begleitet.

Er griff nach dem Duschkopf und positionierte ihn um, um es wegzuwaschen. Dann sah er mit verlorenem Blick dabei zu, wie es den Abfluss hinabsickerte.

Sein Wolf sah das Blut als eine Art Trophäe an. Eine Auszeichnung für meinen Mut.

Und doch musste er es entfernen, weil der Geruch eines anderen Mannes ihn völlig verrückt machte.

Er spannte seine Muskeln abermals an und zog meine Aufmerksamkeit auf seinen nackten Bauch und die attraktiven Sehnen, die sich darüber spannten. Ich wollte die hervorstehenden Muskeln mit meiner Zunge nachfahren.

Das letzte bisschen Blut verschwand, doch der Duft des anderen Alphas verblieb. Etwas, das ich eher Lorcans als meinem Bewusstsein entnahm, da sein Wolf den Geruch verabscheute.

Er griff nach der Seife und begann mein Gesicht und meinen Hals zu waschen. Viermal schäumte er mich ein und wusch mich, und doch war er am Ende noch immer nicht zufrieden.

Ich wusch mein Haar, während er mich schrubbte und seine Hände mit düsterer Entschlossenheit über meinen

Körper gleiten ließ. Ich musste sauber sein. Unbefleckt. *Sein.*

Aber nichts war gut genug für ihn oder seinen Wolf.

Er wurde zusehends frustrierter und seine Aggression stieg mit jeder Sekunde, die verging.

Meine Wölfin tanzte erwartungsfroh in mir.

Und doch hielt dieser vermaledeite Mann sein inneres Biest zurück und weigerte sich, sich seinen besitzergreifenden Gelüsten hinzugeben.

Denn er wollte nicht riskieren, mich in meinem geschwächten Zustand zu verletzen, als wäre ich eine Porzellanpuppe, die man mit größter Sorgfalt behandeln musste.

Ich kniff meine Augen zusammen, als Lorcan die Seife ein fünftes Mal erhob, als glaubte er, dass das die Lösung des Problems sein würde.

Der Geruch war gewichen. Was er tun musste, war, ihn mit seinem zu *ersetzen.*

Ich packte sein Handgelenk und hielt ihn auf, bevor die Seife meine Haut berühren konnte. „Verknote dich mit mir", verlangte ich.

Er zog diese Augenbraue hoch. „Du musst zuerst vollständig heilen."

Ich gab ein spöttelndes Lachen von mir. „Was ich brauche, ist der Knoten meines Alphas." Ich brauchte seine Beanspruchung. Seinen Samen. Seine rauen Hände an meinem Körper. Seine Zähne in meiner Haut. „Verknote. Dich. Mit. Mir."

Er packte in dominanter Manier mit seiner freien Hand meinen Nacken. „Noch nicht." *Ich werde dich in meinem derzeitigen Zustand verletzen.*

Ich schnaubte. *Ich werde wieder heilen.*

Kyra.

Lorcan. Sein harter Schwanz traf auf meinen Bauch, als

ich einen Schritt auf ihn zunahm. „Verknote dich mich mir."

„Nein."

Meine Wölfin knurrte genervt. Es gefiel ihr nicht, dass er ihr ihre Bedürfnisse verwehrte – vor allem, wo sein Tier ihre Gelüste doch teilte.

Und mir gefiel es auch nicht.

Ich wusste mit seiner Aggression umzugehen. Tatsächlich begehrte ich sie.

Kyra, wiederholte er mit müdem Tonfall. *Du wurdest von einem sadistischen Alpha angegriffen. Ich werde meinen Wolf nicht auf dich loslassen, solange du noch heilst.*

Vielleicht ist es das, was ich will, konterte ich. *Vielleicht brauche ich genau das.*

Sein Tier wollte Fares Geruch von meinem Körper waschen, doch ich brauchte ihn, um Fare aus meinen Gedanken zu vertreiben. Um die gesamte Vergangenheit mit ihm auszuradieren. All die Erinnerungen. All die schrecklichen Dinge, die er mir angetan hatte. Ich wollte, dass sie verschwanden. Dass sie entfernt wurden. Dass sie mit Lorcan ersetzt wurden.

Sein Zögern wurzelte darin, dass ich verletzt worden war. Dass es ihm schwergefallen war, mich auf der Insel der Verbannten zu finden, nachdem meine Gedanken still geworden waren.

Aber ich war hier. Am Leben. *Und wohlauf.*

Sich zurückzuhalten, war angesichts dessen, was ich durchgemacht hatte, beinahe eine Beleidigung. Ich war stark. Eine Kämpferin. Und mehr als fähig, gegen Lorcans Biest zu bestehen.

Aber anscheinend hatte er das vergessen.

Ich würde ihn daran erinnern müssen, dass ich nicht irgendeine gebrochene Omega war, die ihr Leben in Angst vor Alphas fristete. So war ich noch nie gewesen. Ich hatte mich immer gewehrt. Selbst als ich mit Vampirgift betäubt worden war.

Und ich würde jetzt auch nicht damit aufhören.

Ich lehnte mich zurück, um Lorcan anzusehen, und ahmte seinen liebsten Gesichtsausdruck mit meiner Augenbraue nach.

Dann bewegte ich mich durch die Schatten aus der Dusche, direkt an jenen Ort, wo ich meine Lieblingsdolche im Nebenzimmer aufbewahrte. Es war mir egal, dass ich überall Wasser verteilen würde. Ich würde es später aufwischen. Im Moment musste mich mein Alpha als Gleichgestellte sehen. Als seine Partnerin. Als seine *Gefährtin*.

Sein darauffolgendes Knurren kletterte an meinem Rücken hoch und machte mein inneres Tier ganz wild.

Komm und hol mich, schien sie in seine Richtung zu denken.

Er schloss sich mir mit zurückhaltendem Ausdruck im Nebenzimmer an. „Kyra …"

Ich ließ ihn den Satz nicht zu Ende bringen, reiste stattdessen durch die Schatten hinter ihn und versuchte, ihm in die Seite zu stechen. Er bewegte sich mit unglaublicher Schnelligkeit und setzte sich zur Wehr, noch bevor ich angreifen konnte. Mit seiner Hand griff er nach meinem Dolch und das scharfe Metall schnitt durch seine Haut wie durch Butter. Aber das hielt ihn nicht davon ab, mir die Waffe aus der Hand zu reißen.

Anstatt innezuhalten, bewegte ich mich durch die Schatten und holte mir ein weiteres Messer, das ich in meinem Nest versteckt hatte. Mit diesem zielte ich direkt auf seinen Rücken.

.Er wirbelte rechtzeitig herum, um es in der Luft abzufangen, und sein darauffolgendes Knurren wanderte direkt in meinen Unterleib. Mein Name hallte durch das

Zimmer, als ich nach einer dritten Klinge griff. Sein Befehl, aufzuhören, ermutigte mich nur, ihn weiter herauszufordern.

Ich bin kein schwaches kleines Spielzeug, keifte ich ihn an. *Ich bin eine Alpha-Mörderin.* Ich griff nach einem vierten Messer, bevor ich mittels der Schatten auf ihn zuhechtete und fest entschlossen war, Blut fließen zu lassen.

Nur um mich plötzlich in meinem Nest, gegen die Matratze gedrückt, wiederzufinden. Mit einem äußerst hungrigen Alpha über mir, der mich auf die Laken presste. *„Hör auf"*, befahl er.

„Nein", entgegnete ich mit bissigem Tonfall und dachte daran, was er auf meine Aufforderung hin, mir seinen Knoten zu geben, gesagt hatte.

Ein Knurren rumpelte durch seine Brust, als ich versuchte, mittels der Schatten unter ihm hervorzukriechen, und seine telekinetische Kraft hielt mich an Ort und Stelle, während seine Hände meine Handgelenke über meinen Kopf zogen.

Doch das Blut, das seine Hände benetzte, ließ ihn abrutschen.

Ich wand mich. Seine Essenz auf meiner Haut zu spüren, besänftigte meine tobende Wölfin.

Neuer Geruch. Neue Markierung. Mein Alpha.

Aber wir brauchten mehr.

Seinen Mund. Seinen Knoten. *Seinen Samen.*

Ich wartete nicht auf Erlaubnis von ihm. Bemühte mich nicht, erneut darum zu bitten. Ich hob ganz einfach meinen Kopf und nahm seine Lippen zwischen meine Zähne.

Und biss zu.

Sein darauffolgendes Knurren vibrierte an meinen Brüsten, sodass meine Nippel hart wurden. Nektar sammelte sich zwischen meinen Beinen und mein Bauch zog sich voller Erwartung zusammen.

Ja. Ja!, dachte ich und schlang meine Schenkel um seine nackten Hüften. *Mehr.*

Ich presste meine Mitte an seine bebende Erektion und leckte das Blut von seinem Mund.

Es reichte nicht.

Ich brauchte *mehr*.

Ich biss ihn erneut, doch dieses Mal drehte ich mein Gesicht zur Seite ab, um meine Wange an seine blutende Lippe zu pressen. Die Wölfin in mir schnurrte, als die Essenz ihres Alphas auf ihre Haut traf.

Wir machten eine Schweinerei. Eine wunderschöne Schweinerei.

Lorcan flüsterte meinen Namen und konnte sich nur noch mit größter Mühe zurückhalten.

Ich hielt die Messer noch immer in meinen Händen, obwohl er meine Handgelenke in eisernem Griff hatte. Ich ließ sie in die Laken über meinem Kopf fallen und versuchte erneut, mich durch die Schatten zu bewegen.

Sein mentaler Griff war resolut und sein weitaus kräftigerer Körper behielt mich unter ihm an Ort und Stelle.

Doch seine blutigen Hände ermöglichten es mir, meine Handgelenke hoch- und runterzubewegen. Seine Essenz benetzte meine Haut, was mir unheimlich gut gefiel.

„Pack meinen Hals", sagte ich zu ihm. „Ersetze seine Berührung mit deiner. Seinen Geruch mit deinem. *Erobere mich zurück*."

Lorcan stieß einen tiefen Laut aus, der durch mich wusch, meine Sinne berührte und mein Blut zum Kochen brachte.

Dann, langsam, aber sicher, gab er meiner Forderung nach.

Wärme wusch über meine Haut. Sein natürlicher Geruch hüllte mich in einen Wald aus Immergrün ein. Ich seufzte zufrieden und rieb meine untere Körperhälfte fest an seiner.

Wenn er mich nicht ficken würde, würde ich seinen Knoten ganz einfach dazu benutzen, um mich selbst zu befriedigen.

Er stöhnte, als meine feuchte Mitte die Wurzel seines Schwanzes berührte. Meine Klitoris bebte und flehte um Erlösung. Der Mistkerl hatte mich und meine Wölfin mit seinen Mutmaßungen, dass ich brechen könnte – dass ich mit seinem Biest nicht umzugehen wüsste –, beleidigt.

Klar, er hatte mich bloß schützen wollen, was eine noble Absicht gewesen war. Eine, die ich an einem Alpha üblicherweise zu schätzen gewusst hätte.

Aber nicht an *meinem* Alpha.

Er hätte es besser wissen sollen.

Du hast vor gerade mal dreißig Minuten kaum noch geatmet, keifte er in meinen Gedanken.

Jetzt atme ich ganz normal, gab ich zurück und drückte meinen Rücken durch. *Wenn du dich nicht um mich kümmerst, werde ich es selbst tun.*

Sein Biest wütete in seinem Kopf und seine Hand, die um meinen Hals geschlungen war, drückte fester zu. *Vorsicht, Kyra.*

Nein, wiederholte ich. *Ich will nicht, dass du* vorsichtig *bist. Ich will dich, Alpha.*

Er legte seine Stirn an meine und der Atem, den er ausstieß, wärmte mein Gesicht. „Fuck, Kyra."

„Genau das will ich."

Er stieß ein humorloses Lachen aus und schüttelte seinen Kopf, der an meinen gelehnt war, leicht. Die Geste war nicht abweisender Natur, sondern eher resignierender. „Sag mir, dass ich aufhören soll, falls ich dir wehtue."

KYRA

Lorcan räumte mir keine Gelegenheit ein, ihm zu widersprechen. Denn, nein, ich würde ihm nicht sagen, dass er aufhören sollte, auch wenn es etwas wehtun würde. Er plünderte meinen Mund.

Unserem Kuss wohnte der Geschmack von Blut und Lust inne, trieb meine Sehnsucht an und machte meinen Hunger nach ihm nur noch größer. *Mehr, mehr, mehr,* keuchte meine Wölfin. *Knoten, Knoten, Knoten.*

Aber Lorcan schien ganz versessen darauf zu sein, sich alle Zeit der Welt zu lassen, meinen Mund mit seiner Zunge zu erforschen. Als ich versuchte, ihn dazu zu bringen, sein Tempo zu beschleunigen, drückte er mit seiner Hand, die um meinen Hals geschlungen war, zu, sodass ich sein Tempo, seine Berührungen, *seine Führung* akzeptieren musste.

Ich hatte als Untergeordnete die Kontrolle übernommen, oder zumindest sagten seine Gedanken mir das. Und dieses Verhalten würde er mittels seiner eigenen Form der sinnlichen Bestrafung korrigieren.

Denn er war hier der Alpha.

Obwohl er mich in allen anderen Belangen führen ließ,

so weigerte er sich, sich im Schlafzimmer unterzuordnen. Auch wenn ich genau das tat, was er begehrte: mich gegen ihn zu wehren.

Die Streitfrage in seinem Kopf machte mich vor Wut ganz benommen und verführte mich umso mehr, mich gegen ihn aufzulehnen.

Seine Brust bebte aufgrund seines Missfallens und seiner Zustimmung, und die Mischung stimulierte meine Instinkte. Ich presste mich an ihn und mein Inneres sehnte sich nach seinem Schwanz. Nach seinen Stößen. Nach seinem Knoten.

„Lorcan", knurrte ich an seinen Mund gepresst.

„Sei still, Omega." Er küsste mich erneut, dieses Mal noch bedächtiger als zuvor, und seine Zunge war so verdammt gründlich, dass ich beinahe meinen eigenen Namen vergaß.

Und doch ließ mich das nach Atem ringen. Ich wollte mehr. *Verzehrte mich nach ihm.*

Er versuchte mich mit seinem Mund umzubringen. Der Griff um meinen Hals ließ nicht nach und seine andere Hand war noch immer um meine Handgelenke geschlungen.

Meiner Wölfin entfuhr ein Wimmern, das es über meine Lippen schaffte.

Ich fühlte mich so machtlos, so verdammt angeheizt, dass ich keine Worte mehr von mir geben konnte. Nur Laute. Knurren. Wimmern. *Stöhnen.*

Sein Daumen strich an meinem Hals hinab und hielt an meiner Halsschlagader inne, während er sein Gemächt an meine Mitte presste.

„Du siehst so schön aus, wenn du dich unterwirfst", lobte er mich, sein Mund an meinen gepresst. „Jeder Teil von dir sehnt sich nach mir und ergibt sich meinen Berührungen, gehorcht meinem Befehl. Und das, während deine Gedanken die Grenzen meiner Dominanz austesten. Dein Verlangen danach, zu rebellieren, ist so verdammt heiß."

Seine Lippen wanderten kaum spürbar über meine Wange zu meinem Ohr, wo er an meinem Ohrläppchen knabberte.

Ich erschauderte, als er fest genug zubiss, um Blut fließen zu lassen.

Es tat weh, aber dann ließ seine Zunge den Schmerz verblassen. Dass er kein Gift spritzte, führte dazu, dass ich mich unter ihm entspannte. Als Nächstes wanderten seine Zähne an meinen Hals und sein Mund ersetzte den Daumen an meiner Halsschlagader.

Ein weiterer Biss ließ mich meine Beine um seine Taille schlingen und mir ein Stöhnen über die Lippen kommen.

Dieses Mal nahm er meine Essenz mit seinem Mund auf und schluckte sie.

Ich erschauderte unter ihm und augenblicklich kamen Erinnerungen hoch, die dann aber von der beruhigenden Berührung seiner Zunge ersetzt wurden, die folgten.

Kein Gift.

Weil er kein Vampir ist.

Er ist ein V-Clan-Alpha. Mein *V-Clan-Alpha.*

Ja, bin ich, bestätigte er in meinen Gedanken, während er seinen Mund erneut auf meine Halsschlagader presste. *Du schmeckst unglaublich, Gefährtin.*

Ich erzitterte und mein Körper wurde von einer weiteren feurigen Welle der Lust heimgesucht. *Lorcan …*

Er saugte an meiner Ader und sein Biss hinterließ einen Abdruck in meiner Seele. *Mein*, sagte er mit jedem Schluck. *Meine Omega. Meine Gefährtin.*

Sein Geruch nach Immergrün wusch über mich. Der Duft war eine Mischung aus unserem Blut und meinem Nektar. Er kreierte ein berauschendes Aroma, das mich dazu brachte, mich unter ihm zu winden. Wenn er sich nicht bald mit mir verknotete, würde ich in tausend Stücke zerspringen.

Bitte, flehte ich ihn an, als er seinen Mund wieder auf meinen drückte.

Er ließ mich ein weiteres Mal verstummen, indem er meine Zunge mit seiner berührte, während sein Schwanz an meine feuchte Mitte gepresst pulsierte.

Zu viel. Ich presste mich an ihn. *Es ist zu viel. Und nicht genug. Bitte, Lorcan …*

Er knabberte an meiner Unterlippe, der Griff um meinen Hals und meine Handgelenke unnachgiebig. Ich war unter ihm gefangen und seine Kraft stellte sicher, dass ich mich nicht durch die Schatten bewegen konnte. Sein Körper hielt mich auf die beste aller Arten gefangen.

Wie ein Alpha, der seine Gefährtin zähmen musste. Der ihre Wölfin dafür bestrafen musste, seine Grenzen ausgetestet zu haben.

Der sie dafür belohnen will, dass sie mutig genug war, ihn herauszufordern, korrigierte er mich, als seine Hüften sich an meine gedrückt bewegten.

Ich rang nach Luft, als er mich mit einem barschen Stoß füllte.

Sie daran erinnern, dass sie seine Gefährtin ist, ergänzte er und glitt bis zur Eichel aus mir.

Die Hand, die um meinen Hals geschlungen war, schnitt meinen Schrei ab, während er mit noch mehr Wucht in mich stieß. *Verdammt*, keuchte ich. Er füllte mich auf eine Art, wie ich es nie zuvor gespürt hatte. Was keinen Sinn ergab. Ich hatte ihn zuvor in mir *gespürt*. Und doch … schien er jetzt noch breiter geworden zu sein.

Und hatte auch so viel mehr Kontrolle über mich.

Sicherstellen, dass sie weiß, dass er sie respektiert und als Gleichgestellte sieht, fuhr Lorcan fort, während er mich mit seinen Hüftstößen bestrafte. *Aber auch, dass es seine Pflicht ist, sich um sie zu kümmern. Sie zu beschützen. Und sie nie zu weit zu treiben.*

Er ließ etwas von mir ab, sodass ich nach dringend benötigter Luft schnappen konnte. *Mach weiter*, wandte ich ein. *Ich kann dich aushalten.*

„Ich weiß, dass du das kannst", flüsterte er an meine Lippen. „Aber das bedeutet nicht, dass du das müssen sollst, Kyra."

Ich will es, konterte ich. *Du bist genauso mein Gefährte wie ich deine Gefährtin bin. Mein Biest will deines annehmen. Lass es uns tun, Lorcan. Lass uns jeden Teil von dir haben.*

Ein tiefes Knurren wanderte durch seine Brust und sein Tier verlangte, dass er unser Angebot annahm.

Mein Wolf konnte seine Sehnsucht danach, frei zu sein, spüren. Das Bedürfnis, seine Aggression freizulassen. Sein *Verlangen* danach, Besitz von seiner Gefährtin zu ergreifen.

Es würde wild werden. *Wunderbar.*

Lorcan fluchte und seine Kontrolle ließ nach. *Kyra …*

Hör auf, gegen uns anzukämpfen, verlangte ich. *Gib mir alles. Bitte, Alpha. Hör auf, dich zurückzuhalten.*

Ihm kam ein weiteres Knurren über die Lippen und das Spannseil, das seine Kontrolle beisammenzuhalten schien, schien zu reißen.

Ich jaulte, als sich die Welt zu drehen begann und mein Bauch abrupt auf die Matratze traf, weil er mich unter sich herumgedreht hatte. Ich war nicht einmal sicher, wie ihm das gelungen war, nur, dass mein Hintern plötzlich an sein Gemächt gepresst war, seine Hände an meinen Hüften lagen und mich nach oben zogen, sodass ich keine andere Wahl hatte, als auf meinen Händen und Knien zu balancieren.

Und im nächsten Augenblick war er in mir.

Füllte mich.

Kontrollierte mich.

Ergriff Besitz von mir.

Er führte seinen Mund an meinen Nacken und unterwarf mich ihm komplett.

So dominant. So Alpha. So mein.

Er biss, getrieben von seinem Wolf, zu. Mein Tier reagierte, indem sie sich hinunterbeugte und sich fügte, während sie ihn drängte, weiterzumachen, indem sie sich an ihn drückte.

Es war ein Tanz der Gefährten.

Ein wildes Aneinanderklatschen von Hüften, während unsere Seelen sich vereinten.

Mir war nicht bewusst gewesen, wie sehr ich das Gefühl gehabt hatte, von etwas hinuntergezogen zu werden. Meine Seele war zweigeteilt gewesen. Die eine Hälfte hatte einem Vampir-Alpha gehört, die andere hatte sich danach gesehnt, sich mit einem V-Clan-Alpha zu verbinden.

Aber jetzt … Jetzt war ich ganz einfach Kyra.

Eine Hybrid-Omega mit einem Gefährten. *Lorcan.*

Dem *richtigen* Gefährten.

Dem richtigen Alpha.

Ich zog mich um ihn herum zusammen und verlangte danach, dass er mich füllte, mich vervollständigte, sich *mit mir verknotete.*

Er schnurrte an meinen Nacken gelehnt, hörte den Befehl und konnte sich mir nicht widersetzen. Vorwiegend, weil er es nicht wollte. Er hatte mit diesem langsamen Kuss klargemacht, was er wollte.

Jetzt war es an der Zeit, zu *ficken.*

Sein tierisches Verlangen spiegelte das meine, und seine sinnlichen Stöße trafen auf diese tiefliegende Stelle in mir, die nach mehr Nektar, mehr Stöhnen, mehr *Leidenschaft* verlangte.

Ich schrie seinen Namen, offenbarte der ganzen Welt schamlos, wem ich gehörte.

Er stöhnte ebenfalls, kündigte an, dass er Besitz von mir ergreifen würde, und stellte sicher, dass alle wussten, dass ich ihm gehörte und er mir.

Das hier fühlte sich wie der wahre Beginn unserer Beziehung an – unsere echte Verpaarung. Diejenige, die nicht aus unseren Schwüren gegenüber anderen entstanden war, sondern aus den Schwüren geboren wurde, die wir dem jeweils anderen gegenüber ablegen wollten.

Ohne Verbindungen zu meiner Vergangenheit. Ohne Fare. *Ohne Albträume.*

Nur die Gegenwart war noch da. Mit Lorcan.

Und die Träume, die wir für unsere Zukunft hegten.

Meine Finger vergruben sich in den Laken und ich drückte meinen Rücken durch, als jedes einzelne meiner Nervenenden Alarm schlug.

So heiß.

Zu heiß.

Nahe.

Oh, so nahe …

Lorcan biss erneut in meinen Hals und sein Knoten pulsierte, während er mich erbarmungslos von hinten nahm. Ich brauchte keinen weiteren Stimulus, brauchte keine Stimulierung meiner Klitoris oder dass seine Hände an meine Brüste wanderten. Sein Mund und sein Knoten waren genug. Die dominierende Position gab mir genau das, was ich begehrte.

Alles verdunkelte sich. Meine Welt explodierte und meine Gliedmaßen zitterten angesichts eines plötzlichen Höhepunkts, den ich bis in meine Zehen spürte.

Lorcan schnurrte in meinen Gedanken, sein Wolf erfreut über meine Reaktion auf seine Beanspruchung.

Dann verwandelte sich dieses Schnurren in ein tiefes Knurren, als er sein Tempo abermals steigerte.

Ich spannte mich um sein Glied herum an.

Ich ritt noch immer die Glückswelle meines ersten Orgasmus und näherte mich blitzschnell dem nächsten.

Lorcans Hände brannten an meinen Hüften und sein warmer Mund war an meinen Hals gedrückt. Und sein *Schwanz* … Oh, bei den Göttern. Sein Schwanz. Er pulsierte. Drang in mich. War *breit*.

Ich pulsierte um ihn herum geschlungen und meine Lippen öffneten sich, um einen verzerrten Schrei in meine Laken abzugeben, während Lorcan in mir explodierte.

Verdammt, knurrte er in meinen Gedanken.

Ja, zischte ich zurück und stürzte mit ihm über die Klippe ins Tal der Wonne.

Unsere Körper verbanden sich, sein Knoten behielt uns aneinandergepresst und zog uns in einen Strudel der Euphorie, der mehrere Minuten andauerte. Vielleicht sogar Stunden.

Ich war mir nicht sicher.

Alles, was ich spüren konnte, war Lust.

So. Viel. Lust.

Oh, bei den Göttern … Mir stockte der Atem. Ich vergaß zu blinzeln. Meine Lunge brannte. Alles um mich herum war dunkel. Mein Körper … war voll. Gesättigt. Erschöpft.

Lorcan sackte über mir zusammen und sein muskulöser Körper ummantelte meinen zärtlich, bevor er uns auf die Seite drehte. Er schlang einen Arm um meinen unteren Bauch, sein Gemächt fest an mein Hinterteil gepresst, während er weiter in mir kam.

Jeder heiße Strahl verschaffte mir eine weitere orgastische Erfahrung und die Empfindungen führten dazu, dass ich meinen Bauch anspannte, während meine Adern von lustvollen Beben heimgesucht wurden.

Ich gab ein Summen von mir, stöhnte, seufzte und keuchte seinen Namen. Immer und immer wieder. Es war, als wäre ich in einem Tornado der Wonne gefangen.

Lorcan küsste meinen Hals und sein Schnurren fand mit erneuter Kraft zurück, während er mir lobende Worte in Gedanken zuflüsterte. Er sagte mir, dass ich stark war. Eine Kämpferin. Die perfekte Gefährtin für ihn. Dann lobte er mich dafür, seinen Wolf angenommen zu haben. Er sagte mir, wie gut es sich angefühlt hatte, seine Kraft freizulassen, wie sehr er es liebte, sich mit mir zu verknoten und mich zu beißen.

Ich sagte ihm dasselbe, obschon mir meine Worte etwas durcheinander über die Lippen kamen. Vielleicht bildeten sie nicht einmal einen kohärenten Satz.

Zur Hölle, ich war kaum bei Sinnen, als sein Knoten abschwoll.

Meine Augen waren geschlossen, meine Beine schlaff. Gut möglich, dass ich vielleicht sogar ein kleines bisschen schnarchte.

Zumindest, bis ich Lorcan sagen hörte: „Ich antworte nur, weil du mich dreimal hintereinander angerufen hast."

Ich zog meine Augenbraue hoch und öffnete meine Augen. *Hm?*

Cillian, erwiderte er. *Mach dir keine Sorgen, die Kamera ist aus.*

„Ja, sehr gern geschehen, dass ich in die Karibik geflogen bin und ein Nest voller räudiger Vampire ausgeschaltet habe, während du ihr Äquivalent eines Sektoren-Alphas gejagt hast", säuselte Cillian.

Lorcan schnaubte lachend neben mir. „Als hättest du die Aufregung nicht genossen."

„Ich bin nicht ganz so sicher, ob ich es so sehr genossen

habe wie Kazek und Sven, aber deswegen rufe ich nicht an."

„Dann schlage ich vor, dass du auf den Punkt kommst, bevor ich auflege", erwiderte Lorcan.

„Ihr habt mich und Kieran im Flugzeug zurückgelassen, Lorcan. Dann hat Kieran sich etwas von deiner Gefährten-verlieren-ihren-Verstand-Nummer abgeschaut und ist durch die Schatten zurück in den Blutsektor gereist. Jetzt befinde ich mich also eine Stunde außerhalb des Andorra-Sektors in einem Flugzeug, das ich wohl mithilfe eines Wunders nach Hause bringen soll." Cillian hielt inne. „Vielleicht ist euch beiden entfallen, dass ich kein Pilot bin. Und ich kann das Tarnkappenflugzeug nicht einfach Sven überlassen."

„Warum nicht? Er scheint Gefallen an ihm gefunden zu haben", murmelte Lorcan und seine Gedanken sagten mir, dass das Letzte, was er tun wollte, war, durch die Schatten zum Andorra-Sektor zu reisen, nur um das Flugzeug zurück in den Blutsektor zu fliegen. „Es wäre eine sehr nette Art, sich dafür zu bedanken, dass sie uns mit dem Vampir-Problem geholfen haben."

Cillian lachte abschätzig. „Und was habe ich davon?"

„Du musst nicht im Andorra-Sektor darauf warten, dass ich deinen Hintern rette?", meinte Lorcan.

Der andere Alpha schnaubte. „Weißt du was? Jetzt fühle ich mich nicht mehr schlecht für den wahren Grund meines Anrufs."

„Du meinst, wir sind noch nicht beim springenden Punkt angelangt?", fragte Lorcan genervt.

„Kieran will in neunzig Minuten ein offizielles Treffen mit Ander und den anderen X-Clan-Alphas abhalten", sagte Cillian mit ernstem Tonfall, dem alle Verspieltheit fehlte. „Er und Quinnlynn werden ihnen vom Refugium erzählen, und er will, dass du und Kyra mittels Konferenzschaltung dabei seid."

Lorcan fluchte, als die Verbindung gekappt wurde.

Und ich war plötzlich hellwach. „Kieran hat *was*?", wollte ich wissen. „Das kann er nicht machen."

„Wie es scheint, haben er und Quinnlynn die Entscheidung bereits getroffen", murmelte Lorcan und sein Knoten glitt aus mir.

„Wir müssen an diesem Anruf teilnehmen."

„Was du nicht sagst", stimmte ich zu und bewegte mich mittels der Schatten aus meinem Nest, um aufzustehen.

Doch im nächsten Augenblick knickten meine Knie ein und ich fand mich in den Armen meines Alphas wieder, mein Kopf an seine Brust gelehnt. Er hatte wohl sehen kommen, was ich vorgehabt hatte – vermutlich aufgrund unserer mentalen Verbindung.

„Wir müssen noch einmal duschen", sagte er, sein Blick auf meinem Hals verweilend. Sein Wolf stieß ein tiefes, zustimmendes Knurren aus und er blähte seine Nasenflügel. *Mein*, hörte ich ihn denken. *Definitiv mein.*

Weil ich übergossen von seinem Blut, seinem Schweiß und seinem Samen war.

Mein Tier strahlte, zufrieden über seine physische Beanspruchung.

Doch der menschliche Teil von mir stimmte ihm zu. Ich hatte eine Dusche bitter nötig. Vor allem, wo uns doch ein Videoanruf bevorstand.

Aber wir hatten noch neunzig Minuten.

Was bedeutete, dass mehr als genug Zeit blieb, um in der Dusche zu spielen.

Ich musste nur zuerst wieder imstande sein, aufrecht zu stehen. Oder zu knien, vielleicht.

Ja, sich hinknien hört sich gut an, beschloss ich. Denn das bedeutete, dass Lorcan ersetzen könnte, was noch vom

Geruch des Vampir-Alphas auf meinem Gesicht übrig war ... mit seiner eigenen *Essenz*.

Lorcans Pupillen weiteten sich. *Bietest du mir gerade an, deinen Mund an meinen Knoten zu pressen?*

Ich verspreche dir noch viel mehr als das, erwiderte ich mit einem Lächeln auf den Lippen. *Und jetzt bring uns in die Dusche, Alpha. Ich will mir Zeit dabei lassen, dich mit meiner Zunge zu erforschen.*

Und dann würden wir uns mit Kieran und den anderen treffen.

Und über das Refugium sprechen ...

KYRA

MEINE BEINE WAREN UNRUHIG, mein Magen verknotet. Es fühlte sich seltsam an, so vielen Alphas gegenüberzusitzen und einen Ort zu besprechen, den ich für eine so lange Zeit geheim gehalten hatte.

Alphas gehören nicht in das Refugium, dachte ich. *Es ist unsere heilige Insel.*

Aber Quinnlynn schien meine Sorge nicht zu teilen. Sie saß mit neutralem, sachlichem Gesichtsausdruck da.

Ich war nicht in die Gespräche eingeweiht worden, die seit dem Vampirangriff geführt worden waren, weil ich mit Fare auf der Insel der Verbannten gewesen war. Doch wie es schien, hatte Quinn in meiner Abwesenheit ein paar wichtige Entscheidungen getroffen.

Als Blutsektor-Königin und Flechterin der Magie des Refugiums vertraute ich ihr blind. Ich wünschte mir nur, dass ich gewusst hätte, was ihr durch den Kopf ging und was sie vorhatte.

Vor allem, weil ich ihre Stellvertreterin war.

Wir würden ein langes Gespräch über die Zukunft führen müssen, sobald dieses Treffen hier vorbei war. Nur um sicherzugehen, dass ich meine Rolle verstand und um zu prüfen, dass ich mit ihren Plänen einherging. Denn wenn ich das nicht tat, würde ich keine besonders gute Stellvertreterin mehr sein.

Lorcan griff nach meiner Hand und drückte sie, während er auf die Bildschirme vor uns blickte.

Wir saßen in seinem ehemaligen Gastgemach im Refugium, da wir etwas Privatsphäre für dieses Gespräch benötigten und wir nicht unser Nest benutzen wollten. Das war unser Privatgemach. Ein Ort, den wir nie mit der Welt teilen würden.

Also waren wir durch die Schatten hierhergereist, weil wir nicht gewusst hatten, wohin wir sonst gehen sollten. Das Refugium verfügte über keine Sitzungszimmer. Aber mir schwante, dass sich das bald schon ändern würde.

Tatsächlich würden sich viele Dinge ändern.

Auf einem der Bildschirme war Cillian zu sehen. Er saß an einem Glastisch im Andorra-Sektor, zusammen mit Kazek, Sven, Jonas und Ander – einem einschüchternden dunkelhaarigen Alpha, der nie zu lächeln schien.

Ein fünfter X-Clan-Alpha verweilte im Hintergrund. *Elias*, glaubte ich vernommen zu haben. Angesichts dessen, dass er direkt hinter Ander stand, vermutete ich, dass er eine Art Leutnant war. Oder vielleicht der stellvertretende Anführer des Andorra-Sektors.

Was auch immer er war, er meldete sich nicht zu Wort.

Was daran hätte liegen können, dass Kieran mehrheitlich das Reden übernahm. Er war auf dem anderen Bildschirm mit Quinnlynn zu sehen. Die beiden erklärten, was das Refugium war und was für eine Bedeutung es für die Welt hatte.

Ich schluckte schwer. Diese Entwicklung machte mich nervös. Vor allem, weil ich wusste, dass X-Clan-Alphas nicht wie V-Clan-Alphas waren. Sie hatten die Tendenz, sich ohne Wenn und Aber zu nehmen, was sie wollten.

Aber das hier waren die Alphas, die den Bariloche-Sektor dieses Jahr zerschlagen hatten. Die Alphas, die sich um die Omega-Sklavinnen gekümmert hatten, die im Prozess gerettet worden waren.

Kieran, Lorcan und Cillian hatten geholfen.

Aber ich wusste, dass ihr Hauptziel jenes gewesen war, Quinnlynn gefangen zu nehmen. Sie war dort gewesen, um dabei zu helfen, die Omegas so gut wie möglich zu heilen.

Diese Omegas hätten hierherkommen sollen. Etwas, worüber Quinnlynn und Kieran jetzt zu diskutieren begannen.

Sie waren bisher nicht in der Lage gewesen, das Thema anzusprechen, ohne das Refugium zu enthüllen. Aber wie es schien, waren sie zum Schluss gekommen, dass es an der Zeit war, dieses Geheimnis mit der Welt zu teilen.

Ich war nicht sicher, was ich davon halten sollte.

Wir werden es nicht mit der ganzen Welt teilen, flüsterte Lorcan in meine Gedanken.

Sie reden davon, unsere Existenz allen V-Clan-Sektoren zu offenbaren.

Ja, und V-Clan-Wölfe sollen angeblich fast ausgestorben sein. Aber wir beide wissen, dass das nicht wahr ist. Er sah mich an und in seinen obsidianschwarzen Augen ruhte ein Hauch Wärme. *Unsere Art weiß Geheimnisse zu bewahren, Gefährtin.*

Wir führen hier ein Gespräch mit X-Clan-Wölfen, gab ich zu bedenken. *Und nicht mit V-Clan-Wölfen.*

Wir führen ein Gespräch mit vertrauenswürdigen Verbündeten, erwiderte er. *Verbündete, die ein Interesse daran haben, dieses Geheimnis zu bewahren.*

Er führte letztere Aussage in Gedanken aus und ließ mich wissen, dass der Andorra-Sektor bekannt für seine niedrige Omega-Population war. Sie würden nicht wollen, dass jemand vom Refugium erfährt, weil sie potenziell Zugang zu Omega-Gefährtinnen haben wollten.

Ich runzelte die Stirn, als ich Letzteres vernahm.

Die meisten Omegas, die hier leben, wollen keinen Alpha-Gefährten, sagte ich zu ihm. *Darum suchen sie ja auch Zuflucht.*

Die meisten Omegas, die hier leben, haben größtenteils nichts als Alpha-Aggression erfahren, konterte er. *Angesichts ihrer Vergangenheit überrascht es mich nicht, dass sie davor zurückschrecken, sich zu verpaaren. Aber das bedeutet nicht, dass der richtige Alpha sie nicht genug reizen würde, um sie umzustimmen.*

Er sah mich eindringlich an, was mich in Gedanken amüsiert schnauben ließ.

Denn er benutzte *mich* als Fallstudie.

Ich wurde zu dieser Verpaarung gezwungen, schon vergessen?, sagte ich zu ihm.

Hm. Und diese Zwangsverpaarung hat sich doch bezahlt für dich gemacht, oder etwa nicht, Kyra? Ein leises Schnurren unterlegte meinen Namen, was meine Wölfin innerlich seufzen ließ.

Das ist nicht fair, murmelte ich zu ihm zurück.

Willst du den anderen Omegas nicht Gelegenheit bieten, etwas Ähnliches zu finden, wenn sie das wollen?, hakte er nach, ließ sich nicht vom Thema abbringen. *Sie verdienen wenigstens eine Chance, zu erfahren, dass nicht alle Alphas Monster sind.*

Er dachte an Ashlyn und einige der anderen … Wie sie ihn scheu darum gebeten hatten, ihnen Sparring-Unterricht zu erteilen und ihm andere Alpha-bezogene Fragen gestellt hatten.

Sie waren zweifellos interessiert an ihm gewesen, was mich unheimlich geärgert hatte.

Mein Alpha, dachte ich und meine Wölfin stieß ein zustimmendes Schnauben aus.

Lorcan zog mit seinem Daumen einen kleinen Kreis auf meinem Handgelenk. *Deine besitzergreifende Art gefällt meinem Biest.*

Dass du an andere Omegas denkst, missfällt meinem Biest, konterte ich.

Wirfst du mir wieder vor, auf Omega-Fang zu sein?

Schon möglich.

Er ließ meine Hand los, um seinen Arm um meinen unteren Rücken zu schlingen, und seine Hand wanderte an meine Hüfte, um sie zu drücken.

Wenn dieses Gespräch beendet ist, werde ich dir diesen Irrglauben mit meinem Knoten aus dem Kopf ficken, Gefährtin. Und ich werde nicht aufhören, bis ich mir sicher bin, dass er auch wirklich verschwunden ist.

Meine Schenkel spannten sich an. *Das könnte eine Weile dauern.*

Ich bin geduldig, erwiderte er und sein Griff um meine Hüfte wurde fester. *Und ich bin gründlich.* Das letzte Wort wurde von einem tiefen Knurren begleitet und versorgte mich mit allerhand Ideen.

Ich auf meinen Knien. Er auf seinen Knien.

Sein Knoten, der an meine Zunge gepresst pulsierte.

Er, wie er nach meinen Hüften griff und von hinten in mich stieß.

Wie er über das ganze Nest verteilt kam. *Erneut.*

Von seinem Samen übergossen zu sein.

Markiert von seinen Zähnen. Ihn mit meinen Reißzähnen zu beanspruchen.

Ich schluckte schwer, stand praktisch in Flammen. Ich stand kurz davor, zu verlangen, dass wir durch die Schatten zurück in unser Zimmer reisten, doch dann räusperte sich der Andorra-Sektoren-Alpha.

Ich erstarrte, war mir sicher, dass er mich wegen meiner niederen Gedanken zur Rede stellen würde. Denn sie mussten mir ins Gesicht geschrieben stehen, was völlig unangebracht für dieses Gespräch war.

Dank sei den Göttern, dass sie nicht hier sind, dachte ich und meine Wangen brannten noch heißer.

Denn wenn sie das gewesen wären, hätten sie meinen Nektar gerochen.

Und das … Das wäre echt peinlich gewesen.

Dieses Vergnügen würde ich ihnen nie gewähren, schwor Lorcan in meinen Gedanken. *Deine Muschi gehört mir, Gefährtin. Mir ganz allein.*

Dieses wunderbare Knurren unterlegte seine Worte und sandte eine weitere Welle der Lust durch meinen Körper. *Lor…*

„Ich habe einen Vorschlag", unterbrach der Alpha des Andorra-Sektors mit tiefer Stimme und gebieterischem Tonfall. Er hatte seit Beginn des Gesprächs nicht viel gesagt, hatte nur mit nachdenklichem Ausdruck dagesessen und Kierans Informationen über das Refugium und Erklärungen der jüngsten Ereignisse gelauscht.

„Wir sind ganz Ohr", säuselte Kieran, seine nonchalante Art ein krasser Kontrast zur dominierenden Art des X-Clan-Alphas.

„Wir haben vor Kurzem zehn Asche-Wölfe-Omegas in unserem Sektor aufgenommen. Wie ihr euch vorstellen könnt, sind sie nervös. Vor allem, weil sie aus dem Schattenland-Sektor gekommen sind, der anders als der Andorra-Sektor ist."

Ja, ich konnte mir gut vorstellen, dass es ein ganz schöner Kulturschock sein musste, aus der Wildnis des Schattenland-Sektors an einen Ort zu ziehen, der über so viel High-Tech verfügte.

Ganz zu schweigen von der veränderten Hierarchie und den Regeln, die damit einhergingen.

Die Omegas mussten total verängstigt gewesen sein, dachte ich. *X-Clan-Alphas sind nicht bekannt für ihre Geduld oder ihre Güte.*

Lorcan erwiderte nichts, doch seine Gedanken sagten mir, dass er meiner Einschätzung zustimmte.

„Wir haben eine Willkommensfeier für die Omegas abgehalten, damit sie die Alphas unseres Sektors kennenlernen konnten", fuhr Ander fort.

„Das Ziel war, die Omegas behutsam an unsere Gesellschaftsstrukturen heranzuführen und ihnen Kontrolle über ihr eigenes Schicksal zu geben. Deswegen war es unseren Alphas nur erlaubt, diejenigen Omegas zu umwerben, die eine Umwerbung begehrten."

Was, wenn sie überhaupt gar keine Umwerbung wünschten?, fragte ich mich.

„Hat eine der Omegas sich entschieden, sich keinen Gefährten zu nehmen?", wollte Quinn wissen, die offensichtlich einen ähnlichen Gedankengang gehabt hatte wie ich.

„Ja", erwiderte Ander. „Zwei von ihnen haben noch keinen passenden Gefährten gefunden."

„Und sie werden nicht gezwungen, einen zu finden?", hakte sie nach und stellte damit die Frage, die sich auch in meinem Kopf aufgetan hatte.

„Sie werden dazu ermutigt, aber nicht gezwungen. Und mit ‚ermutigt' meine ich, dass sie Angebote von Alphas erhalten, die sie annehmen oder ablehnen können."

Quinn zog eine Augenbraue hoch. „Und was, wenn sie es vorziehen würden, im Refugium, ohne einen Gefährten, zu leben?"

„Weil wir bis vor einer Stunde nichts von eurem Refugium gewusst haben, kann ich diese Frage nicht beantworten."

„Würdest du in Erwägung ziehen, ihnen die Option anzubieten?"

Er starrte in die Kamera und seine goldfarbenen Iriden

blitzten. „Wenn ich das tun wollte, müsste ich den Alpha-Rat über die Existenz des Refugiums in Kenntnis setzen. Bis du und dein Gefährte entschieden habt, wie es weitergehen soll, sind mir die Hände gebunden."

Quinn öffnete ihren Mund, um etwas zurückzufeuern. Vermutlich etwas, das sich auf den Gedanken bezog, dass er dem Alpha-Rat vom Refugium erzählen wollte. Oder vielleicht die Tatsache, dass seine Antwort sich wie eine faule Ausrede anhörte.

Doch Ander hielt eine Hand hoch und gab ihr mit einem Blick zu verstehen, dass er noch nicht fertig war.

„Aber", fuhr er mit entschlossenem Blick fort und zog das Wort in die Länge. „Falls ihr euch dazu entscheidet, das Refugium dem Andorra-Sektor auch zu offenbaren, dann, ja, glaube ich, könnte ich ihnen die Option anbieten. Dasselbe gilt für die anderen Omegas vom Bariloche-Sektor, um die wir uns gekümmert haben."

Quinn schloss ihren Mund und ein nachdenklicher Ausdruck fand in ihr Gesicht.

„Wir wären auch interessiert daran, ein paar Alpha-Omega-Paare zu stellen, um das Refugium zu beschützen", ergänzte Ander. „Vorausgesetzt, ihr wärt bereit, X-Clan-Alphas als Beschützer zu akzeptieren. Wir mögen keine magischen Kräfte besitzen, aber wir sind alles andere als schwach."

„Wie wir im Bariloche-Sektor und auf der Insel der Verbannten gesehen haben", murmelte Cillian und sein Blick wanderte kurz zu Kazek und Sven, bevor er wieder in die Kamera schaute. „Es ist durchaus eine Überlegung wert."

Kieran nickte. „Wir haben viel, über das wir hinsichtlich des Refugiums nachdenken müssen." Sein Blick wanderte zu uns. „Was meinst du, Lorcan?"

„Ich finde, dass Quinnlynn und Kyra die Omegas im

Refugium nach ihrer Meinung fragen sollten", erwiderte Lorcan, ohne zu zögern. „Sie müssen ihren Beschützern vertrauen. Andernfalls ist die ganze Aktion überflüssig."

Wenn ich hätte schnurren können, hätte ich das. Denn Lorcans Antwort zeigte nicht nur seinen Respekt gegenüber Quinn, sondern auch gegenüber mir.

Trotz seiner Alpha-Kontrolle versuchte er nicht, Entscheidungen für das Refugium zu treffen. Und Kieran auch nicht.

Tatsächlich schien keiner der Alphas, die am Tisch saßen, uns sagen zu wollen, was wir tun und lassen sollten. Sie boten bloß Optionen an und brachten Ideen vor.

Wie zum Beispiel die Enthüllungsfeier.

Der Gedanke, allen V-Clan-Wölfen zu offenbaren, dass wir existierten – und vielleicht auch einem Teil der X-Clan-Wölfe, beunruhigte mich nach wie vor. Aber tief drinnen verstand ich, dass es den alleinigen Zweck erfüllte, unseren Schutz zu stärken.

Leider hatte der Angriff bewiesen, dass die Barriere nicht immer genügte. Und obwohl ich noch nicht mit den betroffenen Omegas gesprochen hatte, so hatte ich in Lorcans Gedanken gehört, dass einige von ihnen nicht gut damit umzugehen wussten.

Sie hatten Angst. Waren unruhig. Unsicher. All die Dinge, von denen ich nicht wollte, dass sie jemand verspürte.

Einige Paare auf die Insel zu bringen, würde vielleicht helfen. Das würde den Omegas hier erlauben, ein paar Alphas zu begegnen, vor denen sie sich nicht fürchten mussten. Alphas, die nicht interessiert daran waren, sich eine Gefährtin zu nehmen, weil sie bereits eine hatten, die sie schätzten.

Alphas wie meiner, dachte ich, was den Mann an meiner Seite dazu brachte, meine Hüfte zu drücken.

„Wir können sie fragen, ob wir verschiedene Arten von Beschützern positionieren sollen", sagte Quinn. „Ich habe bereits mit einigen Omegas über die Möglichkeit gesprochen, das Refugium offenkundig zu machen. Ich werde sie fragen, was sie von potenziellen Umwerbungsoptionen halten."

Ich zog meine Augenbraue hoch – eine von Lorcans Lieblingsgesten.

Quinns Wortwahl ließ mich wundern, ob einige der Omegas, mit denen sie gesprochen hatte, bereits Interesse daran geäußert hatte, Alpha-Gefährten-Kandidaten treffen zu wollen.

Wir würden ein Gespräch führen müssen, sobald dieses Treffen ein Ende fand.

„Ihr könntet den Namen des Refugiums ändern und weniger offensichtlich machen, worum es sich bei der Insel handelt, und sie ganz einfach als neues V-Clan-Territorium beanspruchen."

Alle im Sitzungszimmer des Andorra-Sektors sahen Kazek an, schienen überrascht über seinen Vorschlag.

Ich runzelte die Stirn.

Lorcan saß wortlos neben mir und dachte über die Aussage des anderen Mannes nach.

„Was?" Kazek sah sich um, bevor er auf, was vermutlich der Bildschirm war, auf dem Kieran und Quinn zu sehen waren, blickte. „Ihr habt diese Option doch bestimmt erwogen. An eurer Stelle würde ich das tun. Ich würde das Territorium beanspruchen, einem mächtigen Alpha die Führung überlassen und dann niemandem außer meinen Verbündeten sagen, was sich an diesem Ort wirklich befindet."

„Es ist ja nicht so, als ob wir oft Treffen abhalten oder so", ergänzte er. „Niemand würde eine Einladung erwarten und nur ein Alpha, der den amtierenden Alpha herausfordern wollte, würde dort auftauchen. Was sowieso passieren wird, wenn er das Refugium an sich reißen wollte. Wenigstens ist es so weniger verheißungsvoll. Was für ein Alpha will eine Insel mitten im nördlichen Polarkreis regieren?"

Er hat ein unverschämt gutes Argument, sagte ich bedächtig. *Habt du und Kieran bereits darüber gesprochen?*

Nein. Wir hatten nicht daran gedacht, die Insel umzubenennen. Wir waren darauf fokussiert, wie wir sie enthüllen sollten.

„Eure Feier könnte die Entstehung eines Sektors zelebrieren, anstatt einen sicheren Hafen für Omegas zu enthüllen. Und sie könnte Omegas vorstellen, die vielleicht auf der Suche nach einem Gefährten sind." Kazek zuckte mit den Schultern. „Das ist, was ich tun würde. Na ja, das und ich würde ein klares Zeichen setzen, damit mich nie jemand herausfordert."

Die letzte Aussage schien an Lorcan gerichtet zu sein.

Sven schnaubte. „Du würdest vermutlich ein paar Gruben mit Infizierten an der Grenze entlang erbauen, um alle draußen zu behalten."

„Selbstverständlich", säuselte Kazek. Seine gelassene Art erinnerte mich ein bisschen an Kieran. Obwohl beide Männer zwei sehr verschiedene gefährliche Auren besaßen.

Quinn räusperte sich und sah mir in die Augen. „Ich glaube, wir haben einiges zu bereden."

„Ja", stimmte ich zu. „Tun wir."

„Na, dieses Gespräch war sehr einleuchtend", murmelte Kieran. „Ich glaube, wir alle haben eine Menge, worüber wir nachdenken müssen."

„Wollen wir darüber sprechen, was auf der Insel der Verbannten geschehen ist?", unterbrach Ander, seine Augenbraue hochgezogen, was mich an Lorcan erinnerte.

„Oder sollen wir zu einem späteren Zeitpunkt darauf zurückkommen?"

„Ich glaube, Cillian kann euch erzählen, was passiert ist", sagte Kieran. „Es handelte sich mehrheitlich um einige wilde Alphas, die erledigt werden mussten."

„Und ein paar, die bei Sinnen waren und die wir im Kerker gefunden haben", ergänzte Sven, woraufhin ich die Stirn runzelte.

Ein Kerker?, fragte ich Lorcan.

Er fragte sich dasselbe. *Sie müssen ihn gefunden haben, als wir nach dir gesucht haben.*

„Habt ihr im Kerker auch irgendwelche Omegas gefunden?", fragte ich und mein Herz setzte einen Schlag aus. *Hat Fare ein weiteres Spielzeug festgehalten, das er seine Gefährtin genannt hat? Eine, von der ich nichts wusste?*

Sven schüttelte seinen Kopf. „Nein. Nur ein paar Vampir-Alphas. Wir sind nicht lange genug geblieben, um Fragen zu stellen. Wir haben sie ganz einfach freigelassen und ihnen dabei zugesehen, wie sie ihresgleichen abgeschlachtet haben."

Oh, dachte ich stirnrunzelnd. Ich hatte nicht die geringste Ahnung, wer das gewesen sein könnte, aber ich war nicht sicher, ob ich es wissen wollte.

Kieran räusperte sich. „Wenn wir sonst nichts weiter zu bereden haben, kommen wir wieder zusammen, wenn wir ein paar Entscheidungen getroffen haben."

Er hielt inne und wartete ab, ob sich jemand zu Wort melden würde. Als niemand etwas sagte, ergänzte er: „Wie ich höre, lassen wir ein Tarnkappenflugzeug bei euch. Seht es als Zeichen unserer Dankbarkeit an." Sein Blick wanderte zu Lorcan, als er das sagte, dann wurde sein Bildschirm schwarz.

Cillian lachte auf dem anderen Bildschirm und schüttelte den Kopf, lächelte jedoch. „Typisch Gefährten,

LEXI C. FOSS

die den Verstand verloren haben", murmelte er. „Erinnere mich daran, nie eine Omega-Gefährtin zu nehmen."

„Ich werde dich an diese Worte erinnern, wenn du Ivanas Bemühungen endlich erlegen bist", konterte Lorcan, während sein Finger über dem ‚Beenden'-Knopf schwebte. „Wir sprechen uns bald."

Die Bildschirme wurden schwarz und seine letzten Worte ließen mich wundern, ob er Cillian diese Erinnerung bald schon zukommen lassen würde oder die Aussage allgemeiner Natur gewesen war.

Angesichts dessen, was ich seinen Gedanken über Ivanas Hartnäckigkeit in Sachen Cillian gehört hatte, meinte er vermutlich Ersteres.

Ich glaube, ich will diese mutige Omega kennenlernen, sagte ich in Gedanken zu ihm.

Vielleicht wirst du das anlässlich deiner nächsten Jagd auf Blut, erwiderte er mit einem freudigen Ausdruck im Gesicht. *Ich glaube, sie wurde damit beauftragt, sie für dich vorzubereiten.*

Ich zog meine Stirn kraus. *Wie bitte?*

„Glaubst du etwa, ich weiß nicht, dass du die Angewohnheit hast, von unseren Vorräten zu stehlen, Gefährtin?", fragte er und zog diese vermaledeite Augenbraue hoch. „Das war eines der ersten Dinge, die ich deinen Gedanken vernommen habe, nachdem ich dich gebissen hatte."

„Oh." Ich presste meine Lippen aufeinander. „Ich werde mich nicht dafür entschuldigen."

„Ich habe auch nicht um eine Entschuldigung gebeten." Er schmiegte seinen Mund an meine Wange. „Aber ich habe bereits Vorkehrungen mit Cillian getroffen, damit vierteljährlich eine Lieferung für das Refugium bereitsteht. Also keine geheimen Ausflüge im Schleichgang in den Blutsektor mehr."

„Was, wenn mir diese geheimen Ausflüge gefallen haben?"

„Dann gehen wir zusammen auf einen", erwiderte er. „Ich kann dir einige meiner Lieblingsorte zum Rennen zeigen. Vielleicht finden wir sogar die ein oder andere Eishöhle, in der wir kuscheln können."

Mein Wolf setzte sich erwartungsfroh auf, als sie das hörte, und verstand vermutlich, was er damit andeuten wollte. „Das würde mir gefallen."

„Mir auch." Er kuschelte sich an meinen Hals und lehnte sich dann etwas zurück. „Aber zuerst müssen wir Kieran zurückrufen und mit ihm und Quinnlynn über das Refugium sprechen."

„Ja", stimmte ich zu. „Ich habe so einige Fragen."

„Ich weiß." Er tippte auf den Bildschirm, der auf seiner Uhr erschienen war, und drückte auf ,Anrufen', nachdem er zu Kierans Name gescrollt hatte.

Er antwortete nach dem ersten Klingeln. Er und Quinn saßen noch immer im selben Sitzungszimmer wie noch gerade eben.

„Wir dachten uns schon, dass ihr vielleicht reden wollt", säuselte Kieran. „Ich erteile Quinnlynn das Wort. Sie kann euch einweihen."

LORCAN

Zwei Wochen später

Ich fand Kyra in meinem alten Bau. Mit gekräuselter Lippe starrte sie in den Spiegel.

Sie trug ein schwarzes Kleid mit Rückenausschnitt.

Es war unverschämt sexy.

Dann wiederum fand ich alles sexy, was sie trug. Vorwiegend, weil ich es genoss, mir vorzustellen, wie ich ihr es vom Leib riss.

Jeans. Pullover. Handtücher. Und jetzt Kleider …

Mein Knoten pulsierte, war bereit, zu spielen. Es waren ein paar Stunden vergangen, seit ich zuletzt in ihr gewesen war, da sie den Vorabend damit verbracht hatte, sich mich Quinnlynn auf den heutigen Anlass vorzubereiten.

„Ich sehe lächerlich aus", murmelte Kyra. „Warum muss man an diesen Anlässen immer festliche Kleidung tragen?"

Ich stellte mich hinter sie, führte meine Hände an ihre Hüften und starrte ihrem Spiegelbild in die Augen. „Du siehst umwerfend aus, Kyra", korrigierte ich sie. „Und was deine Frage angeht … Ich weiß es nicht. Ich glaube, das hat etwas mit dem König und der Königin zu tun."

Kyra schnaubte. „Es ist *königlich* bescheuert." Sie drehte sich in meinen Armen herum und legte ihre Hände auf meine Brust, während sie mich musterte. „Obwohl … ich mich nicht darüber beschweren kann, wie gut du in diesem Anzug aussiehst."

Meine Lippen zuckten. „Ist das ein Kompliment?"

„Willst du ein Kompliment?"

„Nein", log ich.

„Dann ist es kein Kompliment", erwiderte sie mit wissendem Blick in ihren grünen Augen. *Ich werde es stattdessen meinem Nektar überlassen, dir zu offenbaren, was ich von dir in diesem Anzug halte,* ergänzte sie in Gedanken und ihr zitrusartiger Duft neckte meine Sinne.

Ich presste meinen bereits harten Schwanz an ihren Bauch und schlang eine Hand um ihren Hals, während meine andere auf ihrer Hüfte verweilte. *Das beruht auf Gegenseitigkeit, Gefährtin.*

Sie begann zu lächeln, doch ich unterbrach sie, indem ich sie innig küsste und plötzlich das Gefühl hatte, sie als mein markieren zu wollen. Angeschwollene Lippen würden genügen – und mein Geruch, der ihren grazilen Körper bedeckte.

Ihr kam ein Kichern über die Lippen, während ich meine Wange an ihrem Hals hoch und über ihre Wange streifen ließ. *Willst du mich auch noch bepinkeln?,* neckte sie.

Führe mich nicht in Versuchung.

Wenn du das tust, werde ich dich wirklich umbringen, Alpha.

Und jetzt neckst du mich schon wieder mit Vorspiel, sagte ich mit einem Seufzen in ihren Gedanken. *Ich werde den ganzen Abend lang mit einem Steifen herumlaufen. Vor den Augen der begierigen Omegas …*

Kyra griff nach meinen Schultern und vergrub ihre

Fingernägel im Stoff meiner schwarzen Jacke. *Heute Abend gehst du nicht auf Omega-Fang.*

Ich lachte und küsste ihren Hals. *Ich habe die Omega, die ich begehre, bereits bekommen, Gefährtin. Ich besitze nicht den nötigen Verstand oder die Begierde, eine weitere zu haben.*

Sie gab ein Summen von sich, dem ein neckischer Hauch innewohnte.

Bist du bereit für heute Abend?, fragte ich sie und schlug ein ernsteres Thema an. *Denn wenn es erst einmal geschehen ist, gibt es kein Zurück mehr.*

Nach mehreren langwierigen Gesprächen mit Kieran, Quinnlynn und mehreren Omegas aus dem Refugium hatten wir uns dazu entschieden, Kazeks Vorschlag anzunehmen, die Insel umzubenennen und ein Territorium unter einem neuen Namen zu gründen. Eines, das für die Außenwelt wie ein weiterer V-Clan-Sektor aussehen würde. Doch die inneren Kreise würden den wahren Zweck der Insel kennen.

Das sollte ich dich fragen, murmelte Kyra. *Du wirst gleich zum Alpha-Prinzen gekrönt.*

Mit dir als meine Omega-Prinzessin, konterte ich.

Oh, ich bin nur die hübsche Dekoration. Du bist es, der seinen Titel verteidigen muss.

Ich schnaubte. *Ich bin mir ziemlich sicher, dass du mir dabei helfen wirst, ihn zu verteidigen, Gefährtin.*

Ja, aber die Welt weiß das nicht. Ich bin nur eine zerbrechliche kleine Porzellanpuppe, deren einziger Lebensinhalt es ist, den Knoten eines Alphas in sich aufzunehmen. Sie klimperte sittsam mit ihren Wimpern. Die Geste war so übertrieben, dass ich mir ein weiteres Lachen nicht verkneifen konnte.

Jeder, der dir begegnet, weiß unmittelbar, dass das gelogen ist, Kyra.

Ja, aber es sind nicht diejenigen, die uns kennen, die unsere Feinde sind, bemerkte sie. *Für die Außenwelt bin ich eine gehorsame, biegsame kleine Omega. Die perfekte Waffe, um ehrlich zu sein. Denn sie werden nie erwarten, dass ich meine Klauen ausfahre.*

Stimmt, lenkte ich ein. Obwohl sie unter den V-Clan-Alphas als Alpha-Mörderin bekannt war, so war der Spitzname anderen Rassen kein Begriff. Sie war wahrhaftig die perfekte Geheimwaffe, um unser neues Territorium zu verteidigen. Und ich war so froh, sie an meiner Seite zu haben.

Vor allem heute Abend.

Nicht als Geheimwaffe, sondern als Gefährtin. Damit sie mir half, mich in den gesellschaftlichen Kreisen zurechtzufinden und meine neue Rolle als Alpha-Prinz anzunehmen.

Ich hatte ein Jahrtausend damit zugebracht, ein Elitemann zu sein, mich in den Schatten zu verstecken und meinen Cousin zu beschützen.

Heute Abend würde ich aus den Schatten und mitten ins Scheinwerferlicht treten.

Zum Glück würde ich nicht lange dort ausharren müssen.

Nachdem das V-Clan-Territorium angekündigt worden war, würden Quinnlynn und Kieran die Bühne betreten und eine weitaus tiefgreifendere Ankündigung machen. Eine, die die Show stehlen würde und die Aufmerksamkeit für den Rest des Abend von mir ablenken würde.

Die Alphas wussten alle, was kam. Die Gerüchte hatten am Anfang der Woche begonnen, nachdem Prinz Cael den richtigen Personen ein paar wichtige Details verraten hatte.

Es war mit Absicht geschehen.

Und jetzt rissen sich alle um mehr Details über die zwölf Omegas, die vielleicht nach einem Gefährten suchten.

Als Quinnlynn und Kyra zurück zum Refugium gegangen waren, um die Option zu unterbreiten, waren mehrere

Omegas ermuntert, als sie das Wort *Umwerbung* gehört hatten. Viele von ihnen waren noch nicht bereit, aber eine Handvoll hatte Interesse daran bekundet, das Terrain zu sondieren.

Was dazu geführt hatte, dass ein Umwerbungsprogramm – *Qualifizierte Omega-Gefährten* – ins Leben gerufen worden war, das im Blutsektor zu führen Kieran zugestimmt hatte. Technisch gesehen, oblag Quinnlynn die Führung und Kieran kümmerte sich um alle Sicherheitsmaßnahmen, die das Programm erforderte.

Alphas konnten sich um Omega-Gefährtinnen bewerben.

Und Omegas konnten entscheiden, ob diese Alphas sich für die Umwerbung eigneten.

Omegas konnten das Programm auch jederzeit verlassen und sich dafür entscheiden, unverpaart zu bleiben. Genauso, wie die Alphas den Bewerberpool verlassen konnten, wenn sie kein Interesse mehr daran hegten, eine Gefährtin zu haben.

Ich beneidete Kieran und Quinnlynn nicht um die Aufgabe, das Programm auszuführen. Natürlich würden Kyra und ich vermutlich an gewissen Punkten involviert sein, da das Ziel war, die meisten der Paare zurück auf die Insel zu bringen und damit die Alpha-Population zu stärken und gleichzeitig sicherzustellen, dass die Omegas vor Ort sich sicher und geborgen fühlten.

„Die Refugium-Omegas haben dich schneller angenommen, weil du mit mir verpaart bist und sie mich kennen", hatte Kyra während der Gespräche gesagt. „Es ist eine gute Idee, Paare hierherzubringen, aber die Omegas und Alphas sind uns dennoch fremd."

Das war angesprochen worden, nachdem ich erwähnt hatte, dass einige der Alphas, die in das Refugium gezogen waren, einen durchzogenen Empfang erlebt hatten. Viele der Omegas hatten nicht allzu erfreut über ihr Auftauchen geschienen.

„Es wird etwas länger dauern, bis sie ihnen vertrauen und sie als *unsersgleichen* sehen", hatte Kyra ergänzt. „Aber wenn eine Omega wie – ach, ich weiß auch nicht – wie *Jas*, zum Beispiel, einen Alpha in das Refugium bringen würde, würde man ihm schneller vertrauen, weil Jas bereits das Vertrauen aller hat."

Dieser Gedankengang hatte Quinnlynn veranlasst, Anders Bemerkungen hinsichtlich Umwerbungen und die Tatsache, dass einige Omegas bereits Interesse bekundet hatten, Alphas kennenzulernen, zu erwähnen, sodass sie und Kyra die Idee den anderen Bewohnerinnen des Refugiums unterbreitet hatten.

Und jetzt standen wir kurz davor, es dem Blutsektor, mehreren Mitgliedern anderer V-Clan-Sektoren und einer Handvoll X-Clan-Wölfen zu verkünden.

Aber die X-Clan-Wölfe, die anwesend waren, hatten kein persönliches Interesse am Programm für qualifizierte Omega-Gefährten. Sie alle hatten bereits Gefährtinnen. Doch vielleicht würden sie einige der Alphas, denen sie vertrauten, vorschlagen, dass sie sich für das Programm bewerben sollten, was Kieran zugelassen hatte.

Kyras Hände wanderten an meiner Jacke hinab und sie sah mir mit ihren grünen Augen in meine. „Bereit?", fragte sie.

Ich nickte, meine Hand noch immer um ihren Hals geschlungen, während ich uns durch die Schatten in den Ballsaal brachte, der sich im Herzen des Blutsektor-Palastes befand. Es war derselbe, in dem ich vor einigen Wochen gewesen war, um Kierans Krönung beizuwohnen. Doch dieses Mal versteckte ich mich nicht an einer Wand und stand auch nicht an seiner Seite.

Heute ging ich direkt auf die obere Plattform zu, die sich geradeso außer Sichtweite des Haupteingangs befand.

Kieran und Quinnlynn waren bereits dort und erwarteten unsere Ankunft. Kieran trug, ganz wie ich, einen schwarzen Anzug und Quinnlynn ein bordeauxrotes Kleid, das ihr kleines Bäuchlein zeigte, in dem der Nachkomme des Blutsektors heranwuchs.

„Ha, es passt!", sagte Quinnlynn, die Kyras Kleid bestaunte.

Kyra presste ihre Lippen aufeinander. „Leider." Sie sah ihre beste Freundin an. „Dir ist klar, dass ich das hier nur für dich trage, oder?"

„Ich weiß."

„Und ich bin auch nur wegen dir im Blutsektor", legte Kyra nach. „Jetz *und* früher auch schon, meine ich." Sie sah bewusst zu Kieran.

„Ich weiß", wiederholte Quinnlynn.

„Und ich habe mich auch nur wegen dir mit …", sie zeigte mit dem Daumen über ihre Schulter zu mir, „ … ihm verpaart."

„Ich weiß", sagte Quinnlynn abermals, dieses Mal mit genervtem Tonfall.

„Also wage niemals zu behaupten, dass ich nichts für dich getan habe. Das habe ich. Jede Menge. Wie zum Beispiel dieses Kleid zu tragen."

Quinnlynn rollte ihre Augen. „Ja, dein Leben ist echt hart."

„Ja, ist es!", sagte Kyra. „Weißt du wie begierig dieser verdammte Alpha darauf ist, sich mit mir zu verknoten? Und wie oft er das will? Und wie *hart* das ist?"

Kyra, murmelte ich.

Ich bin noch nicht fertig. „Es ist echt ungemein *zweckdienlich*, Quinn. Sehr *zweckdienlich*."

Die Blutsektor-Königin schüttelte ihren Kopf. „Ich weiß echt nicht, was ich sagen soll."

„Na ja, du könntest dich bei mir bedanken", legte Kyra nach.

„Wofür?", wollte Quinnlynn wissen. „Dafür, dass du das Kleid trägst? Für den Gefährten, den du ganz offensichtlich anbetest? Dafür, dass du mir den Gefährten gebracht hast, den ich liebe?"

Kyra dachte einen Moment lang nach, dann nickte sie. „Jepp. Für alles davon."

Quinnlynn sah sie fragend an. „Dafür, dass ich dir einen brandneuen Sektor gebe und dich zu einer Prinzessin mache?"

„Definitiv", sagte Kyra. „Das wird ganz schön viel Arbeit werden, weißt du."

„Ja, weiß ich tatsächlich", erwiderte Quinnlynn. „Als vormalige Prinzessin, die jetzt Königin ist …"

Kyra nickte. „Siehst du? Genau das meine ich."

Die beiden Omegas wurden für einen Augenblick still, dann kicherte Kyra und zog ihre beste Freundin in eine Umarmung.

„Echt jetzt. Ich liebe dich", flüsterte sie Quinnlynn ins Ohr. „Das weißt du auch, oder?"

„Ja, tue ich."

„Gut. Und ich freue mich wirklich sehr für dich."

„Und ich mich für dich", erwiderte sie leise und ihr Blick wanderte von mir zu Kieran. „Ich liebe dich, Kyra."

„Ich liebe dich auch." Kyra umarmte sie einen Augenblick lang etwas fester, dann ließ sie von ihr ab. „Okay. Ich schätze, jetzt oder nie."

„Definitiv jetzt", stimmte Kieran zu und schlang seinen Arm um Quinnlynns unteren Rücken, während sein Blick zu der Gruppe Omegas wanderte, die in der Nähe stand.

Sie alle würden heute Abend als Omegas vorgestellt werden, die auf der Suche nach einem Gefährten waren.

Ich sah zu ihnen. Mein Beschützerinstinkt meldete sich.

Diese Omegas waren Teil *meines* Sektors, weshalb sie in meinen Zuständigkeitsbereich fielen.

Aber sie würden für die Dauer des Verpaarungsprozesses vorübergehend im Blutsektor verweilen. Weshalb sie derzeit wohl eher Kierans Schutz unterstanden als meinem.

„Lass uns gehen", sagte er zu seiner Gefährtin. Er würde mich und Kyra wissen lassen, wenn wir uns bereitmachen sollten.

Quinnlynn drückte Kyras Schulter sanft, dann stellte sie sich neben Kieran, um durch die Haupttüren auf die Plattform zuzuschreiten. Sie liefen anmutig auf das Geländer zu, von wo aus sie den Raum überblicken konnten, und erhoben ihre Hände, um zu winken.

Ich sah Kyra an und ließ meine Hand an ihren unteren Rücken wandern. *Bist du bereit, diese Zweckverpaarung auf ein ganz neues Level zu bringen?*

Ihre katzenähnlichen Augen glommen im schwachen kerzenähnlichen Licht, das den Raum erhellte. *Ja, bin ich.*

Gut, erwiderte ich und deutete mit meinem Kopf auf Kieran und Quinnlynn. *Denn ich stehe kurz davor, dich zu meiner wahren Gefährtin zu machen.*

Hat dein Knoten nicht schon dafür gesorgt?

Ein Lächeln drohte, auf meinen Lippen aufzutauchen. *Mehrere Male, Gefährtin. Mehrere Male.*

Was ist dann so besonders an diesem Moment?

Jetzt werde ich sicherstellen, dass jeder Alpha in diesem Raum wissen wird, dass du mir gehörst. Denn dieses Kleid ist geradezu sündhaft.

Was ist mit den Omegas?

Oh, sie wissen es bereits, versprach ich. *Mein Wolf war schon von dir verzaubert, sowie du dich umgedreht und mich gebissen hast, während du meinen Tod geplant hast. Niemand sonst hatte jemals eine Chance. Man muss mir nur einmal ins Gesicht blicken, während ich dich ansehe, um es zu wissen. Mein Wolf versteckt nichts. Und ich auch nicht.*

„Willkommen!", begrüßte Kieran den Saal. „Königin Quinnlynn und ich wissen es zu schätzen, dass ihr heute erschienen seid, da wir mehrere Ankündigungen zu machen haben. Die erste ist, dass es einen neuen V-Clan-Sektor gibt."

Wir hörten Kieran zu, während er erklärte, dass der V-Clan das neue Territorium im Polarkreis beansprucht hatte. Mein Cousin vermied es, den genauen Standort preiszugeben oder wie es gegründet worden war. Er informierte die Anwesenden bloß über seine Existenz und dass er mir – seinem zu mächtigen Cousin – einen neuen Sektor geben musste, den er anführen konnte.

Neue Sektoren oder Rudel zu schaffen, war eine gängige Praxis, wenn zwei Alphas über dieselbe Menge an Kraft verfügten. Anstatt zu versuchen, dasselbe Wolfsrudel zu teilen, teilten sie sich oft auf und schufen neue Rudel.

Kierans Erklärung ließ keine Fragen offen und machte klar, dass mich herauszufordern eine schlechte Idee war, indem er sozusagen erklärte, dass er nicht gegen mich kämpfen wollte, um Blutsektor-Alpha zu bleiben, weshalb er mir half, einen neuen Sektor zu gründen.

Was nicht direkt stimmte, da das Refugium bereits existierte. Aber nur die Alpha-Prinzen, ein paar wenige X-Clan-Alphas und die Handvoll Alphas, die als Beschützer auserkoren worden war, kannten die Wahrheit über die Insel.

Hoffentlich würde es so bleiben.

„Na, ich schätze, dann kommen wir wohl am besten

direkt auf den Punkt, oder?", sagte Kieran und trat beiseite. Quinnlynn tat es ihm gleich. „Lorcan. Kyra. Schließt ihr euch uns bitte an?"

Jetzt oder nie, dachte ich in Kyras Richtung, während ein Jubel durch den Saal ging.

Jetzt, sagte sie und ihre Absätze klackerten gegen den Boden, als wir zusammen vorangingen und ins Licht traten.

Sie erhob ihre Hand, um der Menge zuzuwinken, doch ich war noch nicht bereit, den Saal zu begrüßen. Stattdessen presste ich meinen Mund auf ihre Halsschlagader und knabberte an ihr, sodass es alle sehen konnten. Denn diese Omega gehörte mir und ich wollte, dass die Welt es wusste.

Doch das genügte Kyra nicht.

Natürlich nicht.

Die gewiefte kleine Wölfin griff nach meiner Jacke und stellte sich umgehend auf ihre Zehen, um dasselbe an meinem Hals zu tun. Ihre Wölfin war die ganze Zeit über in ihren Augen zu erkennen. *Ich verberge auch nichts, Alpha*, sagte sie und spielte auf meine Bemerkung von vorhin an, dass ich mein Interesse nicht verbarg. *Du gehörst mir.*

Und du mir, erwiderte ich. *Meine äußerst* zweckdienliche *Gefährtin.*

Ungeheuer zweckdienlich, erwiderte sie mit einem freudigen Ausdruck im Gesicht. *Du bist mein wahrer Gefährte.*

Ja, stimmte ich zu und lehnte mich zu ihr, um meine Nase sanft an ihre zu drücken. *Meine Liebste.*

Liebste?, wiederholte sie und sah mir in die Augen. *Ich glaube, das gefällt mir.*

Mir auch, gab ich zu. *Besser als ‚Alpha-Mörderin'?*

Ja.

Besser als ‚Gefährtin'?

Sagen wir, gleich gut wie ‚Gefährtin', antwortete sie.

Wie wäre es mit … Ich liebe dich, Gefährtin. Ich formulierte es nicht als Frage, sondern als Aussage. Denn es war keine Frage. Ich wusste, wie ich für sie fühlte. Diese Frau gehörte mir. In guten wie in schlechten Zeiten. Für immer und ewig.

Das gefällt mir sehr gut, flüsterte sie. *Ich liebe dich auch … Gefährte.*

Ein Lächeln zog auf meinen Lippen auf. Alles rückte in den Hintergrund. Ich küsste sie. Innig. Mit Absicht behaftet. *Liebevoll.*

Ich hatte einst geglaubt, keine Gefährtin zu wollen.

Ich hatte falschgelegen.

Ich hatte Kyra begegnen und kennenlernen müssen, um das einzusehen.

Sie war die ideale Gefährtin. *Meine* Gefährtin. Und ich würde es nicht anders haben wollen.

Kierans Lachen streifte meine Gedanken, während meine Aufmerksamkeit unentwegt auf meiner Gefährtin lag.

Doch dann verkündete er: „Ich präsentiere: Der frisch gekrönte Prinz und die Prinzessin des Nachtsektors." Seine Worte hallten durch den Raum, gefolgt Heulern, die die Wichtigkeit seiner Aussage untermauerten.

Weil er gerade meine Zukunft verkündet hatte.

Unsere Zukunft.

Als Prinz und Prinzessin des Nachtsektors.

EPILOG

CILLIAN

Ich NIPPTE in den Schatten an meinem Blutwein und meine Lippe drohte, sich nach hinten zu ziehen.

Prinz Lorcan, sinnierte ich auf Kierans Ankündigung hinsichtlich des neuen Prinzen und der neuen Prinzessin des Nachtsektors hin. *Das hat was, findest du nicht?*

Ja, tut es, erwiderte Kieran. *Und Prinz Cillian auch.*

Ich schnaubte. *Nein, tut es nicht.*

Hm, meinte Kieran mit einem Summen. *Das werden wir ja sehen.*

Werden wir nicht, konterte ich und musterte den Raum, um die Reaktionen der Anwesenden auf die Neuigkeiten von Lorcans neuem Territorium zu mustern.

Vor allem bei zwei bestimmten Wölfen sah ich genauer hin als bei anderen – Myon und Fritz. Ich hatte nicht gewollt, dass sie an der Zeremonie teilnahmen, aber Quinnlynn hatte darum gebeten. Sie hatte gesagt, dass man ihnen nicht die Schuld an dem geben konnte, was Fare ihnen angetan hatte.

Da stimmte ich ihr nicht zu.

Was auch der Grund war, weshalb ich sie an einer kurzen mentalen Leine hatte.

Ihre oberflächlichen Gedanken schienen ganz nett. Fürs Erste. Aber ich würde nicht weit weg sein. Meine mentale Gabe hatte sich in ihren Gedanken festgekrallt.

Ich traute ihnen nicht.

Verdammt, ich traute den meisten Wölfen in diesem Raum nicht.

Aber das war zu erwarten. Immerhin konnte ich ihre Gedanken lesen. Ich konnte ihre Begierden hören. Ihre wahren Gefühle. Ihre Eifersucht. Ihre Ängste.

Alles.

Es bereitete mir Kopfschmerzen.

Leider war es meine Aufgabe, zuzuhören. Und so hörte ich zu, während Kieran das Programm der qualifizierten Omega-Gefährten ankündigte.

Das Interesse der Alphas vervielfachte sich um ein Tausendfaches und einige ihrer Gedanken wurden so vulgär, dass ich keine andere Wahl hatte, als nach einem weiteren Glas Wein zu greifen. Ich hatte die Hälfte des Inhalts getrunken, bevor die ersten beiden Omegas den Anwesenden vorgestellt worden waren.

Quinnlynn hatte eine Handvoll Informationen über jede Omega-Kandidatin vorbereitet, die sich auf ihre Namen und ihre Titel beschränkten. Die Mehrheit war V-Clan-Wölfe, aber es waren auch ein Vampir, ein Z-Clan-Wolf und ein W-Clan-Wolf dabei.

Ich griff nach einem weiteren Weinglas von einem Tablett, als die letzten Kandidatinnen vorgestellt wurden.

Zwölf Omegas.

Die alle einen Alpha-Gefährten begehrten.

Es würde die reinste Hölle werden, das Programm zu beaufsichtigen. Aber ich verstand, warum Kieran sich freiwillig gemeldet hatte, es hier unterzubringen. Wir hatten die besten Ressourcen für das Programm. Und wir konnten es ja nur ungut im Nachtsektor abhalten.

„Unsere dreizehnte und letzte Omega-Kandidatin hat sich im letzten Moment entschieden, am Programm teilzunehmen", sagte Quinnlynn, was mich meine Augenbraue hochziehen und zur Bühne blicken ließ.

Was?, sagte ich Kieran in Gedanken. *Mir wurde nichts von einer dreizehnten Omega gesagt.*

Nein, stimmte er zu. *Wurde dir nicht.*

Ich wollte gerade fragen, warum, als Ivana die Bühne betrat. Ihr weißblondes Haar glitzerte im schwachen Licht.

„Ivana ist eine V-Clan-Omega aus dem Blutsektor. Ihre Interessen sind Analytik, fortgeschrittene Technologie und Waffen." Quinnlynns Worte hallten durch den Saal und die Vorstellung veranlasste mich dazu, meine Faust fest um das Weinglas zu schlingen.

Was. Zum. Teufel?, wollte ich wissen. *Was soll das, Kieran?*

Was?, entgegnete er. *Ich habe dir gesagt, dass wir den Omegas im Blutsektor auch Gelegenheit eingeräumt haben, sich zu melden. Ivana sagte, dass sie interessiert ist, also hat Quinnlynn sie dem Programm hinzugefügt. Hast du ein Problem damit?*

Ja, habe ich, verdammt noch mal, dachte ich, doch die Worte waren nur für mich gedacht, nicht für Kieran.

Cillian?, fragte er.

Ich trank den Rest meines Weins und stellte dann das Glas ab. *Es ist in Ordnung.*

Es war sowas von nicht in Ordnung.

Wie zum Teufel sollte ich dabei helfen, das Programm zu überwachen, wenn Ivana eine Kandidatin war?

Ich wartete darauf, dass die Zeremonie ein Ende finden würde, und die Schatten, die sich um mich rankten, waren so düster wie meine Gedanken.

Ivana ist eine Kandidatin. Eine Omega-Kandidatin. Und sie sucht nach einem Alpha-Gefährten.

Es war ... unerwartet. Und doch irgendwie nicht überraschend.

Sie war geradezu atemberaubend. So schön, dass es *wehtat,* sie anzusehen. Und außerdem machte sie keinen Hehl daraus, dass sie mich wollte. Und es hatte mich all meine physische und psychische Kraft gekostet, um sie abzuweisen.

Sie verdiente etwas Besseres. Einen Alpha, der sein Leben nur ihr ganz allein widmen konnte.

Dieser Alpha war nicht ich.

Kieran war meine Priorität. Immer.

Ivana brauchte einen Alpha, der sie an erste Stelle stellen konnte.

Wird sie diesen Alpha im Programm finden? Gibt es einen Mann, der ihrer würdig ist?

Sie hatte einen so ruhigen Geist. Sie dachte immer nach, aber nie laut. Sie war eine der wenigen Personen, die in der Lage zu sein schienen, mir ihre Gedanken vorzuenthalten.

Aus diesem Grund war es leicht, Zeit mit ihr zu verbringen. Und schwierig zugleich.

Ich sah ihr dabei zu, wie sie sich durch den Saal bewegte. Ihre langen Beine trugen sie mit einer mühelosen Anmut, um die viele andere sie nur beneiden konnten.

Es liegt an diesem verdammten Kleid, dachte ich und musterte den Schlitz, der sich bis zur Mitte ihres Schenkels hochzog. *Er enthüllt so viel und doch nicht genug.*

Ihr langes weißes Haar war zusammengebunden und die Locken verleiteten meine Finger immerzu, nachfühlen zu wollen, ob die Strähnen so weich waren, wie sie aussahen.

Und ihre Augen.

Verdammt. Ihre Augen.

Silberblau. *Wie Eis.*

Bei den Göttern, die Frau war geradezu himmlisch.

Und offenbar hat sie sich beim Programm angemeldet, um einen Gefährten zu finden.

Was zum Teufel?, dachte ich erneut. *Warum hat sie mir nichts davon gesagt?*

Sie sagte mir immer alles, auch wenn ich das nicht wollte. Aber in letzter Zeit ... war sie distanziert gewesen.

Ich runzelte die Stirn. Tatsächlich war sie seit der Krönung auf Abstand gegangen. War nicht vorbeigekommen, um mit mir zu plaudern oder sich über meine vielen Verstecke lustig zu machen.

Mir war es bis jetzt nicht aufgefallen. Aber sie hatte kein einziges Mal versucht, sich seit jener Nacht mit mir zu unterhalten, was mittlerweile schon fast einen Monat her war.

Warum?, fragte ich mich und begann auf sie zuzugehen.

Das letzte Mal, als ich sie gesehen hatte, war sie etwas durcheinander gewesen und ihre Schultern waren gekrümmt gewesen.

Aber im Moment waren sie überhaupt nicht gekrümmt. Sie waren gereckt und selbstbewusst, wie immer. Was auch immer in jener Nacht geschehen war, sie war ganz offensichtlich darüber hinweggekommen.

Ich hatte versucht, ihr zu folgen, aber was auch immer geschehen war, sie war verschwunden, bevor ich zu ihr hatte gelingen können. Ich würde sie nicht jetzt darauf ansprechen.

Nein, stattdessen würde ich sie fragen: „Was zum Teufel machst du da?"

Ivana drehte sich mit gerunzelter Stirn zu mir um. „Wie bitte?"

Okay, stimmt. Das ... Das hatte ich nicht fragen

wollen. „Du hast dich beim Programm für geeignete Omega-Gefährten angemeldet. Warum?"

Sie verschränkte ihre schlanken Arme vor ihrer wunderbaren Brust. „Wie soll ich sonst jemanden finden, der *in meiner Liga spielt?*", wollte sie wissen, was mich meine Stirn runzeln ließ.

„Was?"

„Du weißt schon. Einen Alpha, der mein ... Wie war es noch gleich? Oh, richtig. Der mein *deplatziertes Selbstbewusstsein* und meine anderen *unrühmlichen Eigenschaften* zu schätzen weiß."

Ich sah sie blinzelnd an. „Entschuldige ... Wie bitte?" Ich hatte nicht die geringste Ahnung, wovon sie da sprach.

„Komm schon, du warst es, der gesagt hat, dass ich anfangen muss, mich nach einem geeigneteren Gefährten umzusehen. Einer, der sich nicht an meinem ..." Sie sah kurz zur Decke und schnippte mit dem Finger. „fehlgeleiteten Hang stört, Alphas zu sagen, was sie tun und lassen sollen. Vielleicht werde ich diesen Alpha durch das Umwerbungsprogramm finden. Vielleicht werden ihm meine *kindischen Spielchen* ja gefallen."

Okay, Moment mal ... „Ivana ..."

„Ist schon gut, Cillian. Ich habe Quinnlynn bereits gesagt, dass ich gerne in den Nachtsektor umziehen werde. Du wirst dich schon bald nicht mehr mit mir herumschlagen müssen." Sie tätschelte meinen Arm und verschwand in den Schatten, bevor ich etwas erwidern konnte.

Nicht, dass ich eine gute Antwort parat gehabt hätte.

Denn ... *Verdammt.*

Sie hatte alles gehört, was ich an der Krönungsfeier zu Lorcan gesagt hatte.

Diese vermaledeite Frau versteckte sich immer irgendwo. Sie war beinahe so gut darin, sich in den

Schatten zu verstecken, wie ich. So fand sie auch immer meine liebsten Verstecke.

Ich hatte ihr einst gesagt, dass Gespräche zu belauschen sie eines Tages in Schwierigkeiten bringen würde. Aber wie es schien, war es überhaupt nicht sie, die in Schwierigkeiten steckte. Es waren ich und meine unüberlegten Aussagen.

Scheiße.

Ein Bild von ihr an der Krönung ging mir durch den Kopf. Ihre Schultern auf eine Art gekrümmt, die mir sagte, dass ihr jemand wehgetan hatte.

Ich hatte gedroht, zu töten, wer auch immer es gewagt hatte, sie traurig zu machen oder abzuweisen.

Und Lorcan hatte geantwortet: *Technisch gesehen, hast du sie abgewiesen. Du weist sie die ganze Zeit über ab. Wirst du dich jetzt etwa selbst bestrafen?*

Ich spannte meinen Kiefer an.

Verdammt noch mal.

Ich war es gewesen, der ihr in jener Nacht wehgetan hatte.

Und jetzt fing sie den Umwerbungsprozess an, um einen neuen Alpha zu finden.

Weil sie mich endgültig aufgegeben hatte.

Das war jahrelang mein Ziel gewesen – dass sie einen passenderen Gefährten finden würde. Aber jetzt, wo es Realität wurde … Wo mir dämmerte, dass ich sie für immer verlieren würde …

Es ätzte.

Ivanas weißblonder Haarschopf auf der gegenüberliegenden Seite des Zimmers erhaschte meine Aufmerksamkeit. Ein höfliches Lächeln lag auf ihren Lippen, als Prinz Cael sich bückte, um ihr die Hand zu küssen. Ihre Augen leuchteten auf. In ihnen weilte ein

Interesse, dass ich allzu gut kannte. Ein Interesse, das sonst immer nur mir gegolten hatte.

Nein, dachte ich. *Scheiße. Nein.*

Ich hatte sie vertrieben. Ich hatte ihr wehgetan. Ich hatte sie *abgewiesen.*

Ich verdiente sie nicht.

Aber das hatte meinen Wolf nie davon abgehalten, sich nach ihr zu verzehren.

Jetzt tobte er in mir und verlangte, dass ich meinen Anspruch geltend machte. *Beiße sie. Verknote dich mit ihr. Nimm sie.*

Ich schluckte schwer, zähmte dieses Verlangen.

Aber es wurde mit jeder Sekunde stärker, während ich Prinz Cael dabei zusah, wie er sie zum Lachen brachte. *Mein,* schien mein inneres Tier zu knurren. *Diese Frau gehört mir.*

Mal abgesehen davon, dass sie überhaupt nicht mir gehörte.

Sie war Teil des Programms für *qualifizierte Omega-Gefährten.*

Teil eines Programms, das ich betreuen und überwachen sollte.

Du siehst aus, als wärst du drauf und dran, Prinz Cael umzubringen, murmelte Kieran, während er sich mittels der Schatten an meine Seite begab. *Hat er etwas getan, worum ich mir Sorgen machen sollte?*

Ich knirschte mit den Zähnen und sah Kieran mit zusammengekniffenen Augen an. *Er flirtet mit Ivana.*

Na und?

Gar nichts, keifte ich. *Sie ist Teil des Programms für qualifizierte Omega-Gefährten, richtig?*

Ganz recht, stimmte ich zu. *Es sei denn, sie ist nicht …*

Ich erwiderte nichts.

Na, dann sollten die kommenden Wochen höchst interessant

werden, sinnierte Kieran. *Lass es mich wissen, wenn du der Liste von Bewerbern hinzugefügt werden möchtest. Du hast bis morgen Zeit, dich zu entscheiden …*

Es folgt Ivanas and Cillians Geschichte, in ‚*Sektor der Finsternis*' …

SEKTOR DER FINSTERNIS

Ich habe einst einen Alpha geliebt.
Einen unerreichbaren Elitemann.
Einen vormaligen V-Clan-Prinzen.

Ich glaubte, dass wir einen Draht zueinander hätten.
Ein einzigartiges Band, das in unseren gemeinsamen
Werten und Zielen wurzelte.
Und dann hat er mir mit ein paar ausgewählten Worten
das Herz gebrochen.

Er will mich nicht? Na schön. Dann werde ich mir einen
Alpha suchen, der es tut.
So ende ich auch auf der Bühne und werde als dreizehnte
Kandidatin für das Programm für qualifizierte Omega-
Gefährten vorgestellt.

Es gibt nur einen winzig kleinen Haken … Der Alpha, der

mir das Herz gebrochen hat, wurde damit beauftragt, die Gefährten-Aktivitäten zu überwachen. Was bedeutet, dass er in jedes Gespräch eingeweiht ist. Von jeder Verabredung weiß. Jeden *Kuss* mitverfolgt.

Wie soll ich einen passenden Gefährten finden, wenn er mich mit diesem schwelenden Blick beobachtet?
Wenn er mir besitzergreifende Bemerkungen ins Ohr *schnurrt* …?
Wenn er jeden Mann *anknurrt*, der es auch nur wagt, in meine Richtung zu blicken …?
Wenn er um mein Nest *herumstreift* …?

Es hilft nicht, dass jemand die Omegas im Programm angreift.
Jetzt ist mein Alpha noch territorialer als zuvor und seine tierische Natur umso potenter.
Er weigert sich, mir von der Seite zu weichen.
Und er hat versprochen, zu tun, was immer nötig ist, um mich zu beschützen.
Auch wenn das bedeutet, dass er mich für sich beanspruchen muss.

Anmerkung der Autorin: Es handelt sich hierbei um einen eigenständigen dunklen Gestaltwandler-Liebesroman, der im Omegaverse spielt – Alpha-, Beta-, Omega-Dynamik inklusive, samt Verknoten, Nestbau und Beißen. Lese bitte die Trigger-Warnungen zu Beginn des Buches, um weitere Details zu erfahren.

USA Today Bestsellerautorin Lexi C. Foss ist eine
Schriftstellerin, verloren in der Welt der Computer. Sie lebt
mit ihrem Mann und ihren pelzigen Freunden in North
Carolina. Wenn sie nicht gerade schreibt, ist sie mit
Sicherheit auf Reisen. Viele der Orte, die sie schon
besucht hat, lassen sich in ihren Büchern wiederfinden,
einschließlich der mystischen Welt von Hydria, die auf der
griechischen Insel Hydra basiert.

Lexi ist ein bisschen verschroben, trinkt viel zu viel Kaffee
und schwimmt gern. Tschüss!

Würden Sie gern über Neuerscheinungen informiert
werden? Dann tragen Sie sich für ihren Newsletter ein:
https://www.lexicfoss.com/deutschen-newsletter

Besuchen Sie Lexi im Netz!
https://www.lexicfoss.com/aktuell

E-Mail: lexicfoss@gmail.com

BÜCHER VON LEXI C. FOSS

Beanspruche mich

Violet – Dynastie der Vampire